월야관매

月夜觀梅

월야관매(月夜觀梅)

초판 1쇄 찍은 날 ｜ 2013년 8월 16일
초판 1쇄 펴낸 날 ｜ 2013년 8월 23일

지은이 ｜ 채 현
펴낸이 ｜ 서경석

편 집 장 ｜ 권태완
편집책임 ｜ 장미연
편   집 ｜ 손수화

펴낸곳 ｜ 도서출판 청어람
등록번호 ｜ 제1081-1-89호
등록일자 ｜ 1999. 5. 31
어람번호 ｜ 제5-0343호

주소 ｜ 경기도 부천시 원미구 심곡2동 163-2 서경B/D 3F (우) 420-822
전화 ｜ 032-656-4452 팩스 ｜ 032-656-4453
http://www.chungeoram.com
E-mail ｜ chungeoram@chungeoram.com

ⓒ 채현, 2013

ISBN 978-89-251-3423-9 03810

Chungeoram romance novel

채현 장편 소설

월야관매

달밤, 매화를 바라보다

도서출판 청어람

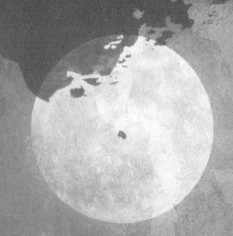

월야관매
月夜觀見梅

目次

第一章 매화삼롱(梅花三弄)[1]

하늘 한가운데 걸린 보름달은 휘영청 밝아 방아 찧는 토끼가 보이고, 며칠 전 내린 폭설로 쌓인 눈이 달빛에 반사되어 환하였다.

어느 집 담 너머 나무가 긴 그림자를 드리우고, 차가운 북풍조차 오늘은 쉬는지 바람 한 점 없었다. 눈이 오고 난 직후라 오가는 마차에 닦여 반들반들해진 길은 빙판이나 다름없었다. 그래서 그런지 타고 있는 말도 평소보다 더디게 걷고 있었다.

---

1) 진(晉)대 환이(桓伊)가 지은 피리곡을 당(唐)대 고금곡으로 편곡한 것이다. 이 곡은 1425년에 나온 『신기비보』에 수록되어 있다. 눈 속에서 가장 먼저 꽃을 피우는 매화의 고상한 자태와 기상을 찬양하는 곡으로 삼롱은 주제가 되는 선율이 음위(音位)가 다르게 세 번 반복하여 나타나는 데서 붙여진 이름이다.

드디어 말이 완전히 멈추어 서고, 장언호(張彦昊)가 말 위에서 뛰어내렸다.

장가의 저택인 원명부(原明府), 익숙한 솟을대문 앞이었다. 묵직한 나무문이 상노 웅칠이가 들고 있는 호롱불빛에 그림자를 드리우며 육중하게 서 있었다.

오랜 세월 비바람과 세월에 닳고 닳아 반들반들해진 나무문, 검정색으로 반질반질한 옻칠이 된 동그란 쇠 손잡이. 어린 시절부터 수도 없이 드나든 익숙한 것이지만, 그 문을 두드릴 때마다 근 십여 년 전 성국(晟國)으로 유학하기 위해 길을 떠나던 날의 기억이 나곤 했다.

사신단 일행에 묻어가는 거라 가뜩이나 먼 길 그네들의 일정에 맞춰 움직이다 보니 훨씬 오래 걸렸고, 고생고생해 가면서 갔던 삼천 리 길이었다. 성국에 머무르는 몇 년 동안 언제나 간절했던 생각 하나. 언제 집의 그 쇠 손잡이로 문을 두드릴 수 있을까.

수도 없이 꿈속에서 보던 그 대문, 그 앞에 다시 와 섰건만 그때의 기분은 점점 잊히고 있었다. 이제 너무나 자주 잡아 아무런 감흥도 없어진 그 손잡이에서는 늦겨울의 차가운 기운밖에 느낄 수 없었다.

손잡이를 쥐자 묵직하고 차가운 쇠가 손에 달라붙을 것 같았다. 그걸 쥔 채 탕, 탕, 탕, 세 번 두드렸지만 안에서는 기척이 없었다. 잠시 기다리던 언호가 다시 손잡이를 쳤지만 역시 안에서는 반응이 없다.

"추워 죽겠는데 용이 아범은 뭐 하고 있는 거여? 이 인간이 뻗기라도 했나? 왜 안 나오고 지랄이래."

발을 동동 구르는 응칠이의 말을 듣기라도 한 듯, 후다닥 뛰어오는 소리와 함께 빗장이 열렸다.

청지기 용이 아범이 졸다 이제야 나온 모양이다 싶어 슬며시 인상을 잡았던 언호가 호롱을 든 채 서 있는 이를 보고 약간 놀란 표정을 지었다.

어인 일인지 언호의 몸종 혜가 얇은 홑겹 옷만 입은 채 부들부들 떨며 서 있었다. 늦겨울이라지만 며칠 전에 폭설이 내리면서 기온이 뚝 떨어졌다. 동장군이 물러서기 직전 마지막 기승이라도 부리는 것처럼 요 며칠 제법 추웠더랬다.

"나리, 이제 오십니까? 날이 춥습니다. 어서 들어가셔요."

호롱을 들고 있는 여자의 얼굴에 등불 빛이 발갛게 비추었다.

혜는 몇 년 전에 죽은 그의 부인이 시집오면서 친정에서 데리고 온 종이었다. 갓 시집온 새 신부의 몸종으로 딸려온 어린 종년 아이는 얼굴이 유독 하얀 편이어서, 의복만 제대로 갖추어 입는다면 어느 반가의 아기씨 같아 보였다. 혜라고 하는 종년 같지 않은 이름에서 어딘가 멸문한 집안의 팔려 온 여자아이인가 보다 짐작할 뿐이었지만, 그런 걸 입 밖으로 내지는 아니하였다. 하 수상한 시절이었고, 그런 것을 파헤쳐 봤자 좋을 일이 아니란 걸 알고 있기 때문이었다.

대문을 여닫는 일은 청지기인 용이 아범이 할 일이었다. 어인 일로 혜가 밤늦게까지 그를 기다리고 있었는지 모를 일이었다.

"용이 아범은?"

추위로 파랗게 된 얼굴을 보면서 언호가 슬쩍 잘생긴 이마를 찌푸렸다.

"고뿔이 심하게 걸려서 앓고 있어요."

아침에 나갈 때 이미 열로 얼굴이 붉게 닳아 올라 있더니만 완전히 뻗어버린 모양이었다. 언호는 아랫것들에게 엄하긴 하나 냉정하거나 매정한 주인이 아니었다. 바로 그 말에 '아' 라고 그제야 생각났다는 듯 소리를 내고 고개를 끄덕였다. 그래도 그렇지 왜 대문 바로 옆에 사는 용이네가 아니라 좀 떨어진 행랑 채에 거하는 혜가 나와 있나 싶어 평소에 좀 게으르다 싶었던 용이네에게 슬며시 부아가 치밀려 했다.

"마님은 주무시러 가신 지 한참 되셨어요. 밤이 깊었습니다. 나리도 들어가서 어서 쉬셔야죠. 좋은 날이라 주 역관 나리랑 술을 자셨나 봐요?"

혜가 조심스레 그에게 어서 그의 거처인 선향재로 가라고 재촉하였다. 언호의 거처는 넓은 장원의 가장 안쪽에 있는 선향재(善香齋)였다. 원래는 서고로 사용되던 작은 전각에 딸린 공부방 정도였는데 언호가 수리를 해서 자신의 거처로 사용하고 있었다.

호롱을 든 혜의 옆을 언호가 따랐다. 장가의 원명부는 그렇게 크진 않지만 잘 꾸며진 정원이 있었고, 선향재는 그 정원을 지나서 있었다. 호롱을 든 혜의 발걸음은 빠르기만 한데 뒤를 따르는 언호는 느긋하였다. 언호가 오랫동안 부린 시비에게 술기운인지 평소답지 않게 얘기를 늘어놓았다.

"종원이 오늘 여간해서 보내지 않으려 하지 뭐야. 심지어 자고 가라고 거의 밤새서 마시려 들더라고. 동생 시집가는데 뭐가 그리 서운한 게 많다고 새신랑에 대한 불평불만을 마구 늘어놓던지. 남들이 들으면 동생 시집 억지로 보낸 줄 알 거야."

"역관 나리도 참……. 분명 더 드시고 가라고 잡으셨을 텐데 어떻게 도망 나오셨습니까?"

종원이 말술인 거야 유명한 사실이었다.

"그냥 마구 먹여서 완전 곤드레만드레 취할 때 슬쩍 빠져나왔지. 나는 잔에 입만 대는 척했거든."

사실 종원은 언호가 마시는지 마는지 신경도 쓰지 않고, 그냥 사발이 빌 틈도 없이 퍼마셨다.

"역관 나리께서 많이 섭섭하신가 봅니다."

장가에 자주 드나든 주종원(朱宗元)의 접대를 혜가 자주 하다 보니 별별 얘기를 다 한 모양이었다. 두 오누이가 서로 의지하고 살다 시집을 갔으니 그 마음이 오죽하겠는가. 언호야 누이들과 터울도 좀 지고 어릴 적에 다들 시집간지라 별 왕래가 없었다치지만 종원은 누이를 등에 업어 키웠다 할 정도니 그 심정은 충분히 이해되었다.

"새신랑이랑 새 신부가 행복하게 오래오래 사셨으면 좋겠습니다."

혜가 작은 목소리로 속삭이듯 축원을 해왔다. 등을 들고 얼어붙은 길을 사뿐사뿐 걷고 있는 혜의 뒷모습을 멍하니 바라보고 있던 언호는 순간 멈추어 섰다. 희미하게 어둠 속에 떠올라 있는 혜의 동그란 어깨나 가느다란 허리, 부드럽게 호를 그리는 가슴이 이제 더 이상 예전의 어린 소녀가 아니라는 것을 보여주고 있었다.

그러고 보니 언제부터 혜가 자기를 모시고 있었는지도 정확하게 기억나지 않았다. 요 몇 년간 있는 듯 없는 듯 곁에 있었는데, 이 아이가 옆에 있는 게 이렇게 당연하게 될 줄이야.

장가에는 원체 종이 많지 않았다. 자자손손 물려받은 저택 원명부야 제법 넓었지만, 식구가 많지 않다 보니 종 역시 자연스레 많이 두지 않게 되었다. 게다가 고인이 된 언호의 아버지 대에서 겨우 다시 높은 관직에 오르게 된지라, 손님이 드나들게 된 것도 오래되지 않았다.

그때 코에 와 닿는, 어둠 속에서 나는 향에 순간 언호가 발을 멈추었다.

원명부는 조상 대대로 살아온지라 고목(古木)이 여기저기 서 있었고 선향재로 가는 길목에 제법 큰 매화나무가 있었다. 정원에는 지난밤에 내린 눈이 하얗게 쌓여 있었다. 그리고 잎도 없는 매화나무에서 하얀 눈 사이로 피처럼 붉은 매화의 봉오리가 맺히고 있었다. 가지에 쌓인 하얀 눈에 떨어진 붉은 피처럼 나무 곳곳에 꽃을 틔울 준비를 하고 있는 중이었다.

꽃은 아직 피지 않았으나 어둠 속에서 은은하게 느껴지는 암향(暗香)이 그를 사로잡았다. 혜가 그런 언호를 읽었는지 호롱을 들고 조용히 서서 그가 움직이길 기다렸다.

눈을 감고 잠시 나무 아래 서 있던 언호가 눈을 뜨고 환한 보름달 아래 피기 직전의 홍매를 바라보았다.

집에 들어가자마자 자야겠노라 생각했건만, 환한 달밤에 수북하게 덮인 하얀 눈 사이로 보이는 붉은 매화를 보는 순간 마음이 동하였다.

바람이 불지 않는다 해도 코가 시릴 정도로 공기가 차갑건만, 이맘때 딱 요 시기에만 즐길 수 있는 눈 호사인지라 오래오래 눈에 담아두고 싶어졌다.

그런데 막상 홍매(紅梅)를 감상하던 것도 잊고, 오히려 옆에 서 있던 시비에게 눈이 돌아갔으니 이상한 일이었다.

매화를 보고 있던 언호의 시선 안으로 들어온 것은 역시 매화를 홀린 것처럼 바라보는 혜의 옆모습이었다. 아련한 눈빛으로 누군가를 그리워하기라도 하듯 처연하게 바라보는 옆모습이 생각 이상으로 고왔다. 낡은 저고리에 드러나는 동그란 작은 어깨, 들고 있는 호롱불빛에 비치는 가느다란 목의 살결이 곱다고 술에 취한 머리로 멍하게 생각했다. 마치 옛 그림의 미인도처럼.

이 아이가 몇 살이더라. 부인이 아이 낳다 죽은 뒤, 그가 선향재에 머물면서부터 계속 혜가 그를 모셨던 것 같다. 그런데 그는 이 아이의 나이 같은 것도 기억하지 못하고 있었다.

아마도 오늘 혼인한 주종원의 누이와 별 차이가 안 날 텐데. 촉촉한 눈으로 매화를 바라보고 있는 여자의 옆모습은 곱기만 하였다. 허름한 옷, 거친 손 같은 것은 보이지 않았다.

달밤, 매화를 바라보려 했는데 그가 본 것은 혜였다.

아마도 그날 홍매를 보지 않았더라면 어떻게 되었을까?

아주 나중에 그 생각을 잠시 해본 적이 있었다. 그러나 그 달밤에 매화를 본 것이 인생을 바꾸었다기보다, 원래 예정되어 있던 일의 순서를 좀 더 앞당겼을 것이라는 결론을 내렸다.

그때는 그의 앞에 예정된 운명을 전혀 몰랐던 때였다.

코에 은은하게 닿는 매화 향을 깊이 들이마셨다. 폐를 가득 채운 청량한 맑은 공기 속에 있는 듯 없는 듯한 암향이 마치 혜와 같다 생각하였다.

"나리, 날이 많이 춥습니다. 어서 따뜻한 곳으로 들어가셔요."

혜의 다정한 재촉에 그제야 언호가 발걸음을 내디뎠다.

"내일은 날이 좋을 것 같으니, 정자에서 매화 구경을 하시지 그러셔요? 내일이면 아마 꽃이 피기 시작할 것이어요. 하늘을 보니 날도 좋을 테니 볕 따뜻할 때 나오십시오."

마치 그의 아쉬움을 읽기라도 한 듯, 혜가 제안하였다. 내일이 열흘마다 돌아오는 그가 쉬는 날인 것을 혜가 알기 때문에 꺼낸 이야기였다. 특별한 약속이 있는 것도 아니니, 볕 좋은 오후에 매화를 보는 것도 좋을 듯하였다.

작은 연못 위에 돌로 만든 홍예교를 건너 월동문으로 들어섰다. 선향재 뒤편의 대나무 숲을 통과하는 바람 소리가 스산하게 귓가를 스쳤다. 별다른 가구도 없고 서책만 그득한 곳에서 그는 잘 나오지도 않았다. 그의 어머니인 최 부인이 책 보다 죽은 귀신이라도 들렸냐고 농을 할 정도였다.

나무문을 열고 들어간 혜가 등잔에 불을 붙였다. 큰 화로로 방 공기를 미리 데워놓아서 방이 뜨듯하였다.

겉옷을 벗고 서탁 앞에 앉자 시상이 생각난 건지, 글씨가 쓰고 싶어진 건지 언호는 왠지 모를 두근거림에 쉽게 잠이 들 것 같지 않았다. 머릿속에 보름달 아래 새하얀 눈 속에 피어 있던 붉은 매화의 향이 어지러이 맴돌았다.

'그럼 쉬십시오'라고 말하면서 물러서려는 혜의 등 뒤에서 그가 무슨 생각인지 평소에 하지 않던 것을 청했다.

"차 한잔 마시고 싶구나."

원래 밤중에는 차를 마시지 않는데, 차가운 데 서 있다 왔더니 따뜻한 차 한잔이 그립기도 하였고, 웬일인지 혜를 더 잡아놓고 싶기도 하였다.

혜가 옹기 탕관을 들고 물을 받으러 부엌에 갔다 돌아왔다. 아무 물이나 받는 게 아니라 찻물용 물은 따로 유명한 샘에서 길어와 특별히 커다란 항아리에 담아 부엌에서 보관하는 게 장가의 전통이었다.

화로 위에 주전자를 올려놓고 물이 끓길 기다리며 부채질을 하고 있는 혜를 그가 홀린 듯 바라보았다. 차가운 바람에 살짝 발갛게 된 뺨이 창백할 정도로 하얀 피부에 홍조를 만들어내었다. 선이 너무 고와서인지 오밀조밀한 이목구비라 묻히는 듯하면서도 한밤중의 매화 향처럼 은근한 생김새였다.

부인이 죽은 뒤로 부인의 안잠자기였던 혜가 자연스레 그의 시중도 들게 되었던지라 이 모든 게 그냥 자연스러운 일상이었다. 방 한쪽에 정리해 놓은 다구함에서 차를 꺼내 움직이는 혜의 동작은 정갈하고 물 흐르듯 자연스러우면서도 우아했다. 누가 시비라 생각할까 싶을 정도로.

찻물이 끓는 동안 언호가 그림을 그리려는지 먹을 꺼내고 연적에 물이 있나 확인을 하였다. 그때 혜가 나섰다.

"괜찮으시다면 제가 해도 되겠습니까, 나리?"

드물게 종을 시키기는 했지만 먹 가는 일은 글씨를 쓰는 그가 직접 하는 일이었다. 농도 맞추는 게 글씨를 써본 사람이 아니면 알 수 없는지라 남의 손에 맡겨본 적이 거의 없었다. 그런데도 혜가 본인이 하겠다고 나서자 그는 벼루를 혜가 서 있는 쪽으로 밀었다.

혜의 손이 주저주저하는 듯하다가 먹을 쥐었다. 연적의 물을 조금씩 부어가며 오래된 돌벼루에 먹을 갈기 시작했다. 성국에서 사왔다는 은은한 먹의 향이 금세 방 안을 채웠다.

어린 시절 아버지가 글씨를 쓰실 때면 늘 먹 가는 일은 혜의 차지였다. 오라비들 것까지 모두 혜가 직접 갈아주곤 했었다. 바늘을 잡기 전에 먹을 먼저 잡았던 혜였다. 그 시절이 너무나 멀어 이제는 기억도 잘 나지 않았다.

다시 먹을 쥐는 지금, 기분은 매우 복잡 오묘하였다. 그냥 운명이려니 받아들이면서도, 왜 그렇게 된 것일까라는 의구심 역시 있었다. 세상사, 정의, 이런 모든 게 복잡하게 마음속에 큰 혼돈으로 자리 잡았다.

여자의 몸으로 이 혼세(混世)를 헤쳐 나가는 것은 불가능해 보였다. 그냥 몸 사리면서 이 생 조용히 살다 가는 것 외에는. 어머니가 마지막으로 마중을 나와 귓속말로 한 이야기도 그러하였다. 그냥 네가 조용히 살다 갔으면 좋겠다고.

호롱 등잔의 붉게 아른거리는 불빛이 생각에 잠긴 여자의 가느다란 목과 선이 고운 옆얼굴을 비추었다.

얼큰하게 마신 술 때문이었을까. 속에서 그답지 않은 탁한 생각들이 뭉글뭉글 떠올랐다. 꼭꼭 눌러 담았던 것들이 해제라도 된 듯 술기운을 빙자하여 혈관을 타고 돈다.

그런 그의 탁한 시선을 알 리 없는 혜는 아래로 내리깐 긴 속눈썹을 나비 날개처럼 파닥거리며 열심히 먹을 갈았다. 바늘을 잡아 끝에 굳은살이 박였지만 길쭉하고 하얀 손이 제법 맵시가 고왔다. 손이 규칙적으로 움직이는 것을 넋 놓고 보던 언호의 마음도 바람에 흔들리는 갈대처럼 일렁이고 있었다.

곧 화로 위의 주전자에서 물이 끓는 소리가 들렸다. 혜가 먹을 얌전하게 놓고 화로 앞에 쭈그리고 앉았다.

성국에서 사왔다는 얇고 반투명한 백자 탕관에 뜨거운 물을 부어 데운 뒤에 차를 대나무 차시로 집어넣었다. 잠시 후 역시 뜨거운 물로 데운 얇은 찻잔에 노란 찻물을 따라내었다.

보통 어느 반가나 차를 만드는 일은 그 집 안주인이나 본인이 하는 게 정상이다. 그런데 왜 그는 혜에게 이런 일을 시키게 된 걸까. 혜가 자주 그의 전 부인인 완용에게 차를 대접하는 일을 보아서일까.

외동딸이라고 너무 귀이 자라서인지 완용은 할 줄 아는 일이 거의 없었다. 오죽하면 화초며느리라고 그의 어머니가 남몰래 한탄을 하셨을까. 아이를 가졌지만 뭐가 잘못되었는지 뱃속의 아이도 사산되고 완용도 그만 죽어버렸다.

이미 너덧 해가 되어서인지, 같이 산 기간이 얼마 되지 않아서인지 이제는 얼굴도 사실 잘 기억나지 않았다. 오히려 시비로 따라온 혜가 부인보다 더 오래 그의 곁을 지키고 있었다. 부인이 죽은 후, 자연스레 그의 시중을 혜가 들게 된 지도 서너 해 이상이 되었다. 그사이 어린 소녀였던 혜는 이제 성숙한 여인이 되었다. 한 번도 여자라고 생각해 본 적이 없었는데 오늘따라 혜가 곱다, 라고 느끼고 있었다.

차를 따르는 손이 길쭉하고 잘 다듬어진 손톱이 정갈하다. 저고리 사이로 보이는 하얗고 가는 기다란 목 때문일까, 옆모습이 가녀려 보이는 것은.

그날 그의 마음을 동하게 한 것은 취할 때까지 마신 술기운 때문이었을까, 오랜 금욕 때문이었을까. 아니면 달 때문이었을까. 장지문에 비추일 정도로 환한 달빛, 하얀 눈꽃이 핀 나무 위의 홍매를 보고 와서였을까.

내리깐 속눈썹이 얼굴에 긴 그림자를 드리우고, 슬쩍 입가에 웃음을 머금은 홍매처럼 붉은 입술에 가슴이 순간 덜컹 내려앉는 듯하였다. 순간 걷잡을 수 없이 단전에 모이기 시작한 열기가 순식간에 온몸을 뒤흔들었다.

먹을 쥐고 있는 하얀 손은 왜 이리 자그마하고 고운 걸까. 길게 뻗어 나온 목에서는 좋은 냄새가 날 듯도 하였다.

자기도 모르게 몸이 들썩거리고 손이 안절부절못하는 듯, 그냥 움직이려 하였다. 그답지 않게 솟구치는 열기와 그 욕망은 그를 수컷으로 만들어 버렸다. 몸 안의 짐승을 내리누르려 하지만 이미 깨어난 것을 감출 수는 없었다.

그의 기묘한 시선과 낯선 분위기를 본능적으로 눈치챘는지 혜가 곁눈질로 그를 슬며시 살펴보았다. 허공에서 일렁거리는 그의 욕정 어린 시선과 마주하는 순간, 혜는 맹수 앞의 토끼처럼 눈을 피하지도 못한 채 그대로 사로잡혀 버렸다.

언제나 고요하고 이지적이었던 그의 눈이 날카로운 욕망으로 번들거렸다. 고요한 맹수의 시선으로 먹이를 노리듯 그녀를 바라보고 있었다. 동그란 이마에서부터 손끝까지 그의 시선이 훑고 지나갔다. 언제나 서생처럼 맑았던 눈에 혼탁한 욕망의 기운이 어렸다. 불빛에 비친 취기로 슬쩍 붉어진 얼굴에 감도는 것은 낯설고 이질적이다.

아, 잡아먹히겠구나, 라는 생각이 들 정도로 그의 시선에선 잔인한 욕망이 들끓고 있었다. 서늘한 한기가 들 정도로 냉혹하면서도 순수한 욕망이 담겨 있었다.

비록 혜가 원명부 바깥으로 나가본 기억도 별로 없고, 남자와 접촉도 많지 않다 하더라도 그의 시선이 의미하는 바를 모를 수는 없었다.

뒤로 몸을 돌려 도망가고 싶었지만 마치 호랑이 앞의 사슴처럼 그의 시선에서 벗어나지도 못한 채 덜덜 떨고 있을 뿐이었다.

겨우 정신을 차리고 눈을 내리까는 순간, 그가 손을 뻗었다. 자신을 향해 다가오는 손을 보고 반사적으로 혜가 눈을 질끈 감았다.

그러나 그의 손이 자기 몸에 닿는 기색이 없자 슬그머니 눈을 떴다. 다행인지 그의 손이 닿은 것은 작은 찻잔. 동그란 유백색 자기 잔을 쥔 그가 차를 입에 한 모금 물었다. 그러곤 마치 눈빛을 숨기기라도 하듯이 눈을 감아버렸다.

순간의 착각이었던 걸까.

다시 언호가 눈을 떴을 때 그의 눈은 평소처럼 평정하고 맑은 물처럼 고요하였다.

"내가 늦게까지 잡아두었구나. 이만 가서 쉬려무나."

그 다정한 말에 혜가 몸을 일으켰다.

혜는 역시 갈무리가 빨랐다. 분명 그 눈에 떠올랐던 충격은 어느새 사라져 버리고 없었다. 평소와 다름없이 목례를 하고 나가는 혜의 가냘픈 몸을 바라보던 언호는 그 몸이 어둠 속으로 사라지자마자 긴 한숨을 내쉬었다.

선비답지 못하게 시비(侍婢)에게 욕정을 품다니. 있을 수 없는, 아니, 있어선 안 되는 일이었다. 잠시 혼탁해진 마음을 달래기라도 하듯 뜨거운 차를 한 모금 마시며 들끓는 뜨거운 기운을 누르려 하였다. 그러나 이미 한 줄기 훈풍에 흔들린 가슴엔 파문이 계속 퍼져 나가고 있었다.

행랑채의 작은 골방에 돌아온 혜는 어둠 속에서 눈을 깜박거렸다. 같은 방을 쓰는 통지기(장에서 채소 등을 사오고 물을 이는 일을 하던 노비) 옥춘이 코를 골면서 중간중간 잠꼬대를 하며 뭐라고 떠들어댔지만 그 소리도 제대로 들리지 않았다.

이 방에서 지낸 지 어언 몇 년인가. 처음 어머니 곁을 떠날 때만 해도 새 신부 뒤를 따르는 어린 소녀였는데, 어느새 가슴이 부풀고 달거리를 하는 어엿한 처자가 되었다. 그새 상전이었던 완용 아씨가 저세상에 간 것도 이미 몇 년이 되어버렸다.

간혹 수작 부리는 총각도 있었지만 혜는 그들과의 접촉을 최대한 피해왔다. 아직도 지가 양반집 처자인 줄 알아, 라고 옥춘과 용이네의 뒷소리도 들었다. 그러나 그들이 뭐라 하건 신경 쓰지 않았다.

마음에 품고 있는 것은 어머니가 마지막으로 하셨던 말씀. 그 뜻을 생각해 본다면 평범하게 지아비를 맞이하여 아이를 낳고 사는 게 순리대로 사는 것일 텐데도 그 자체가 너무나 어려운 일이었다. 부모님 제삿상도 챙기지 못하는 불효자식이니 어머니의 마지막 뜻만은 따라드리고 싶은 게 혜의 마음이었다.

그렇다고 처녀의 순정이 없을까. 마음 한구석에 숨겨져 있는 그 깊은 마음을 누가 알쏘냐. 남 몰래, 아니, 어쩌면 본인도 모르게 점점 자라기 시작한 그 분홍빛 연정을 이제 무시하기란 어려웠다. 작은 가시처럼 계속해서 그녀의 심장을 콕콕 쑤시고 있는 그 감정은 점점 진해지려 하고 있었다.

그는 너무 고고하고 높아서 그녀가 감히 우러러볼 수도 없는 분이셨다. 그런 그분이 그녀를 잠시 여자로 보았으니…….

방금 전 본 그의 시선은 자신의 착각이었던 것일까.

다시 한 번 마음속으로 다짐하고 또 다짐한다.

노비는 인간이 아니다. 짐승처럼 주인이 짝을 붙이고 아이를 낳게 한다, 노비인 아이들을. 그리고 가축처럼 노비인 자식들이 팔려가는 걸 보거나, 역시 노비가 또 노비를 낳았다.

어머니가 누차 말한 게 그런 얘기였다. 절대 노비인 아이는 낳지 말라고.

지친 눈을 감으며 어머니의 마지막 말을 생각하려 했지만 자기 직전 혜의 마음속에 떠오른 것은, 그의 이글거리던 시선이었다.

✳

얼굴을 간질이는 아침 햇살에 눈을 깜박거리는 순간, 언호는 미간에 주름을 잡고 말았다. 당황스러울 정도로 머리를 울리는 두통 때문이었다. 간밤 평소보다 더 많이 마셨던 술기운이 머릿속을 울리고 있었다. 목이 타는 것 같은 갈증에 자리끼를 찾아 침상 옆 탁자 위를 더듬거렸다. 나무 쟁반에 놓여 있는 사발이 손에 잡히자 눈도 제대로 뜨지 않고 일어서서 그걸 들어 한 번에 들이켰다.

달착지근한 꿀물이 들어가자 머리도 좀 덜 아픈 듯하고, 속쓰린 것도, 갈증도 모두 왠지 덜해진 기분이었다.

혜가 미리 전날 과음하고 돌아온 그의 속을 위해 준비해 놓은 모양이었다.

"밖에 누구 없나?"

그 말에 평소처럼 혜가 밖에서 답하는 소리가 들렸다. 전날 본 그 홑겹 저고리가 생각나서 순간 인상을 썼다. 아직 추운데 그런 걸 입고 밖에서 그가 일어나길 기다리고 있었을 걸 생각하면 마음이 안 좋았다.

"기침하셨습니까, 나리?"

"세숫물 좀 갖고 오거라."

"예, 나리."

그리고 혜가 달려가는 소리가 들렸다. 잠시 후, 문 두드리는 소리와 함께 혜가 문을 열고 탕관에 받아온 뜨거운 물을 들고 들어왔다. 커다란 청동거울이 붙어 있는 나무틀에 달려 있는 동대야에 물을 붓고, 찬물을 섞어 온도를 맞추었다. 언호가 세수하는 동안 뒤에서 고운 모시수건을 들고 기다리던 혜가 그에게 수건을 들려주었다.

"아침 진지 올리라 할까요?"

그러자 그가 고개를 끄덕였다.

"전날 약주가 좀 과하신 것 같아서 죽을 들이라 하였는데, 괜찮으십니까?"

전날 과하게 술을 마셨고 늦게까지 잠을 못 자서인지 눈이 약간 붉게 충혈되어 있었다. 그러나 형형한 시선은 여전하였다. 잠시 마주친 시선은 전날의 격정은 간데없고 평소처럼 평정한 눈빛이었다. 마치 지난밤의 그 눈빛이 거짓말인 것처럼 느껴졌다.

전날 밤의 그의 눈빛이 생각나자 다시 한 번 혜의 가슴이 덜컹 내려앉는 듯하였다. 단순히 충격이 아닌, 다른 의미의 두근거림으로. 혜는 눈을 잽싸게 내리깔아 자신의 감정을 숨겨 버렸다.

머릿속에서 떠나지 않는 그의 시선. 그녀를 처음으로 여자로 보고 있던 걸 생각하면 가슴이 두근거리려 하였다. 그러면 안 된다는 것을 잘 알면서도.

"그럼 저는 식사 올릴 준비하겠습니다, 나리."

그 말을 한 혜가 방을 나가자 언호가 짧게 한숨을 내쉬었다. 살피는 듯한 시선으로 혜가 슬쩍 자신을 곁눈질하는 걸 순간 보았던 것이다. 눈빛에 담긴 경계에 아쉬움이 가득하였다.

지난밤 자신의 욕망을 그렇게 표출해 내었으니 저 눈치 빠른 아이가 모를 리가 없었다. 경계하는 시선으로 자신을 살피는데 모른 척하기란 힘들었다.

아니, 나는 주인이고 상전인데 왜 저 아이의 눈치를 봐야 하는 거지?

이런 생각과 아무리 상전이라지만 여자에게 그런 눈빛을 보낸 것 자체가 음탕한 것이었다는 자책에 마음이 복잡해졌다.

무엇보다 방금처럼 혜의 경계하는 눈빛을 보니 입안이 은근 씁쓸하였다. 있는 듯 없는 듯 말을 아끼지만 가끔 그녀와 주고받는 대화가 즐거운 건 사실이었다. 순간 깨달아 버린 사실 하나. 자신이 무의식중에 이 여종을 꽤 아끼고 격의 없이 생각했구나, 라는 점이었다.

전날 언호를 달래듯 말했던 대로, 오후가 되자 간만에 볕이 좋았다. 늦겨울의 이제 좀 길어진 해에 볕이 제법 따뜻하였다. 간단하게 점심을 때우고 글씨를 쓰던 언호에게 혜가 다정하게 알려주었다.

"나리, 오늘 볕이 참 좋습니다. 봉오리가 맺혔던 매화가 이제 꽃잎이 벌어지려 하고 있습니다. 매화나무 앞에 자리를 준비할까요?"

그 말에 그가 고개를 끄덕였다.

매화나무 근처 양지바른 곳에 호피(虎皮)를 펼쳐 놓아 앉을 자리를 마련하였다. 그도 모자란지 혜가 뜨겁게 달군 돌을 올려 자리를 데워놓기까지 하였다.

선비는 사예(四藝)에 능해야 하는데 그림을 그리고, 글씨를 쓰고, 시를 짓는 것 외에 바로 칠현금을 타는 것이었다. 칠현금은 선비의 악기로 자고로 여자는 타지 않는 악기였다. 언호 역시 오랫동안 칠현금을 연습하였고 오늘 역시 들고 나왔다.

아버지에게 물려받은 오래된 칠현금의 줄을 고르느라고 몇 번 튕기더니 언호는 바로 연주를 시작하였다. 열 살 즈음부터 배워서 근 20년 가까이 연주한 언호의 칠현금 연주는 친우들이 모두 경탄하는 것 중 하나였다.

활짝 벌어지기 시작한 홍매화 아래에서 연주하는 곡은 〈매화삼롱(梅花三弄)〉. 이 곡은 원래 피리 곡이었던 것을 칠현금 곡으로 바꾼 것으로, 매화의 고상한 품격을 표현하는 곡이었다. 일각이 약간 안 될 정도로 긴 연주를 해야 하는지라 꽤 오랜 연습을 필요로 하는 어려운 곡 중 하나였다.

칠현금 연주는 늦겨울 봄을 알리는 매화가 필 때마다 해마다 되풀이되는 언호의 몇 안 되는 놀음 중 하나였다. 태어나서 자란 고향집인 이곳에서 그가 제일 좋아하는 것 하나를 꼽으라면 바로 이 늦겨울의 매화였다. 그 매화 아래 자리를 잡고 그가 탄탄하게 조여진 줄을 튕겼다.

이제 해가 길어졌고 볕도 제법 따스해서 나무 위에 쌓여 있던 눈이 녹으면서 물방울이 뚝뚝 떨어지고 있었다.

혜는 그 옆에서 화로 위의 물이 끓길 기다리며 부채질을 하면서, 귀로는 언호의 연주를 즐기고 있었다. 어디 하나 막히지 않고 유려하게 손이 튕기고 뜯는다. 물이 흐르듯 끊어지지 않고 느린 듯하면서도 빠르게.

곧 물이 끓자 탕관을 데우고 차를 부수어 주전자에 넣었다. 그에 맞추어 언호의 연주도 끝이 났다.

언호가 칠현금에서 손을 떼자마자 혜가 차를 한 잔 올렸다.

"차 드십시오."

작은 천목(天目) 잔을 사이에 두고 손끝이 살짝 스쳤다. 매끈한 손이 아니라 일을 해서 굳은살이 박인 손이었다. 작지만 야무지게 생긴 하얀 손이 찬물에 손을 자주 담그다 보니, 손등이 거북이 등가죽처럼 튼 자국이 있었다.

"내 많은 곳에서 차를 마셔봤지만 차만은 네가 해주는 것이 제일 맛있는 것 같구나."

언호의 칭찬에 혜의 얼굴 위로 발간 화기가 살짝 돌았다. 언호가 두툼한 누빔 배자(背子)를 입은 것에 반하여, 혜는 낡은 솜옷 하나만 걸쳐서 누추한 차림새였다. 그러나 매화 꽃잎처럼 고운 분홍빛을 띤 볼은 어떤 여인의 연지보다 더 고왔다.

하얀 눈, 가느다란 가지에 위태위태하게 매달려 있는 매화의 한철 아름다움. 이것이 지나고 나면 곧 봄이 온다. 찰나의 짧은 즐거움을 즐기기 위해 찻잔을 내려놓은 언호가 손을 움직이기 시작했다. 끊이지 않고 계속 흐르는 물소리처럼, 칠현금에서 소리들이 흘러내렸다.

아주 이름난 연주가들조차 평생 연주하는 곡이 많게는 서른 개에서 오십 개 정도라고 한다. 대개 구전으로 전수받는 게 보통이고, 『신기비보』 같은 악보집은 구하기도 어려웠다.

돌아가신 혜의 아버지 두철(杜轍) 역시 매화가 필 때마다 〈매화삼롱〉을, 봄이 오면 〈양춘〉을 연주하곤 했다. 가느다란 대나무처럼 허리를 꼿꼿하게 세운 아버지는 십여 곡 이상을 외워서 연주하였다. 시, 서, 화, 금 모두 능하여 사절(四絶)이라 불리던 아버지는 군자라 불리었다. 그러나 그는 가족을 지킬 수는 없었다.

큰아들이 형장의 이슬로 사라지는 것도, 부인이 죽는 것도, 작은아들과 딸이 노비가 되는 것도 막을 수 없었다. 사실 그는 자신조차 지키지도 못했다.

도대체 군자(君子)란 무엇이란 말인가.

이상(理想)이 먼저인가, 아니면 자기 가족이 먼저인가.

어릴 때는 아버지를 그리워하면서 원망하였지만 나이가 들면서 궁금해졌다. 과연 가족을 희생해서라도 싸우려 하고, 지키려 했던 그의 이상이 무엇이었는지. 혜는 철이 들기 전에 아버지와 헤어진지라 그가 무슨 생각을 하였고 어떤 삶을 살았는지 알지 못하였다.

언호의 연주가 끝나자마자 평소에 말을 아끼는 혜답지 않게 감탄의 말을 하고야 말았다.

"정말 봄날 얼었던 물이 녹아서 한 번에 큰 강으로 흘러가는 것 같습니다."

언호의 얼굴에 지나간 것은 당혹감이었다.

"지금 내가 연주한 게 〈유수(流水)〉인 걸 아는 모양이구나."

순간 혜가 당황하였는지 시선을 피하며 답을 회피하였다. 대신 빈 찻잔에 차를 따라 내밀었다.

"차가 더 식기 전에 드십시오."

〈유수〉는 아버지가 제일 자주 연주하던 곡이고, 손이 빨라 정말 물이 흘러가듯 속주하는 것으로 제법 이름을 날리셨더랬다. 마지막으로 들은 지 십 년 정도 되었는데 아직도 이렇게 기억 속에 뚜렷한 게 신기할 정도였다.

언호의 연주와 비교하자면 아버지의 연주는 매끄러웠고, 언호의 연주는 박력이 있었다. 아버지의 유수가 물이 빠르게 흘러가는 듯한 연주라면, 언호의 연주는 더 박력 있는 대하(大河)

였다.

"마치 손가락이 물이 흐르듯 유려하게 움직이시는 것이 아름다웠습니다."

언호의 마디가 두툼한 남성적인 손가락이 강을 거슬러 올라가는 연어처럼 현을 넘나들며 통통 튀어 빠른 속도로 움직이며 마치 대하처럼 큰 울림을 만드는 것이 멋있다라고 생각하였다.

"제가 나리 덕에 큰 호사를 누리는 중이어요."

방금 전에 얼떨결에 내보인 자신을 지우려고 하듯, 평소답지 않게 시키지도 않았는데 말을 꺼내었다.

"무슨 호사를?"

"매화 구경에 좋은 소리까지 들으니 이게 큰 호사이지 않고 무엇이겠습니까."

언호가 너털웃음을 지었다. 슬며시 괜히 나서서 아는 체하여 그의 기분을 상하게 하지 않았는지 눈치를 보고 있는 혜의 시선을 아는지 모르는지 그는 차만 마실 뿐이었다.

찻물을 입에 넣어 굴리면서 언호는 오늘 혜가 답지 않다라고 생각하고 있었다. 평소에 입을 굳게 다물고 말을 시키지 않으면 먼저 나서서 말을 하는 법이 없는 혜가 좋은 소리를 들었다고 먼저 말을 꺼내니 보기 드문 일이었다. 한편으로, 한 번도 궁금하지 않았던 혜의 과거가 궁금해지는 순간이었다.

마치 눈부처럼 혜의 촉촉한 눈망울이 그의 머릿속에서 오전 내내 감돌면서 계속 따라다니는 듯하였다. 책 속에서도, 쓰는 글씨 속에서도 계속 머릿속에 맴돌았다. 이팔청춘 십대 아이도 아니건만, 서서히 다가오는 봄기운처럼 슬그머니 스며든 그 감정에 언호는 흔들리고 있었다.

한 번 결심한 것, 한 번 가지려고 했던 것, 어떤 것도 놓쳐 본 적 없었다.

마음속에 한 번 자리 잡은 감정은, 작은 가시처럼 은밀하게 가슴을 찌르기 시작했고, 이제 그 감정을 더 이상 무시하려야 무시할 수 없어졌다.

태어나서 장언호의 심중을 괴롭히고 어지럽힌 것이 얼마나 있겠는가.

혼인을 하였을 때도, 부인이 아이를 낳다 죽었을 때도 희로애락이야 있었지만 언제나 심중은 꿋꿋하였다. 그런데 지금 그가 흔들리고 있었다.

한밤중의 매화 향처럼 연심(聯心)은 은밀하게 슬그머니 스며들어 버렸다. 마음속에 부는 미풍이 그의 숲을 뒤흔들고 있었다.

"수가 참 곱구먼."

침모인 위 씨가 혜가 놓고 있던 수를 보고 칭찬을 했다. 눈이 침침해져서 전처럼 바느질이 빠른 것은 아니지만 침모로 솜씨는 역시 대단하였다. 시집간 언호의 누이들은 아직도 종종 위 씨에게 바느질을 맡기곤 하였다.

위 씨는 노비가 아니라, 든침모로 이 집에서 꽤 오래 살았다 하였다. 성질 괄괄한 용이네도 한 수 굽히고 들어간다. 원래 반가의 여인이나 아이를 못 낳아 소박당하고 저렇게 침모가 되어 이 집에 들어온 거라고, 용이네가 뒤에서 석녀니 뭐니 하는 걸 들은 적이 있었다.

원체 손이 빠른데다 꼼꼼한 위 씨가 어지간해서는 하지 않는 칭찬을 하였다. 위 씨 밑에서 바느질을 배운 게 근 칠 년이니, 거의 수제자라 할 만하였다.

위 씨 역시 말이 없고 조용한 성품이나, 어딘가 근접할 수 없는 위엄이 있었다. 혜가 처음 이 집에 왔을 때 돌봐준 이도 위 씨였다. 무뚝뚝하고 깐깐하지만 속정이 깊어서 어린 혜가 믿고 의지하기 좋은 양반이었다.

"어쩌면 이렇게 손이 꼼꼼할까."

다시 한 번 혜가 수놓은 것을 보고 위 씨가 감탄했다. 혜의 바느질 솜씨는 최 부인도 인정한 바였다. 예전에 지나가는 말로 위 씨에게 이런 얘기를 해준 적이 있었다. 처음 예단을 받았을 때, 함으로 보내었던 비단 천을 갖고 만든 의복을 보고 감탄하였다고. 위 씨는 본인이 워낙 바느질 솜씨가 대단한지라 별로 기대하지 아니하였는데 생각 이상의 솜씨였다.

새 신부가 갖고 온 모든 건 다 혜의 어머니가 바느질한 것이었다. 깃에 놓은 자수까지 어디 하나 흠 잡을 데가 없이 완벽

하였다. 여염집도 아닌 사대부이나 버선 정도는 본인이 직접 했겠지 싶었는데 막상 새 신부는 바느질을 거의 하지 못하였다.

제 서방 버선 하나 제대로 못 만드는 며느리라니. 제사 지낼 제기 닦는 것부터 온갖 것들을 알려줘도 완용은 제대로 할 줄 아는 게 없었다. 코맹맹이 목소리로 훌쩍거리면서 '죄송해요, 어머님'을 연발할 뿐.

결국 두 손 든 것은 최 부인이었다.

그리고 오히려 시비인 혜가 완용의 몫을 해내었다. 그래서 노비라도 하나 잘 두었으니 그것도 네 복이렸다 생각했건만……
그리도 빨리 갈 줄이야.

내리깐 눈으로 언호가 입을 포를 마무리 중인 혜를 두고 위씨가 슬그머니 물어왔다.

"그러고 보니 자네 올해 연치가 어떻게 되던가?"

"스물둘이어요."

그 말에 위 씨가 깜짝 놀랐다.

"벌써 그리되었어? 가는 세월 모른다고 하더니만 내가 딱 그 꼴이구먼."

"하는 일 없이 나이만 많이 먹어 부끄러워요."

그 말에 위 씨가 어이가 없다는 듯이 살짝 흘겼다.

"여태 시집도 안 가고 무엇 한 겐가? 이 집에 멀쩡한 사내놈들이 없는 것도 아니고. 같은 연치들은 이미 서방과 애도 있건만…… 자네가 눈이 많이 높은가 보구먼. 남정네가 지나가도 별 관심도 없어 보이던 거 보면."

위 씨가 혜를 놀릴 생각인지 혼인 얘기를 늘어놓았다.

"이제 자네도 좋은 짝 만나서 아이도 낳고 해야 할 거 아닌가?"

혜가 수줍은지 살짝 웃었지만 마음속은 복잡하였다. 위 씨는 혜가 시집 얘기를 그다지 좋아하지 않는 것을 알았다. 혜한테 수작 부리거나 집적거리는 것들이 계속 있었지만 혜는 틈도 주지 않았다. 별 관심도 없었고 무덤덤하게 대하니 잘될 리가 없었다.

"자네, 지금이라도 많이 늦진 않았으니, 듬직한 낭군 만나 서로 등 긁어주며 아이 낳고 복닥복닥 살아야 할 거 아닌가."

혜가 볼우물을 만들며 웃었다.

"남정네가 있어야 생각해 보죠."

"왜 이 집에 남자 많잖은가. 응칠이도 자네한테 관심 많던데?"

혜는 아무 말도 없이 그냥 웃을 뿐이었다.

"좀 이상한 것 같은데, 저는 시집가고 싶지가 않아요. 그냥 이렇게 살면 좋을 것 같아요. 혼자셔서 많이 힘드세요?"

"나야 내가 혼자되고 싶어 혼자되었나. 그냥 살다 보니 이리 되었지. 과부 팔자…… 애가 있었으면 좀 달라졌을 수도 있고. 안 그런가?"

"그러려나요? 지금은 제가 아직 젊어서 그런지 혼자가 좋아요."

"나이 먹어 바느질 못하게 되었을 때 몸져누워 죽을 날만 기다리고 있을 텐데? 아니면 죽은 뒤에 제삿상 차려주는 사람은 있어야 할 거 아닌가."

"죽은 뒤에 제삿상이 뭐가 중요해요? 저는 이미 죽어 있는데요. 죽기 전에 어떻게든 제 한 몸 건사 잘해야 하는데, 그 걱정만 들어요."

"나야 이미 늙었지만 자넨 아직 젊잖은가. 그러니 잘 생각해보게. 용이네 봐. 자네랑 몇 살 차이도 안 나는데 벌써 애가 셋이나 되잖아."

혜보다 세 살인가 위인 용이네는 이미 애가 셋이었고, 옥춘이야 이제 겨우 열일곱 살 된 아이이니 애가 없다지만 혜 또래의 다른 여종들은 이미 다른 남종과 살림을 차렸거나 애가 있거나 하였다.

인간이되 누군가의 재산인 노비가 역시 노비일 아이를 낳는다는 게, 이 비참한 생활을 물려준다는 것에 대해 아무 생각 없는 게 가끔은 이해가 가지 않았다. 왜 아이를 낳는 거지? 이 아이 역시 자기처럼 천하게 취급될 텐데?

정말 은애하는 분이 생겨 그분의 아이를 낳는다면 그 아이의 신분을 떠나 낳고 싶어지는 걸까.

만약 정말 그분의 아이가 생긴다면 어떻게 될까?

나리를 닮아 기골이 장대하고, 그처럼 눈이 길쭉한 잘생긴 사내아이가 태어난다면…….

그런 생각일랑 접자. 바느질에나 신경을 써야 했다.

그때 밖에서 인기척이 들리더니만 누군가 문을 휙 잡아 열었다. 순간 놀란 위 씨가 바늘에 손을 찔렸는지 인상을 썼다. 평소에도 안하무인인 용이네가 혜더러 들으라는 듯이 소리를 버럭 질렀다.

"거기 그렇게 앉아서 뭐 하고 있는 겨? 손님 와서 바빠 죽겠구먼, 나와서 일 안 거들어주고. 누구는 진짜 팔자 좋구먼. 부엌은 바빠 죽겠는데 눈치도 없이 도와주러 올 생각도 안 하나?"

위 씨가 용이네를 보더니 눈살을 찌푸렸다.

"혜는 나랑 오늘 할 일이 많은데?"

"지금 급해 죽겠단 말이유."

"그거야 부엌 사정이고 우리도 일할 거 많구먼. 정 일할 사람 부족하면 마님한테 가서 말해야지, 왜 일 잘하고 있는 혜를 끌고 가려 하나? 여기 있는 바느질감 안 보이나?"

쌓여 있는 바느질감을 보고 혜의 얼굴을 한 번 보고 난 용이네가 투덜거리며 문을 쾅 하고 닫아버렸다.

"속 좀 탈 것이다. 다른 일 하는 사람에게 일 좀 도와달라고 부탁은 못할망정 어디서 시키려 들어? 저거 완전 **뺑덕어멈** 소갈딱지야."

위 씨의 용이네 흉보는 말에 혜가 쿡쿡거리면서 웃었다. 어린

아기씨처럼 해맑게 웃는 혜를 보고 위 씨가 저거 언제 철드나 싶었는지 혀를 끌끌 찼다.

그것도 잠시, 곧 최 부인의 안잠지기인 하가이가 와서 혜를 찾았다.

"혜, 지금 뭐 하노? 마님이 찾고 계시는디."

"마님이 뭐 시키실 일 있으시데요?"

"상전이 부르면 퍼뜩 일날 것인지 이유는 왜 물어보고 그런대?"

강퍅한 하가이의 말에 혜의 얼굴에서 웃음이 사라졌다. 채 뒷정리도 못하고 일어서는 혜를 보고 위 씨가 혀를 끌끌 찼다.

"오늘은 혜가 바쁜 날인가 보구나. 이리저리 찾는 데도 많아."

슬그머니 뒤로 돌아서 미안하다는 듯 웃는 얼굴에 위 씨가 고개를 끄덕였다.

"쯧쯧, 여자가 재주 많으면 팔자가 사납다던데……."

혼잣말을 하는 위 씨 속을 아는지 모르는지 혜가 안잠지기를 따라 마님이 거하는 안채로 걸어갔다.

평소처럼 퇴청한 언호가 대문으로 들어오자마자 용이 아범이 인사를 꾸벅한 뒤에 슬그머니 알려주었다.

"작은댁에서 마님이 들르셨습니다."

그 말인즉슨, 작은어머니가 왔다는 얘기였다.

언호의 진한 눈썹이 살짝 위로 올라갔다. 제사도 아니고, 무슨 일이 있는 것도 아닌데 어인 일인 걸까. 이번에는 무슨 일로 어머님 속을 긁으려나 슬그머니 걱정이 되었다.

어머니 최 부인과 숙모 사이의 벽은 오래된 것이었다.

언호는 종부인 어머니가 딸을 셋 낳고 낳은 장자였다. 그래서 언호가 태어나기 전까지 할머니에게 은근 구박도 당하고 작은 어머니에게 계속 무시를 당해서 입지가 좁았더랬다. 게다가 작은어머니 댁의 형님이 이 집안 유일한 아들로, 종가인 아버지가 물려받은 큰 저택과 재산도 은근 노렸던 모양이었다.

그러다 언호가 태어나고 난 뒤에 완전 역전이 되어버렸다. 언호는 만 세 살에 글을 줄줄 읽었지만 다섯 살 위인 형님은 머리가 그다지 좋지 못해서 할아버님이 살아 계실 적에 혀를 끌끌 차지 않았던가.

작은어머니가 왔다는 소식이 별로 반갑진 않으나 인사는 해야 할 듯하여 바로 안채로 향하였다. 어머니가 사용하시는 안채에 들어서자마자 나는 진한 향 냄새에 언호는 살짝 코를 찡그렸다.

안쪽 방에서 흘러나오는 목소리에는 뾰족하게 날이 서 있었다. 뭔가 마음에 안 드는 게 있는데 시빗거리가 없어서 아무거나 잡고 보겠다는 듯했다.

"쟤 이제 나이 제법 차지 않았어요? 다른 종 같으면 이미 애 두셋 낳았을 나이인데. 쯧쯧. 석녀인가?"

차를 따르던 혜는 순간 손이 움찔하는 듯하였으나 곧 평정을 되찾았다. 아무 소리도 못 들은 양 다시 얌전하게 잔 받침을 앞으로 밀었다. 최 부인이 혜더러 차를 만들라 일부러 부른 것이었다.

혜를 빗대어 최 부인을 겨냥한 동서의 말속 가시를 최 부인이 모를 리가 없었다.

"종년이 차를 잘 만들면 얼마나 잘 만든다고, 저 귀한 걸……."

"언호가 인정한 아이일세. 시집이야 자기가 가고 싶으면 가는 거고, 챙겨줄 어미가 없어 혼사가 늦어진 것을 저 아이를 탓해서 무엇 하겠누. 혜도 어서 좋은 지아비를 맞이해야 할 텐데, 안 그러냐?"

최 부인은 방금 들은 이야기는 못 들은 척 무시해 버리고 혜에게 다정하게 말을 건네었다.

아무리 신분이 낮아도 그 자리에 있는 사람이건만, 마치 물건인 듯 취급되는 대화를 듣고 있노라니 혜는 가슴이 다시 따끔거렸다. 종년 새끼 쳐서 재산 불리는 거야 당연한 일이었다. 본인의 의사 같은 것은 중요한 게 아니었다.

"저 같은 것에게 좋은 지아비라니요. 그냥 마님 모시면서 이렇게 사는 게 저는 더 좋습니다."

그 말 끝나기 무섭게 작은어머니가 매섭게 받아쳤다.

"상전이 말하면 바로 들을 생각을 해야지! 이건 완전 상전 알기를 우습게 아는 거 아닌가요, 형님?"

이것 역시 돌아가신 언호 할머니와 사이가 좋지 않았던 최 부인을 빗댄 얘기였다. 작은어머니의 가시 돋힌 목소리에 언호는 슬쩍 한숨이 새어 나오려던 걸 참아내었다.

"아무리 그래도 인륜지대사인데 본인 의견은 존중해 주어야지."

"상전이 가라고 하면 네, 하고 곱게 말하고 가야지 종년 주제에 어디……."

"저 아이라도 있으니 그나마 덜 적적하기라도 하고, 말동무도 되어주고 해서 사실 나도 보내기 좀 아쉽긴 하다네."

가뜩이나 식구도 없고 가솔이라고 해봤자 많지도 않았다. 넓은 장원에 쓰지 않는 방이 더 많을 정도였다. 어쩌다 이리되었을꼬.

지난 몇 년간 최 부인의 가슴만 바짝바짝 타고 있을 뿐이었다.

남들은 다 장가간다는 나이에 성국에 유학 가고, 재취해야 할 시기에 다시 사신으로 갔다 그곳 황제의 눈에 들어 일 년 이상 잡혀 있었다. 다시 돌아오자마자 바로 아버지가 돌아가셨고, 삼년상이 이제 거의 끝나가고 있었다. 이제 언호 나이 스물아홉이었다. 남들이라면 애가 서넛은 되어도 이상하지 않을 나이였다.

밖에서 이런 얘기 오가는 걸 듣고 있던 언호가 가슴속에서 흘러나오는 한숨을 작게 내쉬었다. 이제 들어가서 이야기를 좀 끊어놓을 때였다. 일부러 으흠, 하고 헛기침을 놓았다.

"어머, 언호가 왔나 보네. 어여 들어와라."

언호가 들어오자마자 최 부인이 화제가 돌려져 기쁜 기색을 띠었다. 문을 열고 들어간 언호가 절을 올리자 최 부인이 훤칠한 아들을 보면서 환한 웃음을 지었다.

"이제 오는 길인가. 바깥 날씨 춥지 아니하더냐? 혜야, 뭐 하는 거니? 어서 나리께 차 한 잔 안 드리고. 뜨거운 거 마시고 몸 좀 녹이게."

혜가 잽싸게 잔에 뜨거운 차를 한 잔 따라 언호 앞에 놓았다. 차를 한 모금 마신 뒤 언호가 나름 역습을 하였다.

"작은어머님, 집안엔 별고 없으시고요?"

별고 있는 거야 진작 알고 있던 일. 작은댁 형님이 기생을 첩으로 들이겠다고 해서 대소란이 일어났다는 소문을 들었다. 언호보다 다섯 살 위이니 이제 나이 서른넷. 그쯤 되었으면 과거에도 붙고 벼슬을 할 법도 한데, 과거 공부는 뒷전이고 한량이 되어서 기생집에 가야 얼굴 볼 수 있게 된 지 한참 되었다.

"우리야 뭐 그렇지."

말은 별일 없다는 듯하지만 코가 실룩실룩한 게 분한 표정을 억지로 누르고 있는 게 분명했다. 평소에 볼일이 있지 않는 한 절대 들르지 않는 사람이 온 것이니 무슨 일이 있을 텐데, 계속 변죽만 울려 최 부인의 속을 몹시 답답하게 만들고 있던 차에 언호가 등장한 것이었다. 이제 언호도 왔고 날도 어두워져 갈 때가 되었으니 원래 하려던 얘기를 꺼내놓겠지.

갑자기 숙모가 표정에 미묘한 웃음을 띠고 드디어 입을 열었다.

"형님도 이제 며느리한테 광 열쇠 물려주셔야 할 텐데요. 손주들 보는 재미도 있으셔야죠."

하나밖에 없는 외아들에, 며느리마저 일찍 죽은 최 부인을 위로한다는 듯이 한 말이었다.

"그러게 말일세. 내가 언호 생각하면 조상님 뵐 면목이 없네."

며느리 얘기가 나오니 최 부인 얼굴에 살짝 주름이 졌다. 저 조상님 볼 면목은 언호가 요 몇 년간 계속 들어 귀에 딱지가 앉을 말이었다.

"혹시 봐둔 신부감은 있으세요?"

"아니, 삼년상이 끝난 지 얼마나 되었다고……. 성국에 사신으로 가기 전엔 어떻게 될지 모른다고 멀쩡한 처녀아이 데려다 처녀귀신 만들 일 있냐고 싫다 하고, 갔다 온 뒤에는 계속 불려다니면서 바쁘고, 바로 그 양반 저세상 가고 뭐 이런 상황에 신부고 뭐고 알아볼 시간이나 있었겠나……."

며느리 효도는 못 받을지언정, 아들이 관직에서 이렇게 잘나가니 한결 마음이 좋다라고 받아치는 것이었다.

"저기 형님, 저희 친정 언니네 아이가 말이어요."

"아, 그 그 호조 첨정이라는 댁 따님 말씀인가?"

"네, 그 아이의 솜씨가 아주 좋아요. 이 주머니 좀 보시겠어요? 지난번에 제 생일이라고 선물로 보내온 거여요. 올해 열일곱인데 저희 형부가 워낙 그 아이를 아껴서 시집도 안 보내고 아주 집에서 꽁꽁 싸매어서 키우지 않았겠어요."

차고 있던 주머니를 꺼내서 보여주는데 마지못해 받아 든 최 부인의 시선이 날카로웠다.

"처녀아이치고 제법이구먼."

복(福) 자를 수놓았는데 괜찮다 할 수도 있겠지만, 까다로운 최 부인의 눈에는 사실 성에 차지 않았다.

"그 집도 우리 집처럼 침모가 솜씨가 제법 좋은가 보구먼."

"아니에요. 조카아이가 직접 놓은 거여요."

"그런가? 재주가 좋은 처자인가 보네. 우리 집이야 혜가 잘 놓아서 내가 호강을 하지."

이미 둘이 말에 비수를 실어 날리기를 수천 번. 최 부인이 동서의 염장을 긁기로 작정이라도 한 듯했다.

실제로 최 부인의 저고리가 검소한 단색이긴 하나 다른 색으로 단을 댄 깃에 색색들이 꽃수를 놓아 은근 화려하였다.

"혜가 손재간이 여간 좋지 않은가."

최 부인이 동서의 조카 얘기에 사실 어디에 감히! 라고 소리치고 싶은 것을 체면 때문에 꾹 참고 대신, 시비의 수 솜씨 자랑으로 너구리처럼 슬그머니 넘어가 버렸다. 최 부인이 얼마나 호재를 불렀을까.

그걸 보고 있던 작은어머니의 분을 발라 희멀건 이마에 살짝 실선이 생기는 걸 언호는 목격해 버렸다.

"저도 좀 혜에게 부탁해야겠네요."

억지로 웃는 얼굴로 작은어머니가 말을 꺼내자마자 최 부인이 바로 딱 잘랐다.

"당분간 혜가 바빠서 힘들 것이야. 요즘 언호 봄 입성 짓는 것 때문에 바쁘거든."

원래 일하던 침모 위 씨가 눈이 침침해지면서 전보다 손이 느려져, 혜가 바느질감을 거의 대부분 책임지게 되었다.

자연스레 그 조카 얘기는 어느새 물 건너가 버렸고 작은어머니는 결국 끝까지 그 이야기의 답은 못 들은 채 엉거주춤 일어서서 가야 했다.

작은어머니가 간 뒤에 혜가 뒷정리를 부산하게 하는데 마중을 하고 돌아온 최 부인이 고개를 저었다.

"아, 정말 아까 간이 내려앉았다. 어디 자기 조카를 너에게 들이밀 수가 있니?"

언호는 별로 신경 쓰는 눈치는 아니었지만 어머니의 불만을 아는지라 그냥 평범하게 맞장구를 쳐줄 뿐이었다.

"그냥 얘기를 꺼내보신 거겠죠."

"네가 진작 장가를 갔더라면 내가 저런 어처구니없는 얘기는 안 들었을 것 아니냐."

재취하지 않는 아들이 그냥 원망스러울 따름이었다. 언호는 그저 너털웃음을 지으면서 자리를 피하려고만 했다.

"혜야, 찬방에 상 들이라고 해다오."

"허기져? 배고프면 말을 하지. 진작 차려줄 것을……"

어느새 언호의 말에 넘어간 최 부인이 언호의 저녁 밥상을 준비한다며 밖으로 나갔다.

탁자 위의 찻잔을 갈무리하고 있던 혜가 슬그머니 웃는 걸 언호가 보아버렸다. 그는 멋쩍은지 시선을 돌려 버렸다.

✳

몸을 뒤척이던 언호가 작게 한숨을 내쉬었다. 어둠 속에서 눈을 번쩍 떴다. 잠이 오길 기다리며 누워 있은 지 이미 한 식경이 지난 터였다.

올겨울 내내 언호를 괴롭힌 불면이 다시 도진 모양이었다. 좋다 하는 것을 모다 해보았지만 별 차도는 보이지 않았다.

왠지 목이 말라 물을 마시려 보니 갖다 놓은 자리끼도 애저녁에 다 먹어버린 뒤였다. 점점 더 갈증은 나고, 이 시각에 하인을 부르기 위해 선향재 처마 밑 종을 치자니 신새벽에 할 짓도 아닌 듯하였다. 종도 사람인데 이 새벽에 누구를 부른단 말인가. 그냥 잠자리를 박차고 일어서긴 하였다. 산책이라도 좀 하고 오면 잠이 오지 않을까 하는 생각에서였다.

그믐인지라 달도 없고 하여 꽤 어두웠다. 호롱을 들고 나올까

하다 익숙한 집 안이라 그냥 무시하였는데 정원을 지날 때 즈음
이 되자 약간 후회가 되고 있었다. 정원의 홍예교를 더듬거리며
지나 집 쪽으로 들어왔다. 안채의 부엌으로 오는 일은 언호로서
는 드문 일이었지만 물을 찾아 여기까지 오게 되었다.

깊은 새벽, 당연히 굳게 닫혀 있는 부엌문을 열려 할 때 문
틈에서 희미하게 빛이 새어 나오는 걸 보았다. 자정이 훨씬 지
난 새벽에 웬 불빛이란 말인가. 안에 누군가 있는 모양이었
다.

혹시 도둑일까 싶어 슬그머니 문틈으로 안을 들여다보던 언
호가 순간 헉, 하고 짧은 신음을 삼키며 살짝 뒤로 물러섰다.

어둠 속에 묻힐 듯 말 듯 하얀 나신이 가냘픈 불빛에 떠올라
있었다.

등을 돌린 여자가 머리카락을 모아서 가슴 쪽으로 넘긴지라
뒷모습이 그대로 그의 눈에 들어왔다.

여자는 수건을 물에 적셔 몸을 닦는 중이었다. 부엌의 아늑한
불 앞에서 겨울에 제대로 하지 못했던 목간을 대신하여 닦는 중
인 듯했다.

그림 속 여자처럼 교태롭게 허리를 틀어 앉은지라 몸이 다 보
이지는 않았지만 잘록하게 들어간 허리나 소담한 가슴선이 불
빛에 그림자를 드리웠다. 어둠 속에서 은밀하게 드러나는 몸은
그를 유혹하기라도 하듯 감질나게 천천히 움직였다. 하얗고 길
쭉한 팔이나 가느다란 발목, 학처럼 긴 목의 고운 선을 따라 그

의 시선이 음미하듯 움직였다.

누구인 걸까?

이미 장가를 가 여자를 아는 사내이나, 선비답게 정결하게 살아야 한다는 생각인지라 평소 여자를 가까이하지는 않았다. 절세미녀를 봐도 흔들릴 리 없다 생각했건만, 그의 담담하며 평정한 마음에 얼굴조차 모르는 여자가 파문을 만들어내고 있었다.

그때 여자가 살짝 고개를 돌려 몸을 트는 순간, 익숙한 옆모습이 그의 눈에 들어왔다.

순간 침을 꿀꺽 삼키는 그의 목울대가 크게 흔들렸다.

혜였다.

거친 삼베에 뜨거운 물을 적셔 몸을 닦고 있는 것이었다. 평소에 단정하게 땋았던 머리를 방금 머리라도 감았는지 삼단처럼 길게 풀어헤쳐 가슴 쪽으로 넘겨놓았다.

최 부인과 언호는 집 한구석에 설치된 정방(淨房)을 이용한다지만, 혜 같은 노비들도 이용할 수 있는 게 아니었다. 아마도 늦은 밤 숨어서 몰래 몸을 닦고 있던 모양이었다.

늘 허름한 옷에 감추어져 있던 몸이 은밀하게 어둠 속에서 드러났다. 햇빛 한 줌 보지 못한 하얀 속살이 붉은 빛에 은은하게 비추인다.

기다란 목, 잘록한 허리에 비해 풍만하다 싶은 가슴과 엉덩이를 보는 순간, 아랫배를 치고 올라오는 강한 욕망에 침을 꿀꺽 삼켰다. 부드러운 선을 그리는 여체를 예의가 아닌 줄 알면서도 홀린 듯 바라보았다. 그도 사내인지라 호기심에 춘화첩도 본 적 있었고 여자를 품어도 봤지만 눈앞의 여체에서 시선을 뗄 수가 없었다.

사슴처럼 예민한 혜가 그의 시선을 모를 리도 없고, 앞으로 노비라 해도 외간 남자 눈에 이렇게 나신을 보인 것이 알려지면 소란이 일 터. 체면 구기기 전에 여기서 물러섬이 옳았다. 마음 속으로는 그리 생각하건만, 몸을 돌리는 데 그의 평생 이렇게 강한 의지가 필요하긴 처음이었다.

눈앞에 있고 손을 뻗으면 잡히는 존재인데도 마치 깨끗한 눈밭에 올라가길 주저하는 것처럼 손을 대는 게 주저되었다.

그렇다고 눈을 뗄 수 있냐면 그도 아니었다.

그때 몸을 닦던 혜는 그의 뜨거운 시선을 느끼기라도 했는지 문 쪽을 바라보았다.

"거기 누구 있어요?"

그 소리에 놀란 언호는 잽싸게 까금발로 건물의 그림자 안으로 숨어버렸다.

혜는 아무런 대답도 없었지만, 옷을 들어 잽싸게 입었다. 혹시 도둑인가 싶어 나가봐야 하나 싶을 때, 인적 대신 바람 한줄기가 문을 탁 치고 지나갔다. 바람이었던 모양이구나 싶어 허겁지겁 입던 옷을 여미는 손이 조금 느긋해졌다. 겨울이라 목욕을 제대로 못하니 답답할 노릇이라 일부러 집 안에서 제일 따뜻한 아궁이 앞에서 뜨거운 물을 적신 삼베로 몸을 닦던 중이었다.

아궁이 앞에서 수건으로 머리를 말리려 해봤자 숱이 많은데다 길기까지 한지라 금세 마를 리가 없었다. 결국 조금 몸을 덥힌 뒤 호롱을 든 채 다시 행랑채로 돌아가려 나섰다.

그림자 속에 숨어 있던 언호는 잠시 후 호롱을 든 혜가 나오는 걸 보았다. 호롱불빛에 도홧빛을 띤 얼굴이 드러났다.

머리가 젖어 추운지 덜덜 떨면서 빠른 걸음으로 움직이는 혜의 가녀린 몸이 어둠 속으로 사라질 때까지 그 자리에 지키고 있었다. 왜 자기가 부엌까지 왔었는지조차 잊은 지 오래였다.

머릿속에는 방금 전에 희미하게 보이던 하얀 나신만이 둥둥 떠다니고 있었다. 몽유병 환자처럼 넋 놓고 방으로 돌아간 언호는 그제야 왜 부엌까지 갔었는지 기억이 났지만, 지금은 다른 갈증에 목이 마른 것은 잊었다.

그의 머릿속을 차지한 것은 허름한 옷 속에 감추어져 있던 여인의 몸밖에 없었다.

"기침하셨습니까?"

방 밖에서 나는 혜의 목소리에 언호는 눈을 번쩍 떴다. 창으로 들어오는 해가 훤한 것을 보고 늦잠을 잔 것을 깨달았다.

평소답지 않게 언호가 늦잠을 자자, 혹시 고뿔이라도 걸린 게 아닌지 염려가 되는지 혜의 목소리가 조심스러웠다. 이번 겨울 불면으로 고생을 좀 하였지만 그렇다고 기침하는 시각이 늦어지는 일은 없었다.

"나리, 나리?"

연달아 부르는 혜의 목소리에 결국 언호가 몸을 일으켰다. 새벽까지 거의 뜬눈으로 밤을 새워서 그런지 머리가 멍하기 그지없었다.

"일어났다. 들어와."

막 일어나서 그런지 목에서 나오는 소리는 거칠었다.

문이 열리고 찬 공기가 안으로 들어왔다. 혜는 들어오자마자 침의 차림인 언호의 눈이 충혈되어 있는 것을 보고 간밤에 또 잠을 못 주무셨구나 짐작하였다. 겨울 내내 언호가 불면이 심하였다는 것은 혜 역시 알고 있던바. 지나가듯 몇 번 투덜거린 적도 있고 그답지 않게 낮잠을 살짝 자는 날도 있었다.

대야에 뜨거운 물을 붓고 찬물을 섞은 뒤 손을 넣어 온도를 맞춘다. 혜가 옷이 젖지 않게 손목을 살짝 걷어 올리자 하얗고 가느다란 손목이 드러났다. 물을 휘휘 젓는 하얀 손을 넋을 잃고 바라보다…… 전날 보았던 그 몸의 기억에 언호는 눈을 감아 버렸다.

맙소사.

생각지 못한 춘정에 몸이 들썩거리려 했다.

"나가봐."

순간 소리를 버럭 질러 버리고야 말았다.

"네?"

언제나 세수할 때 곁에서 시중을 들어주었던지라 혜는 매우 당황한 모양이었다.

"나가라고."

언호의 짜증에 혜가 허둥지둥 발을 떼었다. 혜가 문을 닫고 나가기 무섭게 언호는 다시 한숨을 거세게 몰아쉬었다. 자신의 침의 아래를 내려다보던 언호가 고개를 잠시 흔들고 다시 긴 탄식을 내쉬었다.

선비 체면을 구기었구나, 라는 생각에 창피하기만 할 뿐이었다. 어머니 말씀대로 빨리 장가를 들든가 해야 하나라는 생각이 잠시 머릿속을 스쳐 지나갔다.

第二章 양춘(陽春)²⁾

언호가 퇴청할 시각이 되자 혜가 바느질을 하다 말고 잠시 한 숨을 내쉬었다.

"젊은 사람이 왜 그렇게 한숨이 무거운가?"

위 씨가 혜를 놀리듯 말하였지만 평소에 생글생글 잘 웃던 얼 굴이 무거우니 궁금한 모양이었다.

"별일 아니어요."

"그런데 웬 한숨이야?"

사실 요즘 들어 언호가 이상하게 쌀쌀맞은 게 계속 마음에 걸 리고 있었다.

---

²⁾ 따뜻한 봄날이라는 뜻으로, 칠현금에서 가장 많이 연주되는 곡 중 하나이다.

"저기요, 나리께서 요즘 저한테 화가 나셨나 봐요."

"왜? 나리가 어디 아랫사람들에게 화를 내는 양반인가?"

"그래도 좀 이상하셔요."

"자네 무슨 큰 잘못이라도 했어?"

"제가 잘못을 했으면 이리 답답하겠어요? 그냥 잘못한 거면 싹싹 빌고 용서받으면 되는데 그것도 아니고……. 제가 무슨 잘못을 한 걸까요?"

혜는 고개를 갸웃거리며 요즘 들어 통 알 수 없는 언호의 언행에 한숨만 내쉴 뿐이었다.

"그 양반 생각을 우리 같은 아녀자가 어찌 아누. 그냥 화를 내시면 내시는구나, 그러려니 해."

"그래야 할까 봐요."

말은 그렇게 하지만 언호가 왜 그러는지 궁금한 것은 사실이었다. 정말 벙어리 냉가슴 앓듯 답답하기만 하였다.

지난밤에만 해도 선향재에서는 작은 사건이 하나 있지 않았던가.

역시나 어둑어둑해질 무렵 퇴청한 언호의 옷을 혜가 받아 들려고 했다. 순간 자기도 모르게 손이 살짝 닿은 모양이었다. 아무래도 시중을 들다 보면 손이나 몸이 슬쩍 닿는 일이야 허다하였던지라 혜는 별생각이 없었건만, 언호가 매우 불쾌하다는 듯 손을 쳐버렸다.

언호가 좀 과하게 손짓을 하였는지 찰싹 하는 소리가 요란하였다. 놀란 혜가 눈을 동그랗게 뜨고 맞은 손등을 다른 손으로 감쌌다. 눈물이 살짝 그렁그렁해진 눈으로 언호를 올려다보더니 몸을 굽혀 옷을 주웠다. 먼지를 탈탈 턴 뒤에 평소처럼 옷을 정리해 옷걸이에 걸었다.

며칠 전 아침에만 해도 평소에 소리 한 번 지르지 않던 이가 꽤 격하게 화를 낸지라 어제오늘 저가 무슨 잘못이라도 한 게 있나 계속 좌불안석이었다. 그 전날 저녁에 살짝 웃은 게 비위가 상하셨나, 저녁 반찬이 마음에 안 드셨나, 전날 밤에 잠을 못 주무셔서 피곤하셨나. 머릿속에 오만 생각이 다 들었다. 언호의 기분은 그 뒤로도 계속 좋아 보이지 않았다.

퇴청한 언호 뒤를 따라 선향재로 들어간 혜는 살이 닿지 않게 평소보다 더 조심스레 옷을 받아 걸었다. 언호와 눈도 마주치지 않은 채 허리를 조아리고 물었다.

"나리, 저녁은 어떻게 할까요?"

"간단하게 차려서 찬모더러 선향재로 들고 오라 전하게."

식사 시중은 원래 혜가 하는 일이었지만 요즘에는 찬모나 통지기가 상을 들고 선향재로 들고 오는 일이 잦았다.

"내가 옷 갈아입는 것을 지켜보고 있을 생각인 게냐?"

언호의 비아냥에 혜가 잽싸게 물러났다. 풀이 죽어 나가는 어깨가 축 처져 있었다.

그 뒤 며칠을 언호는 혜가 곁에 있으면 계속 짜증을 낼 뿐이었다. 집에 있을 때는 계속 선향재로 불러 차를 만들게 하거나 먹을 갈게 하였는데, 근 열흘 가까이 부르지 않자 이제 혜도 슬슬 애가 탔다. 그런 혜를 보고 옥춘이 고소해하였다. 드디어 총애가 떨어져 나간 모양이라고 용이네랑 수군거리기까지 하였다.

선향재 서탁 앞에 앉아 있는 이 역시 좌불안석인 것은 마찬가지였다. 내치거나, 화를 내거나, 짜증을 부릴 생각은 없는데 혜가 옆에만 있으면 왠지 자기도 모르게 그리되니 그도 미칠 노릇이었다.

옆에 있으면 짜증이 나고, 그렇다고 없으면 또 생각이 나니.

변명인지 본심인지는 모르겠지만, 요 며칠 차를 마시지 못하였더니 차 한 잔이 간절하였다. 왠지 그가 만들면 그 맛이 나지 않는 것이 혜가 끓여주는 차가 마시고 싶은 건지, 아니면 혜가 보고 싶은 건지 이제 그도 알 수 없었다.

결국 한참을 방에서 책이 보관된 전각에도 갔다가, 서탁 위를 정리도 했다가 하면서 서성이던 그가 응칠을 불렀다.

"혜더러 선향재로 들라 이르거라."

"네, 나리."

밖에서 계속 대기하고 있는 게 여간 지루하지 않았던지라 응칠은 혜를 불러 오라니 신이 나서 달려갔다. 혜에게 잽싸게 나리 시중을 맡기고 자기는 다른 여종들과 시시덕거릴 생각이었다.

이제 오나, 저제 오나 드디어 기다리던 사람이 온 모양이었다. 창호지에 그림자가 드리우는 것을 보면서 언호가 헛기침을 하였다.

"나리, 혜입니다. 부르셨습니까."

방 밖에서 말을 하는 혜에게 마음이야 두 근 반 세 근 반이지만 목소리를 가다듬고 점잖게 답했다.

"들어오너라."

문간에 서 있는 가녀린 여자를 보는 순간, 달려가 손이라도 잡고 싶은데 또 그게 안 되니 다시 언호의 목소리가 퉁명스러워졌다.

"먹을 좀 갈아주지 않으련?"

그 말에 혜가 물을 벼루에 쪼르르 붓더니 먹을 갈기 시작했다. 책을 보는 척하면서 곁눈질로 흘금흘금. 남우세스러운 걸 알면서도 시선이 손으로도 갔다가, 하얀 볼로도 갔다가, 도톰한 입술로도 갔다가 계속 움직였다.

"먹 다 갈았습니다."

순간 무슨 핑곗거리가 없나 하던 중 처음에 부른 이유가 생각났다.

"차 한 잔 만들어라."

그 말에 혜가 화로에 주전자를 얹고 차 만들 준비를 하기 시작했다.

그날부터 차를 만든 뒤에 물러나려 하면 이런저런 잔심부름을 만들어서 시키는데, 역시 의아할 뿐이었다. 며칠 동안 근처에 얼씬도 못하게 하더니만 다시 이 일 저 일을 핑계로 저녁마다 부르니 혜는 어느 장단에 맞춰야 할지 도무지 아리송하였다.

선향재 앞에 선 혜는 한숨을 길게 내쉬었다. 저녁마다 언호가 계속 먹을 갈라고 부르고 있었다. 설거지하다 말고 나온 게 몇 번 되다 보니 옥춘의 눈이 곱지 못했다.

"나리 핑계 대고 도망가는 거 너무하는 거 아니야? 며칠째 설거지 한 번도 안 했잖아."

"나리가 부르셨대잖유. 옥춘이 닌 눈치도 없으? 나리가 혜만 부르는 게 하루 이틀인가? 그냥 가게 둬어."

용이댁이 옥춘에게 눈을 꿈뻑거리면서 뭔가 신호를 주자, 옥춘이 혜를 새침하게 바라보며 다 안다는 듯이 히죽거리며 웃었다. 아마도 용이댁과 옥춘이 뭔 얘기를 주고받은 모양인지 다른 하녀들도 혜가 지나가면 수군거리고 있었다. 요즘 들어 저녁마다 언호의 부름이 잦았으니 뭔가 오해가 있을지도 모를 일이었다.

부엌일과 자질구레한 일을 하는 통지기 옥춘은 재주가 없어서 마님이 그렇게 총애하지 않았다. 자그마한 체구에 얼굴이 제법 귀여워서 응칠이나 다른 하인들이 관심을 보였지만 앙큼하게 총각들 마음을 흔들면서 놀기만 할 뿐이었다. 그 모습이 마님에겐 좋게 보이지 않았는지 옥춘의 행실에 대해서 한 소리 한 적이 있었다.

"왔으면 들어오지 않고, 문 앞에서 도라도 닦을 셈이냐?"

채찍처럼 들려오는 목소리에 혜가 문을 열고 선향재로 들어섰다.

원래 서재로 쓰던 공간을 개조한 것이라 협소하기 그지없었다. 널찍한 책상에 침상 하나, 동그란 탁자와 의자 몇 개 있는 게 다였다. 옆방으로 통하는 문이 있어 열고 들어가면 책이 빼곡히 쌓여 있는 책장들이 줄지어 있었다.

널찍한 탁자 앞에 붙박이처럼 앉은 언호가 뭔가 기분이 상하기라도 한 듯한 표정으로 퉁명하게 말하였다.

"도살장 끌려가는 소처럼 오기 싫었던 모양이구나, 그 앞에서 그렇게 서 있던 걸 보면."

창에 비추는 그림자를 보고 혜가 온 것을 안 모양이었다.

"그냥 잠시 딴생각을 하였을 뿐이어요. 먹을 갈까요?"

그러자 그가 마지못하다는 듯 고개를 끄덕였다. 보면 글씨 연습을 하는 것 같지도 않고 서책을 읽는 것 같지도 않은데, 왜 불러서 이거 해라, 저거 해라 닦달을 하며 못살게 구는지 정말 알다가도 모를 일이었다.

들어온 혜가 눈을 내리깐 채 검은 벼루 위에 먹을 쥐고 갈기 시작했다. 자기로 된 연적에서 물을 아주 약간만 붓고 천천히 갈다 다시 조금씩 부으면서 농도를 맞추었다.

하얀 손등이 빨갛게 터 있었다. 그걸 보고 있자니 갑자기 마음 한편이 짠해지는 것이었다. 자신의 그런 감정이 갑자기 창피해진 언호가 손에서 눈길을 떼고 헛기침을 했다.

"흠흠."

그의 기침 소리에 혜가 고개를 들었다.

"어디 불편하십니까, 나리?"

"괜찮다. 그냥 목이 간지러워 그런다."

호롱불빛에 작고 가느다란 어깨가 어둠 속에서 은근히 드러났다. 뼈대가 얇은지 키는 작지 않은데 몸이 가냘프다. 길고 가는 목이 마치 그림 속 여인처럼 청초하다. 문득 그날 밤 학처럼 길게 어깨에서 뻗어 나와 있던 목선을 생각하자, 명치가 조이는 듯하였다.

"흠흠."

다시 언호가 망상을 날려 버리고 싶은지 헛기침을 하였다. 아무래도 안 되겠다 싶은지 일부러 화제를 꺼내었다.

"먹 가는 거 보니 한두 번 갈아본 게 아닌 모양이구나."

그 말에 순간 먹을 갈던 손이 살짝 떨렸다.

묵향 가득한 아버지의 사랑에 마음대로 드나들던 그 시절로 다시 한 번만 돌아갈 수 있다면…… 이제 그 집에는 누가 살고 있을까? 정원에 있던 나무들은 그냥 있을까?

그의 말 한마디에 갑자기 쏟아져 내리는 생각들에 그는 가슴이 저려 아무 말도 할 수가 없었다.

혜의 침묵을 그가 이해한 모양이었다.

"내가 실수한 모양이군. 하고 싶지 않은 이야기라면 묻지 않으마."

혜가 한 번도 입 밖으로 꺼내지 않은 걸 그가 굳이 물을 이유는 없었다. 전 왕대는 하 수상한 시절이었고, 혜가 어떻게 노비가 되어 이 집에 왔는지는 모르지만 그 당시 큰 사건과 관련이 있는 것 같았다. 아마도 혜의 집안도 그때 피해를 입은 모양이었다. 그런 것을 물어 뭐를 하겠는가.

그는 심지어 혜의 성도 모르지 않은가. 그의 곁에서 꽤 오래 있었지만 아는 게 이렇게 없다니. 아니, 자기가 왜 혜에 대해 알아야 하는 걸까. 혜는 그의 시중들어 주는 노비에 불과한데.

머릿속에 복잡한 상념이 계속 왔다 갔다 하고 있었다. 이제 열너덧 먹은 도령도 아니고, 이 무슨 헛된 잡생각이란 말인가. 지금 해야 할 일은 다른 일이었다.

글씨 쓰기 좋게 먹이 갈리자 혜가 먹을 놓았다. 그가 종이를 꺼내 펴고 붓을 쥐었다. 글씨를 쓸 때만은 의자에서 일어나는 그가 서법을 연습하려는지 좋아하는 문장을 몇 개 적어 내려갔다.

일필휘지(一筆揮之). 젊은 나이에도 이미 글씨에 트였는지 대담하고, 거침없이 움직이는 그의 붓놀림을 혜가 정신없이 바라보았다.

현재 승문원(承文院)[3]의 참교(參校)이자, 사역원에서 한학을 가르치고 있는 그는 성국어에 능통했다. 성에 유학생으로 파견되었던 것도 한학을 잘하여서였고, 본인도 욕심이 많았다. 성국어도 잘하고 글씨를 특히 잘 써 사신 접대를 담당할 때도 있으며, 사신이 오면 통역도 하니 임금의 총애도 대단하다 했다. 글씨를 잘 써서 사신이 올 때마다 글씨 한 장 써주기 바쁘다 할 정도였다.

위에서는 사문관으로도 일하라고 했지만 아직 멀었다고 하면서 계속 본인이 거절할 정도로 나이에 비해 글씨 잘 쓰기로 소문이 나 있었다. 그런 그가 글씨 연습을 위해 오늘도 준비를 하는 모양이었다.

한참을 말도 없이 글씨 연습을 하는 것을 보고 있던 혜가 조용히 뒤로 물러서려 할 때, 그가 붓을 멈추었다.

"차 한 잔 만들어주지 않겠니?"

은근한 청에 혜가 살며시 웃었다.

"지금 바로 준비하겠습니다."

부엌에 가서 마실 물을 탕관에 받아와야 한다. 이제 추위가 슬슬 물러갈 준비를 한다지만 아직 날이 추웠다. 얇고 낡은 옷 사이로 스며드는 찬 기운에 몸이 부르르 떨렸다. 방금 전까지 있던 선향재에는 큰 화로를 피워놓아 따뜻하였던지라 밖의 추위가 살을 에일 듯 더욱 아팠다.

---

3) 조선 시대, 외교에 관한 문서를 맡은 관청

덜덜 떠는 몸을 바삐 움직여 부엌으로 달려갔다. 이미 설거지는 끝냈는지 옥춘과 용이댁이 부엌의 커다란 가마솥 앞에 앉아 수다를 떨고 있다 혜가 들어가니 입을 다물었다.

"빨리 왔네."

용이댁이 뭔가 캐묻기라도 하는 듯한 기색으로 혜를 바라보았다. 옥춘의 매서운 시선이 혜의 옷을 슬그머니 바라보았다.

"금방 돌아가야 돼요. 나리가 차를 드시고 싶다 하셔서 찻물 가지러 왔어요."

그 말을 하면서 낮에 항아리에 받아놓았던 물을 탕관에 옮겨 담았다.

"차 만드는 거 어려워? 그냥 찻잎에 뜨거운 물만 부으면 되는 거 아냐? 그게 뭐가 대단하다고 나리는 너만 시키신대?"

혜가 옥춘에게 그냥 억지로 웃어주었다.

"그냥 뭐 그 재주가 용한가 보지. 뭘, 너는 그런 걸 묻고 그런다냐."

용이네가 다 안다는 듯이 히죽거렸다. 뭔가 가슴에 걸리적거리는 게 있지만 혜는 그냥 무시해 버렸다.

"그럼 전 가볼게요."

그 말을 한 혜가 나가자마자 용이네와 옥춘이 자기들끼리 숙덕거리기 시작했다.

"혜 조것이 나리랑 아주 수상하단 말이지."

"맞아. 나리도 왜 저년을 밤마다 부르시는지……."

"왜 밤마다 부르겠어? 낮도 아닌 밤마다 왜?"

둘이 키득거리면서 속살거리는 소리가 문밖으로까지 들렸지만 혜는 그냥 못 들은 척 바쁜 걸음으로 다시 선향재로 돌아갔다. 대나무 숲에 감싸인 선향재 근처에 오면 마음이 푸근해진다. 마치 어릴 적 살던 집의 사랑채를 보는 듯한 기분이었다.

완용 아가씨의 집은 최근에 지은 저택이었지만 나무도 없고 대나무 숲도 없었다. 그냥 예쁜 화초 정도만 있는 집이라 운치는 없었다. 아가씨가 시집올 때 따라와 처음 원명부에 들어왔을 때, 유명한 정원에 비해 넓은 것은 아니나 정원이 제법 운치 있게 꾸며져 있어 처음으로 아주 약간의 기쁨을 발견하지 않았던가.

어둠 속에서 매화 향이 은근하게 전해졌다. 암향(暗香)이라고 한단다. 어린 혜를 안고 아버지가 알려주셨더랬지. 매화가 필 때마다 아버지가 생각나고 어머니가 그리워진다. 어린 혜는 이제 여자가 되었지만 아직도 아버지가 어머니가 그리웠고 꿈속에서라도 만나고 싶었다. 그런 혜의 볼에 차가운 바람 한줄기가 지나갔다.

바쁘게 달려왔는지 볼이 발갛게 된 혜가 조용하지만 절제된 동작으로 화로 위에 주전자를 얹었다. 물이 끓길 기다리면서 다구함에서 차호와 찻잔을 꺼내면서 조용히 움직였다.

그런 혜를 언호가 조용하지만 집요한 눈으로 보고 있었다. 언제부터 혜가 차를 만들게 되었지? 그냥 자기도 모르는 사이 혜가 차를 만들고 있었다. 심지어 그의 부인조차 그의 입에 못 맞추던 차를, 왜 혜가 만드는 걸까.

이런 생각을 하고 있는데 혜가 찻잔을 그의 앞에 내밀고 있었다.

"나리, 드셔보셔요."

뭔가 기대에 찬 듯 반짝거리는 눈을 잠시 보던 그가 찻잔을 입에 갖다 대었다. 한 모금 입에 머금자, 익숙한 맛과 더불어 생각지도 못한 향에 그가 살짝 놀란 듯 혜를 바라보았다.

"오늘은 평소와는 다른데? 차가 다를 리는 없고…… 차에 뭐라도 넣었더냐?"

"매화나무에 있는 눈을 모아보았어요. 어딘가에서 듣기에 그 눈 녹인 물로 차를 만들면 차에서 매화 향이 난다고 하였기에……."

어린 시절 어머니가 아버지 드릴 찻물을 위해 그렇게 준비하는 걸 보았다. 추운데 왜 꼭 해야 하냐고 어린 설혜는 투덜거렸고, 색 고운 배자(褙子)를 입은 어머니는 차분하게 말하였다. '네 아버지가 매화 향이 나는 차를 좋아하시잖니' 하고. 이제 그 두 분 다 이 세상 사람이 아니게 되었지만 매화를 볼 때마다 어머니와 아버지가 생각나곤 했다.

"낮에 바느질하는 것도 바쁠 텐데 언제 시간이 나서 그걸 했누."

언호가 웃음기를 베어 문 목소리로 타박했지만 차향이 꽤 마음에 드는 모양이었다. 눈가에 주름을 잡으며 요 며칠 쌀쌀맞던 사람이 활짝 웃고 있는 것을 보면.

생각지도 못한 호사였다. 낮에 바빴을 텐데 잠시 짬을 내어 차 끓일 물을 모았다는 게 왠지 기특하기도 하고 고맙기도 했다.

그가 차를 한 모금 입에 머금고, 곰곰이 뭔가 생각하는 듯하더니만 서랍을 열고 뭔가를 찾아서 꺼내었다.

"생각해 보니, 네가 이 집에 온 지도 꽤 되었구나. 그 사람 가고 난 뒤로 계속 내 시중을 들어줬는데 감사 표시 한 번 안 한 게 생각나서 마음이 걸리던 차였다. 이런 호사를 누리게 해주니 나도 인사를 해야 할 것 같구나."

상전이 종년에게 고맙다는 말 같은 걸 하는 일이 얼마나 과분한가. 그런데 인사를 하겠다니, 혜가 약간 당황한 기색을 띠었다.

서랍에서 나온 길쭉한 비단주머니를 그가 내밀었다. 염치없는 손이 덥석 잡을까 두렵다는 듯 혜가 손을 마주 잡은 채 내밀지 않았다.

"안 받고 뭐 하는 게냐?"

혜가 계속 주저하는 것을 그가 답답하다는 듯 말했다.

"어서 받으렴. 그렇게 큰 물건도 아니고 하니 부담 갖지 말고."

결국 혜의 작은 손이 나와 주머니를 조심스레 받아갔다.

비단주머니를 사이에 두고 남자의 커다란 손과 여자의 가냘픈 손끝이 살짝 부딪쳤다. 순간 둘의 시선이 살짝 만났지만 혜가 속눈썹을 내리깔아 피해 버렸다.

"열어보렴."

언호의 다정한 말에 혜가 조심스레 비단주머니를 열었다.

안에서 나온 것은 머리에 꽂는 작은 은제 뒤꽂이였다. 소박하게 얇고 길쭉한 뒤꽂이 표면에 구름 모양으로 금입사가 되어 있는 화려하지 않지만 섬세한 물건이었다.

사실 이 뒤꽂이는 언호가 성국에서 돌아오기 전에 정혼자인 완용에게 주려고 사온 선물이었다. 그러나 완용은 막상 받긴 했지만 별 관심도 없이 처박아두었던 물건이었다.

완용이 죽은 뒤 먼지가 뽀얗게 앉은 이 뒤꽂이를 발견하고 언호가 한숨을 내쉬었다. 소박한 듯하면서 섬세한 게 마음에 들어 산 물건인데, 완용은 이게 취향이 아니었던 모양이다. 왠지 그게 아쉬워서 잘 갈무리해 놓았던 물건이다. 나중에 재혼하게 되면 부인이나 딸아이에게 주려고.

그런데 무슨 생각인지 자기도 모르게 그걸 꺼내어 혜에게 주어버렸다.

물건을 본 혜가 놀랐는지 잠시 아무 말도 못하였다.

"이…… 귀한 걸 저 같은 천것이 받아도 되겠습니까, 나리?"

목소리가 떨리고 있었다.

혜 역시 이게 언호가 완용에게 선물로 주었던 것임을 알고 있었다. 완용이 받고서 혜에게 불평을 했더랬다.

"칠보도 아니고 보석이 박힌 것도 아니고, 아무리 서방님이 성국에서 사온 거라지만 너무 초라한 거 아니니?"

"나리께서 주신 거니 귀한 거겠죠."

그냥 얼버무렸더랬지. 화려한 칠보도 아니고, 화려한 보석이 박힌 것도 아니지만 섬세하고 우아한 금입사로 보건대 꽤 돈을 주었겠구나 싶은 물건이라고 생각했었다. 구름 문양이 꽃이나 나비처럼 화려한 것은 아닌데 우아하여 자꾸 시선이 가는 귀한 물건이라 생각하였다.

혜가 다시 떨리는 손으로 평소답지 않게 급하게 비단주머니에 갈무리하였다.

"왜 그걸 지금 아니 해보고?"

"이런 귀한 걸 천것이 어찌하겠습니까?"

혜의 대답에 그가 살짝 인상을 썼다. 그가 혜의 손에서 비단주머니를 낚아채더니만 뒤꽂이를 꺼내었다. 가느다란 그것을 직접 그녀의 머리 뒤에 꽂아주었다. 아직 시집은 안 갔으나 나이가 있는지라 이미 머리에 쪽을 튼 터였다.

"잘 어울리는구나."

혜가 부끄러운지 살짝 고개를 틀고 입을 손으로 가리고 웃었다. 그런데 그게 어떤 해어화의 유혹적인 몸짓보다 더 교태로워 보였다. 순간 언호가 흠칫 놀랄 정도로.

"혜야, 네 연치가 올해 어떻게 되더냐?"

"스물둘이옵니다."

스물둘? 계집종이면 열다섯이 넘기 무섭게 짝을 맺는 게 보통인데 어느새 혜가 스물둘이라니 놀랄 일이었다.

"내가 참 눈치가 없었구나. 네게 좋은 짝을 찾아주었어야 했는데……."

"아닙니다, 나리."

혜가 속으로 저는 그냥 곁에서 나리를 모시는 게 더없는 즐거움이어요, 라고 속삭인 걸 언호가 알 리 없었다.

혜의 나이가 마음에 걸렸지만 그렇다고 혜에게 짝을 찾아주어야겠다는 생각이 별로 들지는 않았다.

혜가 시집가서 서방이 생기고 애가 생기면 자기가 뒷전이 되겠지. 아니, 그 이전에 언호 역시 장가를 가야 하는 게 아닌가 하는 생각도 들었다. 이제 완용이 죽은 지도 몇 년 되었고 새장가 간다고 남들에게 뒷말 들을 이유도 없는데 이상하게 꺼려지고 있었다.

죽은 완용과의 생활이 아주 크게 나빴던 것도 아닌데, 크게 좋지도 않았던지라 그냥 어쩌다 보니 이렇게 시간이 가버린 것이었다.

혜는 어찌해야 좋을까.

이제 슬슬 시집도 보내줘야 하는데…….

"더 시키실 일 없으신지요?"

그가 고개를 젓자 혜가 공손히 절하였다.

"나리, 그럼 저는 이만 물러가겠습니다. 쉬십시오."

언호의 가라는 손짓에 혜가 걷는 소리도 없이 살그머니 방을 나가 버렸다. 조심스레 닫히는 문소리를 언호의 귀가 따라갔다.

혜가 나가자마자 찻잔에 든 차를 한 모금 마시고 눈을 감았다. 눈을 감자 보이는 것은 차를 따르던 혜의 옆모습이었다. 동그란 이마, 오뚝한 콧날, 붉고 도톰한 입술까지.

다시 글씨에 집중하려 했지만 붓을 쥐고 있어도 생각나는 것은 작은 하얀 얼굴 하나. 계속 끊임없이 밀려오는 파도처럼 혜의 모습들이 마음속에 계속 밀려왔다.

부드러운 봄바람이 스치며 선향재 뒤편의 대나무 숲을 흔든다.

대나무 숲을 스쳐 지나가는 바람의 쏴아아 하는 소리가 마치 파도처럼 밀려들어 왔다.

며칠 비가 오더니 간만에 해가 났다. 이미 나무는 푸릇푸릇하게 잎이 돋고 있었고 목련도 하얀 꽃을 피우려는지 봉오리가 맺히고 있었다. 전날 비가 와서 그런지 촉촉한 땅 곳곳에 뾰족한 연둣빛 죽순이 머리를 드러내고 있었다.

볕이 좋은 봄날이라, 서탁 앞의 창을 활짝 열어젖혔다. 겨우내 묵은 공기도 환기시킬 겸 겸사겸사였다.

날이 좋아 그런 것인지, 자꾸 창밖으로 시선이 가려 하였다. 머리로는 최근에 몰두하고 있는 글자 연습을 하려 노력하는데, 마음은 자꾸 외부로 향하려 한다.

집중에 방해받아 본 적이 한 번도 없는 이 잘난 남자의 마음에 요즘 바람이 너무 자주 불고 있었다. 아주 약한 미풍에 흔들리는 대나무 잎처럼, 봄바람처럼, 미미한 듯한 이 훈풍에 그의 마음은 갈대인 양 흔들리고 있었다.

책상 옆 넓게 난 창을 열어두어서인지 밖에서 오고 있는 사람이 보였다. 그가 지금으로서는 제일 보고 싶어 하지 않는 사람이었다. 긴 치맛자락을 휘감으면서 빠른 걸음으로 선향재를 향해 다가오는 여인은 혜였다.

홍예교를 건너고 있는 것이 월동문 너머로, 마치 오래된 그림의 다리를 건너는 여인처럼 눈에 들어왔다. 그리고 그 뒤를 따르는 인영을 보고 그가 활짝 웃었다. 어째 소식이 없다 싶더니만……

푸른 장삼(長衫)을 입은 종원이 혜에게 수다를 떨며 홍예교를 지나 선향재 앞의 좁은 정원으로 들어오고 있었다. 열려 있는 창문으로 언호가 보이자 손을 들어 인사를 한다.

"어쩐 일인가?"

"근처 지나다 들렀지."

"오면 온다고 말이나 하지, 이 사람아."

"그냥 낯익은 대문 앞을 멍하니 나귀 타고 지나다 보니 생각
이 났지 뭔가."

종원은 이렇게 뜬금없이 언호에게 들르곤 했다. 물론 언호 역
시 종원의 집 근처를 지날 일이 있으면 반드시 얼굴을 보곤 했
다. 특별히 만날 약속이 없어도 가끔 이렇게 얼굴을 보는 일은
흔했다.

서자인 종원은 벼슬길이 막혀 있는지라 어릴 때부터 성국어
를 공부해서 역관이 되었다. 국경을 수시로 넘나들며 이것저것
가져다 팔면서 꽤 큰돈을 만지게 되었다. 최근 장안의 신흥 거
부 중 하나라는 뒷소문이 돌고 있었다. 종원에게 종자돈을 대어
준 이는 당연히 언호였고, 종원은 그 돈을 이자까지 톡톡히 쳐
서 당연히 갚았다. 그리고 지금도 이 둘은 남몰래 동업 중이기
도 했다.

"차 한잔 줘."

"내 집에 차 맡겨뒀나?"

그 말에 종원이 남자치고는 곱다 싶은 큰 눈으로 언호를 새침
하게 흘겼다.

"지난번에 성에서 돌아오는 길에 갖다 준 차는 누가 다 먹었
는고?"

지난번엔 종원이 국경이 아니라 아예 성의 수도인 연경에 다

녀왔더랬다. 그때 선물로 꽤 좋은 차를 구해다 주었다.

언호가 길쭉한 눈매에 남자답게 시원시원한 인상이라면 종원은 남자치고 좀 여리여리하고 고운 편이었다. 그러나 외모답지 않게 성격은 괄괄하여 기가 세었다. 술자리에서 누군가 갓 쓴 계집애라고 비아냥거리자 그 자리에서 바지춤을 풀어 내려 버린 사건도 있을 정도였다. 그리고 그 뒤에 엉뚱한 다른 소문이 돌게 되어서 종원이 뒷목을 잡아버렸지만.

"자네가 차 만드나? 혜가 만들지. 혜야, 나 차 한잔 주렴."

그 말에 혜가 빙그레 웃었다.

"그럼 저는 물 뜨러 찬방에 다녀오겠습니다."

"물은 요 앞 우물도 있는데 뭐 하러 찬방까지 가누?"

성질 급한 종원이 혜를 가볍게 타박했다.

"찻물에 좋다는 샘물을 길어다 찬방에 두었습니다. 그 물을 떠 갖고 오겠습니다."

차의 품질이 좋을수록 물을 탄다고 했다. 그래서 언호가 일부러 웅칠을 먼 샘물까지 보내어 길어온 물이었다.

다급하게 부엌으로 간 혜가 부엌 옆의 찬방에 들어갔다. 항아리에서 물을 따라내어 탕관을 들고 나가다 최 부인과 마주쳤다.

최 부인은 종원을 그다지 좋아하지 않고 종원과 교류하는 것이 불만인 모양이었다. 사농공상이 분명한데 어디 서자와 어울리느냐 그런 생각인 것이다. 그러나 언호는 별로 신경 쓰는 눈치가 아니었다. 그래서 종원은 뒷문으로 드나드는데도 이 집에 꾸준히 오고 있었다.

"왜, 언호가 차라도 마신다더냐?"

혜가 들고 있는 탕관을 보았으니 추측한 모양이었다.

"손님이 오셨습니다."

종원이 앞문이 아닌 측문으로 왔으니 최 부인이 알 리가 없었다.

"손님? 오늘 누구 온다는 얘기가 없었는데?"

누구 드나든 사람이 없으니 그냥 이렇게 들이닥칠 사람이라고는 종원밖에 없는 걸 최 부인 역시 알고 있었다.

"주 역관, 그자가 왔나 보구먼."

"네, 마님."

짧게 한숨을 내쉰 최 부인이 고개를 끄덕였다. 집에 찾아온 손님 박대해서 보내는 것도 아니고, 언호가 저리 좋아하니 무슨 수가 있겠는가. 학당에 다닐 때부터 종원과 어울리더니만······. 그때도 뜯어말려도 듣지 아니하던 아이가 아닌가.

"왜요? 왜 종원이와 놀면 아니 되옵니까?"

아버지가 불러다 좋게 좋게 타일렀지만 어지간한 일에 고집을 부리지 않는 언호가 의외로 반발이 심했다.

"종원이는 서자가 아니더냐. 나이 들면 너희 갈 길이 갈리는데 그때 가슴 아파하는 것보다 지금 좀 덜 친하게 지내는 게 좋지 않을까 싶어서 그러는 거지."

　"종원이가 서자여서 갈 길이 갈린다고 왜 친하게 지내면 아니 됩니까? 아버님이 정 그러시다면 소자 학당을 관두겠습니다."

　"그게 무슨 소리더냐? 왜 잘 다니는 학당을 관둬!"

　언호가 다니는 학당은 과거 합격생을 많이 배출한 명문이기도 했지만 스승이 좋기로도 유명했다.

　"종자기가 죽었을 때 거문고 줄을 끊어버린 백아처럼 저도 종원이 없으면 학당에 다니기 싫사옵니다."

　말인즉슨, 종원이 내 지음(知音)이니 건드리지 말라는 조용한 협박이었다. 이제 겨우 열 살인 아이가 그런 소리를 하니 부모로서는 기함할 노릇. 이제 겨우 사권 지 이삼 년 좀 넘었을까. 말하기 전부터 어른스럽고 의젓했던 언호가 답지 않게 강하게 나서니 부모로서도 어떻게 더 말릴 수가 없었다.

　결국 언호의 고집으로 인해 그냥 시간에 맡겨놓을 수밖에 없었고, 종원이 열두엇 즈음에 아버지가 돌아가시면서 종원의 형님이 어머니와 여동생과 함께 집에서 쫓아내어 학당을 관두었을 때야 안심을 하였다.

그러나 남몰래 언호가 집에서 쌀도 퍼다 주고 용돈도 모았다 주고 하면서 종원을 도왔다. 종원은 곧 역관으로 승승장구하기 시작하였고, 언호가 성에 유학생으로 뽑혀 갔을 때 자주 편지를 들고 집을 드나들면서 장 대감과 최 부인과 안면을 트기는 하였지만, 여전히 집안에서는 종원과 교류하는 것을 탐탁찮게 생각하고 있었다.

최 부인이 혜에게 알았다고 고개를 끄덕였으나, 십 년 정도 모신 상전이 무슨 생각하는지 모를 혜가 아니었다.

최 부인이 가보라는 듯이 손을 저었고, 혜가 가볍게 고개를 끄덕이고 부엌을 나왔다.

홍예교를 건너기 직전 오래된 매화나무가 서 있는 작은 연못을 지나갔다. 봄을 알리던 매화는 이미 진 지 오래. 잠시 이제 푸른 잎이 푸릇하게 올라오는 걸 잠시 보면서 계절이 바뀌는 것을 느꼈다.

선향재로 가는 홍예교를 건널 때마다 마치 다른 세상으로 돌아가는 듯했다. 한적하게 대나무 숲에 둘러싸인 소박한 건물 앞에 서 있는 목련에 하얀 봉오리가 올라오고 있었다.

곧 환한 등처럼 꽃이 터져 나오기 전에 봉오리를 따서 말릴 생각을 했다. 목련이 기침이나 고뿔에 좋아 말려두었다 봄가을에 차로 마시면 좋다고 했던지라 해마다 봄이면 목련을 따서 말려놓곤 했다.

선향재에 도착한 혜가 물이 든 탕관을 화로에 올려놓고 물이 끓길 기다리는 동안 종원이 혜를 보고 농담을 하기 시작했다.

"그러고 보니 내가 혜의 나이를 모르고 있지 않나? 이미 혼기가 지난 거 아닌가? 아니면 혼인하였는데 내가 모르고 있거나? 내가 이 집에 꽤 오래 드나들었는데 혜가 혼인했다는 말을 들은 기억이 없는 걸 보면 처자인 게 분명한데……."

혜는 혼인 얘기가 나오니 표정이 살짝 흐려졌다.

"그 정도 나이가 되었으면 이젠 서방님하고 알콩달콩 콩기름 볶으면서 살아야 하는 거 아닌가?"

종원은 혜에 대해 말하면서 언호를 바라보았다. 종원의 짓궂은 농담은 언호를 향한 것이기도 했다. 종원의 혼인 얘기가 실상은 언호를 겨냥한 것임을 깨달은 혜는 이제 다시 여유를 되찾았다. 표정이 많지 않은 얼굴에 빙그레 웃음까지 머금었다.

"내 좋은 신랑감 소개해 줄까?"

"저같이 천한 것에게 신랑이라니 너무 과분하여요. 먼저 역관님이 장가가신 뒤에 혼인이 얼마나 좋은지 말씀해 주시면, 저도 생각해 보겠습니다."

차분한 혜의 말에 종원이 큰 소리를 내며 웃었다. 그러나 보고 있는 언호는 왠지 표정이 심상치 않다.

원래 혜가 말이 많지 않은 성미인지라 평소 네, 아니요만 하는 게 다인데 종원에게 제법 스스럼없이 농담을 한 게 왠지 마음에 들지 않았다.

"음양의 조화에 맞춰 남녀가 있는 법이니 당연히 신분이고 뭐고 짝은 있는 게 당연한 거 아닌가? 하늘의 새도, 숲의 호랑이도 제 짝은 있는 법. 나야 언호가 재취를 해야 마음 놓고 장가갈 텐데, 언호가 갈 생각을 안 하니 말일세."

화살은 돌고 돌아 혜에게서 종원에게로, 다시 언호에게로 향했다. 언호는 별말 없이 혜가 따라놓은 차를 마시기만 할 뿐이었다.

요 근래 연속해서 시집가란 얘기를 듣게 되니 혜는 겉으로는 그냥 웃고는 있지만 속으로는 상당히 흔들리고 있었다.

언젠가는 혼인을 해야 하겠지만, 과연 누구와? 여태까지 잘 버텼다지만 이제는 더 이상 버티기도 힘들어질 게 분명했다. 주인을 사모하는 노비, 이런 건 끝이 너무나 뻔하다. 그러나 그에게 시선이 가는 것은 너무나 자연스러운 일이었다. 대장부다운 외모, 무심한 듯하면서도 다정다감하고, 고고하면서도 소탈한 장언호에게 부족한 게 뭐가 있단 말인가.

또 이런 그를 보다가 다른 남자를 보면 모두 혜의 눈에는 뭔가 모자라 보이곤 했다. 이왕 섬기게 되는 지아비라면, 존경할 수 있는 분이면 좋겠다라고 생각했다. 지아비는 섬겨야 마땅한데, 존경할 수 없는 지아비를 제대로 섬길 수 있을까?

"정말 혼인을 아니 시킬 생각인 거야? 아니면 자네가 평생 이렇게 데리고 살려고?"

종원의 농담에 언호가 질색하였다.

"내가 혜를 데리고 살기는……. 내 몸종이지 않은가."

그렇다, 혜는 그의 몸종이다. 다시 한 번 그의 말에 상처받기 이전에 찬물을 뒤집어쓴 것처럼 정신을 차리게 된다.

"아무리 몸종이라도 혼인은 시켜야 할 거 아닌가. 언제까지 자네 뒷시중만 들게 할 참이야! 내 밑에서 일하는 아주 참한 노총각이 하나 있는데, 모셔야 할 부모도 안 계시고 돈도 착실하게 잘 모아놨단 말이지. 혜만 좋다면 내 소개시켜 줄까 싶어서 그러지."

"혜는 우리 집 가노(家奴)일세."

딱 잘라 언호가 거절하였다. 혜는 노비이니 양민과 혼인할 수 없노라는 말이었다.

그 말에 다시 한 번 심장에 비수가 꽂혔나 보다. 숨을 쉴 수 없는 충격이 몸을 휩쓸고 지나가 버린 것을 보면.

약간 창백해진 혜를 곁눈으로 보던 종원이 언호를 타박했다.

"이 사람이 무슨 말을 그리 섭섭하게 하나."

간혹 노비와 양민이 혼인하는 경우도 있었고, 돈으로 면천(免賤)할 수도 있었다. 그런데도 칼같이 거절하니 말을 꺼낸 종원은 입을 다물어 버렸다.

"그럼 저는 이만 바느질을 하러 가보겠습니다."

이 말을 하고 혜가 물러나자마자 잠시 말없이 차만 마시던 종원이 짧게 한숨을 내쉬었다.

"스물두 살이나 된 처자가 아무리 노비여도 저렇게 혼자 살게 두는 건 법도에 맞지 않네."

"본인이 원하는 일이야. 어머니가 몇 번이고 중매를 서시려 해도 그때마다 완곡하게 거절했던 아이일세."

"참 알 수 없는 아이야. 안 그런가? 보통 저 나이 때 아가씨라면 혼인에 관심도 많고 하고 싶어 할 텐데, 별로 그런 것 같지도 않고. 그리고 나는 자네 역시 잘 모르겠네. 왜 재취할 생각을 안하는지도 모르겠고, 또 마치 저 아이와 같이 있을 때면 내가 괜히 둘 사이에 끼어든 것 같거든. 내가 방해꾼 같은 기분이 든단 말이지. 차라리 저 아이를 부인으로 들이는 게 어떤가?"

"우리 어머니 앞에선 그런 얘기 입도 뻥긋 하지 말게."

엄격한 최 부인 앞에서야 감히 입도 못 열 얘기를 농처럼 한 종원은 고개를 끄덕였다.

"정말 진지하게 얘기하는 건데 그냥 혜를 측실이건 뭐건 간에 부인으로 들이게. 그게 내가 보기엔 자네 인생에서 제일 행복한 길인 듯 보이니까."

엄격하고 고지식하기만 한 어머니와 계속 밖으로 돌던 아버지 사이에서 태어나 그런지 언호는 그렇게까지 가정생활에 목을 매는 타입은 아니었다. 혼인 얘기가 나오면 질색하는 걸 보면 더욱더 그래 보였다. 전에는 완용이 살던 안채 쪽으로 거의 걸음도 하지 않았었다.

"뭐 재미있는 소식은 없고?"

"내가 무슨 장안의 새 소식은 다 알고 있어야 하나?"

"자네가 모르면 누가 아나?"

언호의 부추김을 받은 종원이 이런저런 얘기를 늘어놓기 시작하였다.

"성국은 별일 없대?"

"거기야 뭐, 황제폐하께옵서 드디어 수렴청정 집어치우시오, 하고 태후에게 반기를 들고 일어섰다더군. 그래서 태후파가 줄줄이 귀양 가고, 아무튼 불안한 모양일세. 태후 쪽에 줄을 대고 있던 이 역관은 당분간 몸 좀 사려야겠어."

잠시 성국 얘기를 꺼내다 종원이 은밀하게 제안을 했다.

"그건 그렇고…… 혹시 저녁에 술 한잔 안 할 텐가?"

"무슨 술 얘기를 낮부터 그리 은밀하게 말해?"

"내가 좋은 술집 봐뒀거든."

"왜, 기녀가 예쁘기라도 해?"

실상 종원은 돈 아까워서 기녀 나오는 술집은 자주 가지도 않았다.

"기생 나오는 데 아니거든?"

"행여나."

언호가 피식 하고 비웃자 기분이 상하기라도 했는지 종원이 고운 이마를 찌푸렸다.

"음식이 맛있어."

입이 짧고 성국을 오가며 온갖 산해진미를 다 맛본 미식가인 종원이 그리 말했다면 정말 맛있는 곳이겠지.

"그리고 술도 맛있네."

"술이 거기서 거기지 무슨······."

"술집에서 담근 술이 정말 최고라니까. 내가 자네한테 먹여주고 싶어 그러지. 같이 갈 거야, 말 거야?"

"가지, 뭐. 그런데 오늘 말고 내일."

오늘은 글씨 연습을 마저 더 하고 싶었다.

"그럼 내일 유시 즈음 우리 집으로 오게나."

"그 근처인가 보지?"

종원이 고개를 끄덕였다.

"술값은 자네가 내게. 말 꺼낸 사람이 내야지."

종원이 언호의 말에 구두쇠니 친구 사이에 의리 없다는 둥의 허튼 농담을 늘어놓으며 잠시 앉아 차를 마시며 수다를 떨다 일어났다.

"그만 일어나려고?"

"응. 이제 집에 가서 밥 먹고 또 장부도 정리하고 해야지 뭐."

가기 전에 종원이 품에서 뭔가 꺼내어 내밀었다. 이렇게 연락 없이 왔다 갈 때마다 슬그머니 뭔가 놓고 가거나 가기 전에 별거 아닌 양 주고 가는 일이 종종 있던지라 별로 놀라운 일은 아니었다.

"뭔데?"

의아하다는 듯 언호가 바라보자, 손을 더 앞으로 내밀면서 빨리 받으라는 시늉을 하였다.

"팔 떨어져. 안 받고 뭐 하는 겐가?"

결국 종원의 짜증에 받기는 하였는데, 하얀 포목에 싸여 있는 것을 푸니 나무상자가 나왔다.

"일전에 성에 다녀오는 편에 부탁해 놨는데 이제야 왔지 뭔가."

"뭔데?"

상자를 열어보니 안에 잘생긴 먹이 하나 들어 있었다. 모양이나 향이 범상치 않았다.

언호가 감격했는지 말도 못하는 걸 보면서 종원이 히죽 웃었다.

"나야 글에서 손을 놓은 지 오래지만 자네는 연습을 열심히 하니 이게 필요하겠다 싶었지."

말을 잇지 못한 언호는 종원의 하얀 손을 잡고 흔들었다.

"나보다 먹이 더 좋지?"

그 말에 부정할 생각도 못한 채 먹을 소중하게 품고 있는 언호를 보고 종원이 히죽히죽 웃으면서 방을 나갔다.

✳

낮에 볕이 좋을 때는 제법 따뜻하더니만 해가 지니 쌀쌀해졌다. 뒷간에 다녀오는 용이네가 몸을 부르르 떨며 부엌으로 들어왔다.

"겨울도 다 갔는데 왜 이리 추운 겨."

개수통의 찬물에 그릇을 헹구고 있던 혜의 시뻘겋게 된 손이 뻔히 보이는데도 용이네는 슬쩍 보고는 모른 척했다.

원래 부엌일 담당인 용이네가 설거지도 해야 하지만 하녀들이 먹고 난 음식 설거지는 용이네나 옥춘이가 미뤄서 혜가 하는 일이 잦았다.

그때 밖에서 혜를 찾는 소리가 들렸다. 언호가 어인 일인지 부엌에 몸소 납시었던 것이다.

"혜야, 혜야!"

부엌 밖에서 나는 소리에 혜가 손을 앞치마에 닦으면서 뛰쳐나갔다.

"네, 나리?"

"차 좀 한잔 끓여다오. 밥을 먹고 나니 차 생각이 나는구나."

그의 시선이 찬물로 벌겋게 되어 피가 맺힐 정도로 튼 혜의 손에 닿았다. 그가 자기 손을 보고 있는 걸 안 혜가 창피한지 두르고 있던 행주치마에 손을 집어넣어 감추어 버렸다.

"지금 설거지를 하던 중이니 마저 하고 가겠습니다."

"나는 지금 마시고 싶은데? 부엌일은 원래 용이 어멈이 하는 거 아니었나?"

안에서 용이네 역시 그 얘기를 듣고 혜를 은근히 노려보았다. 원래 해야 할 일을 안 하는 걸 이렇게 들켰으니 치도곤을 당할까 긴장한 눈치였다.

"뭐 하는 겨? 빨리 나리께 차 만들어 드릴 준비 안 하고."

용이네가 수습하려고 하는지 혜의 옆구리를 팔꿈치로 쿡 하고 찔렀다.

결국 부엌 찬장에서 탕관을 찾는 혜를 보면서 용이네와 옥춘이 입을 삐죽였다. 원래 설거지는 그네들이 해야 하는 건데 혜가 도와주는 걸 당연히 여기게 된 것이었다.

찬방의 샘물을 따르려고 보니 어느새 큰 항아리에 넣어둔 샘물이 바닥을 보이고 있었다.

"여기 있던 물 누가 썼어요?"

이 물이 어떤 물인지 다들 아는데, 분명 용이네가 우물에 가기 귀찮아서 그냥 갖다 썼겠지. 벙어리 냉가슴 앓듯 답답하였다.

용이네가 별거 아닌 양 답하였다.

"밥 지을 때 썼는데, 왜?"

"이거 일부러 찻물로 쓰려고 웅칠이가 샘에서 길어온 물인 거 알잖아요."

장원 안에 좋은 물이 나오는 우물이 있는데도 굳이 이 물을 쓴 것은 일종의 심술이었다.

"그래서 뭐?"

"나리 드실 찻물이니 쓰시면 안 되는 거잖아요."

어지간한 일에 목소리를 높이지 않는 혜가 따져 물으니 밖에 나리가 있는지라 큰 소리는 내지 못하고 용이네가 눈만 부라릴 뿐이었다. 가뜩이나 심술 맞게 생긴 얼굴이라 험상궂기 이를 데 없었다.

"혜야, 왜 아니 나오는 게냐?"

겨우 언호의 재촉에 밖으로 나온 혜가 용이네를 날카로운 눈으로 쏘아보았다. 조용히 표정을 풀고 나가 언호에게 다소곳이 일렀다.

"나리, 샘에서 떠온 물이 떨어져서 그냥 우물물을 퍼가야 할 듯합니다."

"응칠이더러 샘에서 물을 떠오라 일러야겠구나."

"나리, 앞으로 그 물은 선향재에 보관하는 것이 어떠실런지요? 아무래도 자주 드시는데 그쪽에 두는 게 더 좋지 않을까 합니다."

그가 순순히 고개를 끄덕였다. 그동안 찻물 뜨러 왔다 갔다 하는 게 좀 그랬는데 왜 그 생각을 못했나 싶었다.

그가 천천히 산보라도 하듯 걷자, 그 뒤를 혜가 따랐다. 일부러 걸음을 늦추어 혜와 같이 발을 맞추려 하나 혜는 탕관을 든 채로 자꾸 뒤로 빠졌다.

"손이 많이 텄더구나."

하얀 손이 시뻘겋게 된 것도 모자라서 피까지 맺혀 있는 것을 보니 왠지 마음이 아프다.

"뭐라도 발랐어?"

"아니요."

노비에게 이런 거야 흔한 일이었다. 혜야 주로 언호 시중을 들고 침모 옆에서 바느질을 하다 보니 상대적으로 찬물에 손을 덜 담근다지만 그래도 노비인데 다르겠는가.

언호가 바라보는 게 싫은지 혜가 손을 옷으로 덮어 감추려 하였다. 그냥 흉한 거 보는 듯한 시선이 불편해서였다.

차를 마시겠다고 부르긴 하였는데 실제로 목적은 다른 데 있었다.

종원이 가고 난 뒤에도 언호는 한참을 나무상자를 열고 먹만 바라보았다. 유명한 정군방제(程君房製)라는 묵이었다. 이런 귀한 걸 어디서 어떻게 구한 것일까. 가격도 상당한 물건일 텐데.

나라가 바뀌는 난리통에 이제 거의 먹을 만들지 않는다 하던데……. 유학하던 시절엔 너무나 비싸 가난한 유학생의 주머니 사정상 차마 사지 못하고 바라만 보던 물건이었다.

그래서 이 기쁨을 누구와 당장에라도 나눠야겠는데 나눌 사람이 없다 보니 혜를 생각해 낸 것이었다. 혜는 평소 점잖은 성정의 언호가 어린애처럼 들떠 있는 게 참 별일이다 싶었던 차였다.

"먹을 좀 갈아다오."

"글씨 연습을 하실 생각이십니까?"

언호는 다짜고짜 말도 없이 먹부터 갈라고 성화였다.

혜가 평소 갈던 먹을 쥐려 하자, 고개를 젓고 나무상자를 열어 새 먹을 건네주었다.

"이 먹으로 갈아."

공손하게 받아 든 혜가 순간 코끝을 스치는 냄새에 놀란 표정을 지었다.

"묵향이 참 좋습니다. 성국에서 들여온 물건인가 봅니다."

범상치 않은 냄새나 색을 보아하건대 예사 물건은 아니었다.

"아까 종원이 선물로 준 거야. 향이 마음에 드나 보구나. 유명한 정군방제라는 묵이란다."

혜가 그 얘기에 고개를 크게 끄덕였다.

아이처럼 좋아하고 계셨던 게 이 먹 때문이구나. 선비라면 문방사우가 친한 벗처럼 느껴지시겠지.

"그러고 보면 이 벼루랑 참 잘 어울리는 듯합니다."

먹을 조용히 갈던 혜의 말에 언호가 고개를 끄덕였다.

"단계연(端溪硯) 벼루와 정군방제 먹이 만났으니 그야말로 완벽한 궁합이지."

신이 나 벼루랑 먹 자랑을 하였으나 왠지 '궁합'이란 단어를 쓰고 난 뒤 순간 언호의 귀 끝이 붉어졌다. 아무리 노비라지만 처자 앞에서 말을 잘못 꺼냈다 싶었던, 답지 않은 부끄러움 때문이었다.

다시 헛기침을 하고 난 그는 이때를 위해 아껴놓은 종이를 장에서 꺼내었다. 거친 종이로 한번 둘둘 만 종이를 꺼내어 문진으로 눌러놓았다. 잘 모르는 혜가 봐도 얇고 보드레한 종이는 가격이 꽤 나갈 것처럼 보였다.

붓에 먹물을 묻혀 연습하는 종이에 대고 몇 번 선을 그어본 뒤, 그가 혜에게 일렀다.

"차를 한 잔 다오."

혜가 차 만들 준비를 하는 동안, 언호는 최근 연습하고 있던 휘서체로 박력 있게 글자를 써 내려갔다. 붓이 멈추지 않고 크게 마치 용틀임이라도 하듯 움직이는 걸 혜는 숨도 쉬지 못하고 바라보았다.

그러나 막상 당사자는 일단 써놓긴 하였는데 뭔가 마음에 들지 않는지 약간 한숨을 쉬었다.

"네가 보기에 어떤 것 같으냐?"

"저 같은 까막눈이 나리가 무엇을 쓰셨는지 어찌 압니까?"

"서당 개도 삼 년이면 풍월을 읊는다는데 너도 내가 글씨 연습하는 거 많이 보지 않았느냐?"

혜가 그의 말에 한참 들여다보더니 평을 말했다.

"무엇을 쓰셨는지는 모르오나, 힘이 가득 담겨 있어 박력 있어 보입니다."

매경한고발청향(梅經寒苦發淸香)[4]

책을 본 지는 오래되었지만 아버지가 무릎에 앉히고 들려주

---

4) 매화는 추위의 고통을 이겨내고 나서야 청아한 향기를 풍긴다.

었던 사자성어나 책 글귀 같은 것은 아직 기억하고 있었다.

눈시울이 뜨거워지는 까닭은 저 글귀가 아버지께서 좋아하던 것이어서겠지.

혜는 제정신을 차리고 언호에게 차를 권하였다.

"나리, 차 드십시오."

차를 마시면서 언호가 넌지시 떠보았다.

"혜야, 너도 종원이나 어머님 말마따나 혼인이 하고 싶은 거라면……."

"나리, 저는 언제까지 이 집에서 나리와 마님을 모시면서 나이 들고 싶습니다. 혼인하게 되면 지아비가 생기고 아이가 생기는데, 그렇게 되면 윗분을 모시는 일을 제대로 못하게 되지요."

"만약 내가 재취하여 새 신부가 들어오게 되더라도?"

"네, 당연합지요. 어서 나리께서 새장가 드셔서 오순도순 사시면서 아기씨들이 태어나는 게 보고 싶습니다. 집은 넓고 큰데 사는 사람이 얼마 없어 너무 적적한 듯합니다."

마음과는 전혀 다른 얘기가 입 밖으로 잘도 흘러나온다.

"저는 언제까지 나리를 모시고 싶습니다."

혜가 자기도 모르게 한 대담한 발언에 언호는 약간 놀랐다.

평소 그에게 감정 표현조차 절제하던 몸종의 말은 그 어떤 도발이나 교태보다 더 그의 마음을 자극하고 있었다.

은은한 호롱불 아래 긴 속눈썹이 하얀 얼굴에 그늘을 드리웠다. 희미한 듯하지만 단정한 인상 정도이고, 피부가 하얀 것 외에는 별 특징 없는 얼굴이었다. 언제나 조용하고 입을 잘 열지 않았기에 더욱 눈에 띄지 않았던 것인지도 모른다.

그런 아이가 처음으로 자기 마음을 그에게 전하고 있었다.

그는 그 말에 답할 수가 없었다.

윗사람에 대한 그 순수한 마음에 자기가 갖고 있는 욕망이 너무 불결하게 느껴졌다.

*

언호는 18세 되던 해 생원시와 진사시에 합격하여 사마시에 모두 합격하고 생원, 진사가 되었다. 바로 성균관에서 유생으로 수학하였을 때, 문장과 글씨가 동료들이 거벽(巨擘)으로 추대할 정도로 또래 중에 맞설 자가 없기로 유명했다. 학문 외에도 활쏘기와 말타기 또한 잘하여서 역사에 나오는 영웅호걸 같다면서 장상(將相)의 재질이 있다는 소리를 들은 바 있었다.

예조 소속기관인 권지(權知) 승문원에 등용되어 관직에 나갔는데 외교기관인 승문원에서 보통 한학(漢學)이라고 하는 성국 어법에 맞춘 편지를 쓰는 일 등에 종사하였다. 그 일을 하다 보니 한학을 직접 배울 욕심이 생겨 예조 소속의 사역원에 자청하여 양쪽 다 관여하고 있었다. 그러다 나라에서 국비 유학생으로 언호를 성에 3년 유학 일정으로 파견하기에 이르렀다.

말과 글 모두 능숙하게 하는 자가 많지 않은지라, 역관들은 역관들대로, 같은 승문원에 근무하는 동료들은 동료들대로 장언호의 실력을 높이 사고 있었다.

글씨도 잘 쓰고 한어도 잘하니 일이 당연히 몰릴 수밖에.

당직도 아니건만 숙직을 하고 있던 언호의 등 뒤로 긴 그림자가 드리워졌다.

놀란 언호가 고개를 휙 돌리니 성균관에서 동문이었던 이가 잠시 들른 모양이었다.

"어, 이게 누구야. 반산(半山)이 아닌가."

언호의 자를 부르며 친근하게 다가온 경원을 보고 언호가 붓을 놓았다.

국왕의 직속기관인 승정원의 주서(注書)로 있는 소경원(蘇慶源)이었다. 과거에 같이 응시하여 붙었고 성균관에서 수학할 때 동문이었던지라 꽤 친하게 지낸 친구였다.

그러나 승정원이 어떤 곳인가. 국왕의 비서기관으로 거의 모든 왕의 이름으로 나가는 문서를 관리하다 보니, 경원 역시 매우 바빴다. 그것은 언호 역시 마찬가지인지라, 성국에서 돌아온 뒤에 잠시 얼굴을 보고 그 뒤로 서로 바빠 얼굴 본 지가 꽤 오래되었다.

"반산 자네가 많이 바쁘다는 얘기는 들었네. 승문원이 자네 없으면 제대로 돌아가지 않을 정도라고 하는 소문을 바람 결에 들었지."

스물여덟, 이십대 후반쯤 되었을 텐데 수염이 거의 나지 않아 아직도 소년 같은 경원은 키가 그리 크지 않고 얼굴도 하얗고 여리여리한 편이었다. 살짝 예민하고 신경질적인 인상에, 전통 있는 사대부 집안에서 자란지라 아버지 대에서야 비로소 이름이 좀 나기 시작한 한미한 가문 출신인 언호와는 출신부터가 달랐다.

세상에 친구라고 부를 이들은 많은데 마음을 나누는 이는 종원밖에 없었다. 서얼인 종원이 벼슬을 했더라면. 평생 머리에 있어서는 자격지심을 느껴본 적이 없는데 늘 종원 앞에서는 그러하였다.

하나를 가르치면 열을 아는 게 아니라 열둘 이상을 아는 종원에겐 그가 늘 달리는 기분. 그런데 종원은 신분 때문에 절대로 과거에 응시할 수 없다니, 이건 정말 말도 되지 않는다고 생각하였다. 결국 종원이 역관이 되어 중계무역을 시작할 때 돈을 대주었던 것도 이런 안타까운 마음에서였다.

"겨울이라 제법 춥다, 싶더니만 어느새 봄이 왔는데 지붕 밑에 갇혀 있다 보니 계절 바뀐 것도 모르지 않았나."

역시 지붕 아래에서 일만 하는 처지는 비슷한지라 언호가 고개를 끄덕였다.

"그러게 말이야."

"자네 집 벚꽃이 장안에 유명하다면서? 갔다 온 사람들이 모두 입을 모아 말하더구먼."

그러고 보면 성에 가기 전에는 집에서 꽃놀이를 꽤 자주 했던 듯한데 다녀온 뒤에는 공사가 다망하다 보니 그런 것도 다 잊은 지 오래였다.

부인이 가고 난 뒤에 성에 다녀오고, 그러고 나니 아버님이 돌아가셨다. 이런 안 좋은 일이 몇 년 사이에 몇 번 있다 보니 손님이 점점 오지 않게 된 듯도 하였다.

"가까운 시일 내 놀러 오게. 지금 꽃이 제일 좋을 때이긴 한데 자네 집에 비하면 정말 별 볼일 없어서…… 민망하네."

전통 있는 사대부 집안에, 지방에 꽤 넓은 장원을 갖고 있는 소가에 비교하자면 언호의 저택은 정말 초라하였다. 지난번 경원의 집에 갔을 때만 하여도 넓은 정원에, 기암괴석에, 정자가 있는 넓은 연못에 건물이 미로처럼 늘어져 있어서 길을 잃을 뻔하기도 하였다.

"정말 놀러 가도 되나? 그냥 차나 한잔 대접해 줘."

"차는 마침 좋은 게 들어왔으니 언제든지 오게."

이렇게 하여 자리가 마련되었다. 한때 성균관에서 같이 공부했던 학우들이 다들 알음알음 꽃놀이 겸 게으른 장언호의 얼굴보기 계회가 되어버렸다. 이제 한창 봄날 벚꽃이 날리는 때라 꽃나무가 많기로 유명한 원명부에 온 것. 가뜩이나 날씨도 화창하여 일이고 뭐고 던져 버리고 대신 산으로 들로 꽃놀이 가는 인파로 그득하였다.

전날부터 봄맞이 대청소를 겸하여 손님 접대에 최 부인이 신이 나셨다.

보통 주방 일은 하지 않는 혜까지 불려 나가 허리 펼 시간도 없이 들들 볶였다. 그리고 그 와중에 최 부인보다 더 신이 난 사람이 하나 더 있었으니, 그이는 바로 옥춘이었다. 바빠서 용이네 손이 마를 틈이 없는 와중에도, 얼굴에 분칠을 하고 치맛단을 반듯하게 한다고 난리였다.

"나 어때? 제법 예쁘지 않아?"

한창 꾸미고 싶은 나이인지, 옥춘은 분도 바르고 입에 연지도 살짝 발랐다. 눈, 코, 입 이목구비가 또릿또릿하여 제법 예쁘장한 인상이다. 혜랑 같이 서 있으면 처음에는 자연히 옥춘에게 시선이 가게 되나, 나중에는 키가 크고 목이 길며 허리가 꼿꼿하게 서서 반듯한 혜를 쳐다보게 되었다. 피부도 하얀 편이고 주로 지붕 아래에서 일을 하니 옥춘이나 용이네보다 훨씬 하얀지라, 옷만 제대로 입으면 반가의 여인처럼 보일 법도 하였다.

오히려 혜는 평소 입고 있던 옷을 그대로 입었지만 옥춘은 새 옷이라도 맞춰 입은 모양이었다. 누군가의 눈에 들어 첩으로 가서 집안일 안 하고 호강하며 살고 싶은 게 옥춘의 바람이었다.

드디어 손님들이 오시기 시작한 모양이다. 대문 너머로 왁자지껄하는 소리가 계속 들렸다.

본래 꽃놀이에는 술과 기녀가 따라야 하나, 집 안에 어른이 계신 터라 대충 차와 가벼운 술 정도로 타협을 본 모양이었다. 미리 정원에 화전 만들 준비를 해놓았으니, 용이네가 자리 잡고 화전을 굽고 혜와 옥춘, 그리고 밖에서 불러온 다른 처녀아이

두엇이 바쁘게 시중을 들었다.

다섯 분이 온다고 자리를 다섯 개만 준비하라 일렀지만, 아직 한 손님이 오지 않고 있었다. 술이 한 잔 돌아가고 난 뒤에야 마지막 손님이 정원으로 천천히 들어오고 있었다.

푸른색 포를 입은 여리여리한 서생을 보고 옥춘이 옆에 앉아 있던 혜의 허리를 쿡 찔렀다.

"지금 들어온 저분, 완전 신선 같지 않아? 어쩜 저렇게 얼굴이 하얄까? 고와도 너무 곱지 않으셔? 주 역관님보다 훨씬 잘나지 않았니?"

그러나 혜는 아무 말이 없었다. 얼굴이 완전히 창백해져서 옥춘이 옆구리로 매섭게 쳤는데도 별 통증을 못 느낄 정도였다.

"어머, 반하기라도 한 거야? 정신 차려. 저 양반이 너 따위가 감히 범접이나 할 수 있는 분이야?"

옥춘이 혀를 끌끌거리는 소리에 제정신을 차린 혜가 얼굴을 푹 숙인 채 용이네가 하는 심부름을 일부러 자원하였다. 옥춘이 치맛자락 살랑거리며 경원 근처에 앉아 잔도 꺼내 드리고 술도 따라 드렸다.

"늦어서 미안하네. 일이 있어서……."

"어이구야, 자네같이 바쁜 사람이 꽃놀이 가자는 말에 무슨 일인가 했지. 그래도 용케 시간 냈구랴."

다들 농하기 바쁜 그때, 경원의 시선이 혜에게 와서 닿았다. 순간 꽤 놀랐는지 들고 있던 술잔이 흔들릴 정도로 손을 떨었

다. 역시 충격인지 하얀 얼굴이 더욱 하얗게 질렸다. 술이 쏟아
지자 옥춘이 병아리를 노리는 매처럼 덤벼들었다.

"어머, 이걸 어쩐데요."

옥춘이 가슴팍에서 손수건을 꺼내 닦으려 하는데, 경원이 매
섭게 옷자락을 잡아당겼다.

"놓으시오."

그리고 자기 소매에서 꺼낸 손수건으로 자국을 닦는데 시선
은 슬그머니 곁눈질로 혜를 흘긋거렸다. 마치 저승에 있는 사람
이 살아 돌아온 것처럼 놀라는 경원을 보는 혜 역시 마음이 착
잡하였다. 평생 다시는 만날 일 없을 줄 알았던 이를 만난 것이
니. 아니, 만나고 싶지 아니한 이를 만난 것이니 더욱 마음이 착
잡하였다.

그때 언호가 웅칠을 시켜 선향재에서 꺼내온 칠현금을 경원
에게 내밀었다.

"자네 언제 오나 계속 기다리고 있었네. 이제 한 곡 타주어야
지."

금을 잘 타기로 소문이 자자한 경원이 선을 고른 뒤에 자세를
잡고 타기 시작한 곡은 〈양춘(陽春)〉이었다.

옥골선풍(玉骨仙風), 옥춘의 눈은 황홀한 듯 경원을 바라보건만
혜는 그의 시선을 피하려 좌불안석이었다.

"저 공자님께서 나를 바라보는 것 같지 않아?"

옥춘이 들뜬 듯이 속삭거렸지만 혜는 답을 하지 않았다.

〈양춘〉 뒤이어 현에서 손을 놓지 않고 바로 다음 곡을 연주한다. 〈봉구황(鳳求凰)〉, 사마상여(司馬相如)와 탁문군(卓文君)의 연애담에서 나온 이 곡을 능란하게 탄주한다. 보자마자 사랑에 빠져 야반도주한 두 연인의 이야기에서 나온 이 곡을 타는 연유는 무엇일까?

과거 열 살짜리 소녀에게 열다섯이 되면 신부로 맞이하러 오겠다던 과거 정혼자를 보는 혜의 심장은 싸늘하였다. 옥춘은 곁눈질로 경원을 보기 바빴다. 혹여나 눈이라도 마주칠까 열심히 시선을 끌어보려 하지만 경원은 별 관심을 보이지 않고 있었다.

"이 집 차 맛이 그렇게 기가 막히다면서? 전에 마시고 간 사람들이 꽃구경 못지않게 차 맛도 좋다고 소문이 자자하던데?"

언호가 너털 웃었다.

"소문은 그저 소문일세. 내가 차를 좋아해서 자주 마시고 종원이 좋은 차를 많이 갖다 주긴 하나, 차 맛이 좋아봤자 얼마나 좋겠나."

말은 이렇게 하면서도 친우들에게 혜가 만들어주는 차를 자랑하게 된 게 기쁜 모양이었다.

"혜야, 가서 차 만들 준비 좀 하려무나."

다정하게 이르자 혜가 고개를 숙여 절하고 한쪽에 미리 준비해 놓은 대로 화로에 탕관을 올리고 차 만들 준비를 하기 시작했다. 물 흐르듯이 움직이는 혜를 언호뿐만 아니라 경원도 좇는다. 긴 손가락으로 그림 속 여인처럼 움직이는 혜는 기품 있었다.

미리 준비해 둔 천목 다완을 받침에 받쳐 한 사람씩 앞에 내려놓았다. 무슨 실수라도 하지 않을까, 손이 떨리면 어쩌지 싶어 바싹 긴장한 마음과는 달리 혜의 표정은 평소처럼 고요해 보였다.

경원 앞에 찻잔을 내려놓을 때 잠시 시선이 마주쳤다. 반가운 듯 감격스러운 듯 희미하게 떨리는 경원의 눈을 혜는 일부러 시선을 내리깔아 피해 버렸다.

차 접대가 끝나자, 혜가 언호에게 넌지시 말하였다.

"나리, 그럼 저는 마님이 시키신 일이 있어 가보겠나이다."

얌전하게 고하고 정원을 걸어 나오는 등 뒤가 따끔따끔하였다. 경원의 시선이 혜를 신기루라도 본 듯 좇고 있었으니까.

그대로 정원을 나와 야트막한 담장에 기대는 순간, 그대로 주저앉아 버렸다. 바싹 긴장하고 있다 긴장이 풀어지니 다리에서 힘이 빠져 버렸다. 이제는 무감각해졌을 것 같은 가슴의 통증과 한이 순식간에 해일처럼 밀려와 가녀린 몸을 흔들었다.

경원 도련님……

오랫동안 말해본 적 없는 이름이 마음속을 스쳤다.

가끔, 정말 가끔 생각나곤 했다. 처음에는 가끔이 아니었지만, 점점 삶에 지쳐 그 횟수가 줄게 되었다.

어린 시절 소년의 모습은 크게 변하지도 아니하였건만, 그들의 위치는 크게 변하였다.

장가는 가셨을까? 가셨겠지. 그 집이 어떤 집인데…….

과거는 붙으셨겠지? 붙으셨으니까 오늘 오신 거겠지.

아이는 있으실까? 장가가셨으면 있으시겠지.

아아, 저렇게 늠름하게 자라셨구나.

마지막으로 보았던 때로부터 어언 십 년이 흘러 있었다.

대나무 숲에서 양손을 꼭 쥔 채로 '네가 열다섯이 되면 데리러 오겠다' 던 그 소년도, 소녀도 이제 더 이상 세상에 없었다.

第三章 고산유수(高山流水)5)

마님께 저녁상을 올리고 나오자, 어둠이 내려앉은 하늘은 쪽빛으로 물이라도 든 것처럼 검푸름이 슬금슬금 덮이고 있었다. 별이 곳곳에 금강석이라도 박힌 듯 반짝이고, 동쪽 하늘에 초승달이 떠오르고 있었다.

곧 완전히 깜깜해질 텐데, 오늘도 나리는 늦게 돌아오시려나. 진지는 자시고 일하고 계신지, 밤늦게 돌아와 출출하다 요깃거리를 찾으시는 게 아닐지. 곧 성국으로 갈 사신단이 출발하기

---

5) 백아와 종자기의 고사에서 비롯된 곡으로 『신기비보』에 실려 있는 곡이다. 깊은 산 속을 흐르는 잔잔한 물줄기, 계곡을 흐르는 거친 물줄기, 넓은 강 등을 소리로 묘사하고 있다.

때문에 언호는 그 준비로 여념이 없었다.

어제 간만에 큰 손님을 치러서인지 오늘은 다들 피곤한 눈치였다. 마님 역시 피곤한지 잘 주무시지도 않는 낮잠을 즐길 정도였다. 상전이 잔다고 노비가 잘 수는 없는 법. 낮에 며칠 분주하느라 제대로 못했던 바느질을 했더니 어깨가 뭉친 듯하였다. 간밤 새벽까지 잠을 못 이루고 몸을 들썩거렸는지 낮 동안 내내 피곤하였다.

어젯밤 경원과 그렇게 마주친 뒤에 혜가 피해 다닌 덕에 경원이 갈 때까지 서로 보지 못하였다. 손님들이 몰려 나간 뒤에, 남아 있던 하녀들은 모두 뒷정리를 하였다.

정리가 끝나 그릇을 닦아 넣어놓고 나니 꽤 늦은 시각. 행랑채의 좁은 방에 혜가 들어갔을 때, 옥춘이 자리를 깔고 누워 있었다. 혜가 옷을 벗어 개어놓고 이부자리에 눕자, 어인 일인지 옥춘이 말을 걸었다.

"아까 그분 누군지 알아? 너는 나리 주변 사람들 잘 알잖아."

"내가 어떻게 알겠니? 드나드시는 분이라고는 주 역관님밖에 없는데."

이름은 소경원, 어릴 적 아명은 호연. 방년 28세. 그러나 지금 그가 무슨 직책에 머물러 있는지도 몰랐고, 그가 혼인은 했는지, 아이는 있는지, 아무것도 알 수 없었다.

세월이 하 수상하여 그렇게 헤어지고 난 뒤에 아마도 평생 다시 보기 힘들 거라 생각했었다. 그가 자신과 정혼한 것 때문에 혹시 무슨 화라도 당한 게 아닌가 하는 염려를 살짝 갖고 있었는데 그것은 그냥 기우였던 모양이다.

한 번 끝난 인연 억지로 이으려고 해봤자 모양새만 나빠질 뿐. 깨진 그릇을 아교로 붙인다고 해서 그전처럼 되지는 않았다. 관계 역시 마찬가지.

혜의 복잡한 마음 같은 거 알 리 없는 옥춘은 지 좋을 이야기만 늘어놓는다.

"그분이 나한테 관심 있는 것 같지 않아? 자꾸 내 쪽만 바라보시더라고."

눈을 반짝거리며 사랑에 빠진 소녀처럼 양손을 꼭 쥐었다.

"관심 있으면 뭘 어쩌려고?"

자기도 모르게 퉁명스레 나간 말에 옥춘이 입을 비쭉였다.

"혹 알우? 그분이 날 귀이 여겨서 면천시켜 주시거나 첩이라도 삼아주실지."

옥춘의 부질없는 헛된 꿈을 혜는 멍한 눈으로 바라보았다.

여자 노비가 낳은 아이는 모두 노비이다. 국법으로 그리 정해져 있다. 양민인 첩 사이의 서자도 과거시험에 응시를 못하는데 얼자라고 가능할까. 증조모가 첩이었으면 그 증손자 역시 서자이다. 그 서자보다 더 천한 얼자의 취급은 더욱더 좋지 않았다.

"그렇게 아름다운 대장부는 처음 봤다니까. 신선 같더라고.

얼마나 좋은 집안일까? 집에 돈 많겠지? 네가 나리한테 좀 물어
봐 줘."

"그런 걸 어떻게 물어봐. 그 얼굴 하얗고 푸른 도포 입으신 그
분 누구예요? 이렇게 물어봐야 하잖아. 그걸 어떻게 해."

"너 말 잘하잖아. 다른 나리들이 그분을 개지(漑之)라고 부르
는 것 같더라고. 들어보니까 어딘가 되게 높은 데 계신가 봐.
아, 그런 나리의 부인은 얼마나 좋을까."

어릴 적 아명은 아나 자는 몰랐는데 자가 개지(漑之)이구나.

개국공신 명문가 중 하나인 소씨 일가는 현재 국정을 좌지우
지 하는 서인(西人)의 우두머리였다. 지금 왕을 만든 것은 서인이
나 왕은 서인과 정치적으로 함께하지 않는 듯하였다. 아버지는
서인과 교류하였으나 그 문제에 있어서만은 약간 다른 뜻을 펼
쳤을 뿐인데, 그들은 아버지를 도마뱀 꼬리 자르듯 잘라 버렸
다.

붕당정치라고 하는 게 무엇인지 잘 모르겠고, 서인, 남인 이
런 게 무슨 의미가 있는지 아녀자의 짧은 소관으로 무엇인지 모
르겠으나, 그런 것이 사람의 생사를 쥐고 있다는 게 믿겨지지
않았다.

탁상공론. 길바닥에선 사람이 죽어가고, 가뭄에 물이 말라도
서인과 남인의 정치적 힘겨루기는 궁 안에서 은밀하게 일어나
고 있었다.

다행히 언호는 서인이고 남인이고 간에 정치적인 일에는 별

로 관여하지 않는 눈치였다. 그러면 자기의 정치적 소신을 떠나 가족을 위해서라면 관직을 떠날 수 있을까.

언제나 존경하고 은애하던 아버지도 가족을 지키지 못했다. 결국 아버지와 이제 갓 열여섯이 된 큰오라버니는 끌려가 참수당했다.

도대체 정치가 뭐기에 사람 운명을 이렇게 좌지우지할 수 있지?

사람은 모두 벌거벗은 채로 태어나고 죽어야 하는 운명인데 왜 노비와 양민이 있는 걸까.

십 년 전 노비가 된 이후, 어머니가 가르치셨던 대로 눈 가리고, 귀 막고, 입을 닫은 채 살았다. 이렇게 목숨을 부지한다는 게 어떤 의미가 있을까. 이제 와서 혜가 미련 없이 이 세상을 하직한다 해도 참척(慘慽)의 고통을 느낄 부모님 두 분 다 안 계셨다.

왜 살아야 하는 거지? 이 삶에 어떤 미련이 있지? 그냥 주신 목숨이니 이대로 조용히 견뎌내야 하는 걸까?

빳빳하게 다린 광목 이불의 감촉, 몸에 착 감기던 비단옷, 여름에 먹던 시원한 수박 화채, 두 오라버니의 글 읽는 소리, 아버지와 어머니가 손을 꼭 붙들고 정원에서 산보하시던 장면……. 기억이 아닌 마치 꿈 같았다. 다디단 꿈을 꾸다 깨어나면, 현실은 낡고 해진 이불과 퀴퀴한 냄새나는 골방이었다.

이런 생각을 하느라고 밤새 새벽까지 잠을 이루지 못하였더랬다. 생각을 하지 말아야 한다. 아는 것을 감춰야 한다. 네가 누구였는지는 잊어야 한다. 이런 끊임없는 자기 세뇌밖에는 없었다.

그때 누군가 혜의 몽상을 난입하였다. 혜를 불러대는 용이의 쩌렁쩌렁한 목소리였다.

"혜아 누나, 혜아 누나."

아직 머리를 길게 땋아 늘어뜨린 용이가 혜를 보고 허겁지겁 달려왔다.

"왜 그래? 무슨 일이야?"

"누나, 누나, 잠시만요."

혜가 영문을 모르겠다는 듯 바라보는데 용이가 무작정 혜의 손을 끌고 쪽문으로 나섰다.

원명부는 기존의 사합원(四合院) 전통양식에 오른쪽으로 넓은 정원이 연결되면서 그쪽에 선향재가 자리 잡고 있었다. 특히 정원이 규모가 크진 않으나 아름답게 꾸며져 있어서 유명하였다.

문만 해도 네 군데 배치가 되어 있는데 큰길가에 위치한 대문과 왼쪽의 골목에 자리 잡은 쪽문 외에는 평소에 문을 걸어두었다. 쪽문은 주로 집에서 일하는 노비들이 드나드는 용도였다.

지금 혜는 그 문으로 끌려 나가고 있었다. 이 집 대문을 넘은 이후 나무문을 넘어본 게 몇 번 되지도 않았다.

"왜 그러는데?"

무작정 끌려 나온 혜는 이게 무슨 영문인지 몰라 용이를 의심스럽다는 듯 바라보았다.

그때 담장 그늘 아래에서 기다리고 있던 경원이 모습을 드러냈다. 푸른 도포를 입은 그가 어둠에서 솟아나듯 혜의 앞에 섰다.

어릴 때라면 데리러 와주는 줄 알았겠지만 이젠 현실을 아는 노처녀가 되어서일까. 이렇게 찾아온 그가 반갑지만은 않았다. 혜가 고개를 내리깔며 그와 시선 마주치기를 피했다.

경원이 용이에게 뭔가 건네주자 용이가 신난다는 듯 집으로 달려 들어갔다. 아마도 심부름 다녀오는 용이를 불러내어 주전부리라도 준 모양이었다.

시선을 피하고 있던 혜가 몸을 돌려 버렸다. 그리고 그대로 문을 열고 들어서려는 순간, 경원이 손을 뻗어 혜의 팔을 잡았다.

혜는 야멸치게 팔을 뿌리쳤다. 그러나 막상 발걸음을 옮기지는 못하였다.

"잠깐만, 잠깐만 설혜 아가씨, 제발……."

경원의 안타까운 말투 때문이었다. 이왕지사 이렇게 된 거 단호하게 끊어야 했다. 보는 눈들이, 소식을 전하는 입들이, 쫑긋 세운 귀들이 얼마나 무서운지 알기 때문이었다.

"그동안 얼마나 찾았는지 아십니까?"

알 리가 없었다. 그리고 안다고 해도, 그 마음을 이해한다 해도 바뀌는 것은 없었다.

"희안만 찾을 수 있었고 아가씨와 유 부인은 도무지 종적을 찾을 수가 없었습니다. 제가 알았더라면 어떻게든 뭐든지 하였을 텐데요. 모든 문서에는 유 부인과 아가씨가 죽었다고 되어 있었습니다."

죽어?

이게 무슨 소리인가 싶어 혜가 그제야 그를 바라보았다. 안타까운 듯 혜를 바라보며 그가 혜의 손을 덥석 잡으려는 순간, 다시 정신을 차렸다. 또 매몰차게 그의 손을 쳐냈다.

"나리, 이 천것의 손이 더러워서 나리의 옷을 더럽힐까 두렵나이다."

가시가 돋은 혜의 거절에 경원은 더욱 거세게 혜의 손을 쥐었다.

"손이 많이 상하였습니다."

안타까운 듯 쓰다듬는 그의 손은 다시는 놔주지 않을 기세로 세게 잡고 있었다.

"아픕니다. 놓아주셔요."

그제야 그가 손을 쥐는 힘을 뺐지만 놓지는 아니하였다.

"내 반드시 아가씨를 이 집에서 빼내겠습니다."

빼낸다고…… 이제 와서 이 집을 나가봤자 갈 데가 있는 것도 아니었다.

이미 아버지도, 어머니도, 큰오라버니도 죽은 마당에. 혹여나 면천된다 해도 다시 양반이 될 수 있는 것도 아니고, 양인 정도도 감지덕지. 그래서 양인이 되면 어떻게 혼자서 먹고사나? 이 넓고 거친 세상에 그 누구도 혜의 방패막이가, 지붕이 되어주지 못하는데.

"앞으로 제가 돌봐드리겠습니다. 저를 다시 한 번만 믿어주십시오."

경원의 말이 하나도 반갑지 않았다.

그때라면 얘기가 달랐겠지. 하지만 이제 와서 무얼 기대할 수 있을까.

이미 끝난 인연, 갈라진 인연인데 이제 와서 다시 이어져 봤자 어쩌라는 것인가.

그래도 그를 만나 들은 희소식에 귀가 갈 수밖에 없었다. 작은오라버니가 살아 계시는구나. 관노로 끌려갔다 들었는데…….

"작은오라버니는 잘 계신가요?"

"희안은 잘 있습니다. 관노이지만 실력을 인정받아서 아전 밑에서 일하고 있습니다. 그동안 글공부도 쉬지 않고 하여서 지난번 만났을 때 저도 제법 놀랐었지요."

다행히 큰 고생 안 하고 있다니 한숨 놓았다 싶었다. 그래도 살아 있으면 만나는 날이 올까?

"다행이네요."

고개를 끄덕이며 혜가 살포시 웃었다.

"희안도 설혜 아가씨 소식을 매우 애타게 찾고 있었습니다. 여기저기 부탁하여 부인과 아가씨를 찾으려 했는데 문서에는 이미 죽었다고 되어 있지 않았겠습니까?"

어제 나를 보고 놀란 게 정말 죽은 사람인 줄 알고 있어서 그랬다는 걸까?

그의 입에서 나오는 작은오라버니의 이름이 낯설고, 자신의 본명조차 낯설었다. 이미 십 년이 흘러 강산이 변한바, 처음에 이상한 세계에 떨어졌던 것처럼 낯설기만 했던 세상이 이제는 익숙해졌고 오히려 과거가 꿈처럼 느껴지곤 하였다.

"저는 어찌 된 일인지 모릅니다만, 이미 끝난 인연 이쯤에서 서로 갈 길을 가는 게 좋다고 봅니다. 혹시 오라버니를 보시거든 혜는 잘 있다고 전해주셔요."

"당연하지요. 이미 희안에게는 오늘 인편을 시켜 서간을 보내었습니다."

"오라버니는 어디에 계신가요?"

이렇게 헤어진 채 다시 보게 될 날이 올 거라고는 꿈에도 생각해 본 적이 없었다. 어떤 희망도 없이 사는 데 익숙해서인지 희안의 얘기를 물으면서도 꿈인 듯하였다.

"윤산(輪山)에 있습니다."

"먼 곳에 있네요."

윤산이라 하면 유배지로 유명한 곳이었다. 도성에서 제일 먼 아래 지방으로 끌려가지나 않았을까 추측하였는데 역시 그랬던 모양이다.

이제 오라버니 나이가 스물여덟.

"혼인은 하셨던가요?"

"하지 않았습니다. 어머니와 동생이 어디 있는지 찾지 못하였는데 어떻게 혼자 행복하게 살 수 있냐고 하더군요."

혜가 고개를 끄덕였다. 희안의 성격이라면 그러고도 남았겠지. 보드라운 듯하면서도 강직했고, 성실한 듯하면서도 과감했던 오라버니라면 어디 가서도 잘 사실 것이다 싶었다.

"이렇게 오라버니 소식 알려주셔서 감사합니다. 한데 나리, 누가 볼까 두렵습니다. 이만 돌아가시지요. 저희 주인 나리께서 오실 시간이 다 되셨습니다. 제가 이렇게 나와 있는 거 보시면 경을 치실 겁니다."

자기의 신분을 계속 얘기하여, 그에게 강조하듯 주인 나리 같은 단어에 힘을 주어 말하는 혜를 그가 촉촉한 눈으로 바라보았다.

계속 혹여 누가 볼까 긴장한 듯 문을 바라보는 것을 본지라 그 긴장을 읽은 모양이었다. 원래 온화했던 양반이라 혜의 뜻에 따라줄 터.

"희안의 서간이 도착하면 또 오겠습니다."

오라버니의 편지가 궁금하긴 하지만 이렇게 만나는 것 자체가 옳지 아니하였다. 마음속에서 두 개의 마음이 싸웠다.

"앞으로는 오지 마셨으면 합니다. 남들 볼까 걱정스럽습니다. 그럼 살펴가십시오."

그 말을 한 혜는 경원이 가는 것도 지켜보지 않고 그대로 문을 열고 높은 돌 담장 안으로 들어가 버렸다.

경원은 쪽문 사이로 사라지는 혜의 모습을 안타까운 듯 아련하게 바라보고 있었다. 잠시 서서 보고 있던 그가 몸을 움직이기 시작했다.

"이번에는 절대로 제 뜻대로 할 것입니다."

라고 작은 소리로 마치 혜에게 말하듯 속삭였다. 어둠 속에서 하염없이 문을 바라보던 경원이 등을 돌린 것은 한참 지난 뒤였다.

혜가 다시 쪽문으로 들어온 뒤 문단속을 하였다. 용이 녀석을 만나면 단단히 주의를 줘야 할 듯했다. 입이 가벼운 용이네가 알게 되면 이 집 사람들 모두가 알게 되는 건 당연하고, 이쪽 동네 사람들 역시 다 알게 될 터다. 특히 남녀 관계에 민감하고 엄격한 마님이 아시면 골치 아파질 게 당연지사.

무엇보다 그가 혹 알게 되면 무슨 소리라도 할까…….

"어디 갔다 온 거야? 저녁 안 먹어?"

옥춘이 구박이라도 하듯, 식사 준비를 하지 않고 나갔다 온 혜를 얄밉다는 듯 노려보았다.

"어, 어. 미안."

"설거지는 네가 해."

옥춘의 말에 혜는 아무 말도 하지 않았다. 사실 입맛이 없어서 먹는 둥 마는 둥 하는 혜의 밥을 옥춘과 용이네가 잽싸게 뺏어가 버렸다.

용이에게 그날 저녁 단단히 일러두었건만, 며칠 뒤 용이는 또 억지로 혜를 끌고 나갔다. 경원이 담장 그늘 속에 숨어 기다리고 있었다. 마치 정인(情人)이라도 만나는 듯한 이런 상황 자체가 부담스러웠다.

"이렇게 자꾸 찾아오시면 곤란합니다."

"받으십시오, 제발."

그가 간절하게 내미는 보따리를 보고 혜가 눈을 찌푸렸다.

"이게 뭡니까?"

"약입니다."

"웬 약입니까?"

"아가씨가 너무 마르신 듯하여 약을 지어왔습니다. 환이니 다리실 것 없이 그냥 드시면 됩니다. 그리고 이건 옷감입니다."

"천한 노비에게 이런 것은 사치이오니, 부디 가져가 주세요."

혜는 손을 뒤로 치우고 고개를 저었다.

"그런 것을 갖고 있는 걸 마님이 아시면 제가 무슨 말씀을 드려야 할까요? 소경원 어른께서 주셨다고 사실대로 고하면 나리는 어찌 되고, 저는 어쩝니까?"

"전처럼 도련님이라고 부르세요."

안타깝게 혜에게 자기 명칭을 바꿔주려 하지만 혜는 고집스레 '나리'라고 다시 한 번 강조하였다.

"나리, 제가 받을 수 없는 이유는 뻔히 아실 겝니다. 지금 이렇게 만나는 것도 저는 충분히 부담스럽고 힘듭니다. 예전의 두설혜를 정말 아끼셨다면 돌아가 주십시오. 저는 잘 지내고 있고, 이 집 나리나 마님은 좋은 분들이십니다. 그리고 저는 하던 일이 있어서 마님께서 찾으시기 전에 돌아가야 합니다. 살펴가세요."

그 말을 한 혜는 야멸치게 몸을 돌려 버렸다. 경원이 잡으려고 손을 뻗었지만 그보다 혜의 움직임이 빨랐다. 그의 손엔 거친 천 자락만 닿을 뿐이었다.

가녀린 몸의 쌀쌀한 거절에 경원은 전처럼 그림자 속으로 다시 몸을 숨겨야 했다. 혜가 이렇게 나온다면 그도 다른 수를 간구해야겠지.

말 위에 흔들거리며 가고 있던 언호가 순간 말을 멈추어 섰다. 집에서 얼마 안 떨어진 대로변이어서 지나다니는 사람들로 매우 소란스러웠다. 응칠은 갑자기 나리가 멈추니 옆에서 걷다 말 위의 나리를 올려다보았다.

"나리, 왜 안 가고 멈추십니까?"

그가 갑자기 말을 천천히 몰아 누군가에게 다가갔다.

그의 집 쪽에서 백마를 탄 경원이 지나가고 있는 걸 본 것이었다.

"이게 누구야?"

언호가 반가운 듯이 말을 건네자, 경원이 뭔가 생각에 빠져 있던 것처럼 이마에 주름을 잡은 채 있다가, 화들짝 놀랐다.

"어디 갔다 오는 길인가?"

"아, 이 근처에 볼일이 있어서……."

경원은 순식간에 평소처럼 온화한 표정을 지었다.

"마침 잘 만났네."

"왜?"

"혹시 시간 괜찮으면 술이라도 한잔하겠나?"

"뭐, 내 별일 없긴 하네만……."

사실 집에 들어가 오늘은 종원이 인편으로 보내준 서책을 볼 계획인지라 거절하고 싶었지만, 또 자주 보는 친구도 아닌지라 거절의 말이 나오지 아니하였다.

"내가 이 근방을 잘 모르니 자네가 안내해 보게나. 술은 내가 살 테니까."

바로 근처 요릿집으로 이동한 둘은 술을 앞에 두고 앉았다. 경원이 그 깔끔한 성격에 여자를 들일 리도 없고, 언호 역시 좋아하지 않으니 그냥 요리와 술만 안으로 들이라 말하였다.

단둘이 앉은 자리에서 경원이 언호에게 먼저 술을 따랐다.

빈속이라 안주를 집어먹고 술은 좀 천천히 마셨다. 경원 역시 술을 썩 즐기는 편이 아니라 그런지 몇 잔 마시지도 않았다.

둘이 아는 사람들 근황이나 소식도 주고받고 최근 보는 책 얘기도 좀 하였다.

서로 이야깃거리도 떨어지고 있던 때, 경원이 술 한 잔을 따르고 난 뒤 청탁을 해왔다.

"내 부탁이 하나 있는데……."

"무슨 부탁인데 그리 힘들게 말하나?"

언호는 아쉬울 거 없는 경원이 자기에게 무슨 부탁할 게 있나 싶어 무심하게 물었다.

"우리 안사람이 바느질을 잘 못하지 않나. 그래서 지금 침모를 구하고 있는 중이네."

"아, 그래?"

왜 이런 집안 이야기를 자기에게 꺼내나 싶어 언호가 살짝 의아해하던 차였다.

"그래서 소문 듣자 하니 자네 집 젊은 여종 하나가 바느질을 잘한다 하던데……."

바느질을 잘하는 여종…… 혜이다.

"나는 잘 모르겠는데 뭐 그런 애가 있나 보지."

왜인지 모르게 언호는 시큰둥하게 대답하여 버렸다.

"혹시 나한테 팔 생각 없나?"

매매!

들고 있는 잔으로 술을 그대로 들이켰다. 혀에 닿는 술이 소태처럼 쓰디썼다.

잔을 탁 소리 나게 내려놓고 경원과 눈을 마주하였다.

"그 아이는 어머님이 아끼셔서 그건 힘들 듯한데. 우리 집에는 노비가 몇 명 없고 모두 오래 일한 자들이라 보내는 게 힘들거야. 원한다면 어머님께 다른 집에 괜찮은 사람이 혹시 있나 물어는 봐주지."

"그런가. 하는 수 없지. 꼭 그럴 필요는 없어. 괜히 자네 자당께 죄송스럽지. 그냥 집안 어르신들께 여쭤봐야겠구먼."

의외로 경원은 순순히 떨어져 나갔다. 그러나 예상치 못한 경원의 제안에 언호는 뭔가 기분이 떨떠름해져 버렸다. 뭔가 경원답지 않은 제안을, 경원답지 않은 식으로 해온다라는 막연한 생각뿐이었다. 경원은 화제를 돌려, 방금 전까지 하던 얘기대로 시시껄렁한 장안의 소문과 요즘 하는 일 등의 얘기를 늘어놓았다.

결국 언호가 먼저 말을 끊어야 했다. 경원이 빙빙 돌리고 돌려 이야기를 한 게 분명한데 속에 감추고 있는 생각이 무엇인지 짐작이 가지 않았다. 혜를 첩으로 데려가려는 건지, 아니면 정말 침모를 구하는 건지 알 수는 없었지만 뭔가 다른 생각을 하고 있는 게 분명하였다.

"그만 일어나야겠네. 요즘 좀 바빠서 말이지."

"하기야 사신단 출발이 얼마 안 남았지. 요즘 많이 바쁘겠어. 그럼 그만 일어나지."

언호가 그 말 꺼내기 무섭게 자리를 일어난 걸 보면 경원 역시 오래 앉아 있을 생각이 아니었던 게 분명하였다.

헤어진 뒤, 흔들거리는 말 위에서 생각난 것이 하나 있었다.

경원은 어디 들렀다 오는 길일까.

이 근처에 경원이 친하게 지낼 만한 사람이나 들를 만한 데가 있던가?

본인 입으로 이 근방을 잘 모른다고 하지 않았던가.

뭔가 이상하다 생각은 드는데 그 이상한 게 뭔지 확신할 수는 없었다.

＊

"어이."

한쪽에서 경원이 손을 흔들어 아는 체를 하니 언호가 약간 당황하였다. 승정원 주사라는 게 여간 바쁜 직책이 아닐 텐데 낮 시간에 승문원에는 어인 일인가 싶어서였다. 길에서 마주친 게 불과 며칠 되지 않는데 또 마주치니 당황스러웠다.

"웬일이야, 바쁜 사람이 이 시각에 여길 다 찾아오고."

언호의 농에 경원이 허허 웃었다.

"바빠도 자네한테 볼일이 있으면 올 수도 있는 거지."

"무슨 볼일이 있길래?"

얼마 전에 길에서 만나 꺼냈던 얘기를 다시 꺼내는 게 아닌가 하는 생각에 가슴이 갑자기 무거워졌다.

그전까지만 해도 경원은 좋은 친우이자 교유하는 게 즐거운 사람 중 하나였고, 나이는 몇 살 어려도 본받을 게 많고 존경스러운 사람이었다. 그러나 이제는 약간 껄끄러운 기분이 들고 있었다.

"자네가 성에서 유학하였으니 혹시나 그 책을 갖고 있을 듯하여, 물어보러 들렀네."

"무슨 책을 찾고 있는데?"

"혹시 조맹부(趙孟頫)가 지은『송설재집(松雪齋集)』을 갖고 있나 해서."

조맹부라 하면 글씨와 그림이 둘 다 유명하였고 최근의 그의 글씨체가 점점 인기를 얻는 중이었다. 글씨를 잘 쓰는 언호라면 갖고 있음 직한 서책이었다.

"성에서 사온 게 있네만, 왜, 보고 싶나?"

"빌릴 수 있으면."

"원하면 빌려가게."

약간 의구심이 든 게 경원의 집 서고 역시 방대하기로 유명한 바, 저 책이 정말 없는 것일까?

하지만 남에게 폐 끼치는 것을 질색하는 자존심 높은 경원이 무슨 목적이 있어서 번거롭게 책을 빌리려 하겠나 싶어서 그 의심을 접어버렸다. 어차피 자기도 분명 경원의 집에 보관되어 있는 서책을 탐낼 게 분명하였으니 이렇게 서로 서책을 교환해서 보면 좋을 것 같다는 생각이었다.

"그러면 좋은 시간 알려주면 내 집에 들르겠네."

"그러겠나. 나야 그래 주면 고맙지."

요즘 제일 바쁠 때라 시간을 못 내고 있는 언호로서는 경원이 그래 준다니 고마울 노릇이었다. 경원은 정말 볼일이 그거 하나였는지 언호와 몇 마디 나누나 싶더니만 바로 해야 할 일이 있다면서 승정원으로 돌아갔다.

퇴청하고 돌아온 언호를 맞는 혜가 도포를 받아 탈탈 털어 건 뒤에 대야에 뜨거운 물을 받는다. 언호는 세수하고 손을 닦은 뒤 혜가 내미는 수건을 받아 손과 얼굴을 닦았다.

"진지가 곧 준비될 것입니다."

언호가 들어오는 것을 보고 부엌에 저녁 준비를 시켜놓은 뒤 부랴부랴 선향재로 온 터였다.

"내일 저녁에 손님이 올 것이야. 그러니 간단하게 주안상 봐두어."

"언제쯤 오신다 하십니까?"

"내가 퇴청한 뒤에 저녁 즈음에 올 터인데, 술시 정각(저녁 7시)에 온다 하였다. 혹시 기억나나? 지난번에 꽃놀이 왔던 친구 중에 푸른 도포를 입었던 친구. 개지라고, 그 친구가 올 거야."

"아……."

경원이다.

경원이 계속 용이를 통해 부르는데도 혜가 나가지 아니하였더니 다른 수를 쓰는 모양이었다.

순간 혜의 안색이 좋지 못하였던 모양이다.

"몸이 어디 불편한 모양이구나."

"네? 아닙니다."

"그런데 왜 안색이 그 모양일꼬? 쯧쯧쯧. 몸이 안 좋으면 안 좋다 말하지. 어머님이나 나나 그렇게 매정한 사람들이 아닌데, 왜 상전을 매정하고 무정한 사람으로 만드나."

언호의 농 섞인 타박에 혜가 정색하였다.

"아닙니다, 나리. 진지 지금 올리라 하겠습니다."

혜가 급하게 인사를 하고 거의 뛰다시피 밖으로 나갔다. 빠른 발걸음으로 정원을 지나는 혜의 뒤를 따라 언호가 성큼성큼 걸었다.

이제 슬슬 날도 많이 따뜻해져서 나뭇잎도 많이 나고 낮에는 제법 덥기까지 하였다.

벚꽃은 졌지만 다른 꽃이 필 준비를 하고 있었다.

경원은 술시 정각에 나타났다.

경원이 온다는 것을 옥춘에게 알려주니 역시 한껏 들떴다.

"그분이 나 보러 오는 거겠지? 응?"

뭐라고 말을 할 수가 없었다. 괜히 용이가 말실수라도 했다가 옥춘이 알게 되면 일이 시끄러워질 것이 분명하다. 옥춘은 잔뜩 들떠 있어서 낮에 심부름 하다 실수를 하여 마님께 혼이 나기까지 했다.

언호의 몸종은 혜이기 때문에 혜가 일단은 선향재까지 경원을 안내해야 한다. 괜스레 옥춘이 언제 경원이 올지 두리번거리며 대문 근처에서 얼쩡거리고 있었다.

드디어 문 두드리는 소리가 들리고 청지기가 문을 열었다. 경원이 탄 하얀 백마가 들어오자, 옥춘은 거의 황홀한 듯이 바라보고 있었다. 옥춘의 시선이 어찌나 무례했던지 경원이 흠흠, 하고 헛기침을 할 정도였다. 그가 말에서 내린 뒤 하인에게 고삐를 넘겨주었다.

"나리께서 선향재에서 기다리고 계십니다."

옥춘이 더 무례를 끼치기 전에 어떻게든 경원을 이곳에서 끌어내야겠다 싶었다.

혜가 나서서 경원을 안내하기 시작하였다.

혜의 마음은 급한데 경원은 느긋하기만 하였다. 이런 속 타는 혜의 마음은 아랑곳하지 않고 경원은 질문을 계속하며 말을 붙였다.

"원명부의 매화나무가 유명하다더니, 과연 그럴 만하군요."

"듣기로는 이 집을 지을 때 옮겨 심은 거라고 합니다."

경원이 고개를 끄덕이며 매화나무의 둥치를 손으로 쓸었다. 그리고 눈을 내리깐 혜와 시선을 마주하려는 듯 바라보며 말을 이었다.

"예전에 제가 알던 분 중에 매화를 좋아하시던 분이 계셨지요. 매화가 필 때면 그 앞에서 〈매화삼롱〉을 연주하셨는데 그 모습이 마치 신선과도 같았습니다."

아버지 두철의 이야기였다. 청색 장삼에 유건을 쓴 아버지의 모습은 아직도 기억에 선하였다.

오랜만에 떠올린 아버지의 기억에 혜의 눈시울이 뜨거워지려 하였다.

정말 잊지는 않으셨군요.

"매화가 필 적마다 소식 끊긴 그이는 어디서 잘 살아 있나, 나무 아래에서 몇 시간을 서성거리기도 하였습니다."

여태 경원이 했던 말보다 이런 얘기들이 더욱 가슴을 뒤흔들었다. 오만 감정이 해일처럼 밀려온다. 혜는 눈을 지그시 감고 마음의 평정을 다잡으려 했다.

"나리께서 기다리십니다."

그 말에 경원이 순순히 다시 움직이기 시작하였다.

앞서 가는 가냘픈 몸을 바라보는 그의 마음은 애가 탔다. 이렇게 옆에 있지만 신기루처럼 손에 잡히지 않았다. 십 년 동안 죽은 줄로만 알던 사람이 이렇게 버젓이 살아 있는데 이런 해후라니 너무 서글펐다.

이 사람은 이렇게 살아선 안 되는 사람이었다.

경원 머릿속의 생각은 단 하나였다. 어떻게든 설혜 아가씨를 장가에서 빼내야겠다는.

언호는 창 너머로 홍예교를 넘어오는 두 남녀를 바라보았다.

월동문 너머로 들어오다 혜가 옷자락이 걸렸는지 앞으로 살짝 몸이 기울어지자, 잽싸게 경원이 허리를 잡아 넘어지지 않게 부축하였다.

그걸 본 언호가 깜짝 놀라 벌떡 일어섰다. 그러나 혜가 별일 아닌 양 다시 움직이자, 뭔가 체면을 구기는 일을 한 듯하여 도로 의자에 앉았다.

날이 슬그머니 더워져 어느새 문을 열어놓고 지내게 되었다.

"어서 오게나. 낮에 덥더니만 밤이 되니 그나마 좀 시원하구먼……."

"올여름이 빨리 오려나 봐."

둘이 날씨 얘기를 하고 혜는 그 옆에 잠시 서 있었다.

"주안상 준비는 다 되었느냐?"

"곧 옥춘이 들고 올 것입니다."

그때 경원이 뭔가 들고 온 것을 언호에게 내밀었다.

"빈손으로 오기 민망하여 들고 온 것이네."

"뭔가?"

"우리 집에서 만든 술이야."

소가의 전통주는 나름 꽤 유명한 것 중 하나였다.

"바로 상을 준비하겠습니다."

나가는 혜를 두 남자가 동시에 바라보다 서로 눈이 마주치자 겸연쩍어하며 시선을 피하였다.

"저 아이가 자네가 지난번에 침모로 데려가고 싶어 하던 그 아일세."

"그런가? 참하게 생겼구면."

경원은 별 신경 안 쓴다는 듯이 무심하게 답하였다. 혹시나 혜에게 반하여 데려가던 게 아닌가 싶었는데 그건 아닌 모양이었다. 그냥 자기가 너무 민감하였구나 자책하면서 언호는 서탁 위의 책을 그에게 내밀었다.

"이게 자네가 보고 싶다던 그 책일세."

그걸 받아 든 경원이 신기한 듯 바라보았다.

"이게 그 책인가 보군. 이상하게 연이 안 닿아 여태 못 보았는데 자네 덕에 보게 되어 참 기쁘다네."

"그런데 왜 갑자기 이 책을 보려 했는데?"

"그냥 다른 책을 보는데 얘기가 나와서 궁금해졌지 뭔가."

둘이 한창 책 얘기를 나누고 있을 때 옥춘과 혜가 주안상을 들고 들어왔다. 옥춘이 상을 차려놓고 얼쩡거리자 언호가 슬그머니 인상을 썼다.

"더 시킬 일 없으니 이만 가보거라."

그 말에 입이 부루퉁해져서 옥춘이 혜까지 끌고 나가려 하는데 언호가 잡았다.

"혜는 잠시 있다가 차를 좀 끓여다오."

결국 혜는 잡혀서 남아버렸다. 그냥 선 채로 탁자 시중을 들고 있노라니 둘이 하는 대화가 들려왔다. 최근 읽은 책이나 경원이 빌려가려는 조맹부 관련 대화였다.

"그래, 글씨 연습은 잘되어가나? 이대로 가면 사자관이 되는 건 아니고?"

사자관(寫字官)은 성에 보낼 문서를 쓰는 관직이다. 한어도 잘하고 글씨도 잘 쓰니 언호에게 안성맞춤일지도 모른다.

"내 실력 갖고 어림없다네."

"자네 실력 갖고 어림없다는 소릴 하면 누가 그걸 하고? 너무 겸손한 거 아닌가? 아, 그리고 보니 요즘 성에서는 조맹부체가 유행한다는 얘기를 들었는데 자네가 있을 때도 그랬나?"

"그때 막 유행하려는 조짐이 좀 보였었지. 뭐, 요즘 그래서 여기저기서 많이들 따라 쓰는 모양이던데……."

얘기를 나누는 틈틈이 경원은 혜의 모습을 곁눈질로 계속 쳐다보았다. 혜가 계속 서 있는 게 안쓰러운데 앉으라고 권할 수도 없고 안타까운 눈길로 바라보기만 하였다. 하지만 혜는 이런 걸로는 이제 힘든 줄도 몰랐다.

"이제 밤도 늦었고 좀 있다 돌아가야 하니 술도 깰 겸해서 차나 한잔 마실까?"

경원의 제안에 언호가 고개를 끄덕이자 혜가 차를 만들 준비를 하기 시작하였다.

"지난번에 마신 차 맛이 정말 훌륭하였는데 어디서 구한 겐가?"

"역관 주종원이 성에 다녀오는 길에 선물로 갖고 온 걸세."

"아, 역시……."

"그렇다 해도 내가 만들면 그 맛이 나지 않은 거 보면, 역시 다모(茶母)가 좋아서인 듯하네."

언호의 칭찬에 혜의 볼이 살짝 발그레해졌다. 경원 역시 웃으며 고개를 끄덕였다.

"가끔 차신의 가호를 받았는지 차를 맛있게 만드는 사람이 있지. 어떤 차로 만들어도 그 사람 손만 타면 맛있단 말이지. 전에 옆집 살던 분이 그런 분이셔서 그 집 차를 참 자주 얻어 마셨더랬지."

경원이 어머니 얘기를 꺼냈지만 혜는 얼굴을 숙여 못 들은 척했다. 조용한 지금 생활을 왜 이제 와서 흔들려 하냐고 소리라도 치고 싶었다.

경원은 혜가 입술을 꽉 깨무는 걸 보았다. 피가 배어 나올 정도로 깨문 입술에 그가 살짝 놀랐다. 설혜 아가씨 성격상 반기지 않을 것은 알았다 해도 이렇게 매정하게 굴 줄은 몰랐더랬다. 그 고왔던 모습은 어디로 가고 어딘가 메마른 듯한 설혜는 그를 떼어내려고만 했다. 왜 자기 진심을 몰라주는 거냐고 소리라도 치고 싶은데 귀를 꽉 막은 것처럼 들으려 하지 않았다.

"이대로 살다 가게 그냥 잊어주십시오."

이 말만 반복할 뿐이었다.

경원 눈가에 그림자가 졌다. 입안이 깔깔한 듯하여 뜨거운 차를 주욱 들이켰다. 설혜 아가씨가 만들어준 거라면 쓴 약도 달게 마실 수 있을 것 같았다. 경원이 이런 마음으로 바라보아도 설혜는 고개를 숙인 채 경원이 돌아간다 나설 때까지 시선도 마주하지 않으려 하였다.

"밤이 너무 늦었네. 내가 괜히 자네 쉬어야 하는데 방해한 게 아닌가 싶어."

경원이 점잖게 사과하였지만 언호가 고개를 저었다.

"아닐세. 간만에 편안하게 얘기해서 즐거웠는데, 뭘. 자주 들러주시게나."

"그러지."

그냥 서로 예의 바른 말을 주고받으며 인사를 한 후 경원이 선향재를 나섰다. 호롱을 든 혜가 배웅하였다.

정원은 꽤 넓은데 사는 사람이 많지 않으니 인적이 없었다. 아직 풀벌레도 없는지라 조용하기 그지없었다. 갑자기 뒤에서 걷던 경원의 발걸음이 멈추었다. 자연히 혜 역시 멈추어서 뒤를 돌았다.

"왜 계속 가지 아니하시고요?"

경원이 성큼 다가오자 혜가 살짝 물러섰다. 눈도 마주치지 않고 고개를 돌리고 있는 여자의 볼을 살짝 쓸었다.

한 번도 이런 친밀한 접촉을 하진 않았던지라 당황하였는지 혜가 매섭게 쳐냈다. 붉은 등불로 보이는 하얀 얼굴이 곱기만 한데 그 고운 사람은 매정하기만 하였다.

"이러지 마시라고 제가 분명히 말씀드렸잖습니까?"

혜가 답지 않게 격한 반응을 보이자, 경원은 순순히 사과를 했다.

"설혜 아가씨가 너무 고와서 내가 실수를 했나 봅니다. 앞으로는 그러지 않겠습니다."

"저희 주인 나리와 교유하는 것에 대해서 아랫것인 제가 감히 한 말씀 드리는 것이 주제넘은 짓인 줄 압니다만, 이렇게 저희 나리를 핑계로 오지는 마셨으면 합니다."

만약 예전부터 둘이 친했더라면 애저녁에 만났을지도 모른다. 그러나 그간 한 번도 오지 않았던 양반이 이렇게 드나들려는 것은 목적이 분명했다. 경원이 언호를 이용하는 게 분명한 현 상황이 마음에 들지 않았다. 그러나 했던 얘기를 하고 또 해도 경원은 절대 포기하는 기색을 보이지 않았다.

"그때는 내가 힘이 없었습니다. 부모님도 살아 계셨고 내가 내 힘으로 할 수 있는 일이 아무것도 없었어요. 그러나 지금은 다릅니다. 지금 같은 일이 벌어진다면 내 무슨 일이 생겨도 아가씨 하나만은 책임질 수 있습니다."

힘주어 말하는 경원에게 혜는 다시 고개를 흔들었다.

"도련님, 이제 다 지난 일이에요. 제발 잊어주십시오."

그리고 경원이 서 있든 말든 앞으로 성큼성큼 걸어가기 시작하였다. 그런 혜 뒤로 경원이 바싹 붙었다.

"설혜 아가씨, 나는 아가씨를 한시도 잊어본 적이 없습니다. 마주 붙어 있는 집의 담장 너머로 아가씨네 정원을 바라보면서, 언제나 아가씨가 언제 오실지만 기다렸습니다. 꿈에서도 정원에서 들려오는 아가씨의 웃음소리를 들으며 일어나곤 했습니다."

그러나 혜는 경원의 말은 들은 척도 아니 하고 앞으로 걸어나갈 뿐이었다.

혜라고 속이 좋을까. 경원의 한마디 한마디에 마음이 흔들렸다. 하지만 파도처럼 철썩거리기 시작하는 이 마음의 요동을 감추려 했다.

대문 앞에서 경원이 타고 갈 말이 대기하고 있었다. 경원이 말을 타러 가려는 순간, 혜가 작은 소리로 경원만 들을 수 있게 속삭였다.

"나리, 제발 다 잊어주십시오. 두설혜는 이제 이 세상에 없습니다."

그런 혜와 경원을 몰래 보는 눈이 있었으니, 다름 아닌 옥춘이었다.

어떻게든 경원과 마주치려 나왔는데 경원은 혜만 바라보고 있었다.

"그럼 살펴가십시오, 나리."

혜가 정중하게 허리를 숙여 경원이 탄 말이 대문을 빠져나가는 걸 지켜보았다. 그런 혜의 뒷모습을 옥춘이 표독스레 노려보고 있었다.

"다녀오셨습니까, 나리. 오늘은 퇴청이 이르셨네요. 날이 저물지도 않았는데 나리께서 다 오시고."

혜가 농담을 하자 언호가 껄껄 웃었다.

"해가 길어져서 그런 게지."

"해가 길어지면 길어진 만큼 퇴청도 늦어지셨잖습니까."

"그래서 지금 나더러 저녁에 일찍 집에 들어오라 잔소리라도 하는 게냐?"

"제가 그럴 리가 없잖습니까."

혜가 놀라서 팔짝 뛰는 게 웃긴지 언호는 여전히 웃고 있었다. 둘이 천천히 이제 여름으로 넘어가는 정원을 걸어서 선향재로 간다. 뒷짐을 진 채 걷는 언호의 뒤를 따르는 혜. 쪽빛 염색을 한 푸른색 홍예교를 지나 월동문을 넘어갈 때, 지난번에 혜가 이 문 앞에서 어쩐 일인지 비틀거려 경원이 잡아주었던 게 기억났다. 뭔가 불쾌했던 감정이 다시 치솟는다.

"오늘은 간만에 일찍 퇴청하였으니 글씨 연습을 할까 한다."

즉, 저녁 먹고 있다가 와서 먹을 갈라는 소리였다. 계속 밤늦게 돌아오는 통에 글씨 연습도 못하고, 차도 제대로 마시지 못하였다.

저녁 뒷정리를 하고 선향재로 가니 언호가 어인 일인지 그간 쓰던 연적을 치우고 다른 연적을 꺼내놓았다. 하얀 백자 연적은 어찌나 얇은지 반투명해 보일 정도였다. 손에 오목하게 쥐어지는 감촉이 좋았다.

연적에 물을 채워 벼루에 약간만 부었다. 아끼는 묵까지 꺼내놓은 걸 보면 오늘은 본격적으로 해볼 생각인 모양이었다.

"연적이 정말 복숭아처럼 예쁘네요. 손에 쥐는 감촉도 좋습니다."

물건에 대해서 어지간해선 말을 아끼는 혜가 간만에 입을 열었다.

"성에서 공부하던 시절 유리창(琉璃倉)이라고 하는 책이며 골동품이며 뭐 이런저런 물건을 파는 거리에 나갔는데 거기서 옛날 물건 파는 사람이 파는 걸 몇 날 며칠 고민하다 몇 달이 지나도 안 팔리기에 아, 인연인가 보다 생각해서 사온 물건이지."

언호가 신이 난 듯 설명을 해주었다.

"소인이 보아도 보통 물건은 아닌 듯합니다. 어쩌면 이렇게 손에 착 하고 달라붙는지 신기하여요."

혜가 신기한 듯 연적을 한 번 살짝 쥐어보았다. 하얗고 길쭉한 모양 좋은 손에 복숭아를 올려놓은 듯하다.

먹을 가는 소리만 들리고 다시 언호도 조용해졌을 때 혜가 문득 말을 꺼내었다.

"나리 제가 감히 외람된 질문해도 되는지요?"

어찌 된 일인지 오늘은 혜가 말이 많다.

"성은 어떤 곳이옵니까?"

"성이 어떤 곳이라…… 나는 연경에만 주로 있어서 사실 잘 모른다."

연경에서 사실 유람도 하고 했어야 했지만 공부하는 데 미쳐서 그럴 시간이 없었다. 공부를 하고 또 해도 언제나 모자란 것 같다는 조바심에 돌아가는 날이 다가오는 게 하루하루 두려웠다. 세상에 배울 게 이렇게 많은데 이걸 다 못 배우고 돌아가야 하다니 억울할 정도였다. 그렇게 장언호는 연경에서 공부만 한 지라 연경에 들어간 이래로 귀국길에 나온 게 다였다. 삼 년 꼬박을 연경에서만 보낸 셈이었다.

"저도 그곳을 한 번 보고 싶습니다."

혜는 태어나서 도성을 벗어나 본 적이 몇 번 없었다. 사실 이 담 너머도 잘 모른다. 시장에 가는 건 용이 아범이 가고, 채마밭에서 간단한 채소를 기르고 다른 것들은 지방에 있는 땅에서 올라오니 담 너머 나갈 일이 별로 없었다.

"연경이 궁금하면 내 보여주지. 잠시 있거라."

그가 서고에서 들어가더니 잠시 뒤에 책을 찾아 나왔다. 책상 위에 커다랗고 얇은 책을 소중하게 내려놓았다. 크기로 보건대 화첩인 모양이었다.

"이게 무엇입니까?"

"연경을 그린 화첩이야."

길쭉한 손이 제법 큰 책장을 넘기자, 그림이 나타났다.

"연경은 이렇게 생긴 도시란다. 도성이랑은 비교할 수도 없이 크지. 처음에는 계속 길을 잃어서 나도 꽤 많이 헤맸지."

혜는 신기한 듯 그림을 바라보았다. 언호가 손가락으로 짚으면서 그곳이 궁이라거나, 유명한 사찰이 있다거나, 그 전 시대의 무슨 건물이 있다거나 하는 것들을 설명해 주었다. 접혀 있는 지도라는 게 너무나 신기한지라 혜는 먹을 가는 것도 잊고 바라보고 있었다.

그가 다음 장을 펼치자 시장 풍경이 나타났다.

"입고 있는 옷이 다르옵니다."

혜의 눈이 호기심으로 반짝거렸다.

"이런 옷은 뭐라고 부르나요?"

웬 귀부인이 입고 있는 옷을 혜가 손으로 가리켰다.

"그건 이 전 시대에 주로 입던 배자라고 하는 옷이란다."

한참 그림을 구경한 뒤에 언호가 혜에게 차를 끓여달라 청하였다.

찻잔을 건네주는 혜와 그의 손이 찻잔을 두고 마주쳤다. 작은 찻잔을 그가 건네받아 내려놓은 뒤에 한 손으로 혜의 손을 쥐었다.

"손이 차구나."

그 말을 내뱉은 언호는 사실 그답지 않게 대담한 짓을 한지라 본인 스스로도 놀라 버렸다. 그러나 어느새 손에 쥔 작은 손을 다른 손으로 덮어서 빼지 못하게 만들었다.

토닥이는 커다란 손의 감촉에 혜의 얼굴이 도홧빛으로 물들었다. 당황한 듯 빼내려 하자 순순히 놓아주었다.

"여자가 몸이 차면 아니 된다는데……."

본인도 얼떨결에 잡고 당황하였는지 언호가 엉뚱한 소리를 늘어놓았다. 혜 역시 고개를 푹 숙여 눈을 피한 채 모깃소리만 한 목소리로 아뢰었다.

"그럼 더 시키실 일이 없으시면 이만 행랑채로 돌아가겠나이다."

그가 고개를 끄덕이자 혜가 나비처럼 소매를 펄럭이며 문밖 어둠 속으로 사라졌다. 언호는 창을 열어 호롱을 든 혜의 모습이 어둠 속에서 사라질 때까지 한참 내다보았다.

낯익은 집에 가는 길을 걸으면서 언호는 히죽 슬그머니 웃었다. 방금 전까지 종원의 단골 안침술집에서 마신 술이 속에서 슬슬 올라오는지 몸에서 열이 제법 나기까지 했다. 술기운 때문인지 곧 집에 가서 볼 혜 때문인지 괜스레 기분이 좋아졌다.

며칠 전 그 사건 이후 처녀의 수줍음인지 그를 볼 때마다 슬쩍 볼이 달아오르는 걸 눈치 못 챌 리가 없었다. 그러나 어디 수작도 부려본 놈이 부린다고, 그날 얼떨결에 수작 부려본 주인 나리 역시 이렇게 밤에 걸으면서 히죽거리면서 웃기만 할 뿐이었다.

밤이 늦어 인적도 드문데 보름이라 달이 제법 밝았다. 이미 저녁쯤 집에 늦게 들어갈 듯하여 웅칠이더러 말을 끌고 집에 먼저 들어가라 이른 터. 사인교를 불러 탈까 하다가, 어차피 집에서 멀지도 않은 길이니 밤 산책 겸하여 걷고 있는 중이었다.

낮에는 날이 제법 더운데 밤공기는 서늘하니 기분이 좋았다.

이제 풀벌레 우는 소리도 제법 시끄러워졌고 연못에선 개구리가 울어서 가끔 좀 심하다 싶으면 웅칠이더러 장대로 저으라고 시켜야 할 정도였다.

평소 다니던 대로가 아니라 골목을 따라 걸어온지라 집의 쪽문 쪽으로 나와 버렸다.

기다란 담벼락 그림자 안의 남녀 그림자가 언뜻 보였다.

실랑이라도 벌이는지 남자가 여자의 손을 잡으려 하고 여자가 손을 빼내려 하는 게 마치 그림자극처럼 펼쳐지고 있었다.

둘만의 세계에 빠져 있는지 그가 다가가는데도 전혀 모르는 눈치였다.

젊은 청춘 둘이 희롱을 하는구나.

그런데 여자의 그림자가 어인 일인지 낯이 익었다.

第四章 옥루춘효(玉樓春曉)[6]

설거지를 하고 있는 혜의 등 뒤로 용이가 다가왔다.

"혜아 누나, 누나······."

용이가 애교 있게 부르지만 혜는 그냥 한 번 뒤를 돌아볼 뿐, 별 반응을 하지 않았다.

용이네가 뭔가 못마땅한 표정으로 옥춘과 쑥덕거렸다.

"왜 애한테 그렇게 싸늘하대? 저러니까 저렇게 시집도 못 가지. 멀쩡한 처자였으면 아무나 하나 골라서 시집갔을 거 아녀."

---

6) 〈옥루춘효(玉樓春曉)〉 또는 〈춘규원(春閨怨)〉이라고도 알려진 금곡으로 영화 〈천녀유혼〉 삽입곡으로도 사용되었다. 봄날 연인의 집에서 잤는데 새벽에 깨어보니 집은 간데없더라는 내용.

용이네랑 옥춘, 그리고 다른 하녀들까지 혜를 두고 자기네들끼리 수군수군하는데 혜는 그냥 무시해 버렸다.

용이가 며칠째 계속 얼씬거렸고, 그때마다 혜는 별 반응을 하지 않고 있었다. 결국 혜가 설거지가 끝내자마자 방으로 가려고 부엌을 나서자 바로 용이가 쫓아왔다.

"혜 누나, 그 나리께서 누나 좀 불러 달라셔."

"용이야, 제발…… 나 바쁘다고 전해 드리렴. 아니면 나 못 찾겠다고 해."

"이미 몇 번이나 허탕 치고 가셨단 말이오. 내 그분께 이제 더 할 거짓말도 없소."

이미 경원이 일주일째 계속 찾아오고 있었다.

혜가 절대 언호를 이용하지 말아달라고 간절히 부탁하였건만, 경원의 왕래만 잦아졌을 뿐이었다. 빌린 책 갖다 주러 온다거나, 좋은 차를 구해서 같이 마시러 온다거나, 술이 마시고 싶다거나 하면서 온갖 구실을 다 만들어서 방문하곤 하였다. 그리고 대문 밖 담장의 그림자 아래에서 혜를 기다리는 일도 많았다. 그는 어떤 구실을 갖다 붙여서라도 혜를 대문 밖으로 끌고 나오려 했고, 혜는 용을 쓰며 버티려 했다. 그와 혜의 조용한 줄다리기가 담장을 두고 계속되고 있었다.

혜는 거의 미치기 일보 직전이었다. 미친년 널이라도 뛰는 것처럼 계속 혜의 심장을 들었다 놓는 경원 때문이었다. 용이를 어르기도 하고 화를 내보기도 하였지만, 혹시 용이네 귀에 들어

갈까 두려워 차마 심하게 나무라지도 못하였다.

누군가 알게 된다면 절대 좋은 소리가 나오지 않을 터라, 경원 도련님에게 혹시 누라도 끼칠까 두려웠기 때문이다.

"그분께서 윤산에서 서간이 왔다 전해달라 하셨소."

윤산, 서간…… 오라버니이다.

마치 어린아이 주전부리로 꼬셔내듯 오라버니의 서간이라는 말에 혜가 자기도 모르게 쪽문으로 몸이 먼저 움직였다.

저녁까지 놀다 간 최 부인의 딸들 때문에 이미 꽤 시각이 늦었다. 괜히 밖에 나갔다가 도성 안을 돌고 있는 순라꾼들에게 걸려봤자 좋을 거 하나 없었다.

그냥 서간만 받고 얼른 들어오자 하는 생각으로 나갔다. 경원은 혜가 모습을 드러내자 평소처럼 그림자에서 나왔다. 야심한 시각이지만 보름이라 밤이라지만 꽤 밝았다.

"설혜 아가씨…… 얼굴이 많이 상한 것 같습니다. 별일 없으셨는지요?"

경원은 혜의 조급한 마음은 전혀 몰라주었다.

"긴 인사는 생략하겠습니다. 오라버니에게 서간이 왔다고 하셨던데요?"

그러나 경원은 서간은 줄 생각도 하지 않은 채 다른 얘기만 늘어놓고 있었다.

한숨이 밀려 나오려 했다. 더 이상 시간을 지체했다간 옥춘이 또 어디 갔다 오냐고 꼬치꼬치 캐물을 텐데. 계속 쪽문을 바라보던 혜가 다시 재촉하였다.

"나리, 밤이 깊었습니다. 이만 들어가서 자야 하니 서신을 얼른 주십시오."

경원이 가슴팍에 있던 서간을 꺼내자, 마음 급한 혜의 손이 먼저 나갔다. 그러나 그 손이 서간을 쥐기도 전에 경원의 손이 더 빨랐다. 다시 잽싸게 서간을 갈무리하여 가슴팍에 넣어버렸던 것이다.

"나리!"

경원의 목소리엔 웃음을 머금고 있었다.

"아가씨 얼굴 보기가 이리 힘든데 이것을 이렇게 쉽게 내줄 수는 없지요."

"너무하십니다. 어서 주셔요. 제가 오라버니 소식만 기다린 것 알고 계시잖습니까."

그러나 무정하게도 경원은 혜와 희롱하려 들 뿐이고 서간은 주려 하지 않았다. 남자가 손을 휙 잡아끌어 혜를 품어 안으려 하자 혜와 몸싸움을 벌이게 되었다.

그냥 너무 경황이 없어서 뒤에서 다가오는 소리 같은 건 들을 정신도 없었던 모양이다.

"도련님, 이러지 마셔요."

혜가 경원을 밀어내려 파득거릴 때, 묵직한 소리가 뒤에서 들려왔다.

"거기 누구 있소?"

언호였다.

순간 두 남녀가 얼어붙었고, 이내 정신을 차린 것은 경원이 먼저였다.

고개를 돌린 혜의 얼굴을 알아본 그가 경악하여 잠시 얼어붙었다. 그때 경원이 잽싸게 어둠 속으로 뛰어가 버렸다. 쫓아가려는 언호 앞에 혜가 거의 그의 앞을 온몸으로 막아 저지하였다. 거의 안다시피 혜가 그에게 매달리자 그가 우악스레 떼어냈다.

"뭐 하고 있던 게냐!"

언호가 늦은 밤이라 큰 소리는 내지 못하나 엄하게 소리를 내었다. 그러나 앞에 거의 바닥에 널브러진 채 얼굴을 묻은 혜는 답이 없었다.

"뭐 하고 있었던 게냐고 묻지 않았더냐!"

재차 묻지만 혜는 고개조차 들지 아니하였다.

"내 다시 묻겠다. 뭐 하고 있었던 게냐?"

언호가 숨을 가다듬었다.

머릿속으로 생각을 정리하려 하지만, 뿌연 안개라도 긴 것처럼 감정에 사로잡혀 이성적인 생각이 불가능하였다.

그가 한숨을 길게 내쉬었다. 일단 집으로 들여보내야 할 터.

"빨리 집으로 들어가."

그 말에 혜가 후다닥 일어나 쪽문으로 들어갔다. 잠시 그림자를 노려보고 있던 언호 역시 대문 쪽으로 움직였다.

청지기가 나와서 문을 열어주었다. 야심한 시각이라 최 부인
도 자러 간 터. 평소 언호가 들어오던 시각에 맞춰 나오던 혜가
보이질 않으니 용이 아범이 투덜거렸다.

"혜, 이년은 뭐 하는 겨? 나리 오셨는데 안 나와보고."

방금 전에 그 꼴을 보였으니 얼굴 보이는 게 곤란하겠지. 그
러나 아무리 생각해도 괘씸하였다. 자기 모르게 뒤에서 다른 남
자를 만나고 있었던 것일까. 이 야심한 시각에 무얼 하고 있었
던 건지 알아야겠다.

"혜더러 선향재에 들라 일러라."

"네, 나리."

어지간해선 언제나 온후한 언호가 노기를 가득 띠었으니 용
이 아범 역시 움츠러들며 눈치를 보았다. 아마도 오늘 혜가 경
을 치겠구나, 뭐 이런 생각을 하는 모양이었다.

어느덧 성하(盛夏). 호롱을 든 채 정원을 지나는데 풀벌레 소리
가 시끄러울 정도이다. 연못에서 개구리가 우니 웅칠이 장대로
몇 번 휘적거렸다.

거의 자정이라 밤공기가 약간은 쌀쌀하였다. 그러나 몸의 노
기 때문인지 계속 열이 나 찬물을 몇 번이고 들이켜야 했다.

한편 쪽문으로 허겁지겁 들어온 혜는 그 와중에도 쪽문을 단
속하는 것은 잊지 않았다. 용이는 그새 어디론가 갔는지 보이지
않았다.

방금 경원과 몰래 만나던 걸 나리께 들켰으니 어떻게 해야 할지 몰라 혜의 얼굴이 창백하기만 하였다. 곧 언호가 들어오는지 대문 열리는 소리가 들렸다. 불렀으니 분명 물어볼 텐데 뭐라 하지? 일단 경원이었다는 것만 숨기면 어떻게든 되겠지. 괜히 언호가 경원과 자신을 오해하는 게 싫었다.

행랑채의 방으로 들어가려는 순간, 용이 아범이 불쑥 나타났다.

"어디서 뭐 하고 있던 겨? 나리가 찾으시잖어. 빨리 가봐. 잔뜩 뿔이 나셨으니께."

옥춘이 용이 아범 소리를 듣고 안쪽 문을 활짝 열더니 혜를 얄밉게 바라보았다.

"내 언젠가 그럴 줄 알았다. 매일 밤마다 발정 난 고양이처럼 어딜 쏘다니더니만."

옥춘이 불을 지르는데도 혜는 창백해진 얼굴로 고개만 끄덕였다.

방금 전 언호가 지났던 정원을 호롱도 없이 바쁘게 움직였다.

뭐라 변명을 해야 할지 생각했지만 머릿속이 새하얘져서 아무 생각도 나지 않았다. 다리는 남이 움직이는 것처럼 움직이는데 머릿속은 그냥 백지였다. 홍예교를 지나니 달빛에 어렴풋하게 선향재가 눈에 들어온다.

선향재 바깥에 죄인처럼 서 있자 안에서 '들어와'라고 평소답지 않게 언호가 날카롭게 소리쳤다.

문고리를 잡는 손이 떨린다.

언호는 아직 외출복을 갈아입지도 않은 모양이었다. 날카롭게 쏘아보는 안광에 혜는 그대로 다리에 힘이 쭈욱 빠지는 듯하였다.

그답지 않게 거칠게 겉옷을 벗어 던지려는 걸 혜가 다가가 받으려 하였다. 그러나 그는 매서울 정도로 뿌리쳤다.

잠시 등을 돌리고 서 있는 그의 숨소리가 거칠었다. 거친 숨을 가라앉히려고 했다.

정말 많이 화나셨구나. 어쩌지?

환한 달빛이 장지문으로 들어오는데 그가 잠시 눈을 지그시 감았다.

"먹을 갈아."

안 좋은 일이 있거나 마음을 가라앉히려 할 때 그는 글씨를 쓰곤 하였다.

마음속에 오랫동안 꾹 담아놓은 마음이 분노로 혼탁해져 버렸다.

조심스레 눈치를 보던 혜가 복숭아 연적을 들어 물을 벼루에 따랐다. 그리고 먹을 들려는 순간 그가 갑자기 손을 덥석 잡았다. 순간 갈던 먹을 떨어뜨린 혜가 놀란 눈으로 그를 올려다보았다. 맑고 촉촉한 눈빛이 깊었다. 도톰한 입술을 동그랗게 벌렸지만 얼마나 놀랐는지 소리조차 내지 못하였다.

더 이상 참을 수가 없었다. 간과할 수가 없었다. 묻지 아니하고서는 견딜 수가 없었다.

"그자가 누구지?"

혜가 입술을 꽉 물었다.

"그자가 누구냐고 내 묻지 않았더냐!"

소리를 지르는 것도 아닌데 눈빛은 이미 살인이라도 할 것같이 형형하였다.

눈을 감을 수도 없고, 마주하기에는 몸이 덜덜 떨릴 정도였다.

그의 살기에 살갗이 아플 정도였다.

"내 누구냐 묻지 않았더냐? 입이 아교에 붙었더냐? 빨리 말해보거라."

"말할 수 없습니다."

차라리 그냥 둘러대었으면 좋았을 텐데 그조차도 할 수 없었다.

"왜 말할 수가 없는데? 그자와 통정이라도 하였더냐?"

"그런 게 아니옵니다."

그러나 이미 언호는 분노로 귀와 눈이 완전히 가려져 버렸다.

"그런 게 아니라면 왜 말하지 못하는 거지?"

"나리, 말할 수 없는 이유가 있사오나 불의의 일은 행하지 아니하였습니다. 그것만은 믿어주십시오."

혜가 간절하게 말하여보지만 이미 언호는 듣지 아니하였다.

그의 머릿속에는 다른 생각이 가득하였다.

자기 소유가 감히…… 다른 남자와 정을 통하고 있었을 줄

이야.

자기 여자라 생각하였구나. 그렇게 생각했구나. 마음이 가고 있는 것은 알았지만 애써 그렇지 않은 척하였다. 법도에 맞지 않아, 도리에 맞지 않아 무시하려 하였건만…….

사내가 되어 여태까지 이렇게 여인에게 마음을 주어본 적이 없었다. 신분이 천하다고 하여 억지로 취하려 하는 게 사내답지 못하다 생각하였다.

하지만 결국 끝까지 밀어붙여진 그의 머릿속이 분노로 완전히 덮였다.

"답이 없는 걸 보니 하였다는 게냐?"

태어나서 이렇게 분노해 본 적이 장언호에게 있었던가.

내 소유가, 감히 내 것이, 감히 다른 남자를 만나?

자기에게 보여주던 평생 자신만 섬기고 싶다고 했던 입으로 다른 남자에게 달콤한 말을 속삭였을 걸 생각하자, 배신감에 가슴이 절절 끓어올랐다.

감히 나도 손 못 댄 걸 이 세상에 누가 먼저 손을 댄단 말인가. 그의 손이 혜의 손목을 잡고 그대로 거칠게 끌어당겼다. 그 바람에 낡은 소맷자락이 찢어지는 날카로운 소리가 났다.

"나리, 옷이……."

"어차피 네가 입고 있는 옷도 나의 소유가 아니더냐?"

비웃듯 입 한쪽을 올리고 웃었다. 맹수와도 같은 그의 기세에 겁이 덜컥 난 혜는 순간 눈을 감아버렸다.

그때 그가 혜로서는 전혀 생각해 본 적 없는 행동을 하였다.

도톰한 혜의 입술에 접문(接吻)하였던 것이다.

촉촉한 눈동자를 보는 순간 이성이 그대로 나가 버렸던가. 그저 분노 또 분노.

그냥 이 몸을 소유하고 싶다는 생각밖에 없었다. 뜨거운 열기가 온몸에 퍼져 나가면서 결국 머릿속까지 뜨거워져 버렸다.

입술을 내렸을 때 닿는 보드라운 감촉. 여린 꽃잎처럼 부드러운 그 도톰한 살을 입에 머금었다. 안고 있는 팔엔 힘이 들어가 더욱 단단히 끌어안았다. 부드러운 몸이 밀착되자 정신이 점점 더 산만해지고 무얼 하는지조차 잊어버린 듯하였다. 그냥 이 몸과 조금 더 가까이하고 싶다는 욕망 그 자체만 남게 되었다.

갑자기 입술에 와 닿는 두툼하고 뜨거운 감촉에 혜는 더 눈을 질끈 감아버렸다. 턱에 와 닿는 깔깔한 수염 자국, 입술을 더듬는 체온이 다른 입술. 눈을 감아버린 혜는 그냥 멍하니 서 있을 뿐이었다.

그가 혜의 가녀린 몸을 자신의 몸 쪽으로 더욱 강하게 끌어당겨 완전히 밀착하였다. 허리를 껴안은 두툼한 팔 때문에 몸을 움직일 수조차 없었다. 천 몇 겹을 사이에 두고 그의 뜨겁고 단단한 몸과 맞닿아 있었다.

안으로 들어가려 하나 단단하게 방어하고 있는 치아가 열릴 기세가 안 보이자 언호가 혜의 아랫입술을 살짝 물어버렸다. 놀란 혜가 짧은 소리를 내자마자 바로 기세등등하게 두툼한 혀가 진입하였다. 놀라 허둥거리는 걸 그대로 휘감았다. 방금 전까지 언호가 마시다 온 약주의 알싸한 맛이 혀에서 느껴졌다.

백면서생이라 해도 남자였다. 커다란 손이 뒤통수를 잡고 뒤로 젖혔다. 우악스러울 정도로 얼굴을 받쳐 들고 있어 도리질을 치며 피하려 해도 피할 수조차 없었다. 폭풍처럼 휘몰아치는 듯이 그가 온 입안을 휘저었다. 겁에 질려 바둥거리지조차 못하고 몸에서 힘이 빠졌고 그냥 머릿속이 새하얗게 멍해졌다.

뭔가 찾기라도 하는 것처럼 타인의 두툼한 혀가 가지런한 이 뒤를 더듬고 혀를 뿌리까지 휘감았다. 거의 목젖에 닿아 토기가 나올 정도로 깊숙하게 들어왔다.

숨이 막혀 혀가 헐떡거리며 얼굴이 퍼렇게 되기 직전에야 입술을 놔주었지만 허리를 안은 손은 풀어주지 않았다.

가쁜 숨을 몰아쉬는 여자를 그가 자기 가슴팍으로 바싹 끌어안았다. 둘의 키 차이가 제법 나는지라 혜는 그의 가슴에 대고 숨을 몰아쉬고 있었다.

다리에 힘이 빠져 거의 그에게 매달려 있는 형국이나 다름없었다. 그때 그가 혜의 가느다란 허리를 번쩍 들어 안아 올렸다. 놀란 혜가 꺅 소리를 내기 무섭게 몇 발자국 성큼 걷더니 침상에 내려놓았다. 등에 와 닿는 푹신하고 부드러운 비단 금침에 더욱 긴장한 혜가 몸을 덜덜 떨었다.

순간 육중한 몸이 덮쳐 왔다. 다리가 얽히고 단단한 몸에 그대로 짓눌렀다.

"나리, 나리."

혜가 조심스레 그를 밀었지만 그는 꼼짝도 하지 않았다.

두려워서 정신을 잃을 것 같았다. 몸부림을 치려 해도 이미
온몸을 누르고 있는 몸은 놔줄 생각을 하지 않았다.

육식동물처럼 안광이 번쩍하는 눈으로 내려다보고 있었다.
평소의 다정한 나리가 아니시다. 반항해 봤자, 아무리 밀쳐 내
려 해도 그의 힘을 당해낼 순 없겠지.

순간 혜가 거의 자신을 놓아버렸다. 언젠가 이런 날이 올 줄
모르진 않았잖아. 여태 아무 일 없던 게 이상했던 거지. 좋은 나
리 만난 덕에…….

달래는 듯, 조급한 손이 옷을 헤치고 입술 위에 그의 입술이
겹쳐졌다. 입술을 열고 들어온 혀는 생각보다 부드럽게 움직였
다. 싸한 술맛이 나는 뜨겁고 두툼한 혀가 자기의 온 입안을 오
간다.

커다란 손이 저고리의 고름을 풀었다. 드러나는 하얀 달빛처
럼 뽀얀 속살에 그가 심호흡을 크게 했다. 가슴을 가리고 있는
속옷의 매듭을 푸는 손이 거칠었다. 구름에 가려져 있던 달처럼
하얀 가슴이 드러나자 그대로 한입 베어 물었다. 분내가 아닌
향긋한 체향.

혜는 본능적으로 밀어내려 하던 손을 힘없이 떨어뜨렸다.

종년 팔자…….

종년을 건드리는 주인 따위 세상에 흔했다.

이미 열두어 살 때, 갑자기 집안이 풍비박산 난 이후에 삶에 희망이 있었던가.

이미 이 생애에 어떤 목적과 의지가 있단 말인가. 그냥 조용히 살다 가는 것 이외에는.

그냥 조용한 인생, 뒷방의 반짇고리 앞에서 그냥 끝날 것 같았건만…….

어차피 누군가에게 같은 일을 당할 바에야 처음은 그가 좋을지도 몰랐다.

맞닿아 있는 가슴의 거친 심장박동 소리, 숨소리, 턱과 입가에 느껴지는 따가운 수염, 큰 손 모두…… 그 사람이구나 싶어 어쩌면 더 안심했는지도 모른다.

가슴이 아릴 정도로 거친 입놀림에 혜가 자기도 모르게 앓는 소리를 토해내었다.

"아……."

그 소리에 언호가 갑자기 행동을 멈추었다.

제대로 자기 몸 아래에 깔려 있는 여자를 보았다. 입술이 터져 피가 살짝 배어 있고, 눈을 얼마나 꼭 감았는지 이마에 주름이 잡혀 있을 정도였다. 눈가에 살짝 머금은 눈물 한 방울이 갑자기 이성이 돌아오게 했다.

남자가 자기보다 약한 여자를 의사도 묻지 않고 다짜고짜 잠자리로 끌어들이는 일은 옳지 않았다. 아무리 노비라 하여도 먼저 물어보는 게 순리였겠지. 무서워서 벌벌 떨고 있는 여자를 겁줘서 억지로 잠자리를 하는 것은 시정잡배만도 못하였다.

순간 자기에 대한 욕지기가 일었다. 지금까지 머릿속을 채우던 뿌연 안개가 사라지고 남은 것은 자기혐오뿐.

갑자기 자기 몸을 누르던 그가 사라지니 혜가 당황하였는지 눈을 떴다.

혜가 넋 놓은 얼굴로 멍하니 바라보았다. 흘러내린 웃옷 자락으로 어떻게든 가슴을 가리려 했는데 그게 더 고혹적이었다.

"나가!"

그러나 여전히 멍한 표정으로 그를 올려다보는 혜에게 그가 다시 소리쳤다.

"나가란 소리 못 들었더냐!"

버럭 소리를 지르자 허둥지둥 옷을 정리하여 후다닥 뛰어나갔다.

혼자 남은 언호는 순간 분노를 못 참고 목침을 던지고야 말았다. 방금 전의 혜의 모습이 머리를 어지럽게 했다. 어딘가 경원이 두고 간 술이 있을 터, 그 술을 찾아내어 그대로 병째 들이부었다. 독한 화주가 뱃속을 뜨겁게 달구었다.

이미 달아오르기 시작한 욕정은 잠들 기세를 보이지 않았다. 입으로 차마 내뱉지 못하나 시정잡배 같은 욕이 머릿속에 그득했다.

✳

　여름이라 저녁을 먹고 났는데도 아직 해가 완전히 지지 않았다. 서녘에 붉은 노을이 깔려 있고 해는 거의 지기 직전이었다. 어스름해지기 시작하자 등잔을 하나 켜놓았다. 열어놓은 창으로 시원한 바람 한줄기가 들어왔다.

　어제 왔다 간 언호의 누이들이 감을 맡기고 간지라, 혜와 든 침모인 위 씨 손이 바빠졌다. 여름용 나들이옷을 주문했는데 위 씨가 여름에 여름옷을 만들라고 하면 어떻게 하란 거냐고 마님께 투덜거릴 정도였다. 해가 지고 있어 어두운데도 둘이 손을 바삐 움직이고 있던 터.

　그때 갑자기 문이 벌컥 열렸다.

　두 여자 모두 깜짝 놀라 열린 문을 바라보자 바깥에는 응칠이 서 있었다. 그대로 들어오려다 위 씨의 기세에 놀라 주춤한 듯하였다.

　"지금 여기가 어디라고 문을 감히 활짝 여누?"

　감히 안채에 들어온 머슴이 문을 벌컥 열었으니 위 씨가 벌컥 화를 낼 만하였다.

　"아녀자들 일하고 있는 곳에 얼씬거리려면 바깥에서 기척이라도 내든가, 부르든가 하지 왜 문을 여는가!"

　"바쁘면 그럴 수도 있지, 뭘 그런 거 갖고 그런데요?"

　응칠이 위 씨를 탓하려 하지만 위 씨는 카랑카랑한 목소리로 응칠에게 계속 성을 내었다.

"아무리 바빠도 남녀가 유별한데 어디 아녀자들 방문을 벌컥 열어!"

"내 잘못했소. 다시는 안 그러겠소."

응칠이 위 씨에게 사과하고 나자 그제야 위 씨가 화를 풀었다.

"무슨 볼일인데 여까지 온 거요?"

위 씨가 거하는 방은 행랑채가 아니라 안채에 있었다. 안채의 마님 방 근처에 자리 잡은 침방에서 위 씨가 거하였다. 침모라 하지만 거의 반쯤은 마님의 말동무나 마찬가지인데다 노비가 아닌 양민인지라 남정네들도 그녀에게만은 함부로 대하지 못하였다.

"나리께서 혜를 부르시는데요."

혜가 당황한 듯 위 씨를 바라보자 위 씨가 다녀오라고 고개를 끄덕였다.

"그럼 저 가볼게요. 날도 어두워졌는데 그만 쉬셔요. 요즘 잘 안 보이신다고 하셨잖아요."

다정하게 챙겨주는 혜에게 위 씨가 고개를 끄덕였다.

응칠은 혜가 섬돌에 벗어둔 신을 신는 걸 보고 슬그머니 물었다.

"어디 아픈가?"

혜가 고개를 절레절레 저었다.

"그런데 얼굴이 왜 그런대?"

용칠이 퉁하게 안색이 안 좋은 혜를 두고 투덜대었다.

머릿속이 멍한 혜가 답을 아니 하고 멍하니 앉아 있자 응칠이가 버럭 화를 냈다.

"귀에 촛농을 들이부었나. 왜 사람이 말을 하는데 들은 척도 안 해! 나리께서 오라시잖은가. 누구 경 치게 만들 일 있는 겨!"

혜가 답변이 없으니 무시했다고 생각했는지 응칠이 짜증을 버럭 냈다. 결국 마지못해 밭 갈러 가는 소처럼 느릿하게 일어선 혜의 걸음은 온몸이 멍이라도 든 듯, 추라도 단 듯 무겁기만 했다.

평소의 제비처럼 잽싼 걸음이 아니라 뭔가 홀린 사람처럼 혜가 흐느적거리며 선향재 쪽으로 걸어가기 시작하였다.

"어디 아픈가, 왜 저런대?"

뒤에서 보고 있던 응칠이 혀를 끌끌 찼다. 건물을 지나 정원에 들어서자 이 집의 상징이나 마찬가지인 매화나무가 보였다. 여름이라 잎은 무성한 그 아래를 지나가려니 갑자기 뜨거운 것이 왈칵 치솟으려 하였다.

'어머니, 혜는 어째야 좋습니까?'

나무의 거칠한 둥치를 쓰다듬으며 마음속으로 물었다.

어머니가 대답하여 주실 리 만무하건만, 돌아가신 어머니께 물어보고 싶었다. 어찌해야 현명한 행동일까요.

그를 기다리게 해서 좋을 게 없다는 걸 아는지라 다시 발을 움직이나, 발에 추라도 달린 듯 걸음이 무겁기 그지없었다.

하루에도 여러 차례 오가는데 다른 종들은 선향재가 외지고 멀어서 좋아하지 않는다지만 혜는 이 정원을 지나는 게 좋았다.

어릴 때 가끔 놀러 가던 소가의 정원은 이보다 훨씬 넓고 더 화려하였다. 기암괴석으로 산도 만들고 연못도 이보다 더 넓어 뱃놀이도 가능하였다. 그러나 원명부는 그보다 더 아담한 듯하나, 대신 운치가 있었다.

오늘만큼은 이곳을 지나는 게 예전처럼 즐겁지 않았다. 시시각각 봄은 봄대로, 겨울은 겨울대로 운치가 있어 좋았지만 오늘만은 아무것도 눈에 들어오지 않았다.

어둑어둑해진 하늘, 해가 거의 져서 이제 붉은 노을도 어둠에 먹혀 들어가고 있었다.

홍예교를 건너 월동문으로 들어섰다. 선향재에는 이미 언호가 초를 켰는지 장지문 너머 불빛이 어른거렸다.

간밤의 일 때문인지 선향재만 봐도 가슴이 조인 듯, 추를 매달아놓은 듯 갑갑해졌다.

숨을 한 번 내쉰 다음 문에 대고 평소처럼 말하였다.

"나리…… 혜입니다."

"들어오너라."

평소와 다름없는 점잖은 목소리였다.

제발 별일 없길 간절히 희망하며 문고리를 쥐고 당겼다.

조심스레 안으로 들어가자 그가 붓을 들고 서 있었다. 아마도 글씨 연습이라도 하고 있던 모양이다. 글씨를 쓸 때는 꼭 일어서서 온 힘을 손에 모은 채 쓰는 게 그의 버릇이었다. 독서를 할 때는 의자에 앉지만, 글씨를 쓸 때만은 꼭 일어서서 쓰곤 하였다.

"나리, 부르셨다 들었습니다."

그는 아무 말 없이 마저 붓을 휘휘 움직이고 있을 뿐이었다. 그가 말을 걸 때까지 마치 벌을 받는 어린아이처럼 한참을 혜는 바닥을 내려다보며 서 있었다. 그러나 그는 그녀가 마치 가구나 없는 사람인 양 모른 체 자기 할 일만 하는 것이었다. 거의 삼각(45분) 정도 서 있었을까.

멍하니 바닥을 보고 있지만 머릿속은 온갖 생각이 난무한다.

종이 외간 남자를 만난 게 잘못은 잘못이겠지.

그냥 차라리 화를 내는 게 나았을지도 모른다. 들어오랄 땐 언제고 왜 이렇게 불러 세워놓는지.

어린 시절의 욱하던 혈기왕성한 혜가 튀어나오는 듯하였다.

왜 내가 세상 눈치를 다 보고 살아야 하는 거지? 내가 무슨 잘못을 하였기에?

그때 시선이 느껴져 슬쩍 고개를 드니 그가 그녀를 빤히 바라보고 있었다. 시선이 마주치자 혜가 잽싸게 눈을 내리깔아 피해 버렸다.

잠시 마주쳤던 눈이 어찌나 어둡고 음습하던지, 평소 언호의 맑은 눈과 전혀 달랐다.

"차 한 잔 다오."

그 말에 혜가 바삐 움직이기 시작하였다.

평소처럼 다구함에서 찻잔을 하나만 꺼내려 하자 그가 하나 더 꺼내라 하였다.

"손님이 오시나 봅니다."

그 말에 그의 눈썹이 위로 올라갔다.

"오지 않아."

잔 두 개는 뭐란 말인가. 혜가 뭔지 알 수 없다는 표정으로 그를 올려다보았다.

"얼굴이 창백한데 어디 불편한가?"

"괜찮습니다. 종년 몸이야 험한 일에 이골이 나서 말입죠."

순간 무슨 객기인지 혜가 그리 내뱉었다. 자기가 하고 나서도 좀 과했던 싶었던지 가뜩이나 좋지 않았던 안색이 이제 완전히 백지장처럼 하얗게 질려 버렸다. 천한 말투에서 그가 뼈를 읽어 낸 모양이었다.

"그래? 험한 일에 이골이 나 있을 테니…… 더 험한 일을 해도 좋다는 말인 게냐?"

차갑게 자신을 내려다보고 있는 그를 보고 혜는 다시 눈을 질끈 감았다. 간밤의 일이 다시 생각이 나서였다. 그건 그냥 시작일 뿐이고 본격적으로 아무 일도 하지 않았다는 것쯤은 혜도 알고 있었다. 그가 봐주었으니 감사한 마음을 품어야 할 텐데 그 렇질 못하였다.

바들바들 떠는 혜를 보고 그가 한마디 툭 내뱉었다.

"어젯밤 일에…… 책임을 지려 한다."

순간 혜는 충격적인 표정을 지었다. 그 얘기는 생각지도 못한 얘기였다.

"네? 무슨 책임을 말씀하시는 건가요?"

지난밤 일에 책임이라고 한다면…… 설마…… 제발 그것만은 아니길.

"어젯밤 내가 너에게 음욕을 품었다. 아무리 노비라지만 여자 의 정조를 유린할 뻔한 일이 있었는데 너를 그대로 두는 건 아 닌 것 같단 생각이 들었다. 그래서 너를 내 측실로 들이겠다고 어머님께 말씀드리려 한다."

찬물에 뒤집어쓴 것처럼 혜가 입을 벌리고 무언의 비명을 질 렀다. 입을 동그랗게 벌리고 언호를 멍하니 바라보더니만 갑자 기 그 앞에 꿇어 엎드렸다.

"나리! 그것만은 제발……."

마님 성격에 본부인을 맞기도 전에 첩을 맞이하면 집안의 수 치로 알 터. 집안이 뒤집혀질 게 분명하였다. 만약 아이가 태어 나면 서자도, 양민도 아닌 종의 아이인데 그 아이 인생이 어찌 될지는 뻔하였다. 호적에 제대로 오르기도 힘든 아이가 태어나 겠지. 종에서 사면된다 하여도, 어미가 종이었다는 눈에 보이지 않는 족쇄가 아이에게 따를 것이다. 혜를 첩으로 들인다 하여도 본처도 들일 텐데, 그런 것도 꼴이 우스울 뿐이었다.

게다가 그녀는 아이에게 죄인의 자손이라는 낙인을 물려주는 것이나 다름없었다.

"나리, 이 천것을 진정 생각하여 주신다면 그것만은 제발……

아니 되옵니다."

혜가 그의 발치에 매달렸다.

"왜 안 된다는 것이야!"

언호는 정말 기함할 노릇이었다.

정도를 걸어온 자가 한 번도 하지 않은 실수를 하여, 그것을 무마하기 위해 치러야 하는 것치고는 엄청났다. 본부인도 없는데 첩을 들이겠다는 발상조차도 언호에게 얼마나 하기 힘든 것이었던가. 그런데 노비 주제에 감히 자길 거절해. 몇 번이나 심사숙고하여 모든 가능성을 염두에 두었지만 거절은 한 번도 생각해 본 적 없는 것 중 하나였다.

자존심의 추락!

그런 언호 맘을 알 리 없는 혜는 어떻게든 언호를 설득하려고만 들었다.

"마님이 아시면 경을 치실 겁니다."

"그러니까 어머님이 아시면 네게 화내실 게 무섭다는 것이냐?"

혜의 말은 어불성설. 이 집안의 주인은 당연히 남자인 언호였다.

"그런 게 아니라, 나리는 부인을 들이셔야지 측실을 들이시는 것은 순서가 어긋나 있습니다. 도리가 아니옵니다. 법도를 따르셔서 먼저 장가를 가셔야……."

그 말에 언호가 충격적인 표정을 지었다. 그러니까 지금 도리와 법도에 따라 먼저 부인을 들여야 한다고 네가 나에게 어찌 말할 수 있는 것이냐! 그러면 내 순정은 어찌 되는 것이냐!

차마 그 말은 입에서 나오지 않았다. 언호의 마음속에는 분노와 서글픔이 공존하였다. 혜의 말이 옳다는 것은 누구보다 잘 알았다. 자기도 그리 생각하니까. 아마도 누가 물으면 '이 사람아, 당연히 먼저 본처부터 들이고 그다음에 측실을 들일지 말지 고민해 봐야 할 거 아닌가'라고 답해줄 터였다.

공명정대하며 성리학의 성인을 목표로 하고 있는 유생으로 티끌 하나 미천한 것들까지 함부로 하지 않고 살아왔다 자부하였다. 태어나서 처음 느껴본 이런 감정 앞에 순리와 법도를 내세우는 이 여자가 야속하기만 하였다.

언호의 표정을 읽은 것인지 혜가 마치 눈 가리고 아웅이라도 하려는 듯, 다른 안을 제시하였다.

"나리, 저를 꼭 측실로 맞이하실 필요는 없지 않습니까?"

혜가 체념한 듯 조심스레 꺼낸 말에 언호는 더욱 충격을 받은 표정을 지었다.

그 말을 한 혜가 고개를 숙여 시선을 피해 버렸다. 무슨 생각으로 그런 얘기를 꺼낸 것인지 알 수 없어졌지만, 담담하게 말한 그게 너무나 충격적이었다.

'너는 나를 무엇으로 보고 있는 게냐!' 큰 호통을 치고 싶은 마음과 도대체 측실은 싫다면서 미래를 보장하지 않는 관계는 받아들이겠다는 저의에 대한 의문으로 머리가 복잡해졌다.

언호의 시선을 피하기 위해 고개를 숙인 채 멍하니 손가락을 꼼지락거리던 혜 역시 복잡하긴 매한가지. 입은 멋대로 나불거리지만 마음속 깊은 곳에 감춰진 욕망은 전혀 다르다. 마음속에서 할 수 있는 욕망의 고삐를 풀어놓으면 마구 설쳐 댈 게 분명하였다. 아예 희망조차 가지지 않는다면 절망도 하지 않는다.

가슴 밑바닥의 숨은 욕망은 감히 드러낼 수가 없다. 그런 무엄한 희망은 감히 꺼낼 수조차 없다. 어떻게 되어도 노비인 혜가 본처가 되는 일은 있을 수 없었다. 본처가 아닌 이상 태어난 아이들은, 그 아이들의 자손들은 당연히 서자도 아닌 얼자밖에 되지 못한다는 것. 사대부 집안에서 태어나나 신분에 막혀 벼슬을 못한다는 것은 양 날개가 다 잘린 새의 신세밖에 되지 못하였다.

"그러니까 네 말인즉슨, 내 첩은 되기 싫지만 나와 잠자리는 같이하겠다는 거냐?"

언호가 딱 잘라 정리를 하였다. 혜는 거기에 답을 하지 않았다.

"허, 거참……."

기생들조차 양반의 첩이 되어 기생 명부에서 빠지는 것을 바라고, 노비 역시 힘든 노동에서 벗어나기 위해 첩이 되길 바란다.

첩으로 들어간 노비는 후에 본처가 들어오면 어떻게 될까. 그럴 바에야 이게 더 나을지도 몰랐다. 이러다 언호의 관심이 사라지면 조용히 제자리에 있는 듯 없는 듯 살면 되니까.

어차피 도망갈 데도 없지 않은가. 세상이 그렇게 넓다 하건만 갈 곳 하나 없었다.

"그리 하면 좋다, 나는 네게 어떤 책임도 지지 않겠다. 그것으로 네가 만족한다면 그리 하겠다."

홀가분한 듯 선언하는 언호 앞에서 혜는 옆으로 고개를 돌린 채 입술을 깨물었다. 그리고 작게 고개를 끄덕였다.

혜는 고개를 살짝 튼 채로 눈을 감았다. 그가 그대로 손을 뻗어 혜를 잡아당겼다. 그대로 그의 품으로 끌어당겨져 바싹 몸이 붙었다. 뜨겁고 단단한 몸이 완전히 가녀린 몸을 덮어버렸다.

꼭 끌어안은 언호는 혜의 귓가에 속삭였다.

"내, 네가 원하는 대로 그리 해주마."

뜨거운 바람이 귓속 깊은 데까지 닿자 혜가 어깨를 움츠렸다.

어차피 집안일 하는 노비, 주인의 소유인 것이니 첩 같은 지위를 주지 않고 하룻밤 건드리는 사람이 드문 것도 아니었다.

그의 손이 가슴팍의 매듭으로 갔다. 매듭을 풀고 상의를 벗겨

내었다. 안에 입은 허름한 속옷이 드러나자 혜가 처녀의 수줍음인지 가느다란 팔을 들어 몸을 가리려 했다.

몇 달 전 밤에 보았던 그 몸을 이렇게 마주하게 될지는 몰랐다. 간밤에 정신이 나가 버려 제대로 보지 못한 몸을 홀리기라도 한 듯 그의 시선이 훑었다. 얇은 속옷을 따라 드러나는 몸의 선을 집요하게 보는 그의 목울대가 크게 움직였다.

그대로 허리와 무릎 뒤에 손을 넣어 안아 들었다. 순식간에 위로 번쩍 드니, 혜가 짧은 비명을 질렀다. 비단 금침이 깔린 침상 위에 내려놓기 무섭게 그의 육중한 몸이 겹쳐졌다.

단단한 다리가 가느다란 다리를 얽었고, 남자답게 잘생긴 입술이 혜의 여린 입술을 침범하였다. 뜨거운 입술이 입술선을 더듬다 더 깊은 접촉을 시도하려 했다.

전날 맛본 달콤함을 기억하는 몸은 다급했다. 격렬하게 뚫고 들어온 혀가 탐욕스레 온 입안을 휘젓고 깊숙하게 들어와 소리를 빼앗아 간다. 여린 살이 얼얼할 정도의 강도였다. 입안을 헤집으면서 숨 쉬는 것조차 방해했다.

천을 사이에 뒀다 뿐이지 흥분해서 단단해지기 시작한 그의 남성이 느껴질 정도로 밀착되어 있었다.

겨우 놓여났을 때 숨을 몰아쉬고 있는 사이 가슴의 가리개를 헤집고 들어온 손이 봉긋하게 솟은 살을 쥐었다. 보드라운 살성을 신기한 듯 손으로 쥐어보았다. 목선을 더듬고 있는 입술이 지나갈 때마다 뭔지 모를 간지러움에 혜가 계속 어깨를 움츠렸고, 언호가 자근자근 물다가 입술로 애무를 계속하였다.

목에서부터 내려온 입술이 수밀도처럼 달콤한 냄새가 나는 그곳에 다다랐다. 불빛에 드러나는 하얀 살이 눈이 부시다. 매화처럼 붉은 물이 든 유두를 입에 물었다. 달콤한 그것을 이로 자근자근 물다가 빨기도 하고 혀로 굴려보기도 하였다.

어디 한 군데 달콤하고 사랑스럽지 않은 데가 없었다. 커다란 손이 온몸을 훑었다. 복숭아뼈에서부터 무릎 뒤를 거쳐 허벅지 안쪽까지. 허벅지 안쪽으로 손이 들어가니 혜가 무의식중에 움찔거리며 몸을 틀려 하였다. 그러나 다리가 얽혀 있어 움직이지 못하였다.

허벅지 사이로 들어간 손은 수줍은 숲을 헤쳐 원하던 것을 찾아내었다. 몸에 이런 여린 살이 있을까 싶을 정도로 여리고 보드라운 그곳을 어루만지자, 혜가 몸을 움츠리며 무섭다는 듯 신음을 흘렸다.

그런 혜를 위로하듯 다시 입술을 겹치고, 중지를 깊숙하게 집어넣었다. 뜨겁고 촉촉한 샘, 어떻게 여자는 이런 걸 갖고 있는 걸까. 결국 몇 번 만지작거리다 언호가 급하게 바지춤을 내렸다.

다리가 벌어지면서 그의 허리가 들어오자 혜가 더욱 긴장하였다. 단단한 다리가 몸을 누르고, 뜨겁고 힘있는 남성이 진입하기 시작했다. 좁은 통로를 강제로 벌리면서 들어오는 파과의 통증은 생각했던 것 이상이었다.

동물처럼 신음을 흘리며 본능적으로 도망이라도 갈 듯 꿈틀
거리지만 허리를 쥐고 있는 손이 놓아줄 리 없었다. 점점 더 깊
숙하게 들어올수록 인두로 지지는 듯한 몸속 깊숙한 곳의 고통
에 신음 소리가 커져만 갔다.

순간 깊이 들어가면서 얇은 막을 관통하는 순간 혜가 정말 짧
게 비명을 질렀다. 촉촉한 눈에 눈물이 가득 고여 있었다. 어떻
게 좀 해달라고 자기를 간절하게 쳐다보는데 언호 역시 당황하
여 굳어버렸다.

이 나이 즈음의 여종에게 정조를 기대하기란 거의 불가능한
일이 아니던가. 당연히 손을 탔을 줄 알았던 혜가 처녀일 줄은
몰랐다. 남자와 담장 밖에서 밀회하던 현장을 덮치지 않았던가.

혜가 생각지 못한 고통으로 얼어붙었다면, 언호의 머릿속은
생각지도 못한 희열로 가득하였다. 제 여자를 남이 건드리지 않
았다는 게 기쁜 건지, 완전히 자신의 여자로 만드는 것이 기쁜
건지 알 수 없었다.

뜨거우면서 부드러운 여자의 속살에 그가 긴 신음을 흘렸다.
아픈지 바싹 얼어붙어 있는 여자를 뭐라고 말을 해서 달래기라
도 해야 하는데 그 역시 경험이 많지 않은지라 어쩌지 못하고
가만있는 수밖에 없었다. 온몸이 들썩거리고 머릿속은 점점 뜨
거워지고, 아무튼 진퇴양난이었다.

그가 달래기라도 하듯 다시 입술을 겹쳤다. 부드럽고 다정하
게 방금 전의 고통을 달래주는 듯한 입맞춤이 계속되었다. 이지

러지는 불빛에 온몸이 붉게 달아오른 혜의 긴 속눈썹이 볼에 그림자를 드리웠다. 그 눈썹에 맺힌 눈물 한 방울에 언호가 입맞춤을 했다.

"조금만, 조금만 참아다오. 응?"

그가 머리를 쓰다듬으면서 그녀를 달래려 했다.

결국 본능이 앞선 언호가 허리를 움직이기 시작했다. 혜를 배려해야 한다는 것을 머리로는 아는데 몸은 그 생각처럼 움직여지지 않았다. 몸을 완전히 감싸 안은 채 퍽퍽 소리를 내며 거세게 부딪치기 시작하자 혜는 속절없이 흔들거리면서 앓는 소리만 내었다.

허리의 움직임이 더 빨라지고, 가슴에 그가 흘리는 땀이 뚝뚝 떨어졌다.

"나리."

갑자기 자그마한 목소리에 언호는 동작을 멈추었다.

"나리, 나리!"

간절한 목소리를 무시할 수 없었다. 그동안 꼭 감고 있던 눈물로 촉촉해진 눈으로 정말 간절하게 그를 올려다보았다.

"이 천한 몸은 나리의 씨를 받아선 아니 됩니다."

이게 무슨 해괴한 말이란 말인가.

이 말인즉 자신의 몸 안에 사정하지 말라는 소리였다, 수태하지 않도록.

어차피 혜와 언호 사이에 아이가 생기면 서자도 아닌 얼자 신세. 첩이라고 호적에 올라가는 것조차 거부한 혜가 아니던가.

그가 알았다는 듯이 고개를 짧게 끄덕였다.

바닥에 힘없이 널브러져 있던 혜의 작은 손을 양손으로 그러쥐었다. 그리고 그가 더 거세게 움직이기 시작했다.

숨넘어가듯 작은 소리로 헉헉 숨을 들이쉬지만 그의 움직임이 너무 크고 흉포해서 도저히 혜로서는 따라갈 수가 없었다.

뱃속에 용광로를 품은 듯이 뜨겁고 아프기만 했다.

그는 거칠게 숨을 들이쉬었고 갑자기 몸을 빠르게 빼내었다. 잠시 후 그녀의 하얀 아랫배에 희멀건 비릿한 액이 튀었다.

머리가 멍하고 숨이 차서 아무런 생각도 나지 않았다. 무방비하게 누워 있는데 그의 뜨거운 몸이 잠시 떨어졌다. 몸속 깊은 곳에서 낯선 고통으로 아랫배가 욱신거렸다.

그가 침상에서 몸을 일으키자, 혜도 마지못해 온 힘을 긁어모아 일어나려 했다.

주인이 일어나는데 여종이 누워 있을 수는 없다. 일어나려 하는데 그가 손을 들어 제지하였다. 도로 가슴을 슬쩍 밀어 눕혀버렸다.

좌불안석 들썩이는 걸 무시한 채 그가 곧 수건으로 그녀를 닦아주었다. 물에 적신 부드러운 면 수건에 붉은색 액이 금세 번졌다.

하얗고 작은 얼굴이 충격인지 새파랗게 질려 있었다.

가냘픈 어깨를 안으려 하자 움찔거리며 그의 손을 피하려 했다. 다시 아까의 그 분노가 머릿속을 채웠지만 이성이 그를 만류하였다.

불빛 아래 드러나는 하얀 몸은 멀리서 보았던 때보다 더욱 아름다웠다. 그러나 그가 꽤 오래 괴롭혔던 가슴 끝은 벌겋게 되어 있었고, 가슴에는 이미 멍이 슬그머니 올라오려 했다. 허리에는 손자국까지 나 있었다.

보고 있으면 다시 음심이 솟는다.

그대로 몸을 완전히 감싸 안았다. 작고 여린 몸은 그의 품에 맞춘 듯 쏘옥 들어왔다.

손에 닿는 가슴의 보드라운 살성을 신기한 듯 손에 품었다. 부드럽게 손에서 이지러지는 그것을 쥔 채로 멍하니 누워 있다 깜박 잠이 들어버렸다. 전날 밤의 불면은 어디로 갔는지 그대로 잠이 들었던 모양이다.

일어났을 때 옆에 혜는 없었다.

가고 난 자리에 흔적만 남겨놓고 사라졌다.

간밤에 안았던 부드러운 몸의 기억에 그는 다시 눈을 감았다.

전날까지 얼굴에 먹구름이 가득했던 언호가 밤새 무슨 일이 있었는지 예전처럼 평온한 표정으로 나타났다. 아침에 등청하려 대문 밖을 나가기 전, 마당을 쓸고 있던 용이 아범을 불렀다.

"내 지시할 게 하나 있는데, 앞으로 해가 지면 쪽문을 닫아 걸게."

낮이야 하인들이 계속 오가야 하니 힘들지만 밤에는 닫아 걸 수 있었다. 그동안은 믿고 알아서 하게 내버려 뒀다지만 이제 더 이상 그러면 아니 될 듯하였다. 혜가 나가서 외간 남자를 사사로이 만나고 있던 것만 봐도, 이것을 더 이상은 간과할 수 없었다.

"왜요, 나리?"

"아무래도 저 문으로 나다니거나 쓸데없는 생각 하는 사람도 있을 듯하여 그렇지. 앞으로 해가 지고 난 뒤에 저 문밖을 나가는 사람은 내가 엄벌에 처하겠다고 다들 그리 전하게."

언호가 빈말 한 적이 없고 그러라 하면 그렇게 따라야 하는지라 용이 아범은 해가 지면 꼬박꼬박 문단속을 하기 시작하였다.

해 진 뒤에 저 문으로 나가다 발견되면 엄벌에 처하겠다는 말에 다들 슬금슬금 눈치를 보았다. 그것은 용이 역시 마찬가지였다. 그동안은 저 문으로 놀러 다니면서 경원에게 용돈 타는 재미가 쏠쏠하였는데 이젠 그렇게 못하게 되었으니 입이 댓 발은 나왔다.

"왜유, 아부지? 왜 안 되는데유!"

소리를 고래고래 지르는 용이에게 용이 아범이 화를 버럭 냈다.

"나리께서 나갔다 걸리면 가만 안 두신대잖어! 어른이 하지 말라고 하면 말을 들어 처먹어야 할 거 아녀! 이눔이 진짜!"

손을 번쩍 드니 용이네가 달려들었다.

"이눔의 남정네가 지 아들 새끼 패 죽이려고 하나? 팰려면 나부터 패유!"

행랑채가 이 세 가족 때문에 시끄럽기 그지없었다. 용이네가 줄줄이 낳아놓은 애들 우는 소리에 난리도 아니었다. 오죽하면 최 부인이 나와 볼 정도였다.

"지금 뭣들 하는 겐가!"

찬물이라도 끼얹은 듯 빽빽거리고 울던 아이들마저 울음을 뚝 그쳐 버렸다. 하필 최 부인이 두통이 있어 잠시 오수를 즐기러 안채로 들어가던 참이었다.

"무슨 일인가?"

"그, 그게…… 나리께서 쪽문을 밤에는 사용하지 말라고 해서, 용이가 즈이 친구들을 못 보게 되어 서운한가 봅니다요."

"언호가 그리 말했으면 네, 하고 따르면 될 일이지, 어디서 큰소리를 내는 게냐!"

최 부인의 서슬 퍼런 목소리에 다들 기가 죽었다. 언호야 너그러운 편이라지만 최 부인은 엄격한 성품이었다.

"그러게나 말입니다. 제가 용이는 아주 호되게 야단치겠습니다, 마님."

용이 아범이 굽신굽신거리면서 마님 비위를 맞추는 동안 용이네가 용이를 끌고 행랑채로 사라져 버렸다.

최 부인이 한 번 성질을 내어서 그런지 일단 조용해지긴 했지만 불만들이 그득하였다. 혜는 오히려 다행이다 싶었다. 이제 경원이 불러도 나가지 못하니, 차라리 이 편이 나았다.

그렇게 그날부터 쪽문은 밤에는 청지기가 두툼한 자물쇠로 잠그게 되었으니 아무도 드나들지 못하게 되었다. 그 쪽문으로 드나들지 못해 화가 난 이가 하나 더 있었으니 그이는 바로 옥춘이었다. 밤에 쪽문으로 밀회를 즐기지 못하게 되어 한참을 툴툴거렸다.

"이게 무슨 일이래? 어떤 년이 들키기라도 한 거야?"

여노비가 낳은 아이는 노비이다. 그렇기 때문에 노비가 연애를 하건, 가정을 꾸리건 간에 아이만 잘 낳으면 다 모른 척해주는 법. 그런데 언호가 노비들 연애사에 완전히 방해를 놓으니 몇 명 안 되는 여종들이 다 난리였다.

그 뒤 며칠을 담벼락에 바짝 붙어 숨어서 기다리는 이가 하나 있었으니, 그는 바로 경원이었다. 밤만 되면 나와서 기웃거리던 용이도 안 보이고 답답해 미칠 노릇이었다. 결국 한참을 담벼락 아래에서 기다리던 경원은 그냥 가야만 했다. 아마도 혜가 나오지 못하게 언호가 무슨 조치를 취했을 거란 생각밖에 들지 않았다. 낮 시간에 와서 용이를 잡아다 자세한 이야기를 물어봐야 할 듯하였다.

다음날 낮에 마차를 타고 나온 경원은 하인을 시켜 언호의 집 근처에 아예 포진을 시켰더랬다. 마침 심부름을 하고 돌아가던 용이를 데려와서 어찌 된 일인지 소상히 물어보았다.

"왜 요 며칠 보이지 않았던 게냐?"

"나리, 그게 이제 나오기 힘들어졌어유."

"왜?"

"저희 나리께서 앞으로 해 지면 쪽문 드나들지 말라 하셨거든 유. 그러다 걸리면 아주 경을 칠 거라고 으름장을 놓았습지유. 그래서 이제 누나가 나올 수가 없어유."

경원이 한숨을 짧게 쉬었다.

"낮에 오시면 제가 무슨 수를 써서라도 누나를 끌고 나올게 유."

낮에 혜와 만나는 일은 위험하였다. 경원의 체면이 깎이는 게 아니라 혜의 신분을 알아보는 자가 생길 수도 있었고, 그렇게 되면 안 좋은 일이 생길 수도 있었다.

"그럴 필요까진 없다. 그만 가보아라."

그러자 용이가 눈을 초롱초롱하게 뜨고 바라보았다. 경원은 그런 용이를 별 신경 쓰지 않는 기색이었지만 용이가 바라는 게 뭔지 아는지라 미리 사놓았던 엿가락을 던져 주었다. 그걸 들고 신나게 뛰어가는 용이 뒤로 경원의 얼굴에 길게 그림자가 졌다.

계속 밀회하는 건 위험할 거라 생각하였는데, 이젠 정말 본격적으로 그 집에서 혜를 빼내기 위한 수를 써야 할 때였다.

경원이 타고 있던 마차가 움직이고, 말발굽이 기세 좋게 땅바닥을 치며 움직이기 시작하였다. 경원이 몸담고 있는 승정원은 호락호락한 곳이 아니었다. 임금의 비서기관으로 언제나 옆에 붙어 있어야 하는 제일 바쁜 요직 중 하나였다. 그중에서도 출세가 빠른 경원이 남보다 더 바쁜 것은 당연지사. 바쁜 시간 중에 잠시 볼일 본다고 핑계 대고 나온 터였다.

마음은 애가 타 죽겠으나 뭔가 생각하는 경원의 얼굴에는 전혀 표가 나지 않았다. 혜가 사라지고 난 뒤 배운 것 중 하나가 그런 것들이었다. 감정을 완전히 숨기고, 숙적은 뒤로 쳐서 쥐도 새도 모르게 사라지게 만들어야 한다. 수염이 많지 않고 피부가 하얀 편이라 마냥 고운 서생 같은 인상이지만, 이미 닳고 닳아 20년 이상 관직에 몸담은 사람 못지않았다. 여태까지는 언호의 비위를 맞추어 혜를 빼낼 생각이었다면, 이제는 다른 방법을 찾아야 했다. 언호가 안 된다면 그 집의 다른 이를 통하면 되지 않을까?

십 년을 그이만 기다리고 그리워하였는데 죽은 줄 알았던 사람이 눈앞에 있는데도 제대로 바라볼 수조차 없다니.

한편 애가 타서 미쳐 버리겠는 남자가 있는 반면, 다른 즐거움에 빠진 남자도 있었다.

늦게 배운 도둑질에 날 새는 줄 모른다고, 언호가 혜를 찾는 날이 점점 잦아졌다. 차를 만들라 부르면서 만들어놓은 차는 관심 없고 잿밥에만 관심이 많았다.

하얗고 모양 좋은 손이 백자 탕관을 쥐고 뜨거운 찻물을 따라내고 있었다. 반듯하게 서 있는 혜의 모습은 그림 속에서 튀어

나온 것처럼 고왔다.

그런 혜의 모습을 구경이라도 하듯 언호가 주변을 빙빙 돌고 있었다. 혜는 언호가 움직이니 신경이 쓰이는지 곁눈질을 하긴 하였지만 차 만드는 데 신경을 집중하려 하였다. 등 뒤에 서 있는 그의 존재에 심장이 두근거리고 있었다.

"나리, 차 드십시오."

하얀 백자 잔 위에 수색이 고운 차가 담겨 있는데도 언호는 차에는 관심이 없었다. 등 뒤에서 완전히 덮듯이 바싹 밀착하였다.

숨소리가 들리고, 등에 맞닿은 단단한 가슴의 심장박동이 느껴질 정도였다.

목을 더듬는 코의 거친 숨, 심장박동, 그리고 가슴팍으로 넝쿨처럼 슬금슬금 들어온 손에 그냥 눈을 감았다.

학처럼 긴 목을 더듬는 입술 뒤로 스치는 막 올라오기 시작한 수염이 예민한 피부에 따갑기만 하다. 목을 움츠리며 그를 피하려고만 드는 그 소극적인 저항은 그의 적극적인 행동을 불렀다.

여름은 이제 절정, 애정행각 역시 날이 갈수록 뜨거워져만 갔다.

"차, 차가 식습니다."

낮은 목소리로 혜가 속삭였지만 그는 별로 듣는 기색도 없이 하던 일을 마저 할 뿐이었다.

"차는 새로 끓이면 돼. 아니면 날도 더운데 식은 차를 마시면 될 일."

그 말을 한 채, 그대로 몸을 들어 번쩍 안았다. 혜가 비명을 지르며 엉겁결에 그의 목을 안자 그가 소리를 내며 웃었다. 입술에 쪽 하고 소리를 내며 입맞춤을 했다.

눈과 눈이 마주치자 혜가 눈을 피하듯 내리깔았다.

번쩍 안은 채로 침상으로 가더니 그녀를 안은 채로 앉아버렸다. 그의 무릎 위에 앉게 된 혜는 너무나 황망한지라 어떻게든 일어나려 바둥거려 보았지만 그가 놔줄 리 만무하였다.

엉덩이 아래 느껴지는 단단한 허벅지와 등 뒤의 뜨듯한 몸이 완전히 그녀의 몸을 폭 안아왔다.

이 무슨 해괴망측한 모습이란 말인가.

혜가 그의 손을 거부하려 했지만 그가 양손으로 허리를 안아버렸다.

언호는 순간 당황했다. 허리가 어찌나 가는지 그의 두 손이 닿을 정도였다. 살짝 놀란 그가 당황하였다.

"좀 마른 듯하구나."

허리를 안아보던 언호가 귀에 속삭였다. 실제로 위 씨가 혜더러 통 안색이 안 좋다고, 바싹 마른 걸 보니 몸보신이라도 시켜줘야 하나 투덜거릴 정도였다. 그냥 여름을 타는 모양이라고 둘러대었지만 실제로는 피곤해서였다.

밤늦게까지 언호에게 잡혀 있다 방으로 돌아가 몇 시간만 자고, 다시 일어나 집안일과 바느질을 하다 보니 어쩔 수 없던 모양이다.

"여름을 타나 봅니다."

"약이라도 한 재 먹여야 하나. 쯧쯧……."

주인 나리의 위세를 엎고 기세등등할 법도 한데 혜는 그저 혜였다. 조용하게 있는 듯, 없는 듯 은근하게 자리를 지키는.

사실 요 며칠 그가 밤마다 혹사시킨 것을 생각하니, 눈 밑에 짙어진 그늘이 안쓰럽다는 생각이 들었다.

거기에 대고 다 네가 너무 고와서 그렇다, 원망을 할 수도 없고 아무튼 오늘도 언호의 마음은 지옥불에 떨어진 것처럼 고뇌로 가득하였다.

오늘은 정말 차만 마시고 놓아주려 하였는데 차를 만드는 모습이 너무 고왔다. 옛날 미인도에서 볼 법한 미인이 눈앞에 있는데 어떻게 참을 수 있단 말인가.

이제 혈기왕성할 나이도 지났건만 왜 혜를 보면 음심이 그득해지는지 그조차도 고민이 될 정도였다.

"아직도 마음을 아니 바꾸었느냐?"

언호가 넌지시 떠보았다.

"무슨 마음이요?"

고요한 혜의 표정에서 언호는 확실한 거절을 읽었다. 혜가 쉽게 마음을 바꿀 거라 생각하지 않았지만 이렇게 거절을 당할 때마다 머리는 이해하는데 가슴은 왠지 답답해져 오곤 하였다. 마치 상처라도 받은 것처럼.

나는 너를 이렇게 생각하는데 너는 나를 그저 주인으로만 여기는구나.

자존심상 그 말은 입 밖으로 내지는 못하였다.

그대로 안은 채로 자단(紫檀) 침상 비단요 위로 넘어뜨렸다. 등 뒤에 닿는 푹신한 이불은 혜가 직접 솜을 뜬 것이었다. 뜰 때야 이렇게 사용될 줄 전혀 몰랐지만.

그대로 몸을 짓누르는 그의 단단하고 무거운 몸. 하체가 얽히고 그의 손이 바삐 거칠고 성긴 천으로 된 옷을 헤집었다.

입술에 닿는 입김까지 이제는 많이 익숙해졌지만 여전히 부끄러워 눈을 꼭 감게 되었다.

가슴에 들어온 손이 이제는 익숙해진 보드라운 살을 탐닉한다. 햇빛도 제대로 안 본 하얀 가슴과 그 연한 색의 정점이 춘화(春畵)에 나오는 여자들보다 더 아름다웠다. 교태라곤 찾아볼 수 없는데도 순진한 듯한 그 몸짓이 더 색욕에 불을 붙인다.

입술을 겹치고 반듯한 치아를 혀로 더듬었다. 거친 혀가 들어와 그대로 혀를 얽으려 하자 무섭다는 듯이 요리조리 도망을 간다. 송사리 같은 혀를 얽고 숨을 빨아들인다.

접문에 익숙하지 않은지 얼굴이 금세 벌겋게 되는 게 숨도 제대로 못 쉬고 버둥거릴 때쯤에야 겨우 놔주었다. 붉은 입술을 어루만졌다.

이럴 줄 알고 그를 피해 도망을 다녀보았는데 또 잡혀오고 말았다.

혜는 그를 피하려 하지만 언호는 집요하고 끈질겼다. 그는 무슨 핑계를 대서라도 혜를 선향재로 불러들였다. 언호의 시중은 혜가 들어주는 것만으로도 이미 그의 방에 붙박이나 다름없었다. 물 시중부터, 차 시중, 먹 가는 일, 의관 정제 등등 온갖 일들로 혜는 그의 방을 자기 방 드나드는 것보다 더 자주 드나들어야 했다.

몸을 만지는 손이 다급해지고 그가 옷을 벗어 던졌다. 정사가 끝나고 나서 하는 일은 여기저기 뭉쳐 있는 그의 옷을 반듯하게 펴는 것이 되곤 하였다. 뭐가 그리 급한지 옷을 제대로 벗는 법이 없었다.

언제나 단정하고 매사 침착한 줄 알았는데 그도 남자였던 모양이다.

가끔은 짓궂은 장난도 치려 했고, 맛있는 게 있으면 숨겨두었다 주기도 하였다.

더듬거리는 손이 음부로 들어오자, 혜가 살짝 긴장하였다. 아직도 그녀는 너무 수줍음이 많고 이런 행위 자체에 익숙해지지 못하는 눈치였다.

옥춘이나 다른 하녀들이 속닥거리는 거야 들어봤지만, 과연 어떻게 좋은 건지 잘 모르겠다 싶었다.

가슴을 더듬거나 빨 때 그냥 그가 어린아이 같다고 생각을 하였고, 그와 살을 대고 있는 느낌이 좋다 정도였지 별을 딴다는 둥의 소리는 이해가 가지 않았다.

깊숙하게 들어온 손가락이 부드러운 살을 천천히 문지르기 시작하였다. 아직 행위 자체에 익숙해지지도 않았고 겁을 먹은 혜를 배려하기 위해서였다. 조용히 움직이던 손이 조금 더 빨라지고 손가락이 늘어나고 소리가 더 커졌다. 그리고 그의 숨소리도 더 거세어지고 마주 닿은 심장박동도 빨라졌다.

그의 단단한 장단지가 여린 허벅지를 가르고 그 사이로 허리가 들어왔다. 단단한 남성이 허벅지에 닿자 혜가 살짝 긴장하였다. 그런 그녀를 달래기라도 하듯, 그가 천천히 진입하기 시작하였다. 조심스레 넓히며 들어와 드디어 완전히 들어온 그가 움직이기 시작하였다.

점점 더 움직임이 빨라지고, 가슴팍의 땀이 떨어지기도 한다. 그가 얼굴과 목에 입맞춤을 마구 퍼붓기도 하였다.

그리고 파정할 즈음 되자 몸을 세차게 빼내었다. 배에 느껴지는 뜨거운 액. 그가 파정하였다. 부드러운 융을 물에 적셔 배를 닦아낸 그가 침상으로 들어왔다. 놓아주기 싫다는 듯이, 온몸을 강하게 얽었다.

"나리, 더 늦기 전에 가봐야 합니다."

혜의 가냘픈 목소리에 그가 한숨을 쉬었지만 놓아줄 기색은 보이지 않았다.

"나리……."

그 말에 겨우 속박에서 놓여났다. 그는 그대로 돌아누워 이불을 뒤집어써 버렸다.

조용히 돌아선 혜가 옷을 입었는지 등잔의 불을 껐다. 어둠 속에 잠긴 방에서 그는 호롱을 들고 선향재를 나가는 여자의 그림자를 애달프게 바라보았다.

　여름밤이 짧은 게 너무나 원망스러웠다.

第五章 금슬(琴瑟)[7]

말복이 지났지만 더위는 꺾이지 않았고, 연일 계속된 무더위에 일사병으로 쓰러진 이들이 와병하는 바람에 더욱 일이 바빠졌다. 곧 성의 황제 탄신일에 맞춰 보내지는 성절사(聖節使)가 파견되는지라 보낼 공문서 처리에 정신이 없었다.

승문원에 들른 경원 역시 어딘가 지친 표정이었다.

"자네 요즘 많이 바쁜가 봐? 피곤해 보이는데……."

메마른 웃음을 지은 경원은 별일 아닌 듯 답하였다.

"여름 타나 보네. 자네가 나보다 더 정신없을 텐데. 그나저나 지난번에 빌려간 서책을 돌려줘야 해서 내 들를까 하는데, 좋은

---

7) 거문고와 비파를 아울러 이르는 말로 부부간의 사랑을 뜻함.

날짜 알려주게나."

"오늘 저녁에 오겠는가?"

"그러지. 그런데 내가 좀 늦어도 괜찮을까?"

"상관없네. 호경꾼이 돌아다니기 전이라면. 허허."

"그전에 가야지, 당연히."

그리 말은 하였지만 막상 경원이 온 시각은 꽤 늦은 시각이었다. 퇴청하고 온 언호가 손님이 올 것을 알린지라 미리 대기하고 있던 혜가 호롱을 들고 선향재로 모셨다.

경원이 무슨 핑계라도 대어서라도 다시 올 것을 알았던지라 별로 놀라지는 않았다. 사실 그가 빨리 왔으면 좋겠다고 생각했다. 지난번에 보여줬던 그 서간이 간절하였다. 희안 오라버니가 무슨 말을 적었을까. 그게 너무나 궁금하였다. 아마도 그가 오늘은 그 서간을 갖고 왔겠지.

사뿐사뿐 걷는 혜를 멍하니 바라보던 경원이 정원 안쪽으로 들어서자 슬그머니 멈추어 섰다. 자연히 따라 멈춘 혜가 뒤를 돌았다.

"그날 별일은 없었습니까?"

안타까운 듯 바라보는 남자에게 혜는 고개를 끄덕이고 눈도 마주치지 아니하였다.

"그날 주신다던 서간 주십시오."

그것을 받으려고 나갔다 그 사달이 난 것. 억울한 것은 서간은커녕 봉투도 구경 못했다는 점이었다.

인사조차 나누기 싫다는 듯, 제 할 말만 하는 혜를 원망스러운 듯 경원이 바라보았지만 그것조차 혜가 눈을 피해 버렸다.

"갈 때 드리겠습니다."

그 말인즉 돌아갈 때도 네가 배웅하란 얘기이다.

혜의 바짝바짝 타는 속을 알면서도 왜 이러는 건지, 원망스럽기만 하였다.

경원은 평소처럼 느긋하게 걷고 있었다. 자연스레 경원의 발걸음에 맞추다 보니 혜만 마음이 조급하여 애가 타기만 하였다. 그날 들켰더라면 어떤 사달이 났을지 모르는데 어쩌자고 여기 다시 오신 것인지. 어서 서간이나 주고 빨리 가셨으면 좋겠는데…….

경원이 들어오는데 손에 뭔가 귀하다는 듯 안고 있는 물건이 있었다.

"어서 오게. 바쁠 텐데 뭐 하러 오나. 하인 시켜 전해주면 될걸."

"그래도 감사 인사는 해야지."

하면서 경원이 내미는 것을 언호가 어리둥절하다는 듯 바라보았다.

"이게 뭔가?"

받아 열어보니 안에 든 것은 이제 막 분갈이를 한 난이었다.

"웬 난초인가?"

"몇 년 전에 돌아가신 아버님이 소일거리로 난초를 많이 키우지 않으셨던가. 아버님 돌아가시고 난 뒤에 내가 별 재주가 없어 화분을 많이 죽이고 해서 남은 게 이제 몇 개 없네. 마침 춘란이 옆에 새끼를 쳤길래 분갈이를 하여 들고 온 참이네. 이 난은 꽃이 아주 고왔다네. 잘 키우면 몇 년 안에 고운 꽃 구경 한번 할 테니 그때 불러주게나."

춘란이라고 하지만 잎새 돋은 것을 보면 범상치 않아 보였다. 게다가 경원의 아버지가 난에 미쳐 꽤 귀한 난을 많이 갖고 있다는 소문을 들은 기억도 났다.

"참 잘생겼구먼. 그런데 이런 귀한 걸 나 같은 이에게 줘도 되나?"

"내가 재주가 없어서 물려받은 난 화분을 제대로 돌보지 못하여서 많이 죽였어. 차라리 주변에 좀 나눠 줘야겠다 생각하던 차니 부담 없이 받게."

말은 그렇다 하지만 귀한 난 중의 귀한 난이라 진짜 받아도 되는 것인지 언호는 좀 망설여졌다.

"혜야, 차 좀 만들어다오."

옆에 서서 난을 보고 있던 혜가 언호의 말에 고개를 들었다.

"차는 되었네. 밤이 늦어서 오늘은 빨리 돌아가야 할 것 같네. 집에서 뭐 찾아볼 게 있어서 말이지. 나중에 좀 한가할 때 다시 들르겠네."

그 말에 언호가 당황한 표정을 지었다.

"그럼 다음에 오지, 왜 오늘 굳이 힘들게 오나."

"그냥 빨리 줘야 속이 시원할 것 같아 그랬지. 나오지 말게, 밤공기도 찬데. 그럼 난 이만 가보겠네."

잠깐 있다 난 화분만 주고 갈 거라면 왜 경원이 오늘 굳이 온 걸까. 요즘 승정원이 워낙 바쁜지라 그러려니 생각하려 했지만 허투루 말 한마디 하지 않는 경원을 생각하면 뭔가 좀 이상하긴 하였다.

"혜야, 손님 가시는 길 배웅해 주고 오너라."

'오너라' 라고 하는 말은 배웅해 주고 돌아오라는 말이었다.

호롱을 들고 월동문을 빠져나가는 혜 뒤로 경원이 조용히 따라나섰다. 홍예교를 지나 정원 깊숙한 곳 인적 없는 곳으로 들어서자, 경원이 혜의 앞을 막아섰다.

"내 꼭 아가씨를 데리러 올 것이니 기다려 주십시오."

"그러실 것 없습니다. 저는 그냥 이곳에서 잘 지내니, 저를 없는 사람이라 생각하고 살아주십시오. 이제 오라버니도 제가 어디에 있는지 아실 것 아닙니까."

"희안에게는 말을 못하였습니다. 아시는지 모르겠지만 아가씨와 유 부인의 이름이 관비에서 빠져 있고 역병으로 죽은 것으로 되어 있었습니다. 그때 어떤 상황이었는지는 정확히는 모르나, 그게 알려지면 사달이 날지도 모릅니다."

그때는 혜가 워낙 어렸던지라 제대로 기억이 나지는 않았다. 어머니와 같이 옥에 갇혀서 하루하루 전전긍긍하던 중 한밤중에 관원이 어머니와 혜를 깨워 쉬쉬하며 끌고 나갔다. 밖에 대기하고 있던 마차를 타고 끌려간 곳이 바로 모용수의 저택이었다.

그렇게 어머니와 혜는 세상에서 잊혀졌다. 역적의 자손은 관노가 되는 게 보통인데 관노가 아닌 사노가 되었다는 것, 그것을 여태 별생각 안 하고 있었던 것이다.

모용수가 호적을 위조해서 어머니와 자신을 빼내었으니 이렇게 살아 있는 게 발각이라도 되면 정말 사달이 날 정도가 아니었다. 일단 모용수가 벌을 받을 수도 있었고, 벌을 받지 않기 위해 혜를 죽일 수도 있었다. 종년 매질해서 죽여봤자 어떤 처벌도 받지 않았다.

혜가 세상에서 감추어지게 된 데는 복잡한 연유가 있었던 모양이다.

"희안의 서간입니다."

서간을 받을 생각에 눈을 반짝이는 혜가 급하게 손을 내밀었다. 그러나 그는 서간을 주는 대신 그 손을 꼭 쥐었다. 그리고 그 손을 자기 양손으로 쥔 채, 손등에 다정하게 입맞춤을 하였다.

경원이 그렇게 대담한 짓을 할 줄 몰랐던 혜는 번개라도 맞은 사람처럼 뒤로 파다닥 물러났다.

경원의 눈은 진지하기 이를 데 없었다.

"그때 아가씨를 무슨 수를 써서라도 빼내려 하였습니다. 어르신들이 말리지만 않았더라면 무슨 수를 쓰려 했지요. 그때 저는 어리고 힘이 없었습니다. 하지만 지금은 다릅니다. 더 이상 어리지도 않고, 힘이 없지도 않습니다."

눈에 불이라도 켠 듯 안광이 형형하였다. 그가 얼어붙은 혜의 한쪽 볼을 살짝 쓸었다.

"설혜 아가씨의 이름을 제가 꼭 찾아드리겠습니다."

그러나 혜가 고개를 설레설레 저었다.

양민이 된다 한들, 부모님이, 큰오라버니가 살아 돌아오는 것도 아니고, 누군가에게 시집가서 사랑받으며 살 수 있을 리도 없었다. 그냥 이대로 조용히 살기 바라는 것 외에는.

또한 이미 언호에게 내어준 몸이었다.

"서간 주십시오."

혜가 다시 한 번 강조하자 경원이 마지못해 소매에서 봉투를 꺼내주었다.

"희안이 또 보낸다 하였습니다."

봉투를 받는 혜의 손이 덜덜 떨렸다.

"지금 제가 읽어 드릴까요?"

"나중에 보겠습니다."

너무 오래 정원에서 시간을 지체한지라 혜의 마음이 급해졌다.

"나리, 이제 그만 돌아가시지요."

더 이상 이러고 있다 남들 눈에 띄면 좋을 게 없었다.

경원이 다정하게 혜를 바라보았지만 혜는 매정하게 시선을 무시하였다.

경원을 마중하고 온 혜는 언호의 심부름을 해야 하기에 다시 선향재로 돌아가야 했다. 하지만 잠시 걸음을 지체해 연못의 정자에 호롱을 놓고 그 빛에 의지해 오라버니의 편지를 읽었다.

단정하게 눌러쓴 필체는 오라버니의 것이 분명하였다.

─설혜야, 네가 살아 있다는 소식을 들었다.

어떻게 된 연유인지는 모르겠지만 네가 살아 있다는 것 하나만으로 이 오라비는 기쁘구나.

지금 당장 만날 수 없더라도 살아서 다시 보려면 우리 서로 힘내자꾸나.

무슨 힘든 어려움이 있더라도 우리 다시 만날 생각을 하면서 그날을 기다리자.

희안.

부모님이 주신 그 이름.

눈물이 핑그르르 돌 것 같았다. 올라오려는 눈물을 억눌렀다. 한 번 울기 시작하면 그 속에 꾹꾹 밀어놓은 온갖 설움들이 다 올라올 듯하여.

그때 누군가 풀숲을 밟으며 다가오는 소리가 들렸다. 순간 혜는 편지를 가슴팍에 넣어 숨겨 버렸다.

"거기서 뭐 하는 게냐?"

"나, 나리……."

언호는 혜가 하도 오질 않으니 찾으러 온 모양이었다. 정자에 빛이 보여 온 그는 혜의 눈동자가 촉촉하게 젖어 있는 것을 보았다.

"무슨 일이더냐?"

"아무것도 아닙니다. 그냥 바람이 시원하여 잠시 쐬고 있었습니다."

뭔가 기색을 읽기라도 하듯 찬찬히 얼굴을 바라보던 그가 혜의 옆에 앉았다.

사실 바람이 시원하다기보다 밤공기가 약간 서늘하였다. 홑겹 저고리 안으로 들어오는 찬바람에 온몸에 소름이 돋을 정도였다. 뜨끈한 체온이 높은 몸이 닿자 자기도 모르게 그쪽에 기대어 앉게 되었다.

이대로 선향재에 끌려가면 그가 또 옷을 벗기려 들 텐데 그러다 서간이 발견되면 낭패였다.

"나리, 오늘 몸이 좋지 않습니다. 혹시 시키실 일이 없으시다면 먼저 방으로 돌아갈까 합니다."

혜가 조심스레 말한 말에 언호가 뭔가 못마땅한지 살짝 인상을 썼다.

"몸이 많이 안 좋은가?"

그 말에 혜의 답이 주춤하였다.

"많이 안 좋은 건 아니고 좀 피곤합니다."

눈 밑에 그림자가 짙고, 얼굴이 핼쑥해져 안색이 파리했다. 이렇게 노골적으로 몸이 불편해 보이는 사람을 자기 욕심대로 잡아두는 것은 너무 잔인한 처사였다. 그간 밤늦게까지 붙잡아 두었으니 피곤할 법도 하였다. 한밤중에 방에 돌아가 새벽부터 일어나 움직이면 꽤 고단하겠지. 그런 것은 여태 미처 생각하지 못하였다.

고개를 끄덕여 허락은 해주었지만, 심술은 약간 난 모양이었다.

그가 갑자기 혜를 자기 품에 끌어당겨 그대로 무릎에 올려 버렸다. 놀란 혜가 작은 비명을 지르자마자 그대로 입술을 덮쳤다.

정자 옆에 놓인 희미한 호롱불빛에 혜의 작은 얼굴이 비추였다. 가느다란 눈썹, 동그란 이마, 길쭉하나 맑은 눈을 오롯하게 자기 눈 속에 담은 그가, 입술에 구접을 시도하였다.

그의 입술이 다가오자 파르르 눈을 감는다. 긴 속눈썹이 나비처럼 파닥거렸다.

혜가 방에 들어왔을 때 옥춘의 코 고는 소리가 그득하였다. 호롱불빛에 옥춘이 깰까 일단 불은 껐다. 창으로 희미하게 달빛이 새어 들어온다. 어둠 속에서 이부자리를 펴고 옷을 벗어 접어둔 채, 서간을 어디에 숨길까 한참 고민하다 슬그머니 일어났다. 장 위의 반짇고리를 찾았다. 짚을 엮어 만든 반짇고리 안 바닥에 서간을 넣고 그 위에 천으로 덮었다. 실 옆의 비단주머니에는 언호가 준 뒤꽂이 역시 들어 있었다.

그 뒤로 남들이 볼까 두려워 안에 넣어 놓고 모른 척하는 중이었다. 손으로 더듬더듬 열어 주머니 속의 그 물건을 만져 보았다. 차가운 금속의 매끄러운 감촉.

이미 밤은 깊었고 지금 자도 몇 시간 자지 못할 터. 옆에서 옥춘의 잠꼬대 하는 소리가 들려왔다.

성하의 나무는 푸르기도 하지. 그 푸른 잎이 굴처럼 드리운 사이로 걸어오는 여인은 그림 속에서 빠져나오는 듯하였다.

나뭇잎 사이로 햇빛이 비추어 빛의 그물을 만든다. 언호가 앉아 있는 정자 옆 연못을 백련과 홍련이 덮고 있었다. 하얀 백련 위에 잠자리가 앉아 잠시 쉬다 가고 있었다.

매미 우는 소리, 눈이 부실 정도로 찬란한 햇빛, 바람 하나 지나지 않을 정도로 쨍한 날씨였다.

혜가 들고 있는 것은 포도였다. 하얀 백자 접시 위에 놓여 있는 검보랏빛으로 잘 익은 포도송이. 차가운 우물물에 한참 담가 두었다 꺼내었는지 물방울이 송골송골 맺혀 있었다.

덥다 핑계 대고 정자에 앉아 글씨를 쓰는 척 마는 척하면서 농땡이를 좀 피워볼까 하던 중이었던 언호로서는 혜의 등장이 반갑기만 하였다.

종이와 벼루, 붓 등의 문방구 옆에 혜가 접시를 내려놓았다.

"나리, 포도 좀 드셔요."

건네주는 모시수건으로 손을 닦고 냉큼 포도에 손이 갔다. 입안에서 톡 하고 터지는 시원하면서 달콤한 과즙이 갈증을 풀어주었다.

한참을 먹고 있던 언호는 순간 뜬금없이 옆에 있는 혜를 보았다.

더운 한낮의 햇빛을 받고 걸어와서인지 유독 하얀 얼굴이 붉게 달아올라 있었다. 왠지 수고스럽게 가져왔을 혜 대신 자기가 먹고 있는 게 신경이 쓰였다.

"너도 앉아서 먹지 그러냐?"

"아닙니다."

혜가 바로 정색을 하였다.

"괜찮데도. 어서 앉아."

거의 언호가 의자에서 일어날 기세이자, 혜가 언호 반대편에 앉기는 하였다.

"나리, 차가울 때 어서 드셔요."

혜가 웃으면서 거절을 하자, 언호가 한 알을 따서 서탁 너머로 팔을 뻗어 혜의 입 앞에 들이밀었다.

차마 거절도 못하고 그렇다고 먹자니 그것도 민망하고, 혜의 얼굴이 더욱 발갛게 되었다.

"어서 먹으래도. 내 손이 무안하구나."

언호의 반 억지에 결국 혜가 작게 '아' 하고 입을 벌렸다. 창 피한지 눈을 꼭 감고 도톰한 입을 아기새처럼 벌리는 혜가 나이 에 비해 귀여웠다. 혜의 입안으로 보랏빛 포도 한 알이 들어가 고 언호의 손가락이 입술에 살짝 닿았다.

부드럽고 촉촉한 입술에 검지가 닿자, 자기도 모르게 언호가 살짝 쓸었다.

놀란 혜가 눈을 번쩍 떴다. 작은 접촉에도 혜는 민감했고 그 걸 알기 때문에 언호도 평소엔 조심하건만 가끔 주체할 수 없는 뭔가의 감정이 터져 나오곤 하였다.

어린 암사슴처럼 놀란 혜의 입속에서 포도알이 데구루루 굴 러 그냥 넘어가 그만 목에 걸려 버렸다. 갑작스레 터져 나오는 기침에 콜록거리기 시작하자, 역시 당황한 언호가 벌떡 일어나 옆으로 바싹 붙었다.

"괜찮아?"

이러면서 등을 쓸어주며 어떻게든 해주려 하였다.

"물…… 물이 어디 있지?"

겨우 아까 마시다 만 식은 차를 찾아 찻잔을 억지로 혜의 입 에 갖다 대었다. 경황없는 혜 역시 그것을 꿀꺽 삼켰다. 찻물이 내려가면서 겨우 포도알도 내려가고, 혜도 기침을 멈추었다.

정신을 차리고 보니 어느새 언호와 붙어 앉아 있는 정도가 아니라 그 품에 자기가 쏙 들어가 있었다.

눈이 마주치자 황망한 듯 혜가 후다닥 떨어졌고, 그건 언호도 마찬가지였다. 어흠, 기침을 하며 몸을 떼려 했으나, 이놈의 손은 왜 마음과 따로 노는지. 남녀칠세부동석이라고, 남녀가 유별한데 낮 시간에 남이 보면 남우세스러운 일을 하고 있었구나.

얼굴이 벌게진 청춘남녀 사이로 시원한 바람 한줄기가 불고 지나갔다. 연못에 볼우물이라도 패듯 여기저기 동심원이 퍼져 나갔다. 파란 하늘 아래 잠자리들이 날아오르고, 어디서 새 우는 소리가 들려왔다.

"흠흠."

언호가 다시 기침을 하였다.

"그러게 좀 조심해 먹을 일이지."

괜히 타박을 놓자, 혜가 입을 살짝 내밀었다. 언제는 억지로 먹으라고 하더니만.

"안 먹고 뭐 하는 게냐? 내가 또 입에 가져다줘야 먹을 게야?"

그 말에 혜가 놀라서 포도 한 알을 입에 넣었다. 입안에서 톡 터지면서 달콤하고 시원한 과즙이 입 전체에 퍼져 나갔다.

"포도가 참 달구나."

"네, 그러네요."

그림자가 제일 짧은 시각, 더운 한낮이라 길에 다니는 이도 적었다. 장가 사람들도 다 낮잠이라도 자는지 매미 우는 소리 외엔 조용하고, 정원에는 개미 한 마리 얼씬 안 하고 있었다. 그러나 이 둘의 밀회를 누군가 방해하려 하였는지 불청객이 곧 들이닥쳤다.

혜가 왔던 길에서 걸어오는 이는 바로 종원이었다. 느긋하게 나타났지만 멀리서 둘이 하는 짓을 다 보고 있었을 것 같은 불길한 생각에 언호는 인상을 슬그머니 썼다.

저놈이 말도 없이 와? 분명 자기가 오늘 낮번이 아닌 걸 알고 찾아왔을 게 분명하였다.

종원이 정자로 다가오자 안절부절못한 혜가 정자에서 벌떡 일어섰다.

"오셨습니까, 역관 나리?"

"왜 오늘은 혜가 아니 나오나 했는데 여기서 자네랑 노닥거리고 있었구먼."

종원의 느물거림에 언호가 올라오려는 짜증을 꾹꾹 눌러 참았다. 곧 가을에 다시 성으로 가야 할 친구였고, 갈 때 부탁할 물건이 매우 많았기 때문이다.

"더위라도 먹었나?"

퉁명스런 언호의 말에 종원이 기다렸다는 듯 답하였다.

"더위 먹기 직전이지. 더워서 쓰러질 정도야. 혜야, 시원한 물한 잔 다오."

"지금 바로 떠다 드리겠습니다."

혜가 빠른 걸음으로 정자를 나가니 그 뒷모습을 보면서 언호가 순간 자기도 모르게 한숨을 내쉬었던 모양이다.

"왜 그렇게 긴 한숨을 내쉬어?"

왜긴 왜야, 네놈 때문이지, 라는 말은 차마 못하고 둘만의 다정한 시간을 방해받은 승문원 장언호가 잔뜩 뿔이 나셨다. 이런 언호의 심정을 아는 건지 모르는 건지 종원은 연신 부채질만 해대었다.

잠시 후 혜가 쟁반에 뭔가 받쳐 들고 나타났다. 한창 더울 때 넓은 집 안을 왔다 갔다 해서인지 볼이 다시 발갛게 익어버렸다.

"나리, 오미자 화채입니다."

하얀 사발에 든 오미자 화채를 본 종원의 눈이 빛났다. 그대로 사발을 덥석 들더니만 꿀꺽꿀꺽 숨도 쉬지 않고 들이켰다. 다 마시고 난 뒤 사발을 내려놓고 칭찬의 말을 청산유수로 내뱉었다.

"내 우리 어머니의 오미자 화채 이후 이렇게 맛있는 건 처음일세. 아니지, 얼마 전에 마셨던 것도 괜찮았던 듯싶네만 오늘만은 이게 최고야, 최고. 이렇게 맛있는 오미자 화채를 어떻게 만들었는지 궁금하기까지 하네. 나랏님이 마시는 것도 이보다 더 맛있을지 궁금하네."

"올봄에 먹었던 가련 화채도 맛있었는데……."

"가련 화채! 그걸 혼자 먹었단 말인가!"

역관인 종원은 미식가라 그런지 아는 게 많은 만큼 먹고 싶은 것도 많은 이였다. 그런 사람 앞에서 가련 화채 같은 얘기를 꺼냈으니 난리가 났다.

"그걸 왜 혼자 먹어? 왜 나한텐 먹어보라고 권하지도 않았던 겐가?"

원래 궁에서나 먹는다던 가련 화채는 봄에 어린 연잎을 껍질을 벗겨 녹말을 묻힌 뒤에 뜨거운 물에 살짝 익혀 오미자 화채에 띄워서 먹는 것이었다. 어린 연잎이 나올 때만 먹을 수 있는 귀한 음식이었다.

"그걸 누가 해주었나? 자네 집의 찬모가 해주었나? 응?"

다그치듯 묻는 종원에게 언호가 답은 안 해주고 오히려 되레 혜에게 물었다.

"혜야, 올봄 가련 화채는 누가 했던 게냐? 할머님 돌아가시고 그걸 해주는 사람이 없어서 꽤 오랜만에 먹었던 것 같은데……."

혜의 얼굴이 더욱 붉어졌다.

"제가 하였습니다. 미천한 솜씨로 들은풍월 흉내를 내보았습니다. 입에 맞으셨다니 다행이어요."

"봄이 오면 또 해줄 수 있겠느냐?"

그게 그렇게 인상적이었던 줄은 몰랐다, 그냥 별말 없이 지나가서. 언제나 진중하고 무거운 태산처럼 감정 표현을 아끼는지라 오랫동안 모셨지만 아직도 언호는 혜에게는 어려운 나리였다.

"당연하지요. 내년 봄에 어린 연잎이 나면 해드리겠습니다."

언호가 혜의 말에 '그럼 나는 너에게 무얼 해줄고?'라고 물어 보려 하던 차, 종원이 끼어들었다.

"잘들 논다. 나 그냥 갈까?"

비아냥거리며 입안에 포도를 따서 넣었다. 시정잡배처럼 무례하게 구는 듯하지만 언호에게만 그러할 뿐, 밖에 나가면 나름 근엄한 잘나가는 역관님이셨다.

"흐음……."

갑자기 종원의 눈이 짓궂게 빛이 났다. 못된 장난을 치려는 어린 사내아이처럼. 그 눈빛에 언호가 뭔가 수상하다 싶다 싶은 찰나, 종원이 선수를 쳤다.

"혜가 남자가 생겼나 보구나."

"네?"

혜가 어리둥절한 눈으로 보니 그가 귀 아래를 가리켰다.

"거기 그거 무엇이더냐?"

간밤 잠자리를 봐주러 간 혜를 언호가 침상으로 끌고 들어가 만들어놓았던 것이었다. 며칠 동안 혜가 달거리가 와서 거부하기도 하였고 언호 역시 바빠서 그럴 짬이 없다, 어제 기회를 봐서 덮쳤던 흔적이었다.

선향재는 나무가 많고 뒤에 대나무 숲이 있어 여름에는 모기가 극성이었다. 초여름부터 늦가을까지 모기장을 치지 않으면 안 되었다. 결 고운 모시로 만든 모기장을 침상 위에 드리우는 혜를 언호가 지켜보고 있었다.

그렇게 잠자리를 봐드리러 왔다 졸지에 잠자리로 끌려갔다.

"나, 나리!"

놀란 혜가 바동거리려 해도, 온몸이 깔린지라 그러지를 못했다.

이제는 익숙한 체향이 열기와 함께 훅 밀려들었다. 귓가를 더듬는 뜨거운 입술에 혜가 몸서리를 치며 짧은 숨을 내뱉었다. 도톰한 귓불을 이빨로 잘근잘근 씹었다. 기다란 목선을 따라 입술이 움직이며 여린 살에 길게 입맞춤을 남겼다. 여린 살에 멍이라도 들까 혜가 잔뜩 긴장하였다.

"자국이 남으면 마님께 들킬지도 몰라 곤란하여요."

혜가 불안한 듯 간절하게 바라보며 호소하자, 그가 고개를 끄덕였다.

"그럼 보이지 않는 곳에 하면 괜찮겠지?"

아니, 그것도 아니 되어요, 라고 말하고 자시고 할 새도 없이, 그가 귀 뒤편 잘 안 보이는 곳에 낙인이라도 찍듯 입술로 자국을 만들었던 것이다.

바로 그 자국을 눈 밝은 주종원이 보았으니 그냥 넘어갈 리 만무하였다.

가슴이 철렁 내려앉은 언호는 이 짓궂은 친구에게 어떤 반응을 해야 좋을지 살짝 눈치를 봤고, 혜는 의외로 담대하게 답하였다.

"모기에 물렸나 봅니다."

별거 아닌 양, 그런 게 있었냐는 듯 무심하게 혜가 대답하였지만 종원은 믿는 눈치는 아니었다.

이미 종원은 언호의 잘생긴 귀 끝이 슬쩍 벌게져 있는 걸 보았기 때문이다.

"그 모기가 제법 큰 놈이었나 보지?"

혜는 올라오려는 열기를 억지로 누르려 했고 언호의 귀 끝은 더욱 벌게졌다.

슬그머니 웃는 종원을 언호가 뭐야? 라는 듯 바라보았지만 종원은 끝내 말해주지 않았다.

요것들 좀 보게, 수상한 냄새가 나는데 감히 나한테 얘기도 안 하고 정분이 나?

그날 밤, 자리를 봐주러 온 혜가 모기장을 치고 이부자리를 봐주고 일어서려 하자 잽싸게 그 앞을 언호가 가로막았다.

낮에 종원 앞에서 난처했기에 혜가 약간 기분이 상하였다 짐작한 모양이었다.

"나리, 이 일은 저와 나리와의 비밀이잖습니까."

언호의 얼굴이 심각해졌다. 붉은 등에 비추이는 단정한 얼굴이 어딘가 답답하기도 하고 슬픈 듯도 하였다.

"그러했지."

이미 그러기로 약조한 관계였다, 서로 이 이상 바라지 않기로. 이 공간 안에서만 존재하는 관계.

"앞으로는 그러지 말아주십시오."

그러니까 남들에게 티가 나지 않게 해달라는 거구나. 그래, 내 너의 마음은 잘 알았다. 하지만⋯⋯.

언호의 마음속에 점점 말할 수 없는, 못다 한 말이 쌓여가고 있었다. 그의 마음처럼 눈빛도 어둡기 그지없었다. 욕망, 분노, 애증, 온갖 말 못할 감정들이 부글부글 끓어오르기 직전이었다. 왜 나는 네 손끝 하나, 말 한마디에 이렇게 감정이 오가야 하는 걸까. 왜 내가?

기껏 노비 하나 제대로 다루지 못하여 그 손에 놀아난다 생각하면 분하다가, 또 혜를 생각하면 너무 고와서 손끝 하나 대는 것조차 아까워지기도 하였다.

꽃잠에 취해 나랏일도 잊을 지경이라니, 누구한테 이런 걸 말할 수 있을까. 겉보기에는 그냥 똑같은 장언호지만 이미 그날 밤 자기 손으로 뭔가 많은 걸 바꾸어 버렸다 짐작하고 있었다.

"앞으로는 그러지 않으마."

그러면서 손을 잡아당겨 혜를 안았다.

"그러니 너도 약조를 지켜야지?"

혜가 눈을 감았다. 폭풍처럼 들이닥친 입맞춤은 온 얼굴에 비처럼 뿌려졌다. 그대로 푹신한 침상에 밀리고, 그의 단단한 몸이 강하게 속박하였다.

가끔은 다정하게, 어떨 때는 뭔가 쫓기듯, 그리고 아주 가끔은 뭔가 화가 난 듯이 그녀를 안는 그가 이해되지 않았다.

눈을 감자 갑자기 그가 얼굴을 감싸 쥔 채 속삭였다.

"눈 떠."

몸에 밴 듯 시키는 대로 눈을 뜨자, 어두운 촛불 아래 형형한 그와 눈이 마주쳤다. 격정적으로 일렁거리는 눈이 욕정으로 가득 차 잔인하게 빛났다. 맹수의 안광처럼 빛을 뿌리며 그녀의 시선을 자기에게로 고정시켰다.

손은 바쁘게 움직여 어느새 속옷 속을 헤집고 다니고 있었다. 가슴에 얼굴을 묻으면서도 시선을 그녀에게 고정하였다. 하얀 속살을 한입 그득 입에 물고 쭉쭉 빨아 당겼다. 붉은 유실을 혀로 희롱하고 이로 자근자근 물었다. 앙가슴 사이의 달콤한 체향에 몸에 힘이 들어가고 있었다. 예민하게 부푼 가슴을 쥔 손이 유실을 쓸자 날카로운 감각이 지나갔다.

달콤하게 벌린 입술로 내뱉는 작은 소리를 그는 남김없이 모조리 지켜보았다. 이 관계가 결코 나만 좋아서 되는 것이 아니라는 걸 확인하기 위해서.

마구잡이인 듯하지만 옷에 감춰질 부분들만 골라 자국을 만들었다. 가슴, 배, 팔 안쪽에 교묘하게 남겨놓는 자국들로 인해 혜가 흠칫흠칫 놀랐지만 그가 시키는 대로 눈을 감지 않았다.

긴 팔이 치마 속으로 들어갔다. 보드라운 안쪽 살을 만지며 수줍은 비림(秘林)을 뚫고 그 안으로 접근을 시도하였다. 조심스

러운 듯 과감하게 움직이는 손놀림에 혜의 숨이 점점 빨라지고
몸을 달싹거렸다.

달콤한 꿀을 흘리기 시작한 그곳에 자신을 갖다 댄 그가 진입
하기 시작하였다.

"아직도 마음을 바꾸지 아니하였느냐?"

그 말에 혜가 거친 숨을 내뱉으면서 헐떡거리며 답을 하지 못
하였다. 결국 고개를 겨우 저어 마음이 변하지 않았다 답하는
순간, 거세게 언호가 완전히 깊은 곳까지 들어와 버렸다. 고개
가 뒤로 꺾이면서 몸이 활처럼 휘었다.

익숙하지 않은 감각의 파도에 혜는 시야가 흐릿해졌다. 형형
한 언호의 눈이 마주하자 자꾸 눈이 감기려 하는데 언호가 그럴
때마다 눈을 뜨라고 명령하였다.

좁은 통로가 그의 몸에 맞추어 벌어진다. 이렇게 좁은데 들어
갈까라고 잠시 고민했던 게 이제는 믿겨지지 않았다. 드디어 그
가 끝까지 들어오고 짧은 신음을 토해내었다. 그리고 끝까지 몸
을 들이민 뒤, 뒤로 빼었다 다시 들이민다.

자꾸 몸이 흔들리자 혜가 넝쿨처럼 그의 목을 안았다. 완전히
한 몸이 된 듯, 흔들리기 시작한 젊은 남녀는 서로의 몸을 탐닉
하였다.

점점 더 빨리 움직이자 세상이 핑그르르 도는 듯하고 눈이 자
꾸 감기려 한다. 언호는 계속 그녀와 시선을 마주하고 굵은 땀
을 그녀의 가슴에 뚝뚝 떨어뜨렸다.

그리고 그 순간이 오려는지 그녀의 안에서 확 커진 성기를 꺼내자마자 그녀의 배에 뜨거운 액이 쏟아졌다.

정사의 여흥을 즐기며 그녀의 옆으로 푹 하고 굴러 쓰러져 있던 그가 일어나 침상 구석에 뭉쳐 있던 침의를 찾아 입었다. 그런 뒤 부드러운 모시수건에 차가운 물을 묻혀 그녀의 몸을 닦아주었다. 단 한 번도 그는 그녀에게 뒷시중을 들라 한 적이 없었다. 늘 끝나고 나서 숨을 몰아쉬고 있는 혜의 몸을 그가 꼼꼼하게 다정하게 닦아주었다.

"나리, 괜찮습니다. 제가 하겠습니다."

혜가 몸을 일으키려 하자 그가 일어나지 못하게 그녀를 도로 눕혀 버렸다.

"내 즐거움을 위해 하는 거니 가만있어."

그 말에 혜가 얼굴이 다시 벌게지려 하더니 시선을 피하였다. 밀랍초의 불빛에 드러나는 부드러운 여체에 다시 욕정이 끓어오르려 하였다. 부드러운 곡선을 그리는 가슴, 작은 유실, 가느다란 체모 속에 숨겨진 성기.

그가 몸을 훑으려 하자 혜가 손을 들어 그의 손을 잡았다.

"나리, 곧 새벽입니다."

간절하게 말하는 작은 소리가 애처로웠다.

여름은 새벽이 빨리 온다. 혜가 지금 방으로 돌아가도 꽤 늦은 시각. 몇 시간 못 자고 새벽에 일어나야 할 터였다.

그가 긴 한숨을 내쉬었고 몸을 비켜주자, 혜가 비실거리며 일어나 옷을 입기 시작했다. 어둠 속에 하얀 몸이 드러나 있었다.

마치 새벽녘에 우연찮게 보았던 것처럼. 하얀 몸에 속옷을 입고 옷을 입어 몸을 점점 가렸다. 구름이 달을 가리듯, 점점 더 누추한 옷으로 빛이 사라지자 그녀가 조용히 문을 닫고 나갔다.

"쉬십시오."

보내주어야 하는데, 밤이 짧은 게 아쉬웠다.

하지가 지나 밤이 조금씩 지고 있었다.

풀벌레 소리를 들으며 이슬 젖은 길을 걸어 혜가 홀로 돌아갈 것이 왠지 마음이 쓰였다.

＊

"서방님은 어디 계신가?"

하얗게 분칠한 얼굴을 경대로 꼼꼼하게 들여다보던 숙영이 나갔다 돌아온 유모에게 물었다. 이제 오십대의 나이 지긋한 유모가 눈치를 보며 속닥거렸다.

"정원에서 산책 중이십니다."

연지에 기름을 개던 숙영의 손이 잠시 움찔하였다. 다시 평정을 되찾아 붓으로 꼼꼼하게 연지를 발랐으나, 창백할 정도로 하얀 안색 때문에 더 혈색이 안 좋아 보이기만 할 뿐이었다. 올여름 더위를 심하게 타서 내내 몸이 좋지 아니하였다.

경대 속에 보이는 얼굴에 숙영은 순간 입술을 비틀었다.

"유모, 나 어때?"

유모가 평소처럼 얘기를 늘어놓았다. 여자가 밤에 화장하는 이유가 무엇이겠는가.

"마님이야말로 절세미녀시죠. 피부도 고우시고, 눈썹도 초승달처럼 가늘고. 소문난 기생 애랑이 따위가 마님이랑 어디 비교나 되겠습니까?"

그 말에 숙영이 입가에 미소를 띠며 유모를 슬쩍 얄밉다는 듯 노려보았다.

"유모도 참…… 비교할 상대랑 비교해야지. 그런 기생하고 내가 비교나 되겠어."

고관대작의 따님이신 금숙영을 감히 기생 같은 천것과 비교한 것에 불쾌해할 법도 한데 숙영은 그런 기색이 전혀 없었다.

금지옥엽으로 마냥 귀하게 자랐는데도 성정이 어질고 선하였다. 그러나 어린 시절부터 몸이 약하더니 태기가 없어 몇 년째 속만 끓이고 있었다. 경원의 눈치를 보며 절에 불공도 드리고 몸에 좋다는 것은 모다 해보았지만 태가 열리지 않고 있었다. 그런데 요즘은 건강도 좋지 않으니, 그걸 보는 유모 속만 탈 뿐이었다.

숙영이 일어설 채비를 하니 유모가 슬그머니 인상을 썼다. 자그마하고 가냘프지만 얼굴로는 어디 내놔도 빠지지 않는 숙영이었다. 법도에 맞추어서 소박하게 단장하였지만 고운 외모가 어디 갈까. 그런데 그런 숙영을 경원은 돌이라도 보듯 무심하기만 하니…… 늙은 유모 속만 탈 뿐이었다.

"마님, 나가보시게요?"

유모가 만류를 하려 하지만 숙영은 들은 척도 하지 않았다.

"밤공기가 쌀쌀합니다요. 요즘 계속 기침을 하셨는데, 지금 나가시면 찬 공기에 고뿔이 단단히 드실 겝니다."

그러나 숙영은 이미 방문을 열고 있었다.

어느새 제법 선선해져서 밤에는 쌀쌀하기까지 했다. 한밤중에 경원은 무슨 생각을 하는지 어슬렁거리며 계속 걷고 있었다.

반달이 뜬 하늘, 달무리가 진 걸 보면 내일 날이 흐리려나. 어디선가 귀뚜라미가 처량하게 울고 있었다.

숙영이 정원 한구석에서 경원을 찾았을 때, 그는 또 우편의 담장 너머에서 뻗어 나온 감나무 가지를 바라보고 있었다. 과거를 회상하기라도 하듯. 그녀에겐 절대 보이지 않는 아련한 표정으로 감나무를 바라보고 있는 그를 뒤에서 바라보던 숙영의 안색이 슬쩍 흐려졌다.

"이 감나무는 저희 나무에서 뻗어 나온 것이니 저희 것이어요."

"가지가 저희 집 담장 안에 있으니 저희 것입니다."

이제 여섯 살 된 설혜와 경원의 첫 만남이었다. 담장을 사이에 두고 감나무 가지에 열린 감이 어느 집 것인가를 두고 설혜가 그에게 따졌다.

"그럼 그 가지는 근본이 없다는 말씀입니까?"

또랑또랑한 여자아이의 대답에 경원은 그만 웃고 말았다. 하하하, 소리 내어 크게 웃으니 여자아이가 눈을 동그랗게 떴다. 경원이 옆에 있던 머슴을 불렀다.

"저 감을 따서 아기씨에게 갖다 드리거라."

"저 아기씨 아닙니다."

라고 앙칼지게 내뱉고 팩 돌아서던 여자아이의 머리에 비단꽃이 펄럭거렸다.

아직도 기억하는 설혜와의 첫 만남이 기억나 희미하게 웃음을 지었다.

계획대로 된다면 다음 매화는 설혜 아가씨와 같이 보게 되겠지.

그 집에 낯선 이들이 사는 게 견딜 수 없었던 경원은 설혜의 옛집을 사버렸다. 담장을 허물지 않고 쪽문을 두어 그쪽과 이쪽을 오가고 있으나, 그 집은 거의 비어 있었다.

그 일이 있었을 때 경원은 본가가 있는 고향의 서원에서 공부 중이었다. 만약 알았더라면 어떻게든 설혜만은 지켜낼 수 있었을지도 모른다. 나중에 뒤늦게 소식을 듣고 도성으로 달려왔을 땐 이미 설혜와 유 부인의 행방은 찾을 수가 없었다. 문서에는 역병으로 죽었다고 되어 있었으나 그 기간이라는 게 너무 짧았다. 무엇보다 겨울에 역병은 말이 되지 않았다.

분명 어딘가에 살아 있으리라고, 다시 만날 수 있으리라고 믿으며 산 지 어언 십 년. 드디어 하늘이 그를 버리지 않았는지 다시 기회를 주었다. 이것이야말로 그들의 운명이 하나로 묶여 있다는 증거가 아닐까. 월하노인이 그들을 연결시켜 주려 작정한 게 틀림없다고 경원은 굳게 믿고 있었다.

그때 갑자기 뒤에서 기침 소리가 들렸다. 뒤를 돌아보자 숙영이 기침을 하고 옆에서 유모가 등을 쓸어주고 있었다.

혼자만의 시간을 방해받은 경원이 슬쩍 인상을 썼지만 내자이다.

"괜찮소?"

숙영이 손수건을 대고 기침을 어떻게든 멈춰보려 했지만 잘 되지 않았다. 요즘 찬 공기만 쐬면 기침을 하는지라, 이래서 나가지 말라고 유모가 만류하는 것이었다.

"고뿔이라도 걸린 것이오? 쯧쯧."

경원이 혀를 끌끌 찼다.

"밤공기가 찬데 어인 일로 나왔소? 어서 들어가시오."

아무리 데면데면한 부인이라지만 같은 지붕 아래 사는 식구인데 저리 기침을 하니 경원이 은근 신경이 쓰였나 보다. 간만에 경원의 다정한 말에 숙영이 아주 잠시 희망을 품었다.

"서방님이 나와 계셔서요. 같이 들어가시지요."

그러나 경원은 매정하게 숙영의 희망을 꺾어버렸다.

"난 좀 생각할 게 있으니 먼저 들어가시오. 유모는 뭐 하고 있나? 마님 모시고 빨리 들어가게."

"서방님, 밤이 늦었습니다. 어서 들어가시지요."

재차 말하였지만 경원은 완강하였다. 경원은 뒤를 돌아 잠시 숙영을 보더니 다시 고개를 돌렸다.

"그만 들어가래도요. 나는 좀 더 생각할 게 있다 하지 않았소."

그런 경원을 숙영이 애달프게 잠시 바라보았다.

혼인한 지 여러 해가 지났지만 경원은 한 번도 그녀에게 곁을 내어준 적이 없었다. 정부인으로 예의는 지키고 그녀가 마음 상할 만한 일을 하는 것도 아니지만 그럼에도 그는 여전히 멀기만 하였다.

이 집에서 오래 일한 아랫것들이 쑥덕거리는 소리에 과거 그에게 정혼자가 있었고, 그 정혼자가 옆집에 살았다는 걸 알았다. 집안이 멸문을 당하여 감옥에 끌려가 거기서 얻은 역병으로 죽었다던 그 정혼자를 잊지 못하는 남편을 이해 못할 바는 아니었다. 그저 익기도 전에 떨어져 버린 풋사랑에 마음 아파하는 그가 안타까울 뿐이었다.

오늘처럼 이렇게 옆집 담을 바라보고 있는 그와 숙영 사이에 저 담장의 몇 배는 될 법한 담이 있건만, 그 담을 매번 넘지 못함에 답답할 뿐이었다.

"옆집에 살던 아기씨가 참으로 고왔다는 얘기 들었습니다."

어떻게든 그와 얘기를 나눠보려는 생각에 화제를 꺼내보았다. 그때 경원의 표정은 이루 말할 수가 없었다. 잠시 눈에서 칼이라도 튀어나올 듯한 예기를 뿜어내던 그의 표정에 등골이 얼어붙는 줄 알았더랬다. 경원은 아무렇지 않게 집안 화제로 얘기를 돌렸지만, 숙영은 다시는 그 얘기를 꺼낼 수가 없었다.

숙영은 애만 타는데 경원은 밖으로만 떠돌 뿐, 집에는 들어오나 자기 거처에서 숙영이 거하는 안채로는 절대 넘어오지 않았다.

처음에 혼인하고 철모르던 시절, 혈기왕성하여 그와 싸우기도 하였지만 이제는 그녀도 슬슬 지쳐 가고 있었다. 아이라도 들어서면 좋으련만, 경원이 찾질 않으니 아이가 생길 리도 만무하였다.

그런 것도 모르는 어르신들이야 속 좋게 왜 아이가 안 생기냐 말하지만, 하늘을 봐야 별도 따고 하죠, 라고 한탄조차 못하였다.

"마님, 어서 들어가셔요. 기침이 심해지십니다."

요즘 들어 계속 미열과 기침 때문에 숙영은 몸이 좋지 아니하였다. 계속 자도 자도 피곤하였고 체중도 조금 줄었다. 건강이 안 좋은데 경원마저 요즘 계속 밖으로 나도니 숙영의 가슴에 근심만 쌓여가고 있었다.

✻

슬금슬금 서늘해진다 싶더니만 이제는 밤에 제법 날이 쌀쌀하였다. 얇은 저고리 사이로 들어온 바람 한줄기에 혜가 살짝 몸서리쳤다. 정원의 은행나무도 이제 슬슬 잎이 색이 변하고, 발밑에 밟히는 풀도 버석해지고 있었다. 오늘따라 바람이 제법 매서운지라 빨리 선향재로 들어가고 싶은데 뒤에 따라오는 이는 그녀의 마음을 몰라준다.

호롱을 든 혜의 발걸음은 조바심이라도 나는지 빠르기만 한데 뒤에서 따라오는 발걸음은 느긋하기만 하다. 결국 그가 오지 않아 멈춰 서야만 했다. 이제 이 집에 익숙한 경원은 어느 곳이 다른 사람들의 시선을 차단할 수 있는지 너무 잘 알고 있었다.

이 오래된 매화나무 아래는 안채에서도 보이지 않았고 언호가 있는 선향재에서도 보이지 않는 곳으로 완벽하게 시야가 차단되어 있었다.

"오랜만에 뵙습니다. 그간 별고 없으셨습니까?"

나무 아래 경원이 다정하게 물었다. 달밤의 정인이라도 된 듯 그가 다가서기까지 하였다.

하늘에 걸린 반달이 그들을 내려다보고, 풀벌레 우는 소리가 제법 크다. 한줄기 바람이 지나가자 혜의 소맷자락이 나풀거렸다. 한기가 든 듯 혜가 살짝 몸서리를 쳤다.

"밤공기가 쌀쌀한데 옷은 든든하게 입으셨습니까?"

혜는 답이 없지만 그는 아랑곳없이 얘기를 늘어놓았다.

"아가씨를 만날 수가 없으니 이렇게라도 찾아와야 할 것 같아서 온 것입니다. 너무 노여워 마십시오."

여전히 혜는 그의 시선을 피할 뿐이었다.

"희안이 아가씨 소식을 몹시 궁금해합니다. 혹시 희안에게 전할 말은 없습니까? 제가 대신이라도 아가씨 안부를 적어서 보내려고 합니다."

가능하다면 혼자 답장이라도 쓰고 싶었지만 종이도, 붓도, 먹도 아무것도 없었다. 무엇보다 희안에게 자기의 소식을 알리는 게 꺼려졌다. 그냥 서로 살아 있고, 잘 있다는 것만 확인하였으면 되었지, 이제 만날 수도 없는데 무얼 한단 말인가.

"말씀은 감사하나, 전할 말이 없습니다."

혜가 의외로 단호하게 말하자 경원이 더 안타까워하였다.

"내 적어 보낼 터이니 편하게 말씀해 주십시오."

"아니요. 오라버니에게 할 말 없습니다. 저는 잘 있고 오라버니도 잘 있으세요, 이런 말 외에 무슨 말을 할 수 있겠습니까?"

"희안은 아가씨가 어떻게 사는지 몹시 궁금해합니다. 얘기 좀 해주십시오. 그때 어떻게 된 일입니까?"

그는 혜에게 무슨 얘기라도 시켜보고 싶어 안달이었다. 그러자 혜는 선선히 답해주었다.

"그날 아버지와 큰오라버니가 끌려가시고, 작은오라버니도 어디론가 끌려갔습니다. 저도 어머니와 함께 끌려가 어딘가 갇혀 있었습니다. 그러다…….."

　어린 혜조차 느껴질 정도로 집 안은 가라앉아 있었다. 집에 돌아오시는 아버지는 계속 늦어졌고 정원을 서성이는 어머니의 발은 갈수록 무거워져만 갔다. 한숨도 제대로 못 쉬고 가만히 달만 바라보고 있던 어머니는 그때 무슨 생각을 하셨을까. 아마도 달에 대고 아버지와 가족들의 안녕을 비셨겠지.

　그리고 횃불을 든 관군들이 집을 둘러쌌다. 횃불이 집을 친친 둘러싸, 밤이 아니라 낮처럼 환하였다. 낯선 무거운 발자국 소리로 가득했고, 여기저기 비명과 뭔가 부딪치는 소리가 나고 온통 난리였다.

　온 가족이 사랑채에 모여 덜덜 떨고 있는데 아버지만은 꿋꿋하였던 듯도 하였다.

　관모를 쓴 이가 나와서 소리쳤다.

　"죄인 두철은 나와서 어명을 받으라!"

　아버지가 죄인이라니?

　어린 혜가 어머니 품에 머리를 박고 덜덜 떨고 있었다.

　아버지는 의외로 침착하게 답하였다.

　"잠시 기다리시오. 갈 때 가더라도 의관은 바로 해야 할 것 아니오."

　터져 나오려는 울음을 억지로 막은 어머니가 혜를 품에서 떼어내고 아버지의 의관을 갖추어주기 시작하였다. 집에서 입고 있던 배자를 벗고 장삼을 걸친 뒤에 유건까지 갖추었다.

"재안이, 희안이는 뭐 하느냐?"

그 말에 큰오라버니와 작은오라버니 역시 옷을 바로 하였다. 마지막으로 큰오라버니의 볼을 쓰다듬는 어머니의 손이 떨리고 있었다.

나가는 아버지 뒤로 큰오라버니와 작은오라버니가 따랐고, 어머니가 혜의 손을 꼭 잡은 채 나갔다.

횃불을 들고 늘어서 있는 관군들은 절 앞의 사천왕상처럼 눈을 부릅뜨고 그네들을 바라보고 있었다.

무릎을 꿇고 왕의 어명을 받고 있는 아버지를 어머니는 차마 볼 수 없는지 고개를 돌리고 혜를 꼭 품에 안았다.

어린 혜가 끌려가는 아버지 뒤에서 아버지, 아버지 하고 불렀지만 그는 절대 뒤를 돌아보지 않았다.

혜는 아직도 왜 아버지와 큰오라버니가 죽어야 했는지, 그들의 죄가 무엇인지 알지 못하였다.

"나리, 제가 하나 여쭤볼 게 있습니다."

그가 고개를 끄덕였다.

"저희 아버님이 참형을 당한 죄목이 무엇이었습니까?"

"역모죄였습니다."

그래, 역모가 아니고서야 그네들이 이렇게 노비가 되었을 리가 없었다. 그러나 얼토당토않은 게 성정이 고고하고 한 치도 옆눈을 보지 않는 아버님이 반역 같은 엄청난 일을 생각해 낼 리가 없었다.

"아버님이 그러실 리가 없습니다."

당연히 그러하였다. 그냥 남인과 서인, 붕당의 정치에서 내쳐 진 결과였을 뿐. 아무도 진짜로 두철이 역모를 하려 했을 거라 고 믿지 않았다. 심지어 그를 내몬 남인조차도.

고개를 흔드는 혜의 눈이 촉촉해졌다.

경원이 혜의 손을 꼭 쥐었다.

"아무도 그분이 그러셨을 거라고 믿지 않습니다."

혜의 눈에서 뜨거운 눈물이 배어 나오려 했다. 억지로 눈물을 막으려 몸이 덜덜 떨려왔다.

경원이 혜를 품에 안으려 하였지만 혜는 완강하게 거부하였 다.

고인 눈물마저 소매로 닦아낸 혜가 꼿꼿하게 허리를 폈다.

"나리, 밤이 늦었습니다."

그 말을 하고 먼저 움직이는 혜의 뒤로 경원이 붙었다.

"설혜 아가씨, 조금만 참아주세요. 제가 무슨 방도를 찾아서 라도 아가씨를 이 집에서 빼내겠습니다. 우리 같이 예전처럼 사 는 날이 올 것입니다. 희안도 제가 무슨 수를 써서라도 도성으 로 불러 올리겠습니다. 예전에는 제가 힘이 약하여서 그리 하지 못하였지만 이제는 가능합니다. 믿어주십시오."

열정적으로 말하며 경원이 혜의 양손을 쥐었다. 차갑고 갈라지기 시작한 손등을 부드러운 손이 쓸었다. 그녀의 고단한 삶을 말해주기라도 하듯 손등이 갈라져 피가 맺히고 있었다.

경원의 의도가 선한 것임을 알면서도 혜는 무정하게 손을 뿌리쳤다.

"나리, 밤이 늦었습니다. 어서 댁에 돌아가셔야지요."

다시 호롱을 들고 앞으로 나가고 있는 혜의 뒷모습은 평소 어느 때보다 더 쓸쓸해 보였다.

경원을 배웅하고 선향재에 돌아왔을 때, 언호가 늦은 시각임에도 종이를 꺼내놓고 기다리고 있었다.

나라를 좌지우지하는 서인 파벌의 순혈 중 순혈이 경원의 집안이었다. 비록 아버지가 돌아가셨다 해도 아직 친척들은 벼슬자리에 많이 남아 있었다. 그런 경원이 언호에게 무슨 수작을 부리는 게 아닌가 염려가 되었지만 기껏 노비 주제에 상전에게 물어볼 수 있는 것이 아니었다. 차라리 언호가 말을 해주면 좋겠지만 그는 입이 무거운지라 절대 말해 줄 리도 없었다.

언호는 마음먹은 것을 조용히 끈질기게 행하는 사람이었다. 언제나 자신을 안기 전엔 '마음이 바뀌지 않았더냐?' 하며 꼭 물어보았다. 그때마다 '바뀌지 않았습니다'라고 답하지만, 그 말을 들을 때마다 마음이 흔들리곤 하였다. 조금씩 조금씩 이렇게 흔들리다간 언젠가는 바뀌었습니다, 라고 답하게 될 날이 올지도 몰랐다.

그냥 단순한 육체관계라면, 그가 일방적으로 탐하는 것이라면 몸만 주고 말겠지만 그는 슬그머니 그녀의 마음까지 점령하려 하고 있었다. 내리는 줄도 모르다 몸이 젖는 안개비처럼, 언호는 그렇게 슬그머니 은밀하게 다가와 혜의 마음을 차지하려했다.

"먹을 갈까요?"

혜가 조심스레 물어보자 그의 답은 엉뚱하였다.

"늦었구나."

정원에서 경원과 시간을 오래 소비한 까닭이었다. 그가 뭔가 수상하다는 듯 혜를 바라보았다. 그러고 보니 혜가 외간 남자와 만나는 것도 보지 않았던가. 혜는 더 이상 그 일을 언급하려 하지 않았고, 그도 묻어두기로 작심하였지만 여전히 궁금한 것은 사실이었다.

그날 밤 밀회하던 남자는 정인이라도 되었던 걸까.

혜는 얌전하게 먹을 갈고 있는데 그는 또 다른 마음이 동하였다. 먹을 쥔 하얀 손등이 거북이 등껍질처럼 갈라지려 하는지 피가 맺혀 있는 게 보였다.

그때 왜 혜를 불렀는지 생각이 났다.

먹을 다 간 혜가 그의 눈치를 보았다. 일단 언호도 붓을 들었지만 정말 글씨를 쓸 생각은 없었던지라 잠시 당황하였다.

"더 시키실 일이 없으시면 이만 물러가겠습니다."

"책상 위에 저 주머니를 가져가거라."

일부러 무심한 척 말하였다.

"저게 무엇이옵니까?"

그냥 아무 말 없이 가져가면 좋으련만 왜 묻는 것인지. 언호의 이런 마음을 혜는 전혀 모르는지 답을 기다리고 있었다. 역성을 낼 수도 없는 노릇.

"가져가래두."

그답지 않게 짜증을 부리더니 혜를 본체만체하고 글씨를 쓰기 시작하였다. 되는대로 생각나는 대로 마구 쓰는 글씨였다.

혜가 그를 방해하지 않으려 조심스레 그 주머니를 들고 나갔다.

혜가 나가자마자 붓을 내려놓은 그는 엉망으로 써놓은 글씨를 그대로 꾸깃 뭉쳐 버렸다. 남이 보면 비웃을 게 분명하였다. 종이에 쓰인 것은 천자문이었으니까.

문밖으로 나온 혜는 주머니를 품에 넣고 소리없이 걸음을 옮겼다. 막상 나와선 열어보지 못하고 홍예교를 건널 때 다리 난간에 호롱을 올려놓고 조심스레 주머니를 열었다. 안에서 나온 것은 작은 도자기 함이었다. 그 안에 든 것은 면약(面藥). 향이 좋은 것이 제법 귀한 물건인 듯하였다. 혜의 손등이 터진 걸 보고 전에도 혀를 끌끌 차더니…….

날이 차가워지니 혜의 피부가 건조해져서 손등이 갈라지기 시작하였는데, 그게 걸렸던 모양이다. 미소 띤 얼굴로 주머니를 보던 혜는 소중히 품은 채 불빛이 새어 나오는 선향재를 돌아보았다.

＊

혜가 살짝 인상을 쓰자, 위 씨가 의아하다는 듯 바라보았다.

"자네 어디 불편한가?"

"아, 아뇨."

혜가 슬며시 표정을 풀었다. 실상 지난 새벽 괴롭힘당한 유실이 거친 속옷 천에 쓸려 순간 따가웠던 것이다.

"혜야, 요즘 어디 몸이 안 좋더냐?"

최 부인이 언제 들어왔는지 혜를 보고 살짝 인상을 썼다.

그 말에 깜짝 놀란 혜가 그만 바늘에 손이 찔려 버렸다. 하얀 명주천에 시뻘건 피가 번져 나가고 있었다. 놀란 혜가 손을 떼고 어찌할 바를 몰라 당황했다. 댕그래진 눈으로 어쩔 줄 몰라 하는 걸 보고 위 씨가 어이가 없는지 옆을 보고 실쭉 웃었다.

"자네 어디 안 좋은가? 왜 이리 졸아? 안 그러던 사람이 조니까 이상하네."

"아니어요. 그럴 리가요."

"그런데 왜 병든 닭처럼 바싹바싹 마르누?"

위 씨가 여름을 탄다 싶더니만 날이 쌀쌀해져도 별로 좋아지지 않는 혜의 건강을 염려하여 물었다.

"젊은 아이가 웬 졸음이더냐."

최 부인 역시 바지런한 애가 낮에 바느질 하다 조니 약간 걱정이 된 모양이었다.

"혹시…… 아이 생긴 거 아닌가, 자네?"

위 씨가 슬쩍 떠보는 말에 혜가 정말 말 그대로 펄쩍 뛰었다.

"네에? 아, 아이라뇨?"

"원래 여자가 임신하면 초기에 잠이 많이 자는데 자네도 그런 거 아니야?"

"아니에요. 그럴 리가요."

정색을 하며 답하지만 가시방석에 올라앉은 양 가슴이 묵직해졌다. 진짜 회임한 거면 어쩌지? 덜컥 겁부터 나는데 그게 얼굴에 표가 날까 싶어 억지로 웃는 표정을 어설프게 지었다.

평소에 몸가짐이 반듯하여 어지간한 희롱에 대꾸도 하지 않는 아이인 걸 위 씨도 잘 알고 있었다. 그런데 평소답지 않은 반응에 뭔가 좀 이상하다 싶었다.

"혹시나 해서 물어본 거다."

그러나 그 말에 혜는 가슴이 뜨끔 찔렸다. 설마 아이가…… 생긴 것은 아니겠지. 달거리가 지나간 지 얼마 되지 않았는데 그게 시작할 때까지 얼마나 가슴이 졸였던가.

"요 며칠 옷 짓는 일이 급하다 보니 밤늦게까지 일하여서 이 아이가 피곤하였나 봅니다."

위 씨가 혜를 위해 몇 마디 변명을 해주었다.

"올여름 좀 덥긴 했지만 여름을 탔나 보구나. 얼굴이 좀 상한 듯도 싶고. 쯧쯧쯧."

최 부인이 혀를 끌끌 찼다.

"아닙니다, 마님."

"그냥 지난여름 더위를 먹었는지 계속 그러하네요."

"이제 더위도 다 간 마당에 젊은 애가 이리 허해서 어디에 쓸
고."

혀를 차는 최 부인에게 혜가 억지로 웃으려 하였다.

"아직도 혼인할 생각은 없는 게야? 이럴 때 챙겨주는 서방님
이라도 있으면 오죽 좋은가?"

혜가 원하면 외거노비로 내보내 줄 생각마저 있었지만 혜는
시집가는 것에 별로 관심을 보이지 않았다.

"네가 원하면 외거노비로 밖에서 살게 해주마."

"아닙니다, 마님. 저는 이렇게 바느질하면서 사는 게 좋습니
다. 마님께서 허락하여 주신다면 이대로 그냥 마님을 모시면서
살고 싶은 마음밖에 없습니다."

두 중년 부인들은 이해가 안 간다는 듯 혀를 끌끌 찼다. 최 부
인이 나가고 난 뒤 위 씨가 혜를 다시 떠보았다.

"무슨 사정인지는 모르겠지만 왜 시집을 가지 않겠다는 거
냐? 자네 같은 노비를 낳는 게 싫은 게야?"

혜는 답하지 않았다.

"자네가 어떤 사정으로 여기까지 왔는지는 내 잘 모르겠지만,
이렇게 살다 갈 거라면 인생에서 작은 기쁨 정도는 누릴 수 있

는 거 아닌가. 듬직한 남편이나 아이 말이야. 나는 팔자가 사나워 누리지 못한 것이지만 자네라면 충분하지 않겠나."

듬직한 남편과 아이도 신분이 천하면 어떻게 될지 몰랐다. 내가 낳은 아이가 팔려가는 것을 지켜볼 수도 있었다. 그럴 바에야 가지지 않는 게 좋았다.

혜가 자기도 모르게 위 씨의 얘기를 듣다 다시 하품을 해버렸다.

"간밤에 무얼 했길래 그리 하품을 하누? 생전 낮잠 한 번 안 자던 사람이 졸기도 하고…… 쯧쯧."

간밤에 무얼 했더라. 멍한 머리로 어제저녁의 일과를 돌이켜 보았다. 아, 어제는 언호가 늦게 퇴청하였고 밤에 출출하다고 하여 야참을 준비해야 했다. 부엌에서 일하는 찬모와 식모 둘 다 자러 가서 혜가 상을 들고 선향재로 갔었다.

많이 시장했는지 언호가 국물까지 깨끗하게 마시는 것을 보고 혜가 입가심하라는 듯 오매(烏梅)차를 내밀었다.

"매실이 소화가 잘된다고 합니다."

야참을 먹은지라 혹시 몰라 소화에 도움이 된다는 오매차를 준비한 것이다. 덜 익은 푸른 매실을 짚불 연기에 그을려 만들어 맛이 새콤달콤하였다. 차를 마시면서 언호가 느닷없이 물었다.

"낮에 무얼 했더냐?"

낮에 집을 비우다 보니 혜가 무얼 하는지 그가 통 알 리 없었다.

"마님께서 이제 겨울 날 준비를 해야 하지 않겠냐고 하셔서 나리 겨울에 입으실 옷을 지었습니다."

어느새 날이 선선해져서 아침저녁으로는 꽤 쌀쌀하였다.

다시 계절이 바뀌고 있었다. 이제 점점 더 쌀쌀해지고 서리가 내리면 곧 겨울이었다.

그가 의중을 다시 물었다.

"아직도 생각이 바뀌지 않았더냐?"

혜가 고개를 끄덕였다. 처음에는 상처받은 듯한 표정을 지었고 어떨 때는 분노하였다. 그러나 이제 그도 어떤 내색을 하지 않았다.

그가 팔을 뻗어 당겨왔다. 그대로 속수무책으로 끌려가 안겼다. 이제 처음처럼 접문을 할 때 숨도 제대로 못 쉬어서 얼굴이 빨갛게 될 때까지 참지는 않았다. 그러나 여전히 수줍어하고 그의 몸이 닿으면 흠칫 놀라기도 하고 여전히 수줍음이 많아 그 앞에 몸을 드러내는 일을 꺼려하였다.

"밤이 늦었어요. 주무셔야죠."

혜의 조용한 거부. 늘상 그러하였다. 그에게 조금도 곁을 주려 하지 않았고 그가 비집고 들어갈 틈도 주지 않았다. 마음이 허하다. 무얼 바랐던 거지?

"내일은 나가지 않아. 그래서 오늘 늦게까지 일하였지."

정녕 욕정밖에 남지 않는 것인가. 머릿속 생각은 복잡한데 손은 능숙하게 움직였다.

그대로 옷의 매듭을 풀고 속옷으로 들어간 손이 꿈틀거렸다. 하얀 가슴이 붉은 등 아래 붉게 물들어 있었다. 색이 연한 분홍빛 유실을 입에 머금었다. 한입 물자, 입에서 작은 소리가 새어 나왔다.

움푹 들어간 앙가슴에선 복숭아 향이라도 나는지 좋은 향이 났다. 가슴에 얼굴을 묻어 보드라운 젖무덤을 한껏 물었다. 여린 살에 그의 까슬한 수염이 닿았다. 동그란 유실도 빨고 이빨로 자근자근 물었다 부드럽게 빨아 당겼다.

조금씩 익숙해지는 운우지락(雲雨之樂). 서로의 몸이 익숙해지면 익숙해질수록 더욱더 갈구하게 되니 신기한 노릇이었다. 곧 질려서 물려 버릴 줄 알았건만. 욕망은 끝도 없이 샘솟는지 점점 더 강해지고 있었다.

아래 걸친 치마도 잡아당겨 결국 속옷만 남기고 다 벗겨 버렸다. 혜는 다 벗은 상태지만 여전히 그는 옷을 제대로 입고 있었다. 등불에 드러나는 부드러운 선을 그의 시선이 좇았다. 그가 침을 꿀꺽 삼켰다. 언제나 봐도 질리지 않는 몸이었다. 안 보이면 보고 싶었고, 보면 안고 싶었고, 안으면 더한 걸 하고 싶어졌다.

허리가 다리 사이를 파고들고 단단하고 뜨거운 것이 허벅지에 닿는다. 혜는 곧 몸을 벌리고 들어와 가득 채울 그 순간으로 인해 긴장하였다. 언제나 처음은 아프고 무섭고 그러하였다.

온몸을 짓누르고 있는 몸에 숨 쉬는 것도 힘들어 허덕인다.

체온이 뜨거운 몸, 완전 다른 동물인 듯 그녀와 전혀 다른 골격을 가진 그의 두툼한 목을 감싸 안았다.

사정을 봐주지 않고 들어온 단단한 것이 뱃속을 헤집기 시작했다. 그는 오늘 심통이 났는지 거세게 쳐올리기 시작했다. 이제 처음처럼 아프지는 않았다.

아랫배가 부글거리는 듯싶고 머릿속이 안개라도 낀 듯 몽롱해졌다. 입에서 가느다란 신음 소리가 자기도 모르게 튀어나갔다. 그 소리에 몸속의 남성이 더욱 단단해진다. 깊숙한 곳까지 들어왔다 단숨에 빠져나가길 여러 번.

곧 그녀의 몸속에서 그의 것이 크게 부푸는 것이 느껴지는 순간, 겨우 그가 급하게 몸을 빼내었다. 배 위에 뜨거운 것이 철푸덕 쏟아졌다. 겨우 숨을 몰아쉬면서 누워 있는 혜는 손끝 하나 움직일 여력이 없었다. 그가 미리 준비해 둔 수건에 물을 적셔 자기가 방금 뿌린 액을 닦아내었다.

혜는 그런 그의 시선과 손길이 부담스러운지 옆으로 슬쩍 돌아누워 빛을 피하려 하였다. 하얀 등, 부드러운 곡선을 그리는 몸이 이불 위에 그림자를 드리웠다.

그가 혜의 가냘픈 등 뒤로 자신의 몸을 바짝 붙였다. 그에게서 떨어지려는 몸을 억지로 바싹 안았다. 종이 한 장 들어갈 틈새도 없이 완전히 밀착한 그 부드러운 몸을 완전히 감싸 안았다.

"밤이 늦었습니다. 이만 주무셔야죠, 나리."

혜가 거친 숨소리로 어떻게든 말리려 해보았지만 언호는 들어줄 기색이 없었다. 평소엔 잘 놓아주더니 오늘은 놓지 않을 생각인지 등 뒤에서 다시 그의 몸이 단단해지는 게 느껴졌다. 어느새 다시 힘을 찾은 그의 것이 그녀의 통통한 엉덩이에 닿고 있었다.

간밤 일을 생각하자 갑자기 열이 오르려 하였다. 혜가 벌떡 일어서자, 위 씨가 이상하다는 듯 바라보았다.

"왜?"

"뒷간에 잠시……."

그대로 방 밖으로 나간 혜가 휴우, 하고 긴 한숨을 내쉬었다. 얼굴은 잘 익은 사과처럼 시뻘겋게 되어 있었다.

낮 시간에 무슨 생각을 한 건지, 위 씨 앞에 앉아 있는데 이런 낯 뜨거운 생각을 했다는 게 너무나 부끄러웠다.

그러나 자기도 모르게 나오는 하품에 혜가 입을 쩍 벌리고 그만 하품을 해버렸다.

＊

부드럽고 따뜻한 게 가슴팍으로 와 닿자, 순간 언호가 놀라

깨었다.

어둡고 적막한 방, 쌔근거리는 숨소리만 들릴 뿐이었다. 가만히 손으로 벗은 어깨를 찾아 쓸어보았다.

평소엔 언호가 잘 때를 기다렸다 조용히 사라지는데 오늘은 매우 피곤하였던 모양이다. 그대로 잠이 든 것을 보면.

퇴청하고 난 뒤에 용이 아범을 잡고 슬그머니 요즘 하녀들이 밖으로 안 나다니냐고 물어본 적이 있었다. 아무도 밤 되면 나가지 않는다고 문단속 철저하게 한다고 자신 있게 대답하였다. 그래서 낮에는 어떠한가 물었다.

"그년들이 낮에 심부름이랍시고 오가는데 제가 무슨 수로 잡습니까?"

"누가 특히 잘 나가더냐?"

"당연히 옥춘이지요. 옥춘이가 통지기인지라 마실이 좀 잦은 편입지요."

실제로 옥춘이 통지기라 장에 나가는 일을 맡아 하고 있었다.

"다른 하녀들은?"

"다른 년들이야 뭐, 대부분 잘 안 나가지요."

혜의 얘기가 입 밖에서 안 나온 걸 보니 그 뒤로 나간 기색은 못 느끼겠다만, 청지기는 주로 앞마당에 있고 쪽문은 집의 측면에 있으니 잘 모를 법도 할 듯하였다.

혜는 절대 그 남자와의 얘기에 답을 하지 않았고 그도 더 묻지 않았다. 노비가 자식을 낳으면 재산을 불리는 거라 그런 건

보통 눈을 감아주는데, 왜 혜에겐 화가 났던 것일까.

얼굴을 만지는 손에 혜가 눈을 떴다. 동이 트려면 아직 좀 더 있어야 한다지만 옥춘이 일어났을는지도 모른다. 일어서려 했지만 어느새 언호가 등 뒤에서 완전히 감싸 안은 채 가슴을 지분거리기 시작하였다.

"나리 어서 주무셔야죠. 아침에 일찍 일어나셔서 나가보셔야 하지 않으십니까?"

혜가 조곤조곤 달래보려 하지만 언호의 짓궂은 손은 몸을 놓아줄 기세를 보이지 않았다.

누군가의 시구처럼 동짓날의 밤처럼 길면 좋을 텐데. 여름보다야 길다 하지만 밤은 두 연인에게 너무 짧았다. 아무리 긴 밤이라 하여도 아침은 오고, 그 밤은 그네들에게 짧기만 하였다.

"나리, 이제 곧 해가 뜹니다. 방에 돌아가야만 해요."

숨기려고만 드는 혜가 원망스러웠다. 마지못해 언호가 혜를 놓아주자 혜가 급하게 머리를 매만지면서 그가 보든 말든 옷을 찾아 입었다.

그런 혜를 보던 언호도 자기 옷을 찾아 대충 걸쳤다.

처음으로 언호가 혜가 방으로 돌아가는 길을 배웅하였다.

찬 이슬이 내린 길을 둘이 손을 잡고 천천히 걸었다.

"언제나 네가 홍예교를 건너 월동문을 지나 들어오는 걸 보는 게 좋다. 마치 그림 속의 여인이 살아서 움직이는 느낌이 들어서."

그가 조용히 속삭이며 다리까지 그녀를 배웅하였다. 뒤를 돌아보고 싶은데 뒤돌면 그에게 가서 안기고 싶어질 것 같아 꾹 참았다.

찬 이슬이 맺히기 시작한 버석한 풀을 밟고 행랑채로 향했다.

'저도 이 정원을 지나 나리께 가는 게 즐거웠습니다.'

다행히 보는 이 없이 행랑채에 들어왔다지만 손이 바들바들 떨렸다.

옥춘의 코 고는 소리가 들릴 뿐이었다.

第六章 대호가(大胡歌)[8]

혜는 퇴청하여 말에서 내리고 있는 언호에게 다가섰다.

"나리, 이제 오십니까?"

언호가 고개를 끄덕이며 별일 없었냐는 듯 바라보자 혜가 근
처에 와서 가만히 속닥거렸다.

"나리, 서간이 왔습니다."

"어디에서 왔는데?"

"경교에서 온 하인이 주고 갔다고 합니다."

경교라고 하면 그의 장인인 모용수(慕容垂)의 저택이 있는 곳

---

8) 한(漢)대 채염(蔡琰)의 〈비분시(悲憤詩)〉에서 온 금곡으로, 흉노에게 끌려가 12년을
살면서 낳은 아이 둘을 두고 한나라로 돌아와야 하는 기쁨과 슬픔을 노래함.

이었다. 부인이 죽은 지 오래되어 처가와 인연도 희미해졌는데 어인 일로 서간을 보낸 것인지 짐작도 가지 않았다. 다만, 곧 부인의 기일인지라 그 일과 관련된 것이 아닐까 추측되었다.

책상 위에 얌전하게 놓여 있는 봉투에서 안의 서간을 꺼내었다.

반듯한 글씨로 장인이 완용의 기일에 잠시 들르겠다고, 술 한 잔하자고 청하는 내용이 적혀 있었다. 첫 제사 때나 왔던 양반이 다시 온다고 하니 뭔가 기분이 묘했다. 무슨 할 얘기라도 있나 싶었다.

혹시 혜를…….

혜는 부인이 데리고 온 노비였고, 부인이 죽었으니 재혼하기 전에 되돌려 보내는 게 법도에 맞았다.

곁눈으로 혜를 바라보니 그의 착잡한 마음 같은 건 전혀 모르는지 그의 겉옷을 반듯하게 펴서 나무 옷걸이에 걸고 있었다.

완용이 살아 있을 때도 이런 일은 혜가 하였다. 아버님이 살아 계실 적에 어머님이 아버님 옷은 직접 정리하였는데 완용은 이런 일은 생전 할 줄 몰랐다. 워낙 곱게 자라고, 본인을 가꾸는 일에만 관심 있을 뿐. 지금 와 생각해 보면 그에게 사실 큰 관심이 없던 듯싶다. 잠자리에서도 혜보다 오히려 더 소극적으로 굴었다. 어설프긴 매한가지이나 너무나 노골적으로 그와의 잠자리가 싫다는 기색인지라 그 역시 부인과 사이가 그다지 좋진 않았던 듯싶다.

날짜를 잊지는 않았지만 벌써 또 일 년이 갔구나 하는 생각에 허무해졌다.

장인이 나타난 것은 저녁 무렵이었다. 한밤중의 제사에 맞춰 온 모양이었다. 아이도 없이 죽은 부인이라지만 제사를 지내고 났을 땐 이미 늦은 시각이었다. 와서 보는 이라고는 망자의 남편과 아버지밖에 없는 쓸쓸한 자리였다. 제사가 끝나고 아직 새벽별이 지기 전, 장인과 언호가 선향재에서 마주하게 되었다.

중년인 모용수는 장안에 날리던 미남자답게 곱게 기른 수염을 쓰다듬으며 점잖게 앉아 있었다. 방을 둘러보며 고개를 끄덕였다.

"자네답구먼."

그 말이 뭔가 거슬리기도 하고 알 수 없기도 하고 그러했다.

"어쩐 일이십니까? 먼 걸음을 다 하시고요."

사실 그렇게 먼 것도 아니었다. 조정에 오다 가다 하면서 보기도 했고 설이나 무슨 집안의 큰일에 종종 언호가 들르기야 했다지만 장가에 온 적은 거의 없었다.

"죽은 자식은 제삿상도 차리면 안 된다 하지만 자네와 술이라도 한잔할까 하여 들렀네."

중년 남자치고 풍채가 좋은 완용의 아버지 모용수의 날카로운 눈이 사위를 살폈다. 그때 혜가 술상에 놓을 안주와 술을 들고 나타났다.

"이 아이는……."

모용수의 날카로운 눈이 자기에게 와서 꽂히는 걸 느낀 혜는 입을 긴장한 듯 굳게 다물었다.

"오랜만에 뵈옵니다, 나리. 집안은 무고하신지요?"

고개를 끄덕이고 난 그에게 혜가 술상을 봐주고 시중을 들기 위해 옆으로 붙어 서자 그가 한마디 하였다.

"허, 제 어미를 쏙 빼닮았구먼."

모용수의 눈길이 혜의 얼굴에 제법 오래 머물렀다. 그 시간이 길면 길어질수록 언호의 긴장도 커져 갔다. 장인이 여자를 두고 큰 소문은 없다 해도, 그 나이에 첩 하나 들이는 것 갖고 누가 뭐라 할까. 혹시 돌려달라 하면 어쩌지? 언호가 재가하면 혜가 원래 소유주인 모용가로 돌아가는 건 당연한데…… 왜 이걸 잊고 산 걸까.

모용수를 보는 혜 역시 과거 기억으로 혼미하였다. 오랫동안 삶에 지쳐 잊었던 기억들이 몰려왔다.

"어머니, 저 그냥 어머니와 함께 있고 싶어요."

울면서 매달리는 혜에게 어머니는 조곤조곤한 말투로 설명해 주었다.

"여기 있는 것보다 그리 가는 것이 너에게는 더 안전하단다. 여기 있다가는 언제 들킬지 몰라."

"뭐를요?"

그러나 어머니는 그 질문에 답을 하는 대신 다른 이야기를 꺼냈다.

"하나만 약속하거라. 절대 네가 두설혜라는 것을 발설하지 않기로."

"그게 무슨 소리여요, 어머니?"

"조용히 때를 기다려. 그 수밖에 없단다, 지금은. 만약 그때가 오지 않더라도 그냥 조용히 살아야겠지. 좋은 사람 만나 혼인도 해야겠지만 나는 네가 혼인도 하지 아니하고 아이도 낳지 않았으면 좋겠구나."

혼잣말인 듯 덧붙인 것은 속삭이듯 아주 작은 목소리였다.

그 얘기를 한 어머니는 결국 울어서 눈이 퉁퉁 부은 혜를 억지로 떠나보내셨다.

신행길을 따라가면서 울지 않으려 애썼지만 눈물이 계속 고이려 하였다. 말을 탄 헌칠한 신랑이나 마차에 타고 있는 신부 같은 건 눈에 들어오지도 않았다.

마지막으로 고개를 돌렸을 때 멀리서 바라보고 있는 어머니가 눈에 들어왔다. 뒤에 모용수가 서 있다 어머니를 안으로 끌고 들어갔다. 그게 어머니의 마지막 모습이었다.

그때는 왜 어머니가 숨어 살라고 했는지 이해할 수가 없었다. 이제 와서야 무슨 의미로 그런 말씀을 하시고 그 집에서 굳이 내보냈는지 알 것 같았다. 경원이 말하였다, 문서상으로는 죽은 자가 되었다고. 아마도 누군가 모녀를 빼돌렸고, 그게 들통이 나면 아니 되는 이유가 있을 것이다. 어머니는 그럼에도 왜 그 안전한 집이 아닌 이곳으로 자신을 보낸 걸까.

그 뒤 어머니가 돌아가셨다는 소식만 한참 뒤에 들었다. 어디에서 장례를 치렀는지, 제삿날은 언제인지조차 알 수가 없었다.

그 집에서의 생활을 생각해 보면…… 의외로 평화로웠다. 어머니는 침방의 침모로 일했고, 손이 야무져서인지 처음에 안방 마님은 별 관심 없던 듯했다.

하지만 아이를 셋 낳고 30대 중후반이라지만 여전히 나이에 비해 고운 게 문제였을까. 허름한 옷으로도 감출 수 없는 그 미색을 미천한 종들부터 그 집에 드나드는 사내들까지 모두 눈독을 들였다.

어머니가 가끔 주인어른한테 불려가기 시작하면서 집안에 소란이 생겨났다. 불려갔다 오면 넋 나간 여자처럼 헝클어진 머리를 한 채 멍하니 허공만 바라보던 어머니는 눈물조차 바닥난 것처럼 짙은 고독과 허무에 감싸인 채 시름시름 말라만 갔다.

마님은 노골적으로 어머니를 구박하기 시작했고, 뒤에서 다른 종들도 어머니가 지나가는 등 뒤에 대고 수군거리기 시작했다. 결국 마님이 한겨울에 어머니에게 찬물을 뒤집어씌운 뒤 매질을 하였고, 그때 모용수가 버럭 소리를 지르며 들이닥쳤다. 그 뒤에도 마님은 종종 억지를 부리며 어머니를 괴롭히곤 했다.

나중에 나이가 들어서야, 그게 본처가 시앗을 괴롭히는 것이었음을 깨달았다. 어머니와 헤어지기 며칠 전 우연찮게 후원에서 모용수가 어머니를 강제로 안고 있는 장면을 목격해 버리기까지 하였다.

해 질 녘 식사 때인데 어머니가 안 보여서 찾으러 나갔다가 후원의 나무 그늘 안에 있는 인영 둘을 보았다. 모용수가 여종을 희롱하나 싶어 피하려는 찰나, 그의 몸에 가려 잘 보이지 않던 여종이 몸을 트는 바람에 그만 얼굴을 봐버렸다.

나무에 몸을 밀어붙인 채 그가 어머니를 안고서 뭔가 속삭이고, 어머니는 고개를 돌려 그것을 무시하려 하였다.

심장이 덜컹 내려앉는 듯한 충격과 먼저 간 아버지에 대한 원망, 반항조차 못하는 어머니의 무기력함에 대한 분노가 온몸에 소용돌이쳤다. 주먹을 쥔 채 부들부들 떨다 겨우 정신을 차리고 그 자리를 떠났지만, 차마 어머니에게 무엇을 하고 계셨냐고 물어보지는 못하였다.

마지막으로 그 집을 떠나기 전에 어머니는 몸이 많이 안 좋으신지 계속 헛구역질을 해서 걱정하곤 했었다. 몸이 안 좋아지실수록 어머니의 눈은 점점 형형해져만 갔다. 그 눈으로 혜에게 이 집을 떠나야 한다고 밀어붙였고 결국 설득해 내었다.

이제는 그에게 물어봐야 했다. 어머니에게 무얼 하셨던 겁니까? 어머니는 어떻게 돌아가셨습니까? 처음부터 어머니를 노리고 저희 모녀를 관노에서 빼내셨던 것입니까?

그때 혜의 긴 상념을 깨기라도 하듯, 모용수가 헛기침을 하였다.

"흠흠, 변방(便房)이 어디인가?"

혜가 자연스레 등을 들고 안내하였다. 겨울을 알리는 삼태성도 뉘엿뉘엿 서산에 걸려 있었다. 뒷간은 선향재 뒤편 대숲에 있어서 호롱이 필요하였다. 그가 볼일을 보고 나오는 동안 뒤에서 기다리고 있는데 바람이 대숲을 뚫고 지나갔다. 휘이이잉, 바람 소리가 서늘하게 마음을 뚫었다.

"나리, 제가 여쭤볼 게 하나 있습니다."

말하라는 듯 그가 고개를 끄덕인다.

"저희 어머니는 어떻게 돌아가셨습니까?"

그 말에 그가 잠시 동요하였다. 입술이 살짝 떨리는 중년 남자는 혜를 가만히 바라보았다.

어머니가 돌아가셨다는 얘기만 들었지 어떻게 죽었는지는 아무도 혜에게 말해주지 않았다. 그는 처음의 동요가 믿겨지지 않을 정도로 주저하지 않고 답하였다.

"네가 떠난 지 몇 달 안 되어서 시름시름 앓다 죽었다."

"그럼 왜 저에게 알려주지 않으셨습니까? 아무리 천한 것이라고 해도 부모와 자식 간의 정이 있는데 마지막으로 가시는 길

하나 살펴 드리지 못하게 할 이유가 있으셨습니까?"

"네 엄마가 원하지 않았다."

혜를 부르려고 했지만 고집을 부렸다. 비쩍 말라 눈만 휑해졌는데도 괜찮다고 주장하면서 절대 혜를 부르지 말아달라 간청하였다.

어머니가 자기를 보지 않으려 했다고?

왜?

어머니는 왜 굳이 혜를 그 집에서 떠나보내고, 절대 보지 않으려 했을까?

순간 어떤 기억이 머릿속을 스치면서 혜가 휘청거렸다. 옆으로 쓰러지려는 걸 모용수가 부축하였다.

"괜찮으냐?"

혜가 그의 손을 무례할 정도로 거세게 뿌리쳤다. 어머니를 더럽힌 그 손으로 제 몸에 손대지 마셔요! 소리라도 치고 싶었다.

"혹시 유언이라도 남기셨나요?"

소리치고 싶은 걸 억지로 눌렀다. 최대한 낮게 안에 있는 언호가 들을까 조심스레 물었다. 안에서 솟구치려 하는 분노와 울음을 최대한 누르려 하였다. 가슴속에 뜨거운 것이 고이려 하는 것도.

그가 고개를 단호하게 저었다.

그때 선향재 문이 열리고 언호가 밖으로 나왔다. 둘이 돌아와야 할 때가 되었는데 돌아오지 않는 게 신경 쓰였나 보다.

대나무 숲을 통과하는 바람이 그 둘을 스쳐 지나갔다. 혜가
입은 치맛자락이 날렸지만 혜는 쥘 생각조차 하지 않은 채 장인
을 뚫어지게 바라보고 있었다. 그것은 장인 역시 마찬가지였다.

"날이 차가운데 왜 안 들어오고 계십니까?"

언호의 등장에 혜가 먼저 발을 내디뎠다. 언호는 혜와 장인
을 뭔가 이상하다는 듯 바라보았다. 혜의 눈에 맺히려 했던 눈
물의 흔적을 보지는 못하였지만 긴장한 듯 뻣뻣한 어깨는 보았
다.

다시 방에 돌아온 모용수는 잠시 앉아 한담을 주고받았지만
어딘가 정신이 다른 데 가 있는 듯하였다. 그리고 날이 밝기 직
전 집을 떠났다.

마차에 올라타자마자 그는 눈을 감았다.

마치 눈부처럼 방금 전에 마중을 하러 나와 있던 혜의 동그
스름한 어깨선이나 긴 목이 아른거렸다.

아, 소소(篠篠)…….

제 어미를 쏙 빼닮은 그녀의 딸을 보는 순간, 죽은 사람이 살
아 돌아온 것 같은 충격에 잠시 할 말을 잃었다. 마치 예전의 그
소녀처럼 순수하게 자기를 올려다볼 때 심장이 덜컹 내려앉는
듯하였다.

너는 네 어미가 어떤 마음으로 너를 떠나보냈는지 알까.

그에게 생전 부탁 한 번 해본 적 없는 소소가 처음으로 해온
청이었다.

"나리, 제가 청 하나 드려도 될는지요?"

품고 있는 하얀 목에 얼굴을 묻으며 슬쩍 웃었다. 그때야 다가올 일에 대해 전혀 모를 때였으니, 그녀가 그에게 청을 한다는 것 자체만으로도 기뻐하였다.

"어인 일로 소소가 내게 부탁을 할까?"

어린 시절 아명으로 부르는 그에게 그녀가 살짝 몸을 떼었다.

"혜를 완용 아가씨 신행 가실 때 시비로 붙여서 보내주십시오."
"왜? 언제는 그 아이 없이는 한 발자국도 안 움직인다더니만?"

실제로 감옥에 갇혀 있는 소소를 만나서 밤에 빼내겠다고 했을 때 혜 없이는 죽어도 여기서 나가지 않겠노라고 거절했더랬다. 그런 귀한 딸을 다른 집에 보내겠다고 하니, 그로서는 이해가 가지 않았다. 그러나 그의 소소는 답하지 않았다.

"그냥 저의 이런 모습을 그 아이에게 보이고 싶지 않습니다."

측실로 들어오라는 그의 청을 계속 거절하고 있는 중이었다.

"만약 그 아이가 완용을 따라 이 집에서 나가면 그대는 내 측실로 들어올 것이오?"
"그렇게 하겠습니다."

소소가 눈을 감았다 뜨고 고개를 끄덕였다.

그때 머릿속에서 무슨 생각 하나가 스쳐 지나갔는데 그는 이마를 찌푸리며 조용히 뭔가 생각하는 듯하였으나, 그것도 그냥 지워 버렸다. 그때는 위험을 무릅쓸 가치가 있었다지만 지금은 전혀 없었으니까.

✻

혜가 언호의 잠자리를 봐주러 선향재로 돌아가자, 그가 슬쩍 물어왔다.
"장인어른과 무슨 얘길 그렇게 나누었지?"
"그냥 가내 어른들께서 다 잘 계시온지 여쭈어봤을 뿐입니다."
"대화가 꽤 길던데?"
"제가 알고 지내던 분들이 다 잘 계시나 물어보다 보니 그리

되었습니다."

혜의 대답에 그는 별로 만족하지 못한 모양이었다.

"별 얘기 아니라고 하면서 왜 자세한 답은 못하는 것이더냐?"

그가 몰아붙이자 혜는 당황한 듯 눈을 내리깔고 그와 시선을 피하였다.

"무슨 대화를 했더냐?"

재차 물어오자, 혜가 작은 한숨을 내쉰 뒤에 마지못해 입을 열었다.

"저희 어머니가 어떻게 돌아가셨는지 물어봤을 뿐이어요. 그동안 알 기회가 없었는데 마침 어르신께서 오셨기에……."

"그걸 왜 그분께 물어보지?"

"아무리 노비라 하여도 낳아주신 어머니는 어머니인데 언제 어떻게 돌아가셨는지조차 모르고 사는 건 예의가 아니지 않습니까, 나리? 돌아가신 날이라도 알아야 물이라도 떠놓고 제삿상 흉내라도 내지요."

한탄하듯 말하는 혜의 눈가에 눈물이 그렁그렁 맺혔다. 계속 눌러두던 설움이 터져 나올 것처럼, 온몸을 뒤흔들었다. 아무리 노비라 하여도 부모님 돌아가신 날에 제삿상 한 번 못 차리고 사는 것은 너무 서글펐다. 이제 어머니 제삿날이라도 알게 되었으니 그날 상이라도 차릴 수 있겠구나 싶었다.

혜가 장인어른 댁에 있을 때 어머니와 같이 있었던가? 그는 혜의 과거에 대해 전혀 모르고 있음을 깨달았다. 이 집에 왔을 때는 소녀티가 제법 나는 열네 살 즈음이었다. 눈치 빠른 완용의 시비 정도로만 기억했으니까. 언제부터 혜가 그의 생활에 이리도 슬며시 끼어든 것일까. 마치 공기나 물처럼 그의 곁에 늘 있던 시비(侍婢)였는데…….

"더 시키실 일 없으시면 이만 물러가겠습니다. 쉬십시오."

언호가 고개를 끄덕이자 혜가 조심스레 문을 닫고 나갔다.

새벽이슬이 내리기 시작하여 촉촉하게 젖은, 이제 퍼석하게 말라가는 풀밭을 지나 방으로 돌아간다.

가슴이 메말라 퍼석거리고 어미의 죽음에 흘릴 눈물조차 남아 있지 않았다.

이제 여인이 되어 살펴보면 어머니가 병을 앓으셨던 듯도 하였다. 창백하게 말랐고, 가끔 구역질도 하셨고, 뭔가 새콤한 걸 드시고 싶어 하시던 게. 풋살구를 먹다 배탈이 난 적이 있었다. 밤새 뒷간을 왔다 갔다 하시면서 계속 구역질을 해 혜를 걱정하게 만들었었다.

여인이 구역질을 한다…… 그것은 몸 안에 위중한 병이 있다는 증거 혹은?

설마 어머니가 그때……?

그대로 주저앉을 뻔한 혜는 하늘을 바라보며 긴 한숨을 내쉬었다. 그때 왜 어머니가 그리 하셨는지에 대한 답은 하늘에 계신 어머니만, 혹은 모용수만 알고 있을 터였다.

✻

밖에서 나는 인기척에 팔다리를 주물럭거리고 있던 옥춘이 인상을 확 썼다.

"누구야?"

소리를 빽 하고 지르자 문이 열리고 들어온 이는 뜻밖에도 최 부인의 안잠지기 하가이였다.

"혜는 어디 갔노?"

최 부인 못지않게 얼굴이 꼬장꼬장한 하가이가 방을 휘휘 둘러보았다.

"나리가 불러 갔는데요?"

고자질할 시간만 노리고 있던 옥춘이 나불나불거리기 시작했다.

"나리가 이 시각에 불러?"

원래 이 시각이라면 보통 잠자리에 들 시각이었다.

"요즘 나리가 밤마다 혜를 부르셔서 제가 잘 때까지 돌아오지 않는 날이 허다합니다. 고년이 심지어는 앙큼하게 새벽에 돌아온 일도 있었습지요."

"그래?"

하가이 이마에 주름이 잡혔다. 아무래도 언호와 관련된 일이다 보니 얘기를 못하고 자기네들끼리만 수군거려 하가이에게는 얘기가 들어오지 않은 모양이었다.

"이러다 작은마님 들어오시기도 전에 첩부터 들어오는 격 아니겠냐고 하는 얘기까지 있습죠!"

"어허! 이 사람이! 입조심하게."

하가이가 눈을 부라렸다.

자기네들끼리야 이미 무슨 일이 벌어질지 아주 흥미진진하게 보고 있었지만, 몇 달이 되어도 혜를 첩으로 들어앉히지 않는 걸 보면 앞으로 첩이 될 것 같진 않다고 용이네는 짐작하고 있었다.

"언제부터 그러하였는데?"

"거의 두 달 전부터 거의 매일 밤마다 나리 처소에 가서 늦게까지 돌아오지 않는데 여태 모르셨수?"

옥춘의 시큰둥한 말에 하가이가 인상을 썼다. 이런 얘길 최 부인에게 말하면 난리가 날 게 뻔하였다.

하가이가 잽싸게 안채로 돌아가자 최 부인이 슬쩍 인상을 썼다.

"혜는 왜 같이 아니 오고?"

하가이가 최 부인에게 속살거렸다.

"마님, 혜는 나리께서 부르셔서 갔답니다. 요즘 나리께서 자주 부른다고 옥춘이 그것이 그러더라고요. 요즘 아랫것들 사이에서 혜의 처신을 두고 뒷말도 좀 나오고 그러는 모양이입니다."

최 부인의 이마 주름이 깊어졌다. 노한 정도가 아니라 뒷목

잡고 쓰러질 것처럼 한숨을 길게 내쉬었다. 눈은 불이라도 켠 듯 이글거렸다.

별로 늦은 시각은 아니니 낮에 다녀간 장녀가 부탁한 수를 좀 놓으라고 혜를 찾은 거였다. 그런데 혜가 이 시각에 선향재에 가 있어? 혹시나 노비가 꼬리라도 칠까 싶어 일부러 음전한 것을 붙여줬더니만, 얌전한 고양이가 부뚜막 위에 먼저 올라간다더니 혜가 딱 그런 격이었다.

언호 시중을 혜가 드니 당연한 일이겠지만, 홀아비인 애가 과년한 여종을 무슨 일로 이 야밤중에 불렀을꼬?

"아무래도 안 되겠구먼!"

갑자기 최 부인이 벌떡 일어섰다. 뒤에 하가이가 따르려 하자 물리쳤다.

"자넨 됐네. 나 혼자 가면 될 일."

혹시나 꼴사나운 일을 보고 소문이라도 퍼질까 두려운 최 부인 혼자 나섰다. 호롱을 들고 버석거리는 마른 풀밭을 지났다. 나무의 그림자가 길게 드리워졌다. 어디선가 풀벌레 우는 소리가 들리고 바람이 제법 매서워 호롱의 불이 계속 깜박거렸다.

선향재 앞에 선 최 부인은 붙어 앉아 있는 두 남녀의 그림자에 슬그머니 인상을 썼다. 당장에라도 들어가서 네 이년, 뭐 하는 게냐! 소리라도 치고 싶은 걸 꾹 눌러 참았다.

가만히 헛기침을 해서 인기척을 내었다.

갑자기 들리는 인기척에 안에서 다정하게 앉아 차를 마시던 두 남녀가 화들짝 놀라 순식간에 일어섰다.

"누구십니까?"

언호의 목소리에 최 부인이 최대한 아무 일 없는 듯 조용히 답하였다.

"나다."

그 순간 혜의 안색이 매우 창백해졌다. 별일 없을 거라는 듯 언호가 그런 혜를 눈빛으로 위로하였다.

"들어오십시오."

최 부인이 문을 열고 들어가자 일어서 있는 혜가 절을 하였다. 보아하니 아들이 차를 마시고 있었던 모양이다. 그런데 탁자 위에 잔이 두 개가 나와 있다. 그렇다는 것은 설마 혜와 둘이 차를 마시고 있었다는 것?

최 부인의 얼굴이 조금 더 어두워지려 했다. 이미 정분이 나도 깊이 났구나. 언호가 부인과의 사이조차 그리 살갑지 않았던 것을 최 부인은 기억하고 있었다. 평소 여자에 관심이 없다 싶었건만 왜 하필 종년과 눈이 맞아! 소리라도 치면서 발광을 하고 싶은 걸 꾹 억눌렀다.

"어머님도 한잔 드시겠습니까?"

언호는 아무 일 없는 듯 평온하게 답하였다.

"아니, 나는 되었다. 밤에 마시면 잠이 통 오질 않아서……."

사실 최 부인은 차에서 별 맛도 못 느끼는지라 그다지 즐기지 않았다.

"이 야밤중에 왜 차를 마시는 게냐?"

최 부인이 방금 혜가 앉아 있던 자리에 앉자, 언호가 맞은편에 앉았다. 혜는 탁자 옆에 서서 눈을 내리깐 채였다.

"글씨를 좀 쓰고 싶어서요. 어인 일이십니까?"

최 부인이 혜를 슬쩍 곁눈질로 보았다. 매서운 눈빛에 심장이 덜컹 내려앉을 정도였다. 최 부인의 표독한 눈빛을 언호 역시 보았다.

"혜는 밤이 늦었으니 이만 가서 쉬거라. 언호랑 둘이 할 얘기가 있으니까."

"예."

고개를 푹 숙인 혜의 귀가 시뻘게져 있었지만 아들에게만 관심 있는 최 부인은 혜가 보이지 않았다. 인상을 쓴 언호만 보고 있었다.

그 말에 혜가 일어서서 절을 하고 나갔다.

문이 닫히자마자 최 부인이 아들을 다그치기 시작했다.

"너도 알다시피 이제 네 나이 몇이더냐? 새장가 가도 남이 쑥덕거릴 정도는 이미 지나도 한참 지났지 않니. 야밤에 여종을 방으로 부르면 남들의 쑥덕거림도 생각해야지. 매일같이 불러대니 뒷말이 나돌까 내 걱정이다. 이제 삼년상도 치렀고 더 이상 흉이 아니니 곧 네 혼사를 추진할까 싶다. 마침 매파가 얼마 전에 들렀는데 내가 보기에 괜찮은 처자 같더구나."

언호는 옆으로 시선을 돌렸다.

혼인이라고……. 또 어떤 사람인지도 모른 채 부모가 정해주신 사람하고 혼인하여 살붙이고 살아야 하다니. 지난번 부인과의 그 첫날밤을 생각하면 그는 상당히 수치스러웠다. 그냥 적당한 집안의 적당한 처자와 혼인하여 가정을 꾸리고 아들을 낳아 집안의 대를 잇는다. 그가 무슨 소나 말도 아니고 어이하여 사람이 이렇게 살아야 하는 걸까? 무슨 품종이 좋은 말을 생산하는 것도 아니고.

그러나 그렇다고 해서 무슨 대안이 있는 것도 아니었다. 그렇다면 그가 원하는 것은…… 그냥 이대로 사는 것이었다. 부족한 게 없었다. 그냥 전처가 아들이라도 하나 낳아주고 죽었더라면 혼사를 두고 얘기가 없었을 테고, 혜를 그가 원하는 대로 첩으로 밀어 넣었겠지. 그놈의 대가 무엇이고, 집안 체면이 무엇이어서 원하는 여자를 데리고 사는 자유마저 없단 말인가.

"어머님, 저 당분간은 혼인에 대해서 별생각이 없습니다."

"왜 생각이 없다는 게냐?"

최 부인으로서는 기함할 노릇이었다. 왜 혼인에 관심이 없는지. 남들은 부인상 1년 뒤면 바로 재혼을 하는데 언호는 뭐가 모자라서 몇 년이 지나도록 재혼도 하지 않는지.

언호는 입을 한일자로 다문 채 최 부인과 시선을 마주하였다. 눈에 불이라도 켠 듯 번득거리는 시선에 그의 의지가 대단하였다.

밖으로만 돌던 아버지. 아버지가 계집질을 한 거라면 이해라도 할 텐데 단순히 집을 좋아하지 않는 듯하였다. 그때마다 최부인은 딸들에게 하소연을 하였다. 밖에 첩이라도 둔 모양이라고.

오히려 서얼인 종원의 늙은 아버지와 그 어머니 사이가 더 좋아 보이곤 했다. 손자뻘인 종원과 종희를 양 무릎에 앉히고 종희가 수염을 잡아당겨도 절대 화를 내지 않았다. 그야말로 저것이 '금슬이 좋구나'라고 하는 말임을 알았다.

아버지와 어머니는 싸우는 것도 아니고 그냥 서먹한 사이였다. 둘 사이에 어떤 접점도 없었기 때문이다. 나이가 들어서 혼인을 하고 나니 왜 아버지가 밖으로 떠돌 수밖에 없었는지 이해를 하였다. 완용과 자신 역시 그러했으니까. 차라리 신분이 낮더라도 은애하는 부인과 사는 편이 더 좋은 게 아닐까, 라는 어른들이 알면 발칙하다고 난리가 날 위험한 생각을 하였다.

마치 이청조(李淸照)와 조명성(趙明誠)처럼 좋은 동료이자 말이 통하는 배우자를 원하는 게 아닐까. 하지만 평범한 사대부 집안의 어떤 여성이 그와 말이 통할 수 있을 것인가.

그가 혼인을 너무 이상적으로 추구하는 것이 아닐까?

지금 혜에게 집착하지만 육체적인 사랑은 조금 지나면 사라지는 것이다. 유한한 것이 아닌 찰나의 기쁨이고 충동일 뿐. 그냥 그 욕구, 간지러운 것을 긁어주는 것일 뿐. 노비에게 더 큰 무언가를 바랄 수는 없다. 격이 맞지 않는다.

만약 혜가 사대부 집안의 여자였더라면 차라리…… 차라리 그가 혼인할 수 있는 여자였더라면……. 이 순간만큼은 그것만을 바랐다.

"아무튼 올해 지나기 전에 혼사를 추진할 터이니 그런 줄 알거라."

"제가 원하지 않는데도요?"

"언제까지 불효를 하려고 그러는 게야!"

최 부인이 소리를 버럭 질렀지만 언호는 눈 하나 깜짝하지 아니하였다.

"제가 원하지 않는다고 해도 밀어붙일 생각이십니까?"

"그렇게 하면 안 되는 게냐? 도리상 네가 혼인을 하여 대를 이어야 하는 게 당연한 것 아니더냐?"

"제가 씨내리라도 됩니까?"

순간 자기도 모르게 입 밖으로 험한 말이 튀어나왔다.

"집안의 대를 이어서 조상님들께 제사를 지내야 하는 의무는 이해했습니다만, 산 사람이 먼저입니까, 죽은 사람이 먼저입니까?"

언제나 왜 좋아하는 사람과 마음이 맞는 사람과 마음껏 교류할 수 없는지, 왜 진정 은애하는 여인을 동반자로 맞이할 수 없는 것인지 궁금하였다.

완용과의 혼인 생활을 생각하면 가슴이 묵직해졌다.

언호의 생각지 못한 반항에 최 부인이 뒷목을 잡고 입을 쩍 벌려 기함하였다.

"내가 너무 오래 살았구나, 오래 살았어. 너 이러는 거 네 아버지가 못 보고 저세상 가서 얼마나 다행인지 모른다. 아이고, 조상님……."

거의 바닥에 엎어져 울 것 같은 어머니를 그가 냉정하게 내려다보았다. 절대 어머니가 원하는 대로 되진 않을 거라고.

"그만 가셔서 쉬십시오. 저도 이만 자야겠습니다. 안녕히 주무십시오."

라고 말하며 축객령을 내리는 아들의 눈이 어찌나 이글이글하던지, 더는 말 못하고 돌아서 나와야 했다. 혼자 정원을 지나 안채로 돌아온 최 부인은 이를 악물었다. 혜 그년을 이 집에서 내보내든, 때려죽이든 해야 하는데, 혜의 소유가 장가가 아니라 언호 개인이라 어떻게 손을 쓸 수가 없었다.

언호가 혜에게 품은 마음이 보통이 아닌 것을 보면 더 큰 화근이 되기 전에 어떻게든 내보내야 했다.

그날 이후 최 부인이 혜를 못 잡아먹어 안달인 양 달달달 볶기 시작하였다. 툭하면 낮이고 밤이고 계속해서 심부름을 시켜서 낮에 앉아서 다리 주무를 틈도 없었다. 낮에는 침방에 들어와 가만히 앉아 혜를 바라보고 있기 일쑤였다. 밤에도 혹시 혜가 선향재에 갈까 봐서인지 불러다가 바느질을 시키곤 하였다.

이렇게 몇 날 며칠이 계속되니 혜는 입에 밥이 넘어가지 않을 정도가 되었다. 낮밤 가리지 않고 불러다 놓고 노려보고 있는 최 부인의 은근한 압박에 속에서 신물이 넘어올 정도였다. 인상을 쓰다 못해 노골적으로 노려보니 자꾸 바늘도 더디게 움직이는 듯하였다. 위 씨 역시 그런 최 부인이 이상하다는 듯 바라보고 있었다. 손이 야무지고 얌전하다고 예뻐할 때는 언제이고 이렇게 낮밤 안 가리고 괴롭히니 가뜩이나 마른 아이는 이제 뼈가 앙상해져 버렸다. 위 씨가 남모르게 혀를 끌끌 찼다.

혜를 괴롭히는 이는 최 부인뿐만 아니었다. 전날 밤에 언호가 차 시중을 들라 부르더니만 차를 준비하는 혜에게 아무 일 아닌 듯 말을 툭 던졌다.

"어머님께 너를 첩으로 들이겠다고 말씀드리려 한다. 봄이 되면 슬슬 재혼할 준비를 해야 할 터인데 그전에 말씀드리고 싶구나."

혜의 얼굴이 순식간에 창백해졌다.

"나리, 그것은 약조와 다르지 않으십니까?"

약조하였다지만 지금 같은 상황이 되어서까지 지켜야 하는 것일까. 그의 애타는 마음은 조금도 몰라주고 혜는 고집을 부렸다.

"여전히 마음이 바뀌지 않았더냐?"

"네."

"바뀌지 않았다라? 허!"

그 말에 그가 콧바람을 내뿜으면서 그녀를 그대로 침상으로 밀어버리는 것으로 자신의 의사를 알렸다.

그때 최 부인이 갑자기 엄하게 혜를 불렀다. 순간 다른 생각을 하면서 바느질 중이던 혜가 고개를 번쩍 들었다.

"네?"

"위 씨는 잠시 나가 있게. 둘이 긴히 할 얘기가 있으니……."

둘이 무슨 얘길 긴히 해야 하는 건지는 모르겠으나, 요 며칠 최 부인의 낌새가 심상찮은지라 위 씨가 들고 있던 바느질감을 내려놓았다. 그리곤 혜에게 무슨 일이냐는 듯 눈짓을 몇 번 하더니만 나가 버렸다.

위 씨가 바느질감을 두고 나가자, 최 부인이 말을 꺼내었다.

"혼인할 생각은 아직도 없는 게냐?"

혜가 입술을 깨물었다.

"나이 과년한 처자가 혼인을 하지 않으면 상전이 제대로 돌봐주지 않는다는 소리를 듣게 되는 것은 너도 잘 알지 않느냐."

"제가 드릴 말씀이 없습니다."

"너도 알다시피 언호가 아직 젊은데 장가를 가지 않아 내 속을 썩이지 않더냐. 그런데 이 넓은 집에 가솔도 별로 없는데 아직 혼례를 올리지 않은 젊은 사람이 몇 명이나 되더냐. 바깥에서 안 좋은 얘기가 나올까 내 두렵구나."

행실 조심하라는 얘기였다.

"마님 걱정 끼쳐 드릴 일은 하지 않겠사와요. 염려 놓으셔요."

최 부인이 염려하는 대로 그가 본처를 맞기도 전에 혜가 그의 첩으로 들어앉을 일은 절대 없었다.

"내 너만 믿으마."

다시 한 번 약조를 받는 최 부인에게 혜가 억지로 웃어 보였다.

"제가 이 집에서 이렇게 편안하게 사는 것도 다 마님 덕인데요."

그 말에 최 부인이 고개를 끄덕거렸다.

그러나 매처럼 날카로운 눈으로 혜를 훑었다. 아마 한 번 의심하기 시작한 것, 계속 갈 터이니 조심해야 했다. 집안을 시끄럽게 만들고 싶지 않았다. 어머니 말대로 조용히 뒤에 숨어만 있고 싶은데 왜 자꾸 이렇게 끌려 나오는 것일까.

하늘이 원망스러울 뿐이었다.

＊

장에 갔다 온 옥춘이 허리를 펴고 있는데 부엌에서 일하는 점순이가 다가와서 속살거렸다.

"그 얘기 들었어?"

"무슨 얘기?"

옥춘이 귀를 쫑긋하자, 듣는 사람도 없는데 주변을 슬슬 둘러보던 점순이 옥춘의 귀에 속삭거렸다.

"왜 얼마 전에 나리가 해 지면 쪽문 잠가서 외인이 못 드나들게 하라고 하셨잖아."

"어, 그러했지."

그래서 연애 생활에 애로사항이 많아진 옥춘이었다. 가끔 옥춘이 그리로 나가 지나가는 남자들과 희롱하며 노닥거리는 게 일이라는 건 다들 알고 있었다.

"어떤 년이 들킨 거야? 재수 없게 들켜서리……."

"그게 혜래."

"허! 뭐라고?"

"혜가 나가서 어떤 남자랑 몰래 만나다 나리한테 들켰다나봐."

"그러니까 혜 년이 어떤 남자를 만나는 걸 나리한테 들켰다는 거야?"

"어, 그렇대. 그래서 나리가 화가 나서 쪽문 닫아걸라고 했다나 봐."

"누구한테 들었는데?"

"용이네가 설거지하면서 막 투덜거렸다니까. 혜 재가 나갔다

들킨 거라고. 무슨 고양이 부뚜막에 올라간다고, 얌전한 척하면서 웃겨 진짜."

용이가 수상하게 엽전이나 주전부리를 갖고 있는 걸 용이네가 이상하게 여겨 추궁하였다. 처음엔 몇 번 발뺌을 했지만 경원과 만나고 들어오다 용이네에게 들켜 버리는 바람에 다 불어버린 상황이었다.

"만났던 남자가 누군데?"

"그 왜 지난번 나리가 집에 손님 불렀을 때 왔던, 얼굴 하얗고 곱게 생기신 분 있잖어. 집에 몇 번 오신, 그분이래."

"뭐?"

옥춘이 이를 부득 갈았다.

"넌 전혀 몰랐니?"

점순이 히죽히죽 웃자 옥춘은 이를 갈았다.

"내가 그 양반 찍어놓은 거 알면서 나 모르게 뒤에서 그분을 꼬이고 있었어? 망할 년 같으니라고. 너 죽고 나 살아보자!"

격분한 옥춘은 방에 들어오자마자 서랍을 마구 뒤지기 시작하였다. 그분께서 아무것도 주지 않았을 리가 없었다. 원래 사내라면 자기가 좋아하는 여자한테 주머니를 푸는 법이다. 둘이 같이 쓰는 방에 혜의 물건은 옷 몇 벌이 다였다.

"이년이 어디다 그런 걸 감춰두지?"

그러다 장 위에 다소곳이 올라가 있는 반짇고리가 보였다. 반짇고리를 샅샅이 뒤지다 맨 아래 깔린 천을 들자 그 안에 작은 비단주머니와 서간 하나가 나왔다.

"내 이럴 줄 알았다. 너 오늘 죽는 날인 줄 알아라. 흥!"

일단 반짇고리에서 **빼낸** 물건들은 마구 주워 담아서 올려놓았다. 비단주머니 안에서 나온 건 은으로 만든 작은 뒤꽂이 하나. 금입사가 되어 있는 게 별로 비싸 보이진 않았다.

"허, 남자한테 받으려면 좀 비싼 걸 받던가 하지 뭐 이런 싸구려를……."

옥춘은 이 물건을 경원에게 받은 거라고 믿고 있었다. 서간이야 열어봤자 까막눈이라 무슨 소리인지도 모를 터였다.

그때 누군가 오는 소리가 들리자 옥춘은 잽싸게 가슴팍에 비단주머니와 서간을 넣었다.

혜가 문을 열고 들어오다 옥춘과 눈이 마주치자 의아한 듯한 표정을 지었다.

"뭘 봐?"

혜는 옥춘의 짜증에 아무 말 없이 반짇고리를 들고 방 밖으로 나갔다.

"너 이년, 오늘 제삿날인 줄 알아랏!"

혼자 그 말을 하고는 큰 소리로 웃었다.

✱

"언호를 빨리 장가보내야겠지?"

최 부인이 안잠지기인 하가이를 잡고 하소연을 하기 시작했다.

"마님, 최대한 빨리 그러셔야죠. 그러다 소문이라도 나면……."

"남자가 첩질하는 게 무슨 흉잡힐 일인가. 그래도 본처 없는데 첩부터 들이면 좀 그러려나."

"실은……."

"실은 뭐?"

"나리께서 혜 그년을 밤마다 부르셔서 아랫것들 사이에 소문이 파다하다네요."

"그걸 왜 지금 말해주는 건가!"

"저도 안 지 얼마 안 되었습니다요."

최 부인이 긴 한숨을 내쉬었다.

"더 일이 커지기 전에 둘 사이를 떼어놓아야 하는데 무슨 수가 없겠나?"

"글쎄요."

둘이 앉아서 이런저런 얘길 하고 있던 차였다.

"마님, 마님, 저 옥춘이옵니다."

옥춘이 무슨 일인가 싶어 최 부인이 인상을 썼다.

"무슨 일이더냐?"

"직접 뵙고 드릴 말씀이 있어 찾아왔습니다."

평소에 최 부인을 무서워해서 안채에 얼씬도 안 하는 옥춘이니 무슨 긴한 얘기가 있긴 할 터였다.

옥춘은 회심의 미소를 짓고 목소리를 살랑거리며 말하였다.

"제 입으로는 남우세스러워 말을 여태 못하였는데요, 이제 더 못 참겠어서 말씀드리려고요."

혜의 말투를 흉내 내어 말하는 옥춘을 보고 최 부인이 인상을 썼다.

"무슨 소리인 게냐?"

"그게, 혜가요. 밤에 자주 사라져요. 밤늦게 또는 새벽에 몰래 방으로 들어오는데, 고년이……."

이미 그 얘기는 하가이가 한 얘기였다. 최 부인의 입매가 굳었다.

"그래서?"

"남자를 만나는 것 같사와요."

"남자를?"

이 집안에 남자라면 종놈들 몇과 언호가 다이다. 지금 옥춘이 혜랑 언호랑 만나고 있다고 고자질을 하고 있는 건가? 이게 그 냥 소문이라면 괜찮지만 진짜라면 정말 골치가 아프다.

"증거가 있더냐?"

옥춘이 회심의 미소를 짓고 있었다. 반짇고리에서 꺼내온 비 단주머니와 서간을 내밀었다.

"마님, 혜가 이런 것을 갖고 있었사와요."

헛소문이라고, 아랫것들 입단속이나 시키려던 최 부인은 그

비단주머니를 보는 순간 표정이 변했다.

저것은 어디서 본 물건인데……. 왠지 눈에 익은 주머니 속에서 나온 것은 은으로 만든 작은 뒤꽂이였다. 별것 아닌 물건일 수도 있으나 최 부인 역시 그것이 어떤 연유인지 익히 아는바. 언호가 이것을 주었다는 것은…….

그대로 쓰러지려는 최 부인을 하가이가 부축하였다.

서, 서간은……

혼미해지려는 정신을 다잡고 덜덜 떨리는 손으로 서간을 봉투에서 꺼내었으나 거의 까막눈에 가까운 최 부인은 읽을 수가 없었다. 이 집에서 이런 서간을 보낼 수 있는 자 역시 언호밖에 없었다. 언호가 서간으로 무슨 내용을 얘기한 걸까? 뭔가 약조를 한 것은 아닐까?

그러나 혜는 얼마 전에 절대 염려할 일이 없다고 약조하지 않았던가. 이년이 감히 상전을 능멸하고 속이려 하다니!

비단주머니를 쥔 손에 힘이 들어갔다.

"혜를 불러와라!"

최 부인이 밖에 소리를 치자, 옥춘이 회심의 미소를 지었다. 이년, 오늘 어디 죽어봐라.

위 씨와 바느질을 하려고 반짇고리를 들고 침방으로 간 혜는 반짇고리 안을 보고 살짝 당황하였다. 안에 있어야 할 게 보이지 않았다. 무엇보다 깔끔하게 정리되어 있던 반짇고리 안을 누군가 뒤지고 난 뒤에 대충 쑤셔 박아놓은 듯한 꼬락서니였다.

"무슨 일이더냐?"

혜가 당황한 기색으로 반짇고리를 뒤지는 것을 본 위 씨가 의아하다는 듯 물었다.

"아니, 뭐가 안 보여서요. 누가 뒤졌나 봐요."

"뭐가 안 보이는데?"

"안에 넣어놨던 게 없네요. 제가 착각하였나 봅니다."

"그래?"

그때 옥춘이 허겁지겁 뛰어와 그대로 문을 열어젖혔다. 순간 놀란 위 씨와 혜가 쳐다보았다.

"혜, 너 마님이 오래."

그 말에 위 씨와 혜가 어리둥절한 표정을 지었다.

"퍼뜩 안 나오고 뭐 해? 마님이 빨리 오라고 부르시는데!"

혹시 언호의…….

혜가 창백한 얼굴로 일어서는 걸 보고 위 씨가 낌새가 이상한지 따랐다.

혜는 마님 앞에 꿇어앉은 채로 무슨 죄를 지은 것인지도 모른 채 무거운 분위기에 눈치를 살살 보았다.

"이게 무엇이더냐?"

혜 앞에 최 부인이 비단주머니를 내려놓았다. 사라져 버린 비단주머니가…… 어떻게 여기 있는지는 모르겠지만, 그 일에 옥춘이 관련 있는 것은 확실하였다.

혜가 아무 말 못하고 있자 최 부인이 서탁을 내려쳤다.

"빨리 말해보라니까! 이게 어디서 어떻게 얻은 물건이더냐? 너같이 천한 것이 갖고 있을 물건이 아니지 않느냐! 훔친 게 냐?"

눈물이 날 것 같아서 이를 악물었다. 귀에서 이명이 들릴 정도로 긴장이 되어 숨을 고르려 하였다.

"나리께서 모시느라 수고했다고 주신 물건이옵니다."

최대한 평정을 유지하려고 평소처럼 목소리를 내려 했으나 살짝 떨렸다. 그땐 그의 흑심을 몰라 그냥 감사한 마음으로만 받았을 뿐이었다.

"단순히 그뿐이더냐?"

그때는 단순히 그뿐이었던 듯하나, 이제는 아니었다.

"왜 말을 못할까!"

입술을 꼭 다문 채 있는 혜를 보고 최 부인이 답답한 모양이었다.

"냉수 한 대접 갖다 다오!"

소리를 지르자, 옥춘이 냉큼 가서 냉수를 받아 갖고 왔다.

"이 서간은 무엇이더냐?"

숨을 고른 혜가 찬찬히 답하였다.

"소식 끊긴 오라버니가 얼마 전에 보내온 것입니다."

"누구 통해 보냈더냐?"

말한다면 경원과 자신의 과거 관계에 대해서 긴 얘기를 해야 할 터였다. 어디서부터 말해야 할지 모르는 그 얘기를 어떻게 해야 하는 걸까.

"왜 말을 못할꼬! 무슨 내용이 있기에 말을 못하는 게냐!"

"보면 아시겠지만 그냥 오라버니가 누이에게 보낸 일상 편지일 뿐입니다. 오랫동안 소식이 끊어져 있다 인편에 저를 찾아서 반갑다고 보낸 안부 묻는 편지입니다."

읽어보면 알 일이기 때문에 또 오라버니의 편지가 별로 크게 해될 내용이 없다 생각해서 한 말이었다.

"지금 네가 나를 능멸하려고 하는 게냐!"

소리를 질렀다. 종년이 상전에게 글자를 모른다고 직접 읽어보라고 능멸한다 생각한 최 부인은 이제 머리끝까지 화가 나버렸다. 최 부인의 집안에서는 여아는 공부를 하는 게 아니라 하여 공부를 시키지 아니하였다. 혼인한 뒤에 남편은 그녀가 무식하다고 밖으로 떠돌았고, 이제 종년까지 자기가 글자를 모른다고 능멸하고 있었다.

"마님, 그런 게 아니옵니다."

혜는 최 부인이 생전 책 보는 걸 보지 못하였다 해도 사대부의 부인이 까막눈일 거라고 생각도 못했다. 최 부인의 안색이 퍼렇게 질린 것을 보고 혜는 뭔가 잘못되었음을 깨달았다.

"회초리를 갖고 오거라!"

그 말에 냉큼 하가이가 회초리를 찾아왔다. 가느다란 싸리가지로 만든 회초리를 든 하가이가 표독스레 혜를 바라보았다.

"저기 올라가 치마를 거머쥐거라. 내 오늘 네 성격을 고쳐야
지 안 되겠구나."

다듬이질을 하는 댓돌 위에 올라간 혜는 눈을 질끈 감았다.

낡은 옷 아래 하얀 종아리를 하가이가 한 대 내려쳤다. 바로
시뻘건 자국이 생겼다.

회초리가 공기 중을 가르며 큰 소리를 낼 때마다 혜의 하얀
다리에도 붉은 줄이 생겼다.

어찌나 세게 이를 악물었는지 입술이 터져 피가 배어 나왔다.
가느다란 회초리가 공기 중을 가르며 찰싹 하는 소리가 날 때마
다 하얀 종아리에 붉은 선이 생겼다.

붉은 선이 계속 생겼고, 하가이도 지쳐서 숨을 거세게 몰아쉬
었다.

이제 종아리에서 흘러내리기 시작한 피가 하얀 살을 다 덮어
버렸다. 위 씨는 옆에서 어찌할 바를 모르고 얼굴을 가린 채 서
있었다.

때리는 사람도 힘이 드는데 혜는 여전히 입을 꾹 다물고 있었
다.

"네가 정녕 나를 능멸하려 한 게 아니더냐?"

"아닙니다, 마님. 저는 일말의 양심의 가책도 없습니다."

"그 물건 훔친 게 아니야?"

"아닙니다, 마님."

혜가 부들부들 떨며 이를 악물어서 입술이 터져 피가 턱으로

흘러내리는데도 고개를 흔들었다. 이미 눈앞이 흐려지고 있었다. 수십 대를 맞은지라 하얗던 종아리는 붉게 부풀어 오르고 살이 터져 흘러나온 피에 시퍼런 멍이 그득하였다.

"그 편지도 오라버니가 보낸 게 맞습니다. 저는 어떤 나쁜 짓도 하지 않았습니다."

보고 있는 위 씨 애간장만 탈 뿐이었다. 차라리 잘못했다고 빌 것이지……. 혜가 의외로 이상한 데서 융통성이 없다 생각하였지만 차마 저럴 줄은 몰랐다. 한숨만 나와 정말 사람 잡겠다고 어떻게든 말리려 하는 그 순간, 퇴청한 언호가 안채로 들이닥쳤다.

청지기가 대문을 열자마자 언호는 이상한 집 안 공기에 인상을 썼다. 마중 나와 있어야 하는 혜도 보이지 않았다. 말 시중을 드는 용이 아범을 슬그머니 불렀다.

"무슨 일이더냐?"

용이 아범은 아무 말도 못하고 괜스레 쭈뼛거리고 있었다.

"저기, 그게 마님께서……."

"무슨 일이냐고!"

언호답지 않게 소리를 치니 그제야 귀에 대고 속닥거리는데 언호가 놀라 눈이 휘둥그레졌다.

"뭣이라고!"

언호가 양반 체면에 미친 사람처럼 안채로 달려 들어갔다.

이미 안채엔 가솔들이 다 모여 있었다.

언호가 들어가자 수군거리던 사람들이 모두 입을 다물었다. 회초리를 들고 있는 하가이도 얼어붙었고, 최 부인의 노기가 가득했던 얼굴도 당황한 표정을 지었다.

언호의 퇴청이 생각보다 너무 빨랐던 것이다.

"다녀왔습니다, 어머님."

일단 인사는 하였는데 방의 상황이 심상찮다. 댓돌 위에 올라가 있는 혜는 얼굴이 시퍼렇게 질려 지금 바로 쓰러져도 이상하지 않을 듯하였다. 무엇보다 하얀 종아리에 이제 더 때릴 곳도 보이지 않을 정도로 피가 철철 흘러내리고 있었다.

"이게 무슨 일입니까?"

어지간해서 목소리를 높이지 않는 언호이다.

"집안일에 너는 참견하지 않아도 된다."

최 부인이 '집안일'을 강조하듯 크게 말하였다.

"무슨 일이냐고 묻지 않았습니까?"

"감히 상전을 능멸한 죄이다."

최 부인이 갑자기 주변에 둘러싸고 있는 아랫것들한테 소리를 버럭 질렀다.

"다들 한가한가 보구나. 가서 일들 보지 않고 뭣들 하는 게냐!"

다들 뿔뿔이 흩어지고 이제 언호와 최 부인, 하가이만 남았다.

"하가이는 한가한가 보구려. 어서 가서 일보지 않고 뭐 하는 게냐?"

최 부인의 아군인 하가이를 언호가 쫓아버렸다. 하가이가 최 부인의 눈치를 보면서 슬금슬금 나갔다.

최 부인이 탁자 위에 비단주머니와 편지를 탁 소리가 나게 던졌다.

"이게 뭔지 아느냐?"

그가 일전에 혜에게 준 비단주머니는 알아보았지만 봉투는 처음 보는 것이었다.

"하나는 알고 하나는 모르는 물건입니다."

말은 하고 있지만 시선은 섬돌 위 거의 주저앉기 직전인 혜를 보고 있었다. 이마에 땀이 송골송골 맺혀 있는 혜는 창백하게 질려서 거의 쓰러질 것처럼 보였다.

언호가 서간에 손을 뻗었다.

"저년이 내가 글자를 못 읽는다고 능멸하였다. 내가 아랫것한 테 이런 수모를 겪다니!"

최 부인이 옷고름으로 눈 밑을 닦았지만 언호는 봉투에서 나온 서간을 보고 있었다.

혜의 본명이 설혜였다는 것은 처음 알았다.

희안이라는 이름의 오라버니가 있었구나. 혹시 지난번에 낯선 사람과 만나고 있던 게 그 오라버니? 그러나 적혀 있는 시기는 이 서간을 받을 무렵인데, 그렇다면 서간을 전해주러 온 사람이었을까?

희안이라는 혜의 오라버니는 혜가 글을 읽을 수 있다는 것을 가정하여 이 편지를 보내었다. 그런 걸 보면 혜가 글을 아는 게 분명하였다. 한 번도 티를 낸 적이 없어, 생각지도 못했던 것이었다.

그때 혜가 주춤거리며 균형을 잃더니만 그대로 앞으로 고꾸라졌다.

희미하게 보이는 언호의 모습에 헛것이라도 본 것 같았다. 아, 이제 이렇게 맞다가 죽는구나 이런 생각마저 들었다. 마지막으로 주인 나리 얼굴이라도 보고 죽으니 여한은 없겠구나, 이런 생각을 하면서 앞으로 푹 고꾸라졌다. 그대로 힘이 빠지면서 여태 버틴 게 신기할 정도로 그대로 정신을 놓아버렸다.

혜가 바닥으로 굴러 떨어지기 전에 놀란 언호가 잽싸게 혜를 받아 안았다. 이미 품 안의 혜는 기절한 채였다.

"혜야, 혜야!"

그러나 혜는 정신을 차리지 못했다.

"용이 아범, 용이 아범!"

언호가 소리치자 청지기가 뛰어왔다.

"빨리 가서 의원을 모셔오게, 빨리!"

용이 아범이 어리둥절한 기색으로 최 부인의 눈치를 보자, 언호가 다시 소리쳤다.

"의원 모셔오란 소리 못 들었나!"

고함을 버럭 지르자, 용이 아범이 꽁지에 불이 붙은 양 뛰어나갔다.

언호가 혜를 번쩍 들어 안았다.

"지금 뭐 하는 게냐!"

언호는 최 부인이 옆에서 뭐라 하는 것도 들리지 않는 사람 같았다. 그는 그대로 혜를 안은 채로 나갔다.

"어디 가는 게야!"

최 부인이 다시 소리를 질렀지만 언호는 들은 체도 하지 않았다. 답도 하지 않았다.

가벼워도 너무 가볍구나. 여린 살에 회초리 자국이 그리 났으니 상처가 아물어도 흉이 지겠구나. 또 그 마음에 지는 흉은 어찌할꼬.

어디에도 혜를 둘 수가 없고 불안해져 선향재로 데리고 왔다. 침상에 눕혀놓고 뜨거운 물로 환부를 씻어내었다. 상처에서 계속해서 피가 흘러나와 상처를 제대로 볼 수조차 없는데 그 모양새가 너무나 끔찍한지라 절로 눈살이 찌푸려졌다.

의원이 도착하였을 때는 오한과 열이 반복되면서 벌벌 떨고 있었다.

"많이 안 좋소?"

"그냥, 좀 많이 놀란 듯합니다. 상처가 심하긴 하나 다행히 여름은 아니어서 곪거나 하진 않겠지만 조심하여야 할 것 같습니다. 며칠 앓고 나면 금세 좋아질 테니 염려 놓으소서."

의원이 지어준 약을 위 씨가 직접 만들어 갖고 왔다. 먹이려고 해도 혜가 고개를 도리질 치면서 먹지 않으려 하는 걸 강제로 입을 벌려 먹여야 했다.

환부에는 일전에 종원이 성에서 갖다 준 금창약을 발라두었다지만, 과연 제대로 아물기나 할지. 열이 오르는지 이마에 송골송골 땀이 맺히기 시작하였고, 오한과 열이 계속 번갈아 계속되었다.

평소에 뼈대가 가늘고 마른 편인 것에 비해 건강해서 크게 병치레를 하지 않은 편이었다. 하지만 지난 설움이 병으로 몰려오려는지 혜는 그대로 정신을 잃고 차리지 못하길 여러 날. 가을비가 내리고 날이 완전히 추워지고 북풍이 불기 시작할 때까지 혜는 깨어나질 못했다.

第七章 이소(離騷)[9]

하루야 어찌저찌 고뿔에 걸렸다고 핑계를 대고 나가지 아니
하였으나 그것도 하루 이틀. 결국 언호는 사흘째 되는 날 마지
못해 일을 보러 출타하여야만 했다. 다른 노비들에게 믿고 맡겨
둘 수가 없어 혜와 오랫동안 친하게 지낸 위 씨에게 병간호를
부탁하였다.

퇴청하자마자 물은 것도 역시 혜의 안부였다.

"혜는 정신을 차렸나?"

"아니요, 아직 정신을 못 차리고 있습니다."

위 씨가 한숨을 내쉬었다. 얼마나 모질게 때렸던지 그 가느다

---

9) 근심을 만난다는 뜻으로 굴원의 〈이소〉에서 나온 금곡.

란 종아리가 상처 자국으로 그득하였다. 염증으로 벌겋게 부어올라 상처에서 진물이 나고 있었다. 상처를 닦아주거나 약을 발라줄 때 닿기만 해도 열로 정신을 잃고 있는 와중에도 앓는 소리를 낼 정도였다.

언호가 계속 좌불안석으로 혜가 빨리 회복되기만 기다리고 있었다. 그 모습을 본 최 부인의 안색은 겨울철 마른 나뭇가지처럼 삭막해 보였다.

하가이를 끌고 선향재로 들어온 최 부인의 안색은 평소에 기름기가 돌던 것에 비해 누렇게 뜬 것이 그다지 좋지 않은 듯했다.

하가이가 최 부인의 비위라도 맞추듯이 누워서 앓고 있는 혜를 보고 표독하게 내뱉었다.

"몇 대 맞은 거 갖고 꾀병은……."

위 씨가 그 말에 어이가 없어 한참 노려보았다.

"혜 종아리 보면 몇 대 맞은 것도 아니고 내가 그 자리에서 본 바로는 몇 대가 아니지 않았소?"

위 씨의 기세등등한 말에 하가이가 최 부인의 눈치를 슬금슬금 보았다.

"그래서 애는 좀 어떻던가?"

"잘 모르겠습니다. 의원의 말이 많이 놀란데다가 상처에 염증이 보여서 잘못하면 파상풍으로 번지지 않을까 염려하였습니다."

파상풍이란 단어가 나오자 하가이도 최 부인도 움찔하는 기색이었다. 이대로 혜가 죽었으면 좋겠다고 생각은 하나, 그 뒤에 따라올 언호의 분노를 감당할 자신은 없어 보였다.

혜를 선향재로 데려온 뒤로 언호가 최 부인과 얘기조차 하지 않는 걸 가솔들조차 다 알고 있는 상황이었다. 차마 화는 내지 못하니 얘기하고 싶지 않다는 의사였다.

"내가 무슨 죄를 지었다고, 다 늙어 이런 꼴을 보누."

최 부인이 지나가는 듯 하는 말에 위 씨는 버럭 화를 내고 싶은 걸 꾹 참았다. 좀 적당히 할 일이지 사람을 반송장으로 만들어 기어코 사달을 제 손으로 내놓고선…….

누워 있는 혜의 안부는 묻지 못할망정 자기 신세한탄이나 하는 꼬락서니가 눈 뜨고 차마 봐줄 수가 없었다.

"언호에겐 내가 왔다 갔다고 발설하지 말아주시오."

"네, 그렇게 하겠습니다."

말은 그렇게 했지만 생각하면 할수록 괘씸하였다.

분명 선향재에서 혜를 끌어내서 나오고 싶지만 아들 눈치를 보느라고 차마 그러진 못하는 거겠지. 사실 위 씨가 이 집에서 십몇 년 있으면서 이 집의 흥망성쇠를 보지 않았던가. 처음 들어올 때만 해도 집만 컸지 거의 흉가나 다름없었다. 언호 아버지 대에서야 겨우 벼슬에 나가기 시작하였고, 최 부인의 집안도 별 볼일 없었다.

겨우 언호 아버지가 과거에 급제하면서 살림이 좀 펴기 시작하였고, 그 뒤에 언호가 이른 나이에 과거 급제하고 또 종원을 통해서 은밀히 무역업에 돈을 대면서 재산을 불린 것이었다. 최 부인이 들어와서 길쌈을 한다든가 바느질을 한다든가 하여 재산을 불렸더라면 아들에게 큰소리라도 칠 수 있었겠지만, 본인이 재주가 미천하여 한 게 없으니 지금 목에 뻣뻣하게 힘은 주고 있지만 종이호랑이 신세였다.

조상대에 물려받은 재산이라고 전답 몇 마지기밖에 없었는데 언호가 여기저기 땅을 사면서 집안이 풍족해졌다. 언호가 집안에 영향력이 클 수밖에 없는 게 자신이 일군 부 때문이었다. 최 부인이 며느리 들이는 일에 적극적이지 않은 것도 며느리가 들어오면 곳간 열쇠를 넘겨줘야 하기 때문이기도 하였다. 게다가 완용의 경우에는 워낙 세도가의 딸에 반쯤 데릴사위로 가는 분위기였다. 때문에 되레 며느리의 눈치를 봤던 최 부인인지라 이번에는 까다롭게 고르고 있는 중이었다.

"어휴, 자네도 참 인연이 그렇네……."

위 씨가 죽은 사람처럼 자고 있는 혜를 두고 혀를 끌끌 찼다.

혜가 눈을 떴을 때는 한밤중이었다. 희미해진 눈을 껌벅껌벅해 보았다. 아, 여기가…… 천장을 보니 선향재구나. 옆을 보니 언호가 작은 탁자와 의자를 갖다 놓고 서책을 읽고 있었다.

눈이 마주치자, 그가 벌떡 일어섰다.

"이제 정신이 좀 드느냐? 며칠 동안 열이 나고 정신을 못 차려서 걱정이 컸다."

불이라도 난 듯 화끈거리는 종아리 상처가 정신을 잃기 전의 기억을 되돌려 주었다. 마님에게 불려가 종아리를 맞았지. 억울함에 눈물이 날 듯하였다. 왜 훔치지도 않은 물건을 훔쳤다고 하고, 편지도 오라버니에게 온 것이라 하는데 믿어주지 않은 걸까.

눈물이 고이려는 혜의 눈가를 언호가 닦아주었다.

"물을 마실 터이냐?"

혜가 힘들게 고개를 끄덕이자, 그가 등을 받쳐 몸을 일으켰다. 물만 겨우 마신 혜를 그가 도로 눕혔다. 핼쑥해진 얼굴에 송골송골 맺힌 땀을 수건으로 훔쳐 주었다.

열에 들떠 기억나는 것은 단편적인 조각들이었다. 가끔 그가 억지로 일으켜 싫다고 몸부림치는 혜를 안고 약을 먹였던 듯도 하였다.

환몽 속에 어머니를 보았고 아버지를 보았다. 두 분이 손을 잡고 매화나무 아래를 거닐었고, 어디선가 큰오라버니의 책 읽는 소리가 들려왔다. 작은오라버니가 글공부를 빼먹고 놀러 나가 어머니가 잔소리를 하고 아버지가 말리는 소리도 들었던 듯싶다.

"꿈에서 아버지와 어머니는 실컷 보았더냐?"

그 말에 혜가 억지로 웃으려 했다. 꿈에 어머니와 아버지가 나와 어린 혜에게 뭔가 많은 얘기를 했던 듯했다.

"네가 계속 아버지와 어머니를 불렀단다."

뜨거운 눈물이 길게 흘러내렸다.

지난 십 년 꾹꾹 눌러 마음속을 채우던 설움과 한이 뜨거운 눈물이 되어 흘러내렸다.

"네가 깨지 않을까 두려웠다. 네가 돌아오지 않을까 봐."

마치 그가 달래라도 주듯 귓가에 다정하게 속삭였다.

은애한다는 말을 한 것은 아니지만 그 이상의 말을 그가 하고 있었다.

어떤 위로보다 더한 위로를 그가 하고 있었다.

✽

원명부가 발칵 뒤집혔다.

최 부인과 언호가 서로 말도 안 할 정도로 긴 냉전이 북풍처럼 온 집 안을 감쌌다. 최 부인이 어른이니 언호가 굽히고 들어갈 법도 한데, 생전 처음으로 언호가 대놓고 최 부인에게 거역하고 드니 최 부인의 마음만 급하였다. 이러다 혜를 데리고 분가하겠다고 하면 그땐 어쩌나 싶어 전전긍긍이었다.

옥춘이야말로 신세가 매우 오묘해졌다. 어떻게든 혜를 잡아보려고 마님한테 지껄였는데 알고 보니 소가 뒷걸음으로 쥐를 잡은 격이 되어버렸다.

혜가 언호와 경원, 두 남자 사이에서 놀아난다는 얘기는 차마 못하겠고, 그년이 안방마님이야 언감생심이라지만 첩 자리라도 차지하게 되면 곤란해지는 것은 자신이었다.

용이 역시 마찬가지였다. 여전히 경원이 며칠에 한 번 낮에 와서 집안일을 물어보고 가곤 하였다. 그 나리에게 혜 누나에 대한 얘기를 하자니 왠지 죄책감이 드는 것이었다.

"그러니까 지금 네 말은 혜가 선향재에 드러누워 있다는 게냐?"

"네, 나리."

경원이 긴 한숨을 내쉬었다.

"많이 아프더냐?"

"이젠 정신은 좀 들었다는디유. 종아리 상처가 덧나면 안 된다고 해서 바깥출입은 잘 못하는지라……."

"그래, 알았다."

경원은 대충 고개를 끄덕이며 용이에게 엽전 하나를 내밀고 가보라고 손짓하였다.

지금 혜를 언호가 선향재에 잡아두었다고?

설마…….

자기도 모르게 주먹을 불끈 쥐어버렸다.

괜찮아. 기생도 첩으로 들이는 마당에……. 이 험한 세상에 살아 있어준 것만으로 감사할 일이지. 정조를 따질 건 아니잖

아. 그러나…… 어차피 본처로 들이지도 못할 바에야 첩으로라도 어떻게든 데리고 나와야 할 텐데.

머릿속에 생각이 많아 복잡하였다.

이대로 더 두었다간 언호가 첩으로 들인다는 말이 나올 터. 진중한 언호 성격에 단순한 변덕은 아닐 터였다. 이대로 그 자리에 눌러앉으면 끝이었다. 그전에 어떻게든 혜를 빼내야 했다. 전에 말을 꺼냈을 때 언호의 반응을 본지라 염려하였는데…….

혜가 몸이 좀 나아지니 최 부인이 앓아누워 버렸다. 최 부인이 머리에 하얀 수건을 동여매고 아들 보라는 듯 자리보전을 하였다. 무언의 시위나 다름없었다.

언호 성격상, 그냥 정은 아닐 터. 둘의 정이 그새 꽤 깊어 보였다.

제 부인에게 시킨 적 없는 먹 가는 일, 차 끓이는 일을 혜에게 시키고 있었는데 왜 그걸 여태 몰랐던 걸까.

언호 마음속에 혜가 그만큼 크게 자리하고 있었는데 그걸 어떻게 여태 몰랐을까.

최 부인의 마음속 먹구름은 이제 본격적으로 태풍을 부르고 있었다.

"의원이 왔다 갔다면서요? 많이 안 좋으세요?"

"그럼 내가 좋게 생겼어!"

언호의 말에 소리를 버럭 지르다 머리가 울렸는지 다시 머리를 감싸 쥐었다. 그냥 화병이었다. 아들은 무심하게 어머니 가슴에 불을 더 붙였다.

"혜를 제 첩으로 들이려고 합니다."

이젠 혜가 거부하건 말건 이왕 다 들통 난 거 아주 뻔뻔하게 나가기로 한 모양이었다.

"그건 절대 안 된다, 그것만은 절대 안 돼! 아직 본처를 들이지도 못하였는데 무슨 첩부터 들인단 말이냐!"

계속 고민했고 그러하기에 말을 못 꺼내던 것이었다. 그런데 이제 두려울 게 없었다. 법도에 어긋난다고 뒤에서 손가락질 좀 당하고 말 일.

"혜가 네 아이를 낳으면 그 아이는 노비이다. 그건 알지?"

"면천시키면 될 거 아닙니까?"

"그래도 천한 것이야! 면천은 네 마음대로 되는 줄 아느냐?"

"그렇다고 사람을 그렇게 때립니까?"

"아들이 법도에 어긋난 길을 걷는데 어미 된 본분으로 그냥 있어야 하는 게냐!"

"제가 어디에서 어떤 법도에 어긋났는지 설명해 주십시오."

"여색에 빠졌지 않다고 네 입으로 말할 수 있더냐?"

"제가 여색에 빠졌다 치고, 그래서 제가 어떤 큰 실수를 하거나 어떤 잘못된 행위를 했습니까? 돈을 탕진하거나 여자 치마폭에 싸여 하지 말았어야 할 어떤 일을 했는지 말씀해 주십시오."

단 한 번도 실수한 적이 없었다. 하지 말라 하는 짓을 한 적도 없었고 크게 부모님 속을 썩이거나 한 적도 없었다. 그런데 왜 좋아하는 여자를 부인으로 들이는 건 안 된다는 걸까. 혼인마저도 부모가 결정하는 게 옳은 걸까? 평생 같이 살고 내 아이를 낳아야 하는 여자인데 왜 좋아하는 여자와 살 수 없는 걸까.

"제가 처음으로 태어나서 마음속으로 은애하는 여자입니다."

"천한 노비이다. 감히 노비를 은애한다는 게 말이 되나?"

"세상에 사람은 다 사람입니다!"

"불경한 소릴 어느 앞에서 내뱉는고!"

바닥을 큰 소리가 날 정도로 내려친 최 부인이 아들을 노려보았다.

"사농공상이 있고 신분이 다른데 사람이라고 어디 같은 사람이겠느냐."

"어머니에게 허락받으려고 꺼낸 이야기가 아닙니다."

"뭣이라! 그럼 나도 가만있을 줄 아느냐? 어차피 내가 그 아이를 때려죽여도 누가 뭐랄 사람 없다. 네 장인 댁에서 한마디 하면 돈 좀 쥐어주면 될 일!"

"어머니!"

언호가 이글거리는 눈으로 최 부인을 바라보았다.

최 부인이 내가 어디 질 줄 알아, 라고 하듯 도전적으로 보려 했지만 언호의 매서운 눈에 질렸는지 눈을 피하였다.

"아이고, 머리야. 아이고!"

엄살이라도 부리듯 다시 머리를 쥐고 누운 최 부인을 두고 언호가 조용히 나가 버렸다.

선향재로 가는 언호의 발걸음은 무겁기만 했다. 자기를 기다리고 있을 그 사람을 생각하면 평소엔 가볍기만 했는데 오늘은 달랐다.

어머니가 한 말들이 머릿속을 메아리처럼 떠돌았다.

때려죽여도 뭐라 하지 않을 천한 노비, 말 그대로 팔아버리면 그만인 노비.

혜가 언제나 그의 옆에 있을 거라고 생각했는데, 그렇지 못할 수도 있다는 걸 깨달아 버렸다. 순간 몰려오는 두려움. 만약 혜가 자신의 곁에 없으면 어쩌지?

절대 선향재에서 나가게 해서는 아니 되었다. 집 안에 무슨 일이 생기든 바로 알리라고 용이 아범에게 말을 해두었지만 안심이 되지 않았다.

시간은 조금씩 흘러가, 혜는 이제 어느 정도 몸을 회복했지만 언호 마음속의 그림자는 점점 커지고 있었다. 이렇게 평온하기에 생기는 두려움이기도 하였다.

이런 언호의 마음을 혜가 알 리 없었다. 차마 그 앞에서 표할 수 없었기에 그는 이를 완전히 감추었다.

아직 몸이 덜 회복되어 안 된다, 날이 추워 안 된다, 온갖 핑계를 대고서 선향재 밖으로 나가지 못한 게 어언 두 주가 넘었다. 이제 바깥출입도 할 수 있을 정도로 몸이 좋아졌지만 언호는 여전히 혜를 선향재 밖으로 내보내려 하지 않았다.

뭔가 기분이 상하였는지 안색이 안 좋은 언호를 보고 혜가 슬금 눈치를 보았다. 위 씨가 최 부인이 앓아누웠다고 하더니만 그래서 언호가 아마 어머니를 들여다보고 온 모양이었다.

아마도 혜를 두고 한 소리 오갔겠지. 이렇게 여기 있는 것도 좌불안석. 이제 몸도 움직일 만한데 그는 여전히 혜를 놔줄 생각을 하지 않고 있었다. 낮에 와서 보살펴 주거나 청소하거나 하는 다른 종들이 혜의 눈치를 보는 것도 불편했다.

"이젠 몸도 나아졌으니 행랑채로 돌아가게 해주셔요."

혜가 여러 번 말을 하였지만 언호는 듣는 기색도 보이지 않았다.

"방에서 나가지도 못하게 하시고, 일도 못하게 하시면 저는 어떻게 하면 좋겠습니까?"

"이미 내 안 된다고 여러 번 말하지 않았더냐."

이미 끝난 애길 왜 하냐는 언호의 말에 혜는 짧게 한숨을 내쉬었다.

"그래도 낮에 위 씨가 와서 같이 한담도 나누고 바느질은 하고 있지 않느냐?"

사실 위 씨는 이 집에서 유일하게 혜를 생각하는 사람이기에 그도 믿고 붙여놓을 수가 있었다. 혹시 하가이나 다른 하녀들이 드나들면서 무슨 해코지라도 하지 않을까 눈에 불을 켠 상태였다.

"그래도 답답하나이다. 나가서 방으로 돌아가게 해주세요."

"내 안 된다고 몇 번이나 말하지 않았더냐!"

혜의 말을 언호가 딱 잘라 거절했다.

"내가 돌아왔을 때 네가 여기 있지 아니하면 다른 이들에게 책임을 물을 것이다."

말도 안 되는 소리였다.

"어머니한테 너를 첩으로 들이겠다고 했다."

"나리! 약조하지 않으셨습니까."

"내가 너에게 약속을 지켜야 할 이유가 있더냐?"

언호의 차가운 말에 혜가 굳었다.

"도리에 맞지 않는 일은 하지 않는 게 옳은 줄 아룁니다."

"도리, 법도! 너도 어머니와 똑같은 말을 하는구나! 도리와 법도가 인간을 행복하게 만들어주더냐?"

언호답지 않은 격한 어조에 혜가 입을 다물었다.

그가 한 발 다가섰다.

"나는 고민을 안 해봤을 거라고 생각했느냐?"

아니, 그녀보다 더 고민했을지도 모른다, 그의 성격이라면.

"내가 쉽게 너를 안았을 거라고 생각했더냐?"

뒤로 물러서자, 그가 다시 한 발 다가섰다.

"도망갈 데도 없는 데서 도망가려는 게냐? 어찌할 것이냐? 나는 아직도 네 답을 기다리고 있다."

그때 다리에 침상이 닿았다. 일부러 알고서 이리 몰았겠지. 상처가 아무는 동안 그와 계속 함께 잤지만 절대 자신의 몸에 손을 대려 하지 않았다. 곧 그가 다시 안으려 할 것은 알았지만 오늘이 될 거라곤 생각하지 못하였다.

언호가 부드럽게 밀자, 혜가 침상에 그대로 쓰러졌다.

"나는 꽤 오래 참았다."

그 말에 그대로 무너졌다.

입술이 겹친다. 호흡이 얽힌다.

그의 눈이 전하는 격한 열정이 혜의 몸을 휘감고 있었다.

그간 쌓여 있던 둑이 터지기라도 한 듯 손이 바삐 움직였다. 옷을 벗길 사이도 없이 속옷을 헤집고 들어간 손이 부드러운 가슴을 쥐었다.

목덜미를 핥고 귀에 숨을 불어넣었다.

민감한 가슴의 정점을 입안에서 굴리고 이로 자근자근 물었다. 예민하게 부은 유두를 핥는 감촉에 혜가 헐떡거렸다.

점점 숨이 거칠어져 가고 아랫배가 부글거리는 것만 같았다.

그리고 그가 천천히 진입하기 시작했다.

"아프면, 정말 힘들면 말해."

라고 말은 했지만 정말 그렇게 말하면 울 것 같은 표정이었다.

천천히 몸을 벌리며 들어왔다.

뜨겁고 촉촉한 여성에 녹아내릴 것 같은 표정으로 언호가 긴 신음을 귓가에 흘렸다.

그리고 천천히 움직이기 시작했다. 그의 목을 안았다. 두툼한 목을 안고 그의 단단한 가슴에 자신의 가슴을 눌렀다. 무얼 어떻게 해야 할지 알 수 없었다.

천천히 조심스레 움직이던 그의 움직임이 다시 빨라졌다.

굵은 땀이 가슴 위로 뚝뚝 떨어졌다.

숨이 막혀서, 숨을 쉴 수가 없어서, 말조차 제대로 나오지 않았다.

거친 남자 냄새에 혜는 눈을 감았다.

*

경원이 온 시각은 오후 무렵이었다. 갑작스런 방문에 최 부인이 반가운 표정을 지었다.

"어쩐 일이십니까? 언호는 출타 중이라 지금 집에 없습니다만……."

당연히 이 시각엔 승문원에서 일을 하고 있을 터.

"지나가는 길이라 잠시 인사라도 드릴까 싶어 들렀습니다. 지난번에 보내주신 선물에 약조를 할 겸해서요."

그의 하인이 짚에 싸인 것을 한 꾸러미 내밀었다. 경원은 자주 장가에 선물을 보내었고, 지난번에는 귀한 우심적을 보내어 최 부인을 즐겁게 한 적도 있었다.

"이게 뭡니까?"

"선물로 게가 많이 들어왔는데 저희가 식구가 적다 보니 먹을 입이 없어서 그걸 좀 반산에게 나눌까 하여 들렀습니다."

"아니, 이런 귀한 걸요."

최 부인의 표정이 환해졌다.

"……겸사겸사 집안일로 의논할 일이 있어서 온 것인데…… 다음에 와야겠군요."

"집안일요?"

최 부인이 무슨 일인지 궁금하다는 듯 물었다.

"이러지 마시고 날도 추운데 들어오지 그러십니까?"

최 부인이 경원을 사랑채로 모시자 경원이 모르는 체하고 따라갔다. 앉아서 잠시 날씨 얘기를 나눈 뒤에 경원이 공작에 들어갔다.

"부인께 말씀드려도 되겠네요. 다름이 아니라, 저희 안사람이 바느질을 잘 못하여서 침모를 구해야 해서 여기저기 수소문해 보았습니다. 그런데 그 사람이 여간 깐깐해야 말이지요. 눈에 드는 사람을 못 찾았다지 뭡니까. 그러다 이 댁의 노비 하나가 바느질을 아주 잘한다는 소문을 들었습니다. 이 댁과 저희 안사람이 교류는 없지만 제가 반산 입성을 칭찬하였더니 그 사람도 좀 알아본 모양입니다. 그래서 괜찮다면 침모로 들이고 싶다고 졸라대고 있습니다."

이 집에 바느질을 하는 사람은 위 씨와 혜 둘밖에 없었다.

"혹시 괜찮으시다면 침모를 저희 집에 보내주십사 부탁하려고 오늘 찾아뵌 참이었습니다."

혜를 치울 수 있을까?

순간 최 부인은 경원의 그 말에 마음이 흔들렸다.

"그러나 그 아이는 제 소유가 아니라 언호의 소유인지라 언호와 의논해 봐야 하는데요."

"반산에게 말을 꺼냈더니 그 사람이 거절하더군요."

듣고 있는 최 부인의 미간에 주름이 잡혔다. 혜를 이대로 두면 언호가 첩으로 들일 듯하다. 본처를 들이기도 전에 축첩부터 하다니, 그 꼴을 볼 수는 없었다.

"내 마음은 그 댁으로 보내고 싶은데 아들이 반대하니 힘들 것 같네요."

"그렇군요."

"그 아이는 제 소유가 아니어서 제 맘대로 어찌하지 못합니다."

"무슨 수가 없겠습니까? 반산을 설득해 주실 수는 없으십니까?"

"언호가 그 아이를 너무 총애하는지라 다른 집에 보내고 싶습니다만, 언호가 절대 그러하지 않을 테니 집안에 우환입니다."

서로 마음은 맞았으되 방법을 모른다.

"그 사람이 자당 말씀도 안 듣는다니 그른 일인가 보군요."

경원이 긴 한숨을 내뱉었다.

"무슨 수를 써서라도 혜를 이 집에서 내보내던가 해서 언호와 떨어뜨리지 않으면 안 되는데……. 그 아이는 며늘아기가 혼인할 때 데리고 온지라 언호가 새장가를 가게 되면 돌려보내야 하지요. 그러나 언호가 언제 장가를 든다는 보장이 없는지라 아주 골치입니다. 게다가 현재 소유도 내가 아니라 언호라 어디 먼데 보내지도 못하고 있는 실정이랍니다."

언호가 장가가면 모용가로 돌려보내야 법도인데, 지금 장언호가 새장가를 들려고 할까.

모용가에선 혜를 다시 받는 것을 탐탁찮아할 게 분명했다. 이대로 혜가 조용히 살다 죽어야 할 터. 모용수가 딸이 죽은 뒤로도 혜를 그냥 둔 것은 그런 까닭이었으리라.

"자당이 고민이 많으시다니 제가 다 안타깝네요. 그리고 반산 그 친구도 법도에 어긋난 일을 하려 한다니, 친우 된 도리로 그냥 넘어가야 하는 것도 그렇고요."

최 부인의 한숨만 깊어졌다.

"혹시 제가 좋은 수를 생각해 내면 제 뜻에 따라주실 수 있으신지요?"

"좋은 수가 있겠소?"

"예, 하나 있긴 한데……."

경원이 슬그머니 최 부인 옆에 붙어서 작은 소리로 속닥거리기 시작하였다. 얘기를 다 듣고 난 최 부인의 얼굴이 완전 새파랗게 질려 버렸다.

"정말 그걸로 되겠소?"

"저만 믿으십시오. 제가 알아서 다 하겠습니다."

정말 그렇게 해서 혜를 치울 수만 있다면 그렇게라도 하고 싶었다. 양반 된 체면에 절대 돌려달라 말은 못할 테니. 그게 아니라면 정말 혜를 때려죽여서라도 이 집 밖으로 나가게 만들어야 했다.

"그럼 난 믿고, 기다리겠습니다."

최 부인이 과감하게 결단을 내리자 경원이 고개를 끄덕였다.

일단 밑밥을 잘 깔아둔 경원은 뭔가 골똘히 생각하는 표정으로 집에 가자마자 긴 편지를 쓴 뒤에 청지기를 불러 귀에 대고 뭔가를 속닥속닥거렸다.

＊

언호가 퇴청하여 집에 오자마자 청지기가 최 부인 방으로 가시라고 청하였다. 요즘 나갈 때 들어올 때 하던 문안 인사조차 안 할 정도로 모자 사이는 싸늘하였다. 혹시라도 마주치면 나오는 얘기는 하나였다.

방에 들어가 자리에 앉자마자 최 부인이 도전적으로 언호 앞에 봉투를 하나 내밀었다.

언호가 의아하다는 듯 봉투를 열어 그 안의 문서를 보는 순간, 새파랗게 질렸다. 잠시 아무 말도 못하고 입을 작게 벌린 그는 뚫어지게 문서만 바라보았다. 다시 한 번 읽어 그 내용을 확인한 언호는 대노하였다. 얼굴이 완전히 시뻘게졌다 다시 평상시처럼 돌아왔다. 그러나 씨근덕거리는 숨소리를 억지로 눌러야 했다. 화를 내어선 안 된다. 화를 내어서 처리되는 일은 아무것도 없으니까. 억지로 누르고 눌러 언호가 조용히 최 부인을 불렀다.

"어머니, 이게 무슨 내용입니까?"

노주(奴主) 장언호가 소경원에게 노비를 방매한다는 내용의 명문이었다. 이미 언호의 누이가 증인이 되었고, 관의 입안(立案)을 발급받을 정도로 경원이 철두철미하게 이를 처리했다. 아래에 노비의 수결(手決)[10]까지 그려져 있었다. 원칙대로라면 최

---

10) 조선 시대에 사인 대신 책이나 문서의 끝에 자기의 직함이나 성 따위를 쓰고, 그 아래에 흘려 서명한 것. 노비는 수결 대신 수촌(手寸)이라 하여, 왼손 가운뎃손가락의 첫째와 둘째 마디 사이의 길이를 재어 그림으로 그렸다.

부인은 혜를 마음대로 매매할 수 없는지라 노주인 언호의 이름을 몰래 내세워 속임수를 쓴 거나 다름없었다. 법대로라면 당연히 소고할 수 있겠지만 어찌 자식이 부모를 소고할 수 있겠는가.

"내가 혜를 소가에 매매하였다. 그래서 관에 나를 소고하겠느냐!"

"못하는 거 뻔히 아시면서 어떻게 저한테 이러실 수가 있으십니까!"

자식이 부모를 소고하는 것은 천리간에 있을 수 없는 일이었고 절대 승소할 수 있는 게 아니었다. 경원이 이를 알고서 이렇게까지 한 거겠지.

경원의 기지에 최 부인은 감탄하였고 언호는 탄식하였다.

"왜 하필 소가입니까? 개지가 어머님께 혜를 팔라고 했습니까?"

최 부인은 답을 하지 않았다. 최 부인은 왜 소경원이 혜를 원하는지 알 바 아니었다. 다만 이 집안에서 그년을 치우는 것만 중요할 뿐.

언호의 머릿속에서는 그동안 이상하다 생각했던 모든 것이 자리를 맞춰가고 있었다.

경원이 책을 빌린다는 핑계로 오갔던 것, 집 근처 길가에서 마주쳤던 것, 이 모든 게……. 심지어 혜가 몰래 만나던 이도…… 경원이었구나.

믿는 도끼에 발등 찍힌 듯한 기분이 바로 이런 것이구나.

"내일 데리러 올 것이야."

지난 두 주 동안 최 부인이 조용히 있었던 것은 이 일을 은밀하게 처리하기 위해서였음이리라. 순간 머릿속이 새하얘지는 것 같았다. 아무런 생각도 나지 않았다. 데리고 도망을 가버려? 경원을 만나 설득해 볼까? 온갖 생각이 다 나는데 어떤 좋은 방도도 떠오르지 않았다.

밀월은 정말 짧았다.

선향재에 들어올 때부터 표정이 좋지 않았던 언호는 한참을 서탁 앞에 앉아 조용히 있었다.

가만히 앉아 있던 그가 어디선가 술병을 꺼내왔다.

"술상 봐올까요?"

"되었다."

그가 술을 잔에 따라 그대로 들이켰다.

저녁을 먹지도 않았는데 빈속에 마시는 게 신경이 쓰여 혜가 나가서 술상을 봐오려 하였다.

"나가지 말래도!"

역성을 내자 혜가 멈추어 섰다.

"나리, 빈속에 독주를 그렇게 마시면 속 버리셔요. 제가 나가서 찬방에서 간단하게 안주라도 챙겨올게요."

혜가 달래려 했지만 그는 듣지 않았다.

"되었다고 말하지 않았더냐!"

그답지 않게 소리를 치자 혜가 살짝 움츠러들었다.

그렇게 한 병을 비우고 나니 얼굴이 불콰하게 물들었다. 언호가 벌게진 눈으로 그녀를 뚫어지게 바라보았다. 그리고 화살을 과녁에 쏘듯, 그렇게 혜의 심장을 관통할 말을 허공에 뱉었다.

"소가에서…… 너를 샀다."

"네?"

혜가 놀라서 눈을 깜박깜박거렸다.

"무슨 말인지 못 들었다면 다시 말해주마. 소경원이 너를 사갔다. 어머니가 나 모르는 새 너를 매매하였더군."

순간 놀라 자기도 모르게 입이 벌어졌다. 머릿속이 멍해서 아무런 생각도 나지 않았다.

"개지가 너를 팔라고 할 때 이상하다 생각했지. 그가 여자한테 관심 보일 리가 없다 철석같이 믿었다. 지난번에 몰래 만나던 이가 개지였던가? 그래서 내가 첩이 되라는 것을 계속 거절했던 건가? 언젠가 그 집으로 갈 걸 미리 생각하고? 이 집에서 나와 함께 있는 것이 그렇게 싫었던 게냐?"

채찍처럼 날아든 언호의 질책에 혜가 고개를 저으며 부정하였다.

"아닙니다. 그럴 리가요. 절대 아니어요, 나리."

혜가 입술을 깨물고 열심히 항변하였다. 그러나 더 이상 말해

봤자 부질없다는 걸 깨달았는지 이내 입을 굳게 다물었다. 창백해진 얼굴에 입술만 붉었다.

"내일 소가에서 너를 데리러 올 것이야."

이미 매매 문서가 있는 이상 그걸 거부하기는 어려웠다.

경원답게 너무 철저하게 짠 계획이었다. 헛웃음이 날 것만 같았다.

바깥에선 낙엽이 떨어지고 있었다. 매서운 추위가 겨울의 한파를 예고하는 듯하였다.

온몸에서 날뛰기 시작한 분노의 기운을 이성으로 어떻게든 막아내려 했지만 그 기운은 점점 커져만 갔다.

"네가 개지와 통정하여 나를 속이고 능멸하였음을 내 어찌 용서하겠는가! 너와 개지가 잘 먹고 잘사는 꼴을 내 두고 볼 수는 없다!"

소리를 치는 언호의 분노에 혜는 무력하였다.

"저의 뜻이 아니었습니다."

"그러나 네가 끌어들인 일이 아니더냐!"

과거의 두설혜가 끌어들인 것이지 노비 혜와는 전혀 상관없었다.

과격하게 그녀를 끌어안아 언호의 몸과 종이 한 장 들어갈 틈도 없이 맞붙었다. 거친 숨소리에 그가 매우 흥분하였음을 알았다. 본능적인 두려움인지 그를 밀어보려 하였지만 천둥벼락보다 빨리 다가온 그가 온몸을 그대로 내리눌렀다.

입술에 폭풍처럼 와 닿은 입술이 거의 물어뜯듯이 강하게 그녀의 입술을 밀어붙였다.

"아!"

신음 소리가 새어 나가기 무섭게 입안으로 들어온 혀가 그녀의 혀를 강하게 얽어매었다. 고개를 돌리려 해도 얼굴을 쥐고 있는 손이 우악스러워 그러지도 못하였다.

잠시 후 입술이 풀려나자마자 그대로 목선을 따라 자국을 남기며 내려가기 시작하였다.

가슴까지 내려가자 유실을 잡아 으깨지듯 물어뜯으려 했지만 차마 그러하진 못하였다.

내 것이라 생각하였는데 이렇게 빼앗기다니, 용서할 수가 없었다.

혜의 잘못이 아니란 걸 알면서도 갈 데 모르는 분노는 가녀린 몸으로 향하고 있었다.

혜는 이제 반항을 포기했는지 그의 등을 쓸고 있었다, 진정하라는 듯이. 그의 아픔을 이해한다는 듯이. 이런 순간에마저도 그녀는 그를 이해하려 애썼고 그를 달래주려 애썼다.

"나는, 어쩌면 좋으냐? 응?"

혜는 답하지 않았다. 그녀가 답할 수 없는 문제였다.

그가 허리춤을 풀고 혜의 속옷을 벗겨내고 자신을 들이밀기 시작하였다.

제대로 풀어주지 않아 좁고 메마른 통로에 잔뜩 성이 난 그가 진입했다. 움직이기 시작하자 혜가 가늘게 신음하였다. 하지만 그는 듣지 않았다.

평소엔 어느 정도 절정에 이르면 그가 파정할 즈음해서 허리를 빼내곤 했다. 하지만 몸속에서 점점 크게 부푸는 게 느껴지는데 그가 빼려 하지 않았다. 혜가 몸을 뒤틀면서 결합을 풀려 했지만 그가 놓아주지 않았다. 결국 그녀의 몸 안에 파정하고 나서야 놓아주었다.

혜가 충격으로 놀라 그를 바라보았다. 평소라면 그는 아무 말도 하지 않고 그녀를 품에 가두어 안았을 텐데, 대신 다시 몸을 구하였다. 그리고 또 몸 안에 파정하였다.

지친 혜를 안고 그가 다짐하듯 말했다.

"내 무슨 일이 있어도 다시 너를 찾아오려 한다."

"천한 몸이라 어떻게 될지 모르니 신경 쓰지 마소서."

그러나 남편이 죽은 이후 굶어 죽을지언정 재혼은 금지하는 세태에 언호의 말은 매우 충격적이었다. 여성이 개가할 경우 불이익을 주는 법까지 있는 세상에, 다른 남자에게 간 여자를 도로 찾아오겠다는 남자라니.

"어떻게 되어도 너는 두 지아비를 모신 격이 되니, 나와 경원 사이를 오간 게 무슨 죄가 되겠는가."

"무리해서 그러실 필요 없습니다."

혜가 오히려 과격한 그의 발언을 달래려 하였다. 땀이 밴 넓은 등을 쓰다듬으며 그를 달래려 했다.

그녀는 이미 모든 걸 체념하고 받아들였는데 그는 그러하지 못하였다.

"무슨 수를 써서라도 너를 찾아올 거야."

자신에게 다짐하는 듯이 언호가 졸린 목소리로 다시 말하였다. 혜가 가만히 그의 등을 쓰다듬었다. 어서 자라는 듯이.

"내 무슨 방도라도 써서 너를 찾아올 것이다."

다짐이라도 하듯 말하는 그에게 무슨 말을 해야 할지 몰랐다. 잠시 후 지쳐 잠이 든 남자의 넓은 어깨를 혜가 가만히 쓰다듬었다. 어린아이처럼 잠들어 있는데도 그녀의 손을 꼭 쥐고 있었다.

기대어 있고 싶었다.

헤어져야 하는 그 순간이 되어서야 비로소 자신이 이 남자를 얼마나 은애했었는지 아는 게 너무 기묘하였다.

천지신명을 찾고 싶었고, 집안이 망하던 그날처럼 하늘을 원망하고 싶었다.

그러나 이것이 자신의 천명이었다.

✳

혜가 가는 날 첫눈이 내렸다. 올겨울은 추우려는지 눈도 일렀다. 곱게 새 옷을 입은 혜를 보고 옥춘과 용이네만 입을 비쭉이며 보고 있었다.

"저년 누가 보면 좋은 집에 시집가는 줄 알겠네."

"그러게 말이야."

소가에서 보낸 사람들이 아침 일찍부터 와 기다리고 있었다. 혜가 주위를 둘러보았지만 익숙한 얼굴은 보이지 않았다. 위 씨만 혼자 눈가를 옷고름으로 닦을 뿐.

위 씨가 혜의 손을 꼭 쥐었다.

혜가 가는 것을 위 씨조차 모르고 있었다. 그만큼 최 부인이 은밀하게 처리한 까닭이었다.

"불쌍한 것 같으니."

위 씨가 혀를 끌끌 차면서 혜의 손을 꼭 쥐었다.

혜가 억지로 웃으려 하는데 전날 밤을 새서인지 낯빛이 창백하기만 하였다.

옆에서는 소가에서 온 하녀가 채근을 하고 있었다.

"어서 오르시지요."

하녀는 혜가 옷을 갈아입는 것부터 시작해서 계속 옆에서 모셨다. 담비털을 두른 겨울옷을 입고 마차에 오르는 혜를 옥춘이 부럽다는 듯 바라보았다. 누가 노비로 볼까 싶을 정도로 고운 모습이었지만 혜의 안색은 마치 사지로 끌려가는 사람처럼 창백하기 그지없었다.

혜가 오르자마자 마부의 이럇 하는 소리와 함께 마차가 달그락거리며 움직이기 시작했다.

처음 이 집에 대문으로 들어온 이후, 대문으로 나가는 일은 없을 줄 알았는데 그날이 와버렸다. 활짝 열린 솟을대문으로 마차가 움직이기 시작했다.

*

깨어났을 때는 이미 한낮이었다. 지난밤 마신 독주 때문인지 머리가 지끈거렸다. 옆에 느껴져야 할 온기는 이미 식은 지 오래.

비어 있는 옆자리를 보는 순간 가슴이 다시 내려앉는 듯했다.

혜는 이미 떠났을까. 마지막으로 가는 길조차 못 봤구나. 자책하는 마음과 분노가 뒤섞였다. 주춤거리며 일어나 누군가 갖다 놓은 식은 꿀물을 발견하였다.

"허……."

전날 술을 마신 언호가 걱정이 되었던지 습관처럼 놓고 간 꿀물 한 대접에 그는 순간 눈가를 손으로 가려야만 했다.

알다가도 모르겠는 사람의 마음. 혜는 한 번도 그의 마음에 답을 해준 적이 없었다.

그런데 이런 마음씀씀이에 감동을 받곤 했다. 한마디 말보다 한 줄 시구보다 더한.

그때 책상 위 놓인 지난밤에는 없던 작은 보따리가 시선을 끌었다.

풀자 안에서 나온 것은 급하게 만든 그의 겨울옷과 말린 계화가 들어 있는 삼베로 만든 주머니. 바닥에 깔끔하게 접은 서간이 한 통 들어 있었다.

    —나리,

    제가 이렇게 나리께 글을 쓰게 되는 날이 올 줄은 몰랐습니다.

    제 손으로 나리 입으실 옷을 짓는 것은 이것이 마지막이 되겠네요.

    올겨울 잠이 오지 않으시걸랑, 이 꽃잎을 약간만 넣으셔서 차를 끓여 드십시오.

    평소에 잠을 너무 안 주무시는 게 아닌가 걱정됩니다.

    그럼 편안하십시오.

                                혜.

    작고 단정한 글씨였다. 그래, 네가 오라버니 편지를 읽을 수 있을 정도로 글에 밝았더랬지. 멍하다. 그냥 멍하다. 머리가 아픈 건지, 마음이 아픈 건지, 어디가 아픈 건지 알 수 없었다. 온몸을 관통하는 그 고통에 몸을 부르르 떨었다.

    지금 나가면 볼 수 있을까.

    보면 보낼 수 있을까.

    어차피 떠날 사람……

    한참을 해가 질 때까지 앉아 있어서야, 해가 진 뒤에 이제 혜가 돌아올 수 없음을 몸으로 깨달았다.

✳

　사랑채로 안내되어 간 혜를 기다리고 있던 경원이 벌떡 일어나 자리로 안내하였다. 곧 누군가 들어와 상을 한가득 차렸지만 여전히 혜는 부동석처럼 멍하니 자리에만 앉아 있었다. 좋은 냄새가 나는 온갖 산해진미가 가득이건만 곁눈질조차 하지 않았다. 얌전하게 앉아 있는 혜를 보고 경원만 홀로 좋아 웃고 있을 뿐이었다.

　마차에서 하도 흔들려서일까 머릿속이 그저 멍하기만 하였다.

　그런 틈을 타 경원이 덥석 손을 잡았다. 차가운 손을 쥐고 그가 안타깝다는 듯이 혀를 끌끌 찼다.

　"손이 많이 거칠어졌습니다."

　속상하다는 듯이 다정하게 말하며 손을 마주 비볐지만 손에선 아무 감각도 느껴지지 아니하였다.

　"이렇게 손이라도 잡으니 이제 아가씨가 내 앞에 있구나 싶네요."

　차가운 손을 쓰다듬는 남자답지 않게 해사한 손가락이 낯설었다. 순간 등이 오싹해지면서 소리치고 싶어졌다. 자기 몸에서 손을 떼라고.

그때 경원이 자개함을 열어 그 안에서 뭔가를 꺼내었다.

나비가 달린 칠보 뒤꽂이였다. 몸통은 순은이고, 나비 날개에 보석도 박혀 있어 귀한 물건인 듯하였다. 언호가 주었던 뒤꽂이는 한 번 꽂아보지도 못하였는데……. 순간 그 생각을 하자 여태 나오지 않던 눈물이 갑자기 울컥할 것 같았다.

"이러니까 진짜 우리 설혜 아가씨 같군요."

눈을 깜박여서 눈물을 털어내었다. 경원은 자기 행복에 자기가 취해 혜의 눈물은 보이지도 않는 듯하였다.

"앞으로는 험한 일은 아니 하셔도 됩니다. 좋아하는 일만 하고 사세요. 이렇게 다시 만날 날이 올 줄은 정말 몰랐는데, 다시 만나게 되고……."

그가 감격에 겨워 목이 메는 모양이었다. 다시 기침을 하여 물기를 털어내고 빠른 목소리로 말하였다.

"저희 부모님 두 분 다 돌림병으로 돌아가시고 집에는 내 안사람밖에 없어요. 그 사람은 성격이 유순하고 너그러우니 형님, 아우 하면서 사이좋게 지낼 수 있으실 겁니다."

혼인했구나, 경원 도련님도. 하긴 혼인하고도 남을 나이였다.

"아직 아이가 없어 고민이랍니다."

별거 아닌 양 말하지만 기대에 찬 표정으로 경원이 그녀를 바라보았다.

아무리 해사하고 어린 시절 같이 뛰어놀던 사람이라고 해도 그도 남자였다.

경원의 남자치고 해사한 손이 혜의 얼굴에 닿았다. 혜가 얼어 붙었다. 그는 그녀의 뺨을 만지면서 안타깝다는 듯 다정하게 말했다.

"전에는 그렇게 고왔는데…… 아가씨를 제가 전처럼 그렇게 만들어 드리겠습니다."

순간 혜가 그의 손을 쳐내었다.

"이미 저는 두설혜가 아니옵니다. 저는 그냥 성 같은 건 없는 천한 노비 혜올시다."

경원이 그런 혜의 손을 다시 쥐었다.

"이제 아가씨는 장가에 있는 게 아니라 소가에 와 있습니다. 아가씨가 전에 사시던 집도 제가 사두었습니다. 내일 날이 밝으면 가서 보시지요."

그러나 혜는 다시 고집스레 답했다.

"저는 이미 천한 몸, 전에도 말씀드린 것처럼 도련님과 저의 인연도 이미 끝난 지 오래입니다. 저를 다시 장가로 돌려보내 주세요."

경원이 순간 굳었다.

"제가 미천한 노비 혜라는 것은 어딜 가나 변하지 않는 것 아닙니까?"

그 말이 갑자기 경원의 양심을 미친 듯이 후벼 팠다. 차마 여태 말하지 못한 진실이 그의 목구멍을 막았다. 그리고 혜를 그집에서 빼내오기 위해 했던 모든 수고들이 머릿속을 스쳐 갔다.

막상 오면 좋아할 거라 믿었는데…….

경원이 어깨에 손을 대고 달래려 하자, 그 손을 큰 소리가 날 정도로 매섭게 쳐내었다.

"더럽고 천한 몸입니다."

순간 머릿속에 용이에게 들었던 혜가 선향재에 머문다고 했던 말이 떠올랐다. 언호는 되고 나는 아니 돼?

"왜, 왜 나는 안 되는 겁니까?"

차마 왜 언호는 되고, 라는 말은 붙이지 못하였다.

"이미 그분이 품은 몸입니다. 나리께서 품으셔 봤자 강에 배 하나 지나가는 것밖에 더 되겠습니까?"

속된 말까지 사용하는 혜의 말에 경원의 손에서 힘이 빠졌다.

혜는 경원에게 이미 언호가 자기를 품었음을 대놓고 말하고 있는 것이었다.

"아가씨의 의사와는 상관없이 많은 일들이 벌어졌고, 제가 아가씨를 모셔온 이상 그런 일들을 부정할 생각은 없습니다."

혜는 이제 그와 말을 섞을 의지조차 잃을 듯하였다. 그가 혜가 이제 포기했다고 느낀 듯하였다.

그의 손이 어깨 위에 올려졌다. 그래, 이미 그녀의 의사와는 상관없이 모든 일들이 돌아간다면 참아야 하려나.

어깨 위의 손이 무겁고 무서워서 치우고 싶지만 몸이 움직여지지 않았다. 하지만 그가 얼굴을 들이미는 그 순간, 공포로 얼어붙어 있던 혜가 본능적으로 그의 몸을 밀어버렸다.

언호처럼 키가 큰 것은 아니나 해사하긴 해도 경원 역시 사내였다. 절대 혜가 대적할 수 없는.

그의 눈에 노골적으로 드러난 욕망에 몸이 바싹 긴장하였다. 그가 그런 긴장을 풀어주려는 듯이 다시 어깨에 손을 올렸지만 혜가 다시 피하였다.

"설혜 아가씨……."

기절해 버릴 것 같았다. 신경이 바싹 곤두선 혜가 순간 경원이 생각지도 못한 행동을 하였다. 방금 전에 경원이 선물한 가느다란 뒤꽂이를 번개처럼 빼내더니 자기 목에 갖다 대었다.

"다가오지 마세요."

"아가씨!"

놀란 경원이 소리치며 혜를 만류하려 손을 내밀자 뒤꽂이가 목의 핏줄 쪽으로 깊이 들어갔다. 상처가 나 가느다란 핏물이 흘러내리는 걸 보고 경원이 손을 치웠다.

"뭐 하시는 겁니까? 다쳐요!"

"건드리지 마십시오."

"설혜 아가씨, 아가씨가 싫다고 하는 건 하지 않습니다."

오히려 그런 혜가 더욱 안타깝다는 듯이 그가 그녀를 바라보았다.

"그거 치우세요. 상처가 나지 않았습니까!"

그가 안타깝다는 듯이 혜를 바라보았다. 그러나 혜는 의외로 꼿꼿하게 그를 바라볼 뿐이었다.

"그렇게 제가 싫으십니까?"

답을 하지 않았다.

뜨거운 눈물이 주르륵 흘러내렸다.

"이러지 마셔요, 제발……."

"반산을 은애하기라도 하십니까?"

혜가 정신없이 눈물을 흘리면서 끄덕였다.

"은애합니다. 제가 바라봐선 안 될 그분을 은애했습니다."

"왜 나는 아니 되는데요? 네?"

경원이 혜를 잡고 흔들고 싶었다. 그의 설혜 아가씨는 답을 하지 않았다. 소리도 없이 긴 눈물이 흘러내려 고운 옷을 적시고 있을 뿐이었다.

경원은 흘러나오려는 한숨과 분노를 깊이깊이 꾹꾹 눌렀다. 그리고 다시 달래보았다.

"아가씨를 이리 모신 것은 아가씨를 어떻게 하기 위해서가 아닙니다. 언젠가는 제 진심을 알아주시겠지요. 그냥 오늘은 쉬십시오. 제가 나갈 테니 괜한 짓은 하지 말아주십시오."

혜는 여전히 그의 말을 믿지 못하겠다는 표정으로 바라보았다.

"희안에게서 소식이 왔는데, 왜 아가씨에게서 연락이 없냐고 걱정하고 있습니다."

오라버니를 미끼로 하여 그가 관심을 다른 데로 쏠리게 하려는 걸 모를 리가 없었다. 순간 그녀의 손에서 힘이 빠지는 걸 본 경원이 잽싸게 뒤꽂이를 낚아채었다.

"이러지 말아주세요. 이러면 제 마음이, 또 희안의 마음이 얼마나 아프겠습니까?"

그가 혜를 안고 속삭였다.

이 남자는 너무 약았다. 그는 어떤 말을 해야 할지 너무 잘 알고 있었다.

그 뒤 경원은 혜에게 손을 대지 않았다. 그러나 나갔다 들어올 때마다, 매일 밤마다 계속 혜를 찾았다. 혜가 머무는 별당에 계속 들렀고, 뭐 필요한 거 없냐고 묻곤 했다.

몸은 편한지 모르나 마음이 불편해서일까. 계속 아침마다 몸이 좋지 않고 먹어도 소화가 되지 않아 체한 것처럼 불편하기만 했다.

무엇보다 경원의 본처가 신경이 쓰였다.

경원의 처 숙영은 경원의 말대로 너그러웠다. 금지옥엽 아가씨로 자라 손에 물 한 번 안 묻혀본 숙영은 마냥 단아하고 곱기만 한데, 왜 경원이 자기를 잊지 못하는지 혜로서는 이해가 가질 않았다. 혜가 노비라고 해도 경원의 작은댁이라 생각하는지 묵묵히 인사하는 자리에서 서방님을 잘 모셔달라 신신당부를 하였다.

"내가 부덕하여 태기가 없어 이 집안 대를 끊는 것이 아닌가 고민이 많았으니, 자네라도 어서 태기가 있었으면 좋겠구면."

인자하게 말하는 숙영을 보면서 한 생각은 하나였다.

만약 자기가 언호의 부인으로, 비슷한 처지에 첩을 들인다면…… 숙영처럼 저리 할 수 있을까.

경원이 별당에 들어왔지만 혜는 그냥 묵묵하게 바느질만 하고 있을 뿐이었다. 예전처럼 서책을 보거나 그림을 그리거나 아니면 수를 놓으면 좋은데 웬 바느질인지. 자기도 모르게 눈살을 찌푸렸다.

그러나 만들고 있는 게 남자 옷임을 보고 자기도 모르게 슬며시 웃어버렸다.

"옷을 짓고 계셨습니까?"

혜는 대답하지 아니하였다. 그냥 꼼꼼하게 바느질을 계속하고 있을 뿐이었다.

그가 억지로 손을 잡으며 바느질을 하지 못하게 막았다.

"이런 것은 사람을 시키십시오. 왜 고운 손을 망치려 합니까?"

혜는 여전히 아무 말도 하지 않았다.

그와는 말조차 섞기 싫은지 단둘이 있으면 눈도 마주치려 하지 않았다.

한 달 가까이 이러고 있으니 경원은 속이 탈 노릇이었다.

"아가씨?"

그의 부름에도 혜는 묵묵히 바느질을 할 뿐이었다. 마치 그의 속을 뒤집으려고 작정이라도 한 듯 굴고 있었다.

경원은 한숨을 한번 내쉰 뒤 혜가 옆으로 제쳐 놓은 옷을 들어 자기 몸에 대보았다.

순간 경원의 표정이 굳었다.

저고리는 그보다 큰 사람을 위한 것이었다. 아마도 언호가 입으면 딱 맞을 듯한 크기의. 소년처럼 몸이 해사한 경원에겐 한 치(寸) 이상 컸다.

"제 옷도 언젠가 만들어주시겠습니까?"

경원이 표정을 바꾸고 온화한 표정으로 말을 하였지만 혜는 여전히 답하지 않았다. 끈질기게 은밀하게 경원은 혜를 압박하고 있었다. 그의 조임은 갈수록 점점 혜의 몸을 포박이라도 하듯 조여왔다.

*

최 부인은 혜를 보내고 난 뒤에 적극적으로 혼인을 진행하기 시작했다. 마치 전국에 모든 매파들이 사주단자를 들고 오가는 듯하다며, 대문 문간이 닳아 없어질 지경이라고 종원이 농담을 하였다.

언호를 볼 때마다 하는 말은 똑같았다.

"조상님 얼굴을 내 어찌 보라고……."

죽은 사람이 산 사람보다 중요합니까, 라는 말이 튀어나올 뻔하였지만 차마 하지 못하였다. 이미 자포자기인 걸까.

그도 해볼 만큼 해보았다. 경원을 찾아가서 만나보기도 했다.

혹시 혜라도 지나치다 볼까 안내를 받으며 소가를 기웃거려 보았지만 혜는 치맛자락 하나 보이지 않았다. 자기 오는 걸 안 경원이 그냥 돌아다니게 둘 리가 없지, 입이 소태처럼 쓰기만 하였다.

경원의 사랑채는 성에서 수입한 자단목으로 된 책상과 의자에, 평범하지 않은 내력을 갖고 있는 듯한 족자까지 화려하기 그지없었다. 마침 난꽃이 피어 그런지 방에 화려한 향까지 풍기고 있었다.

언호가 경원과 거의 노려보다시피 서로를 마주하였다.

시비가 와서 뜨거운 물과 차를 놓고 나갔다. 차를 만들어 언호 앞에 내미는 경원의 손은 여자처럼 하얗고 고왔다.

"매매를 취소해 주게."

"그건 안 되지. 이미 문서가 있지 않나."

"자네와 어머니가 나를 속인 거나 마찬가지야."

"그래서 소고하겠나? 나는 그렇다면 부인께 속은 거라 주장하겠네. 게다가 증인도 자네 큰누이가 아닌가?"

어떤 증거도 최 부인을 가리킬 뿐이라, 경원은 거기서 스리슬쩍 빠져나갈 수 있었다. 게다가 관직으로나 집안으로나 언호는 절대 경원을 이길 수 없었다. 언호가 그 매매를 취소하기 위해 선 관아에 최 부인을 소고하는 수밖에 없었다.

"왜 그렇게 그 아이를 원한 겐가? 왜 하필?"

경원은 답을 하려 하지 않았다.

"그 아이는 완전히 내 소유도 아니고, 내가 새장가를 가면 모용가에 돌려보내야 할 아이일세!"

언호로서는 그게 더욱 이해가 가지 않았다. 최 부인이야 그쪽에서 돌려달라고 하면 대충 돈으로 배상하고 끝내려 하는 모양이었지만, 경원은 이런 사정을 다 아는데 왜 굳이 이 매매를 추진한 걸까.

"모용가에서 왜 여태 가만있는지 생각해 봤나?"

뜬금없는 경원의 말에 언호는 갑자기 뭔가 뒤통수를 내려친 것 같은 기분이 들었다.

그건 언호가 여태 생각조차 못한 일이었다. 완용이 죽은 뒤 꽤 긴 시간이 지났는데 언호가 재가를 하지 않았다고 해도, 돌려달라는 얘기가 나올 법도 한데 왜 전혀 그런 기미가 없는 걸까? 그렇다고 장인이 혜를 전혀 모르냐면, 그건 아닌 듯하였다. 지난번 장인이 방문했을 때 혜와 그가 나눈 대화는 무엇이었을까?

"그게 무슨 소리야?"

경원은 답을 하지 않았다.

"계약은 물릴 수 없네. 그 사람도 이제 여기서 적응 잘하고 지내는데 이제 와서 뭘 어쩌겠나? 그럼 난 이만 피곤하여 자야겠으니 멀리 못 나가는 점 양해해 주게."

자기 할 말만 한 경원이 축객령을 내렸다.

第八章 양관삼첩(陽關三疊)[11]

선향재를 휘휘 둘러보던 언호가 한숨을 내쉬었다. 고작 한 달
사람이 살지 않았다고 이렇게 먼지가 쌓이다니.

전에 보다 만 책을 집어 드니 먼지가 금세 공기 중으로 퍼져
나갔다.

혜가 소가로 끌려간 지 열흘 만에 언호는 전에 지내던 사랑채
로 돌아갔다.

방 여기저기에 유령처럼 떠도는 혜의 잔상에 괴로워서였다.

_____

11) 〈양관삼첩〉은 당대 시인 왕유가 남긴 시로 이별의 아쉬움을 노래하고 있다. 고금
이외에도 피리 등의 다른 악기로도 연주하고, 현대에 와서도 계속 새로운 곡이 만들
어지는 인기 있는 시이다.

눈을 감아보았다.

하지만 감는다고 사라질 존재이면 애저녁에 잊혔겠지.

상사(相思)는 병이었다. 마치 광증과도 같았다.

암향처럼 은근하게 스며들어 와 있던 혜의 존재감이 깊었던 모양이었다.

매일같이 쓰던 벼루에는 먼지만 쌓여 있었다. 매일같이 청소해 주고 사용하는 이가 없으니 당연한 일이었다.

후, 하고 불자 먼지가 공기 중에 날아서 사라졌다.

먼지가 쌓인 곳은 다구함 역시 마찬가지였다.

이제 더 이상 차를 마시지 않는다. 만들어주는 이가 없기 때문에.

이런 언호의 울증을 어머니는 이해 못하셨다. 최 부인은 오히려 엄하게 아들을 다그치고 장가가라 닦달을 하곤 했다.

"여기서 뭐 하고 있는 게냐?"

그때 문간에 나타난 최 부인을 보고 언호가 짧게 한숨을 내쉬었다.

"정리를 좀 할까 해서요."

"집에 아랫것들 많은데 시킬 일이지 체면 없게……."

"아랫것들도 뭐를 알아야 시키든가 하지요."

혜라면 무슨 일을 해야 할지 알겠지만 아랫것들이 무얼 알겠는가.

"그런데 무슨 일인데 여기까지 저를 찾아오셨어요?"

최 부인이 볼일이 있지 않고서야 이곳에 올 리가 없었다.

"네 누나가 좋은 혼처를 알아왔는데……."

그 말이 나오자마자 언호가 등을 돌리고 못 들은 척해 버렸다.

"저 오늘 간만에 날이 좋아서 책 정리를 할 건데 먼지가 좀 많이 날릴 겁니다."

고로, 가십시오란 말이나 다름없었다.

"장가는 안 갈 거야?"

마음속으로 안 갈 수 있다면요, 라고 말하고 싶지만 대답하지 않았다.

"이 집에 아들은 너 하나인데 장가를 안 가면 어쩌려고 그러는 게냐? 내가 조상님들 앞에 얼굴을 못 들겠구나! 너 죽은 뒤에 제사 지내줄 이는 필요하지 않더냐. 좋은 혼처다. 잘 생각해 봐."

좋은 혼처라 하면 좋은 집안의 여자겠지요.

그렇게 들어왔던 완용은 그에게 혜만을 남겨주고 그의 인생에서 사라졌다.

본 척, 들은 척도 안 하는 아들의 등짝만 바라보던 최 부인이 긴 한숨을 내쉬고 사라졌다.

책 정리는 핑계고, 정리하다 나온 술병을 쥐었다. 이 술병은 생각해 보니 경원이 갖다 준 것이었다. 집안 제사 때 쓴다는 독주를 그냥 병째로 들이부었다. 혜가 보면 속 버린다 걱정하겠지. 혜가 보면 천천히 마시라 하겠지. 아, 혜야, 혜야…….

술을 마셨다. 술을 마시면 잠을 잘 수 있으니까. 미친놈처럼 술을 마셨다.

헛웃음이 나오려고 했다.

안 보여서 잊힐 거라면 처음부터 보지 말 것을, 왜 그날 달은 유난히 밝았고, 매화는 꽃이 피었으며, 암향은 은근하였는가.

달빛에 보이는 옆모습은 왜 그리 아름다웠더냐.

너는 왜 그 자리에 있었더냐.

혼자 술을 마시다 하얀 눈이 수북하게 쌓인 매화나무에 한참을 기대어 있었다. 찬바람에 코가 시릴 정도인데 답답한 속에서 터져 나오는 그리움의 열기로 추운 줄도 모르고 멍하니 서서 눈이 앉은 가지를 멍하니 바라보았다. 달도 없고, 바닥의 작은 호롱불빛이 다였다. 세상은 어둠에 쌓여 있었고, 언호의 마음 역시 깊은 어둠 속에 침잠해 있었다.

비틀거리며 다시 발걸음을 옮기려 하지만 마치 발이 땅에 붙은 듯 움직여지지 않았다.

그렇게 다시 사랑채에 돌아와 기절하듯 잠이 들었다.

꿈에서라도 정인이 찾아오길 간절히 바라면서.

하얀 옷을 입은 혜가 웃고 있었다. 이게 요괴인지 귀신인지 중요하지 않았다.

그대로 끌어당겨 안았다. 그의 품에 다소곳하게 안기는 여린 몸을 그는 그대로 마주 꼭 안았다.

마치 진짜인 양 자기의 몸을 더듬는 손에 그가 낮은 한숨을 토했다.

"혜야?"

목에 얼굴을 묻고 낯익은 계화 향을 맡아보려 숨을 들이마셨다. 그러나 그 산뜻한 체향 대신 요란한 분내를 맡는 그 순간, 찬물이라도 뒤집어쓴 것처럼 정신이 번쩍 났다.

어둠 속에 눈을 번쩍 뜨는 순간 꿈이 아님을 알았다.

웬 여자가 자기 옆자리에 파고들어 와 그에게 몸을 꼭 붙이고 요사스럽게 몸을 꿈틀거리고 있었다.

"누구냐!"

언호의 고함에 여자가 뒤로 주춤하고 도망가려 했지만 언호가 더 빨랐다. 잽싸게 낚아채서 잡아놓고, 바로 부싯돌로 등에 불을 붙였다. 붉은 빛에 드러나는 여자는 낯익었다.

"나, 나리."

앙큼하게도 옥춘이 숨어든 것이었다.

얇은 속옷 차림이라 불빛에 살결이 다 비쳤다. 옥춘이 어색하지만 눈을 깜박거리면서 허리를 틀었다.

혜만 보면 발정 난 수말처럼 굴었던 게 엊그제 같은데 여자의 몸을 봐도 아무런 생각도 들지 않았다.

"지금 뭐 하는 게냐! 감히 여기가 어디라고 숨어들어 오느냐! 썩 나가지 못할까!"

소리를 버럭 질렀다. 옥춘이 눈을 댕그랗게 뜨고 후다닥 옷을 챙겨서 도망가 버렸다.

씩씩거리면서 일어난 언호는 창을 열어 환기를 시켰다.

독한 분내에 가뜩이나 술 때문에 아프던 머리가 더 아픈 듯했다.

마지막으로 쥐었던 그 작은 손의 온기가 아직도 기억에 생생한데 너는 지금 어디 있는 걸까.

도대체 이 감정은 무엇이란 말인가. 남녀의 결합에 중요한 게 집안과 명예 외는 정녕 없는 것일까. 장가를 벗어난 '언호'란 사람은 존재하지도 않는 걸까. 그놈의 '장씨'가 아닌 '언호'가 역시 성이 없는 '혜'란 여종과 은애하지 말란 법은 어디 있더란 말인가.

결국 가장 행복했던 시절이 성국에서 집안은 생각하지 않고 공부하던 그때였다는 것이 다시 생각났다. 고향이 그립고 마냥 돌아가고 싶으면서도 공부만 하는 게 얼마나 즐거웠던가. 한편으로는 아무런 생각도 하지 않아도 돼 홀가분하였다.

이렇게 살다간 거미줄의 벌레처럼 꽁꽁 거미줄로 감싸인 채 죽을 게 분명했다. 이들이 나를 잡아먹겠다면, 내가 이들을 버리면 된다. 거미줄을 끊고 나가자. 나가자.

그동안 계속 고민한 것. 그리고 이미 머릿속에 몇 가지 결론이 난 것.

혜를 데리고 이 나라를 떠나자.

그렇다면 어떻게 혜를 되찾아올 수 있을까.

경원은 혜를 본 적이 몇 번 없음에도 처음 이 집에 온 이후 이상하게 자주 드나들었다. 집에서만 두어 번 보지 않았던가. 그리고 혜를 팔라고 청하기까지 하였다.

경원은 혜를 진작 알고 있었을지 모른다. 그러나 오래전에 시집 온 부인이 친정에서 데려온 몸종을 어디서 봤을까.

혜는 절대 자기가 어디서 왔는지 말하지 않았고 그 성조차도 말하지 않았다. 하지만 오라버니의 서간으로 봐선 글을 아는 집안의 출신인 듯했다. 한데 노비로 전락할 만한 일이 뭐가 있었을까.

어쩌면 혜가 장인어른 댁으로 가기 전에 경원과 혜가 서로 알았을 수도 있었다.

그날 혜와 만나다 줄행랑을 친 남자는 경원이었을 거라고 언호는 확신했다.

경원이 혜를 사간 것은 전에도 이미 팔라고 제안을 한 적이 있으니 당연한 거겠지. 그러나 경원의 성격상 왜 혜에게 집착한 건지는 알 수 없었다.

왜 경원은 혜를 꼭 데려가려 하였을까?

그날 데리러 왔을 때 그냥 노비 끌고 가듯 한 게 아니라 마차가 모시러 왔다고 들었다. 그 정도로 혜를 아끼는 게 분명하다면, 왜?

첩으로 삼으려고?

그 둘이 정이라도 통한 걸까?

그러나 혜는 가면서도 그렇게 행복한 기색이 아니었고, 그날 밤 술주정하는 그를 달래주기까지 하였다.

경원은 끝까지 혜가 누구인지 그에게 밝히지 않았다. 그러나 혜가 그의 이름을 모르는 상태에서 '도련님'이라고 지칭하지 않았던가. 그 둘은 과거에 알던 사이인 게 분명했다.

경원의 뒤를 파보면 혜의 과거에 대한 실마리를 찾을 수 있을지도 몰랐다. 경원이 왜 혜에게 집착하는지도.

결국 경원을 통해 혜의 과거를 추적해서 어떻게든 혜를 다시 데려올 빌미를 만들어야 했다.

날이 밝자 언호는 종원의 집으로 쳐들어갔다. 장안의 소식통인 종원이라면 무언가 알고 있을 게 분명하였다. 아침 밥상을 받기도 전에 온 언호를 보고 종원이 당황한 기색이었다.

"무슨 일이야, 이 시각에. 어제 술 마셨어? 눈에 핏줄이 섰는데."

며칠 잠을 제대로 못 자서 그런 듯하였다.

"내 부탁이 하나 있는데……."

"무슨 부탁인데?"

종원이 언호의 심각한 얼굴을 읽어냈는지 긴장한 표정을 지었다.

"소경원에 대해 알아봐주게. 혹시 여자 관련하여 뭐 없나."

"소경원? 소경원이 여자와 관련된 일이 뭐가 있을까? 그이라면 대나무처럼 꼿꼿해서 안사람 말고 어디 다른 외간 여자 손이라도 한 번 잡았을까? 너무 맑은 물엔 고기가 없는 법일세, 라고 지난번에 영의정이 그랬다고 하던데? 지금 부인은 아마 금가 출신이라고 하던데……."

금가라고 하면 서인의 대표적인 가문 중 하나였다.

"그렇구먼."

"내가 듣기로는 원래 어릴 적에 정혼자는 따로 있었는데…… 두 씨 집안 아가씨와 정혼했었다고 들었었거든?"

"두 씨 집안?"

"두철 선생 기억 안 나?"

두철!

"두철 선생이라 하면 그 사화 때 상소문에 소두(疏頭)라 하여 처벌된 분이 아니신가?"

전왕 때 당시 성국을 세우기 전의 진족이 큰 세력을 얻고 환국을 위협하고 있었다. 그전 선국에 바치던 군신지의가 있는데 오랑캐인 진과 수교할 수 없다고 남인이 주장하였다. 서인도 그 세력이 갈리었는데 그중 소수가 두철이 이끄는 실리주의 외교를 주장한 이들이었다. 결국 이들이 상소를 제출하였고, 전왕이 이들을 역적이라 하여 처단하게 되었다.

전왕이 드러눕기 직전 왕세자가 갑작스레 돌림병으로 사망하였고, 현왕이 왕세자로 등극하였다. 그러나 남인이 밀려고 했던 왕자가 아니었던지라 남인과 서인 간의 세력 싸움이 치열하였고 결국 왕세자를 바꾸기 직전 왕이 쓰러지는 바람에 현왕이 즉위하게 되었다.

현왕은 복귀하자 천천히 세력을 쥐고 흔들면서 남인을 몰아내었고, 그 사회에서 죽은 이들을 최근에 다시 조사하여 이미 복권한 상태였다. 천민이 된 사람들도 다 면천이 되어 다시 신분이 회복되었던 터.

"그 두철 선생 집안 식구들에 대해 조사 좀 해봐주게나."

"왜 갑자기? 혜와 관련된 일인가?"

"아무리 생각해도 경원은 혜와 알고 있었던 듯하거든. 그렇지 않고서야 경원이 그렇게 집요하고 은밀히 나를 압박하진 않았겠지. 결국 그가 원하던 대로 되었고 말이지."

"하기야 소경원이 그럴 정도면 뭔가 대단한 일이겠지. 알았어. 내가 저녁 즈음까지 알아놓을 테니 저녁에 들러. 난 바쁜 몸이라서 이만 나가봐야 하니까."

종원은 약속한 대로 저녁 즈음 사람을 보내어 저녁을 먹으러 오라고 청하였다. 한걸음에 달려간 언호의 급한 마음은 전혀 모르는지 밥부터 먹으라고 권하였다.

"천 리 길도 한 걸음부터라고 하지 않았나. 일단 먹어. 먹고 얘기하자고."

상다리가 부러지도록 연신 종들이 찬을 들고 날랐다. 탕에,

찜에, 국에, 온갖 산해진미가 다 나와 있었다.

"이게 다 뭔가?"

양반이라면 밥상이 제한이 되는데 중인인 종원에게 그런 게 있을 리가 없었다.

"사람이 먹는 재미가 없으면 뭘로 살라고? 내가 중인인 게 정말 즐거운 건 이것밖에 없거든."

종원이 자신을 비아냥거리기라도 하듯 먹는 걸로 사치하는 것은 언호도 익히 알고 있던 차였다. 온갖 산해진미에 성국과 바다 건너 왜국 요리까지 온갖 요리들이 다 나와 있었다.

"얘기 좀 해봐."

"아무튼 성격도 급하셔. 내 알아봤는데 두철 선생과 장남이 참수당한 뒤에, 두철 선생의 부인과 딸은 역병으로 사망한 걸로 공문서에 남아 있네."

"사망?"

"원래 관비로 갈 예정이었는데 둘이 감옥에서 역병으로 사망했다고 하네."

"그런데 그즈음은 겨울이 아니던가? 겨울에 웬 역병이란 말인가?"

역병은 자고로 날이 덥고 습해야 생기는 질병이 아니던가.

"그게 참 이상하지? 그래서 혜란 노비가 언제 그 집에 들어간 건지 내 관아에 가서 직접 찾아보지 않았나? 갑자기 모용수의 집에 소소와 혜라는 두 노비의 호적이 생겼지. 그건 확실하게 위조한 거라네."

"그걸 자네가 어떻게 확신해?"

"그 문서는 위조된 게 확실하네."

노비 문서의 위조가 새로운 일도 아니고 어려운 일도 아니었다.

"그 문서 위조한 이를 내가 직접 만나봤거든. 장안에서 노비 문서 위조의 달인이라면 몇 명이나 있을 것 같나?"

종원은 당시 상황에 대해서 짤막하게 얘기해 주었다. 두철에 겐 자녀가 셋이 있었는데 열여섯인 장남은 같이 처형당하고 차 남인 희안은 아래 지방에 귀양 갔다가 풀려난 지 얼마 안 되었 다고 했다.

"그렇다면 혜가 두 씨 소저인가?"

"여태까지 일을 유추해 보면 그러하겠지. 무엇보다 부인 이름 은 유희소, 딸 이름은 두설혜라는 게 증거라고나 할까."

"그런데 왜 경원은 혜, 아니, 두 씨 소저가 이제 양민인 것 을 알려주지 않은 채, 나에게서 억지로 사가려 하였단 말인 가?"

혜는 더 이상 노비가 아니었다. 다만 혜도, 장 씨 집안에서도 알지 못하고 있었던지라 그냥 노비로 살고 있던 것뿐이었다.

그렇다면 경원은 전혀 몰랐던 걸까?

그럴 리가 없었다. 만약 경원이 혜에게 어떤 흑심이 없었더라 면 언호에게 말을 했겠지. 하지만 경원은 그냥 이 집에서 혜를 빼내려고만 했고, 혜에게도 노비에서 풀려났음을 말해주지 않았다.

"생각해 봐. 세상에 더 이상 두설혜란 사람은 존재하지 않네. 노비인 혜만 있을 뿐이지. 그 노비인 혜가 두설혜라는 걸 증명하려면 누구를 쳐야 하는지 아나? 바로 자네 장인인 모용수 대감이지!"

순간 찬물이라도 맞은 듯 정신이 번쩍 났다.

"자네 장인이 어떤 의도에서 그 두 모녀의 호적을 위조하여 자기 집으로 데리고 갔는지는 잘 모르겠지만 이걸 터뜨리는 순간, 자네는 남인의 배신자가 될 거야. 아무리 자네가 당파에 끼지 않고 처신을 잘했다 하지만 모용수 대감만은 절대 건드려선 안 되는 거 알지?"

언호가 앞에 있는 술병에서 술을 한 잔 따라 그대로 들이켰다.

종원 역시 한 잔 들이켰다.

아무리 도망치려 해도 법도, 제약, 신분 등 거미줄에 꽁꽁 묶여 거미에게 빨릴 날을 기다리는 파리나 다름없었다. 그것을 지금 다시 한 번 느끼고 있었다.

✳

별당 앞에 서 있는데 쉽게 들어가지지가 않았다. 그냥 데려만 오면 좋을 줄 알았는데 혜는 계속 그의 마음을 모르고 밀어내기만 할 뿐이었다. 한숨을 쉬며 들어서려 할 때 안에서 요란한 소리가 났다. 곧 요란법석을 떨며 뛰쳐나오는 혜의 몸종인 막심이를 보고 경원이 눈살을 찌푸렸다.

"무슨 일인데 아침부터 큰 소란이더냐?"

"나, 나리, 나리. 아가씨께서 그만 기절하셨습니다요."

그 말에 사색이 된 경원이 양반 된 체면에도 불구하고 달려갔다.

창백한 얼굴로 바닥에 쓰러져 있는 혜를 보고 그가 막심이를 크게 꾸짖었다.

"이 사람 몸이 하루 이틀 안 좋은 게 아니었을 텐데 왜 나에게 말을 하지 않았던 것이냐?"

"아가씨가 그냥 어지럽다고만 하셔서 그런 줄로만 알고……."

원래 같은 노비였는데 주인 나리 눈에 들어 첩이 되었다는 이 별당 아씨를 막심이는 좋아하지 않았다. 나리가 모시라고 시켰으니 모시긴 했으나 은근히 무시하고 있었다.

그때 숙영이 별당의 소란에 무슨 일인가 하여 친히 별당으로 발걸음을 옮긴 터였다.

"아침부터 웬 소란이더냐?"

숙영의 날카로운 목소리에 경원과 막심이 둘 다 고개를 돌렸다.

"의원을 좀 부르시구려. 혜가 쓰러졌소."

"네?"

숙영의 얼굴이 매우 미묘해졌다. 막심이에게 듣기로 요즘 계속 몸이 안 좋다 하더니…… 설마……. 곧 다시 평소의 온화한 표정으로 돌아온 숙영이 바로 답하였다.

"의원에게 진맥을 받게 하는 게 좋을 것 같소."

"서방님은 이만 나가보셔야 하지 않을까 싶습니다. 오늘 아침 조례가 있다고 말씀하시지 않으셨습니까?"

숙영의 말에 경원이 어쩔 수 없이 나갈 준비를 하러 사랑채로 들어갔다.

"어서 의원을 모셔오지 않고 뭐 하고 있는 게냐!"

숙영이 막심이에게 서릿발처럼 소리를 버럭 지르자 막심이가 뛰쳐나갔다.

경원이 나가는 걸 대문까지 전송하는 숙영의 안색은 평소보다 파리했다. 꼭 쥐고 있는 손이 독수리 발처럼 앙상하였다. 손톱이 손바닥을 파고들었다. 아이가, 저이 몸에 들어섰구나. 차마 입에서 나오지 못한 그 말……. 질투하는 자신이 환멸스러웠고 혜가 부러웠다. 경원의 마음도, 아이도 모두 가진 그이가 진심으로 부러웠다.

숙영이 부른 의원이 온 것은 정오쯤이었다. 겨우 정신을 차려 미음 몇 수저 들다 말고 혜는 엉겁결에 진맥을 받아야 했다. 법도대로라면 혜가 안에 있고 밖에서 진맥을 해야 하는데 첩에 노비다 보니 그런 것도 없었다.

의원이 조심스레 혜의 손목을 쥐었다. 낯선 사람의 손에 혜가 질색을 하면서 손목을 빼내었다.

"지금 자네를 진맥하려는 거니 가만있게."

결국 숙영의 말에 혜가 긴장을 풀었다.

사실 달거리가 끊기고 아침마다 헛구역질을 하는 게 어떤 조짐인지 모르지는 않았다. 다만 이 일이 밝혀지면 일어날 사달이 두려워 숨기려 했을 뿐.

"작은마님이 회임하셨습니다. 아이는 무사히 태에 잘 자리 잡았습니다. 경축드리옵니다."

소가에 아이가 귀한 걸 오래 드나든 의원이 모를 리가 없었다.

혜가 슬그머니 숙영의 눈치를 보았다. 짧은 시간에 그 자애로운 얼굴에 충격, 질투, 좌절 온갖 복잡한 감정들이 지나갔다. 다시 평소의 온화한 표정으로 돌아온 숙영이 혜에게 덕담을 하였다.

"잘되었네, 정말. 내가 부덕하여 이 집안 대를 끊나 싶었는데 자네 덕에 대는 안 끊기게 되었으니 다행스런 일이야."

손을 잡고 토닥이는데 손바닥에 슬쩍 땀이 배어 나오고 있었다. 혜는 어쩔 줄 모른 채 멍한 표정을 짓고 있을 뿐이었다.

그때 숙영이 갑자기 기침을 시작했다. 혹시 산모가 옮기라도 할까 손수건으로 입을 막고 고개를 돌린 채였다. 쿨럭거리는 기침이 한참 계속되자 의원이 좀 의아한 듯 물었다.

"마님, 혹시 기침하신 지 좀 되셨습니까?"

"몇 주 된 듯싶은데……."

"혹시 요즘 미열이 나고, 계속 피곤하고, 기침이 나고 하는 고뿔 증상이 오래되지 않으셨는지요?"

"그렇네만."

"제가 진맥을 좀 해보면 안 되겠습니까?"

기침이 오래되어 유모가 진맥을 받자고 주장한 지도 제법 되었다.

"내 고뿔이 옮으면 안 되니 어서 내가 나가야겠구먼."

숙영이 자리에서 일어서자 혜가 일어나려 했지만 만류하였다.

"앉아 있게, 몸도 안 좋은데 그냥 있게."

후덕하게 혜를 만류하였지만 숙영의 심상찮은 기침에 혜는 오히려 마음이 불편해졌다.

잠시 후 자리를 옮겨 숙영을 진맥한 의원의 표정이 안 좋아졌다. 차마 말도 못 꺼내고 눈치를 보자, 숙영 옆의 유모가 안절부절못하였다. 불길한 징조였다. 그냥 가벼운 고뿔 정도로만 생각하였는데…….

"내 병증이 무엇이더냐? 왜 말을 못하나?"

"그게……."

"무엇인데 그러나?"

"그게, 저, 허로(虛勞)12) 인 듯하옵니다."

가뜩이나 창백한 숙영의 얼굴이 더욱 창백해졌다. 옆에서 듣고 있던 유모 역시 마찬가지였다.

"무얼 먹으면 좋을 것 같소?"

"원래 허로에는 몸을 보신하는 게 중요합니다. 몇 재 지어드릴깝쇼?"

숙영이 고개를 끄덕이며 자기 시비에게 명했다.

"자네는 의원을 따라가 약을 받아 오게나. 내 피곤하니 이만 물러가시오."

의원이 나간 뒤에 숙영은 유모에게 은밀하게 일렀다. 눈가가 파르르 떨리는 게 거의 울기 직전인 늙은 유모를 숙영이 되레 달래었다.

"어떤 년은 오늘 회임하였다 하고 마님은……."

그 말을 하다 결국 유모가 눈물을 내비쳤다.

"내가 당장 죽는 것도 아닌데 왜 울어."

늙은 유모를 다정하게 달래주는데 유모는 계속 훌쩍거렸다. 유모가 진정되자 숙영이 지친 얼굴로 억지로 웃었다.

"그만 나가보게, 난 좀 쉬어야겠으니."

유모가 자리를 봐주고 나갔지만 몸은 천근만근 무거운 데 반해 머릿속이 복잡해서인지 눈이 잘 감기지 않았다.

오늘 누군가는 선물을 받았다면, 누군가는 저주를 받은 것이

---

12) 심신이 피로하고 쇠약해지는 증상. 폐결핵에서 볼 수 있다.

나 다름없었다. 이제야 좀 실감이 나는지 뜨거운 눈물이 고이려 하는 걸 억지로 참아내었다.

혜를 첩으로 들인 뒤 경원이 전보다 더 자주 찾았더랬다. 혹시 혜를 그 없는 새 구박이라도 할까 걱정되는지 눈치를 보는 모양이었다. 그 양반답지 않다 생각하면서도, 그리 좋을까 싶으면서도 한편으로 자주 보니 좋기도 하였다. 하지만 마음이 쓸쓸하기도 하였다.

죽은 줄 알던 정혼자를 찾아내신 거니 그 마음 오죽할까. 경원이 얘기는 안 했어도 대충 짐작하였더랬다.

그냥 다 이해하고 자기 혼자 조용히 지나가면 될 일이라 생각하였는데……. 혜의 몸속에선 아기씨가 자라고 있는데 자기 몸속에선 큰 병이 자라고 있다는 게 믿겨지지 않았다. 하늘이 이렇게 나를 버리시나, 불공평하다 원망하는 긴 탄식만 내뱉을 뿐이었다.

한참을 조용히 앉아 있던 그녀가 작은 나무함을 꺼내었다. 안에서 뭔가 찾아낸 숙영의 얼굴은 망설임이 그득하였다.

그렇게 기다리고 기다리던 아기씨가 자기에게 오지 않고 혜에게 먼저 올 줄이야.

그러나 다 하늘의 뜻. 인간사 제 마음대로 되는 게 뭐가 있겠는가. 마음대로 되었다면 그 둘이 왜 갈라졌을까. 한 쌍의 원앙같은 그들 사이에 끼어든 것은 다른 사람도 아닌 자기 자신일지도 몰랐다.

노리개를 손에 쥔 채 긴 탄식을 내쉬었다.

천명을 거슬러 봤자 오지 않는 아기씨가 올 리도 없잖은가. 다시 마음을 다잡으면서도 숙영은 한참을 노리개 쥔 손을 풀지 않았다.

회임 소식을 들은 경원이 퇴청하자마자 별당으로 왔다. 저녁 밥상을 받고 있던 중이라 잽싸게 막심이가 가서 상을 차려서 갖고 왔다.

"오셨습니까?"

이제 아이와 혜의 운명이 그의 손에 달려 있기 때문일까. 그동안 소 닭 보듯 하던 혜가 그의 눈치를 보고 있었다.

"왜 진지를 아니 드십니까?"

"도련님 진지가 와야 저도 먹지요."

혜가 말한 '도련님'이란 단어에 경원이 활짝 웃었다. 어린 시절로 돌아간 듯하였다. 해사한 하얀 얼굴은 평소처럼 평온해 보이기만 하였다.

"그럼 같이 먹읍시다."

사이좋은 부부인 듯 같이 겸상을 하였다. 그러나 혜는 얼마 먹지 못하고 상을 물렸다.

"소화가 아니 됩니까?"

입덧이 심하여 조금만 먹어도 바로 토기가 올라오곤 하였다.

"지금도 안색이 많이 안 좋네요. 이래서야 어디 아이를 제대로 출산하겠습니까?"

걱정이라도 되는 듯, 그가 등을 다정하게 쓸었다.

잠시 후 막심이가 와서 대접을 하나 내려놓았다.

"이게 뭔가요?"

"아가씨 몸이 허한 듯하여 약방에서 몸을 보호하는 약을 지어 달라고 했습니다."

혜가 망설이는 기색을 보이자, 그가 갑자기 막심이를 내보냈다.

"막심이는 상을 치우고 나가봐라."

그가 혜의 손을 꼭 쥐었다.

"지금은 건강만 생각해야 할 때입니다. 걱정 같은 것은 하지 마세요. 약도 걱정되면 딱 한 재만 드십시오. 지금 몸이 너무 허하여서 아이를 제대로 출산할까 걱정입니다."

달래듯 말하는 경원을 믿는 것 외에 무슨 수가 있을까. 태아가 언호의 자식임은 경원과 혜 단둘만 아는 것이었다. 그리고 경원은 지금 아이를 낳으라고 부추기고 있었다.

정말 믿어도 되는 걸까.

그가 무슨 생각을 하는지 통 감이 잡히지 않았다.

혜가 역한 냄새가 나는 검은 물을 바라보며 인상을 썼지만 경원이 달래듯 말하였다.

"드세요. 몸에 좋은 것입니다."

낳아도 되냐고, 정말 이 아이를 낳아도 되는 거냐고 묻고 싶은데 차마 그 얘기는 나오지 아니하였다.

"……복중의 태아에게도 정말 괜찮겠습니까?"

혜가 경원을 바라보며 간절하게 물었다. 잠시 당황한 듯 보였으나 경원은 미소를 띠고 천천히 끄덕였다.

"나리를 믿고 마시겠습니다."

혜의 맑은 눈이 그를 응시하자 경원의 안색이 살짝 흐려졌다.

어차피 이 약이 아니더라도, 아이를 유산시킬 수 있는 온갖 방법이 다 있었다. 아이를 지키기에는 혜 자신이 얼마나 약한지 깨달아 버렸다.

아이가 오지 않길 바랐지만 막상 왔을 때는 마음이 바뀌었다.

지키고 싶다, 라고 간절하게 생각했다.

하늘이 준 마지막 기회일는지도 몰랐다.

그러나 아이가 간 것은 한약을 반 재도 채 먹기 전이었다. 갑자기 생각지 못하던 때 왔던 것처럼 아이는 그렇게 가버렸다.

숙영이 불러 안채에 간 혜는 태교를 잘하고 있는지 이런저런 얘기를 나누고 나오던 길이었다. 툇마루에서 섬돌 위에 벗어놓은 신을 신으려는 순간, 빈혈 때문인지 그대로 넘어져 버렸다.

놀란 유모와 숙영 둘 다 혜를 보고 달려왔다.

"자네, 괜찮나? 배는? 배는 괜찮나?"

숙영이 아이의 안부를 먼저 묻고 있었다. 처음에 정신을 차렸을 때는 멍했고, 숙영의 놀란 표정이 치맛자락으로 향하자 혜역시 시선이 옮겨갔다. 붉게 번지기 시작한 핏물에 혜가 입을 벌렸다. 작은 소리도 새어 나오지 아니하였다.

그리고 그렇게 정신을 잃었다.

깨었을 때 제법 시간이 지나 있었는지 꽤 늦은 밤이었다. 촛불 아래로 경원의 창백한 얼굴이 보였다. 손을 쥐고 있는데 그손이 느껴지지 않았다. 몸이 어디에 어떻게 누워 있는지도 감각이 없었다. 뱃속에 있던 그 따뜻한 온기가 느껴지지 않았다. 그래도 작은 희망을 갖고 물어보았다. 혹시…… 혹시…….

"아, 아이는요?"

간절한 눈으로 바라봤지만 경원이 덤덤하게 알려주었다.

"……유산되었습니다."

고개를 옆으로 돌린 혜의 창백한 얼굴에서 눈물이 길게 흘러내렸다.

경원이 수건으로 눈물을 닦아주려 하지만 혜가 그 손을 뿌리쳤다. 이불을 머리끝까지 올려쓴 채로 옆으로 돌아누웠다. 조용한 흐느낌이었다. 소리를 눌러 참는 것처럼. 경원이 가만히 혜의 등을 토닥이며 위로하려 하였지만 지금은 전혀 소용이 없었다.

단 하나의 희망이었는데 이렇게 순식간에 또 사라져 버렸다.

있는 듯 없는 듯 존재했던 작은 생명이 순식간에 사라졌다는 게 믿겨지지 않았다. 납작한 배를 보면서 정말 있는가 싶어 신기하였는데, 어느 순간 뱃속의 아이가 있어서 주는 위안이 얼마나 대단했던 것일까.

아이가 있었더라면 언호에게 돌아갈 명분이라도 있을지 몰랐다. 아니, 아이만이라도 보낼 수 있을지도 몰랐는데.

이 별채는 혜에게 새장이었다. 새장 속에 갇힌 꾀꼬리처럼 노래를 부르다 죽어갈 것 같았다. 경원은 매일 밤 와서 한참을 앉아 있다 가곤 하였다. 말없이 가만히 바라만 보고 있는 경원의 시선은 혜를 옴짝달싹 못하게 붙잡아매는 올무와도 같았다.

더 미쳐 버리겠는 것은 매일 밤, 멍하니 천장을 올려다보면서 그를 생각하는 자신이었다. 다 체념하고 받아들였으면서도 그놈의 얄팍한 미련 하나 잘라내지 못하였다.

원명부의 매화나무의 홍매는 피었을지, 올겨울도 불면증으로 시달리고 계실지. 그가 연주하던 칠현금 소리가 듣고 싶었다. 기분 좋게 웃던 웃음소리, 눈가에 잔주름이 잡히던 그, 기대고 싶던 단단한 등, 뜨거웠던 손…….

어느새 겨울이 가고 봄이 왔건만, 혜의 마음속에는 여전히 새하얀 눈이 내리고 있었다. 북풍이 마음속을 떠나지 않고 계속해서 불어왔다.

깜박 잠이 들었다 깨었는데 몸이 으슬거리는 게 따뜻한 물 한

잔이 마시고 싶어졌다. 으레 그러하듯 별채 근처에는 아무도 얼씬거리지 않았다.

직접 부엌에 찾아 들어가 보았지만 모두 밖에 나가고 아무도 보이지 않았다. 식모나 찬모 모두 마실이라도 나간 모양이었다. 부엌 한쪽 벽에 한약재가 걸려 있는데 혜가 먹다 남긴 걸 까먹고 그냥 둔 모양이었다.

혜는 자기도 모르게 약재를 약간 덜어내어 손수건에 쌌다. 그날 경원을 믿는다고 말했을 때 그의 표정이 너무 슬퍼 보였기 때문이다. 그의 눈이 입과 다른 얘기를 하고 있었다.

그 다음날 혜가 안채에 가 숙영에게 문안인사를 드리면서 여쭈었다.

"수실이 떨어져서 장에 나가봐야 할 것 같습니다. 오늘 나가봐도 될런지요, 마님?"

실제론 수틀에서 수를 놓은 게 언제인지 기억도 나지 않았다. 다만 밖에 나갈 핑계가 필요했던 것뿐이었다. 혜의 말에 숙영이 약간 안심한 표정을 지었다. 혜가 유산 이후 안채에 박혀 있기만 해서 걱정하던 차였다.

"그러게. 집 안에만 있으면 뭐 하나. 운동 삼아 나가서 좀 걷고 오게나. 나간 김에 다른 데도 좀 들르지 그러나?"

그러면서 제법 큰돈을 내어놓았다.

"뭔가 필요한 게 있으면 말을 하게. 그냥 매일 입을 다물고 있으니까 내가 오히려 더 걱정이 되지 않나."

숙영이 농을 던졌지만 혜는 작은 얼굴로 그냥 웃기만 할 뿐이었다. 그때 숙영이 경대에서 뭔가를 찾아 혜에게 내밀었다.

"이것 받게나."

숙영이 내민 것을 보고 혜가 의아한 듯 바라보았다. 향낭이 달린 노리개였다. 산호에 온갖 귀한 게 다 달려 있어 가격이 제법 나갈 듯한 물건이었다.

"무엇입니까?"

"친정어머님께서 주셨던 걸세. 아이가 잘 들어서게 도와준다고 했네."

"좋은 향이 납니다."

"사향이야. 사향은 개규(開竅)[13], 활혈(活血)[14], 최생(催生)[15]에 좋다 하여 내 친정어머님께서 주신 걸세. 그런데 내가 쓸 일이 있어야지. 내 태는 하늘이 닫아둔 모양일세."

사향은 귀하기도 하지만 꽤 비싼 물건이었다. 사향이 피를 맑게 하고 혈액순환에 좋아 수태하는 데 도움이 된다고 하여 아이가 잘 들어서지 않는 여성들이 힘들게 구하는 것이었다. 왜 숙영이 이것을 갖고 있는지 아는데 선뜻 받을 수는 없었다.

"아닙니다, 마님. 저에게 너무 과분해요."

---

13) 심규를 열어 정신을 들게 함.
14) 혈액순환이 잘되게 함.
15) 아기를 쉽게 빨리 낳게 함.

"나에겐 있으나 마나 한 물건일세."

숙영이 씁쓸하게 억지로 웃으려 하였다.

결국 억지로 손에 쥔 채로 향낭을 들고 나온 혜의 마음속은 복잡하기 이를 데 없었다.

'왜 저에게 이렇게 잘해주세요?'

만약 자신이 숙영 같은 입장이라면 저렇게 관대하게 할 수 있을까. 질투로 미쳐 버릴지도 모를 텐데…….

간만에 햇살이 좋은 날이었다.

그새 계절이 바뀌었는데 방에만 처박혀 있다 보니 전혀 몰랐다. 경원과 다시 재회한 것도 요맘때였던가.

날이 좋아 그런지 거리에는 사람들이 그득하였다.

소가 근처의 장은 어릴 때 어머니를 따라 자주 오던 곳이었다. 십 년이면 강산도 변한다는데 어떤 상점은 주인이 바뀌었고 어떤 상점은 같은 이가 주인이었다.

포목점에서 실을 보는 체하면서 막심이의 주의가 다른 데로 쏠릴 때를 기다렸다. 주인이 꺼내어 보여주는 실을 보는 둥 마는 둥 하다가, 막심이가 고운 천에 정신을 팔자, 그때를 틈타 설혜는 스리슬쩍 인파 속으로 들어갔다. 이 근처 어딘가에 약방이 있던 게 기억이 나서였다.

다행히 금세 약방을 찾아 들어갔다. 오래된 약재 말리는 냄새가 멀리서도 맡을 정도로 강했다. 뭔가 탕약을 달이고 있는 주인을 잡고 손수건의 약재를 보여주었다.

"실례입니다만 이 약들이 뭔지 알 수 있겠습니까?"

"우슬(牛膝), 의이인(薏苡仁), 홍화, 운대자(芸薹子) 같은 약재들이 들어 있습니다만?"

약재상이 왜 이런 걸 묻는지 이상하다는 듯 혜를 쓰윽 훑어보았다.

"이 약들은 보통 몸이 허할 때 먹는 것들인가요?"

"글쎄 뭐, 어떤 증상이냐에 따라 다른데, 넣기도 하고 안 넣기도 하고…… 보통 운대자의 경우엔 어혈을 풀 때 쓰는 약재올시다."

어혈?

"만약 임산부에게 쓰면 어떻게 됩니까?"

"어이쿠! 이 약재들은 임산부에게 썼다간 큰일납니다요!"

"왜요?"

낯빛이 창백해진 혜를 두고 약재상은 별 신경도 쓰지 않고 답하였다.

"이 약들은 어혈을 푸는 약재라, 산모가 쓰면 유산할 위험이 높은 약재들이니 그렇지요."

빈혈로 쓰러지면서 굴러 떨어진 거라고 하지만 낮은 데서 구른 거여서 실제로 배에 간 충격은 그렇게 크지 않았다. 그렇기 때문에 유산된 것이 그런 이유만은 아닐 것이라 짐작하고 있었다. 그래서 수상하다 생각하여 약재를 일부러 살짝 덜어온 것이었다.

"그리고 지금 차고 계시는 향낭에서 사향 냄새가 나는데, 사
향이 회임에 도움이 된다 하지요. 하지만 회임 이후에는 사향도
산모에게는 안 좋은 건 마찬가지. 자궁에 경련을 일으켜서 아이
에게 절대적으로 위험하지요."

숙영이 준 향낭을 달고 나왔는데 그 냄새를 맡았는지 약재상
이 설명해 주었다.

경원이 차마 아이를 낳으란 말을 할 수 없었던 것은 이해했
다. 이 세상 누구도 바라지 않는 아이였겠지. 혜조차 바라지 않
았다. 그러나 아이가 뱃속에 있다는 생각이 처음엔 당황스러웠
고 겁이 났지만 아이가 자라면 자랄수록 그 존재를 점점 더 강
하게 드러냈고, 생각보다 큰 위안과 위로를 받았다. 아이가 있
어서 더 힘을 내려 했고 용기를 가지려 했었는데…….

세상에 나오지 못한 아이를 생각하면 눈시울이 뜨거워졌
다.

뱃속에 잠시 왔다 간 생명, 아이가 자기처럼 노비가 되는 게,
그래 봤자 얼자라는 게 싫어서 아이를 가지지 않겠다 생각하였
는데 그게 얼마나 큰 기쁨인지 몰랐던 것이었다. 왜 노비가 아
이를 낳는지 그것조차 부정적으로 생각하였는데 그제야 이해할
수 있었다.

그런데 그렇게 보낸 게 억울하고 분하였다.

그래도 이 세상에 갈 데 없는 두설혜는 그 집으로 꾸역꾸역

돌아가야했다.

실을 보고 있던 막심이는 작은마님이 사라져서 놀라 기겁했는데 혜가 별일 아닌 듯 다시 포목점으로 들어오자, 짜증을 부렸다.

"작은마님, 놀랐잖아요. 어디 갔다 오신 거여요?"

"아, 저쪽에 뭐 신기한 게 있어 잠시 구경하고 왔네."

"말을 하던가 하지…… 얼마나 찾았는 줄 아세요!"

혜는 막심이 짜증을 부리건 말건 별 신경 쓰지 않는 기색으로 수실 몇 가지를 대충 고르더니 소가로 돌아와 버렸다.

대문 안으로 들어가려 할 때 소가와 담장 하나를 두고 있는 옛집을 어렴풋하게 보았다. 경원이 옛집에 들어가 보라곤 했지만 이제껏 그쪽으론 얼씬도 하지 않았다. 어떻게 그 집을 다시 볼 수 있단 말인가. 담장의 감나무는 이제 잎이 파릇파릇하게 돋고 있겠지. 그리고 그 집에 살던 다섯 식구 중 살아남은 이는 이제 달랑 둘뿐이었다.

봄볕이 이리도 좋은데 마음은 아직 허허벌판 눈 쌓인 황야에 맨몸으로 서 있는 것처럼 춥기만 하였다.

젊은 나이인데도 관직에서 은퇴한 모용수는 느긋하게 살고 있었다. 방에 줄줄이 세워놓은 난초 화분은 정성스레 돌보는

지 어디 시든 잎 하나 보이지 않았고 잎에 먼지 하나 앉지 않았다.

바둑판을 앞에 두고 늙어서 본 늦둥이 아들인 소현에게 바둑을 가르치던 중이었던 모양이다.

소현이 오랜만에 본 매형에게 깍듯하게 일어나 절하였다. 이제 여섯 살 된 어린 처남은 어린아이답지 않게 진중한 표정으로 바둑판을 보고 있었다.

"마침 소현에게 바둑을 가르치던 중일세. 간만에 한판 둘 텐가?"

"죄송한데 제가 지나다 잠시 인사차 들른 거라 힘들 듯합니다."

아직 아이인 소현은 곧 자야 하는 시각이라 유모가 와서 데려가고 난 뒤, 단둘만 남았다.

잠시 차를 마시면서 집안 식구들 안부를 묻던 중 대화거리가 떨어졌다. 결국 모용수는 뭔가 이유가 있어 방문한 게 분명한 사위를 바라보았다.

"자네가 무슨 일로 갑자기 이렇게 찾아왔나. 나 같은 거사에게 무슨 볼일이 있는지 궁금하네그려."

"물어볼 게 있습니다."

"무얼?"

"혜는 누구입니까?"

주름이 잡힌 장인의 얼굴에선 아무것도 읽을 수가 없었다.

"이 사람, 이상한 질문을 하고 있군. 우리 집 노비가 낳은 노비인데 무슨 문제라도 있나?"

"두 씨 집안 소저가 아닙니까? 그 사람 지금 소경원의 집에 가 있는 것은 아시는지요?"

그 말에 모용수의 얼굴에 약간의 충격이 지나갔다.

"왜 그 아이가……."

"저는 궁금하였습니다. 왜 소경원이 얼굴 몇 번 보지 않은 그 노비에게 집착하는지. 알아보니 경원에게는 예전에 정혼자가 있었더이다. 두철 선생의 따님인 두설혜라고. 그 두 씨 처자는 역모 사건에 휘말려 관노로 잡혀갔는데, 이후 문서에는 어머니와 함께 역병으로 죽었다고 되어 있었습니다. 어인 일로 죽은 사람이 생생하게 살아서 있었던 겁니까?"

"그게 왜 궁금한가? 자네가 알아서 좋을 일 하나 없네."

왜 궁금하냐고?

"만약 혜가 두설혜라면 그녀는 더 이상 노비가 아닙니다. 이미 두 씨 집안은 사면된 지 오래지 않습니까?"

모용수의 얼굴이 슬쩍 굳었다.

"그녀는 누구입니까? 그냥 이 집 노비였던 혜입니까, 아니면 두설혜입니까?"

언호의 직접적인 물음에 모용수가 조용해졌다. 그는 뭔가 생각이 많은 듯 인상을 살짝 썼고, 그러다 언호를 날카롭게 바라보았다. 무슨 결론이라도 내린 듯한 표정으로 단호하게 답하였다.

"자네 짐작이 맞네. 그렇지만 그걸 들추어서 어쩔 생각인가?"

"들추려고 하는 것도 아니고, 그러고 싶지도 않습니다. 다만 제가 궁금한 것은…… 장인어른께서 그 모녀를 거두신 이유입니다."

그가 수염을 쓰다듬었다. 와병을 핑계로 집에 은거한다지만 여전히 남인의 정신적 지주였다. 왕도 감히 무시할 수 없는 권력을 지닌. 대비가 그의 누이이니 감히 함부로 외삼촌을 치지는 못하겠지.

"내 친우 중에 유추우라는 자가 있었네. 어릴 적부터 같은 스승님 밑에서 공부하였고 그 집에도 자주 왕래하였지. 추우에게는 여동생이 하나 있었네. 아명이 소소라고 하였던 그 아기씨를 어릴 적 그 집에 드나들며 자주 보았네."

갑자기 뜬금없는 얘기에 언호는 당황하였다.

"소소는 두 씨 집안에 이미 정혼자가 있었어."

설혜의 어머니 이야기였다.

가끔 소식을 들었다. 첫정이 뭐가 그리 깊은지 어쩌다 가끔 소식이라도 들으면 가슴이 두근거렸다.

운명은 그와 두철을 서로 대척하게 하였고, 모용수는 두철을 칠 기회가 생기자 단칼에 내려쳤다. 두철이 형장의 이슬로 사라진다면 소소는 어찌 될까.

소소와 그 딸은 다행히 미리 손을 써서 관비로 갈 것을 대신 사람을 사서 채우기로 하고, 들통 날 걸 염려하여 역병에 죽은 것처럼 호적을 바꾸어 버렸다.

어찌 된 일인지 이제 알았다면 어떻게 혜를 다시 경원의 집에서 데리고 나올 수 있을까.

혜는 노비가 아니다. 노비가 아니었다.

"혜는 더 이상 노비가 아닙니다."

"그걸 어떻게 증명해 낼 것인가?"

모용수가 여유있게 수염을 쓸면서 빙그레 웃었다.

그렇겠지. 지금 남인이 주춤하고 서인이 득세한다지만 대비의 지지를 받는 남인 세력은 여전히 컸고 그 중심엔 모용수가 있었다.

"그리고 아무리 우리 아이가 죽었다지만 장인에게 와서 딸의 몸종인 아이에 대해 묻는 것은 예의가 아니지 않은가? 그 아이를 첩으로 들이기라도 할 건가?"

"본부인으로 들이고 싶습니다."

"허허. 이미 다른 집에 간 아이를 찾아와 봤자 애저녁에 경원이 취했을 터인데 어찌하려고 그러는가?"

그가 이런 안된 사람을 보았나, 하는 듯한 표정으로 혀를 끌끌 찼다. 순간 언호는 자기도 모르게 종원이 알려준 의문이 입에서 튀어나갔다.

"제 처남의 친모는 누구입니까?"

종원이 흥미로운 이야기를 하나 해주었다. 모용수 대감의 늦둥이 아들은 씨받이가 낳았다는 소문이 있다고. 완용을 낳을 때 난산이어서 부인이 더 애를 못 낳는다 했다. 집안의 대가 끊길까 씨받이를 들였다고 했다.

"당연히 자네 장모이지 누구겠는가?"

"유 부인이 아니라요?"

"자네!"

소리를 버럭 지른 모용수는 주변에 듣는 귀가 있는지 조심스레 둘러보았다.

"소현이 앞에선 그런 얘기 절대 꺼내지 말게! 아무리 어린 애라도 알 거 다 아는 나이야. 소현이 에미는 그 사람밖에 없어."

혜를 보내고 난 뒤, 유 부인은 출산을 하고 산욕열로 앓다 죽어버렸다. 이미 아이는 정부인이 키우기로 되어 있었다. 그러나 보는 사람이 한둘이 아니었으니 소문이 은밀히 도는 거야 당연지사.

유 부인이 노비 신분이었던지라 아이는 서자도 아닌 얼자였다. 벼슬길이 막힌 얼자에게 제사를 물려줄 수는 없는 노릇. 아이 신분을 위장하였다 하지만 그게 소문이 날까 두려웠겠지. 혹시나 아들이 이복 누이와 닮았을지도 몰라 둘을 서로 떼어놓던 것이리라. 왜 이날 이때까지 혜를 장가에 두었는지 언호는 알아버렸다. 종원이 아는 일을 경원이 몰랐을까?

"그 일을 들추어서 무엇 하게?"

"저는 반드시 혜를 되찾고야 말겠습니다."

그가 고개를 절레절레 흔들었다.

"자네, 소경원이 어떤 인간인 줄 모르고 그러는가?"

골수 서인 집안의 떠오르는 신진거두인 소경원은 출세 관문인 승정원에서도 승승장구 중이었다. 학문이 깊고 처신이 바르며 점잖은 그를 총애하는 정승들이 한둘이 아니었다. 그는 이미 모용수의 숨은 의도조차 알고 있을 테고, 그래서 조용히 혜를 빼내는 데만 심혈을 기울인 터. 절대 쉽게 내줄 리가 없었다.

＊

"나리, 밖에 손님이 한 분 찾아오셨습니다."

청지기의 말에 경원이 슬쩍 인상을 썼다. 연락도 없이 찾아오는 손님은 반갑지 않았다.

"누구인가?"

"장언호라고 하십니다."

집에 없다 할까, 아니, 집에 있는 건 알겠지. 몸이 불편하다 할까. 아니, 언제 어디서 부딪칠 거 집이 편하였다. 피해 다닌다고 아니 만날 사람도 아니고.

"들라고 해라. 그리고 별당에 연락하여 마님 못 나오게 하라고 막심이에게 일러라."

청지기가 고개를 꾸벅 인사하고 나간 뒤 언호가 들어왔다.

"어쩐 일인가, 자네가."

환대를 하려 하지만 언호의 눈매가 매섭기 이를 데 없다.

"소저는 잘 지내나?"

"설혜 아가씨는 잘 지내고 있네."

경원이 '소저'라는 말에 잠시 눈썹을 꿈틀거리더니 온화한 표정으로 답하였다.

경원의 평온한 어조에 언호는 주먹을 불끈 쥐었다. 내 여자를 함부로 부르지 말게, 라고 소리라도 치고 싶었다.

"혜, 아니, 설혜 아가씨에게 더 이상 노비가 아님을 말하였나?"

경원은 언호의 눈을 피하였다. 말했을 리가 없었다. 언호는 이해가 가지 않았다, 왜 경원이 이러는지.

"아니 말했다면 내가 직접 말할까?"

"내가 말한다고 해서 설혜 아가씨에게 다른 갈 데라도 있을 것 같나?"

그 말에 언호는 진지하게 경원을 한 대 칠까 고민하였다. 불끈 쥔 주먹을 엄청난 인내로 폈다.

"그렇다고 해도 아가씨에게 결정권을 맡겨야 옳은 일 아닌가! 소저에게 말하게. 그녀도 자신에 대해 알 권리가 있는 거 아닌가? 자네가 말하기 싫으면 내가 하지. 내가 두설혜에게 당신은 더 이상 노비가 아니라, 양민이라고 말하겠네!"

언호의 이글거리는 눈빛을 경원이 피해 버렸다.

"말하면 뭐가 바뀔 것 같나?"

호적상 두설혜는 이미 죽은 몸이었고, 혜는 노비인 것은 매한가지.

"그리고 말을 한다 해도 내가 직접 할 것이네. 그녀는 내 처자니까!"

"자네 부인은 어쩌고? 그녀를 첩으로 올릴 텐가?"

그 말에 경원이 조용해졌다. 분명 미리 언질을 해줄 수 있었겠지. 하지만 그랬다면 혜가 이미 혼인을 한 경원에게 돌아갈 리가 없었다. 그걸 알았기에 그녀를 차지하기 위해 모든 걸 숨긴 채 은밀하게 그녀를 빼돌린 터. 이걸 언제까지 비밀로 하려고 했을까.

"그래서 자네 장인 모용수 대감을 소고라도 할 텐가?"

경원의 비웃는 말에 언호 역시 조용해졌다.

"그녀를 조용히 살게 그냥 두게. 그녀는 소가에서 행복하니까. 그럼 배웅은 하지 않겠네. 이만 돌아가게나."

경원은 축객령을 내렸다.

"반드시 되찾을 것이야, 반드시!"

언호가 자기에게 다짐이라도 하듯, 그 말을 내뱉고는 바람처럼 나가 버렸다.

언호가 나가자마자 경원이 바깥에 소리를 쳤다.

"술상을 봐오거라!"

*

"이 한밤중에 어인 일이십니까?"

설혜는 한밤중에 갑자기 별당으로 난입한 경원에게 살짝 당황하였다.

"내 부인 방에 내 마음대로 들어온다는데 무슨 볼일이라도 있어야 합니까?"

보기 드물게 취한 경원이 비릿하게 웃었다. 해사한 얼굴이 붉게 달아올랐고, 그가 다가오자 술 냄새가 확 맡아졌다.

그가 설혜에게 바싹 달라붙자 침의 차림인 설혜가 이불로 몸을 가리려 하였지만, 그대로 침상 위로 그와 같이 넘어졌다.

언젠가 이런 날이 올 줄은 알았지만…… 입술 위에 느껴지는 뜨거운 숨에 소름이 돋았다.

겁에 질려 그대로 눈을 감아버렸다.

그의 입술이 닿아 있는 것만으로도 온몸에 소름이 돋았다. 저절로 손이 부들부들 떨려오고 있었다. 그냥 눈을 감고 있는 거 외에 무얼 할 수 있을까. 머릿속에서 많은 생각이 화산처럼 폭발했다. 그를 밀어내고 싶지만 차마 밀어내지 못하여, 이불을 손이 하얘지도록 쥐었다.

어느새 그의 손이 입고 있는 침의의 매듭을 풀려 하자 설혜가 참지 못하였다. 머리로는 이해한 것인데 마음은 도저히 받아들이지 못하였다. 눈물이 주룩 흘러내렸다.

"하지 마요, 제발, 제발……."

가냘픈 호소에 경원의 손이 멈칫했다.

긴 한숨을 내쉰 그가 괴로운 표정을 지었다. 술이 확 깬 듯한 표정으로 그가 몸을 일으켰다. 다정하게 그녀를 품에 안았다.

"설혜 아가씨, 왜 웁니까? 네?"

마음속으로 경원도 울고 싶었다. '내가 그리도 무섭습니까?' 라며 묻고 싶었다.

넘어졌을 때 눈물을 닦아주던 옆집 오라버니. 어른들이 말하던 정혼자. 크면 저 도련님하고 혼인하는구나, 막연하게 알았던 상대. 언제나 다정하고 상냥했던 그.

그러나 그는 오라버니였을 뿐 남자가 아니었다.

설혜를 안은 경원의 팔에 힘이 들어갔다. 그의 거친 숨이 목 가에 느껴지자 몸이 바짝 긴장하였다. 빨라진 심장박동마저 느껴질 정도로 바짝 붙은 몸이 두렵기만 하였다.

"하, 하지 마셔요, 제발."

창백한 얼굴로 눈을 꼭 감고 간절하게 말하였다. 무뢰배라도 된 듯 그를 무서워하기만 하는 여자를 손댈 정도로 경원이 막무 가내는 아니었다. 차라리 그냥 그랬더라면, 자신의 욕망만 먼저 앞세웠다면 좋았을 텐데……

"아가씨가 싫다고 하는 일은 하지 않습니다."

그의 긴 손이 설혜의 눈물을 닦아내었다. 그러나 이미 한 번 흘러내린 눈물은 멈추지 못하였다. 설혜가 어떻게든 멈추려 했지만 소리도 없이 뜨거운 눈물이 줄줄 흘러내렸다. 긴 세월 꾹 참아와서인지 끊임없이 샘솟았다.

그가 설혜를 달래려 하였다. 가만히 그의 품에 있는 설혜가 우는 것을 다독여 주려 하였다. 그러나 경원의 눈에도 눈물이 고이고 있었다.

"다시는 아가씨가 눈물 보이는 일이 없게 할 거라 생각했는데 내 오산이었나 봅니다. 아니면 내 자만이었거나요."

설혜가 이 집에서 행복하지 않은 것은 얼굴만 보아도 알았다. 행복하게 만들어주고 싶었는데, 설혜 아가씨는 경원의 옆에서 는 행복하지 않았다. 오히려 언호에게 차를 따라주던 노비 혜가 더 행복해 보였다. 남루한 옷을 입고 험한 일을 하여도 언호 곁 에 있던 혜가, 비단옷 입고 좋은 옷 입고 모시는 시비도 있는 설 혜 아가씨보다 행복해 보였다.

결국 그의 곁은 설혜가 있을 곳이 아니었던 모양이다.

장탄을 토해낸 경원이 눈을 지그시 감았다. 차마 설혜와 눈을 뜨고 이야기할 수 없었다. 자신의 치부를 이리도 빨리 드러내게 될 줄은 몰랐지만 이야기는 시작하여야만 하였다.

"물을 좀 마셔요."

그가 어깨를 쓸어주면서 자리끼를 건네주었다. 한 모금 마 신 설혜의 얼굴이 흠뻑 젖어 있었고 눈가도 붉었다. 경원은 설 혜의 부드러운 손을 쥐었다. 그 손을 쥔 채 그가 이야기를 시 작했다.

"내가 아가씨께 드리지 못한 말이 있습니다."

"무슨 말씀이신데요?"

설혜는 요즘 계속 시름시름 앓기도 하였지만 하루 종일 멍하니 보내는 날이 많았다. 아이를 가진 걸 알았을 때만 해도 배냇저고리를 짓는다고 곧잘 바느질을 하던 사람이 이제 그런 것조차 하지 않았다.

글씨 연습이니 독서니 하는 것 역시 모두 집어 던졌다. 그냥 방에서 조용히 아무것도 안 하고 넋 놓은 사람처럼 앉아 있었다.

초췌한 설혜를 보며 경원이 한숨을 쉬었다.

언호가 다녀간 뒤에 고민하고 또 고민한 것. 어떻게든 아이가 생기거나 그녀가 마음을 돌린 뒤에 말을 할 작정이었다. 설혜의 성격에 자신이 혼인한 것을 알면 절대로 첩으로 들어올 리가 없었다. 부인인 숙영을 쫓아낼 수도 없었고, 그렇다고 설혜를 놓치기도 싫었다. 다 자기 욕심이 만들어낸 인과응보. 그냥 처음부터 순순히 놓아주거나, 그녀 마음에 따랐어야 했는데…… 어리석구나, 정말 어리석구나, 소경원.

"삼 년 전에 전하께옵소서 그 사화를 다시 조사하라 명을 내리셨습니다."

설혜의 눈이 동그랗게 떠졌다.

"사헌부에서 조사가 끝나고 난 뒤 전국에 방을 내리셨습니다. 임진년의 그 사화 때 연루된 자들을 모두 복귀시킨다고요. 그때 노비가 된 자들 또한 모두 면천한다, 라고 하셨습니다."

별생각 없이 듣고 있던 설혜의 귀에 번쩍 뜨이는 단어가 하나 있었다.

면천!

놀라서 눈이 동그랗게 뜬 설혜 표정을 보면서 경원은 눈을 지그시 감았다.

"그렇다면…… 저는 더 이상 노비가 아닌 것인가요?"

"두설혜라면 노비가 아닌 것입니다……."

말 뒤의 꼬리가 긴 것이 뭔가 여운을 남기고 있었다. 머릿속에 방금 지나간 말로 그 말의 여파 같은 건 전혀 생각지 못한 설혜가 고개를 들어 다시 경원과 시선을 마주했다.

"다시 만났던 때…… 그때부터 알고 계셨습니까?"

그는 답을 하지 않았다.

그의 무언은 그렇다는 증거.

"왜 그때 말씀해 주지 않으셨나요?"

그랬더라면 뭐가 달라졌으려나.

그렇다고 해도 아무것도 없는 자기와 언호의 결합은 말이 되지 않았겠지.

그러나 아이가 노비의 아이일까 그게 걱정이었다는, 그래서 아이가 죽었을 때 한편으로 마음이 가벼웠다는 말 같은 것은 할 수 없었다.

생기지 않았으면 좋았을걸, 이란 생각을 했다는 게 수치스러웠다.

왔다 간 아이에게 나쁜 생각을 품었다는 게.

눈을 질끈 감았다.

"아가씨와 유 부인을 빼돌린 것은 언호의 장인인 모용수 대감이었습니다. 모용수는 아가씨와 유 부인을 역병으로 죽은 것처럼 위장하여 빼내었습니다. 그 뒤는 뭐, 잘 아시겠지요. 아가씨의 노비 문서는 위조된 것입니다. 그렇기 때문에 만약 제가 나서서 아가씨를 양민으로 만들려 하면 모용수와 싸워야 합니다."

남인의 우두머리이자 장안의 세도가인 모용수와 싸운다, 이것은 상당히 골치 아픈 일이겠지.

"장가에서 빼오는 가장 손쉬운 방법이 돈을 주고 사오는 것밖에 없었습니다."

"그러면 저는 어떻게 되는 건가요? 이대로 면천되나요, 아니면 그냥 이 집에서 노비로 살아야 하나요?"

그 답은 경원도 갖고 있지 않았다. 이 세상에서 두설혜라는 이름은 이미 사라졌고, 자신은 여전히 혜였다. 이런 어처구니없는 상황에 설혜는 한숨을 길게 내쉬었다.

"제 소원은 아가씨가 이대로 저와 같이 지내는 것입니다."

설혜는 고개를 돌렸다. 머릿속이 너무 복잡하였다. 잠시 멍하니 있던 설혜가 가냘픈 목소리로 물었다.

"그렇다면 윤산에 계시다던 오라버니는 지금 어디에 계신 건가요?"

"희안은 관노로 있다가 면천되었고, 도성으로 올라오면 거처도 없고 하여 제가 저희 본가에 자리를 잡게 하였습니다. 지금 그곳 서당에서 글선생으로 집안 아이들을 가르치면서 지내고 있습니다."

고개를 끄덕거리는 혜의 마음이 복잡하고 공허하기까지 하였다.

그가 자신을 속인 것이 화가 날 법도 한데, 허탈하였다.

처음부터 꼬인 운명이었다.

두설혜는 양민이지만 문서상 죽은 이였고, 문서상 살아 있는 혜는 노비였다.

언호에게 돌아갈 수도 없고, 이대로 이렇게 경원과 같이 지낼 수도 없었다.

이 세상은 넓고 넓은데 두설혜가 갈 곳은 없었다.

"한 가지 묻고 싶은 게 있어요."

경원이 고개를 끄덕였다.

"그때 저에게 해주셨던 보약…… 그게 진짜 제 몸에 좋았던 건가요?"

그게 꼭 물어보고 싶었다.

그는 답을 하지 않았다.

대신 그녀의 표정에서 그는 절망을 읽었다.

"그렇게까지 안 하셨으면 좋았을 텐데……. 그냥 아이가 태어난 뒤에 다른 집에 갖다 맡길 수도 있는 것이고, 호적에 받아들일 수 없노라고 말해주시면 아니 되셨습니까? 아이를 살릴 수 있다면 저는 어떤 것도 받아들일 수 있었을 텐데요?"

담담하게 말하는 설혜의 눈이 촉촉하게 젖어 있었다. 아련하게 뭔가 생각하는 듯 그와 시선도 마주하지 않은 혜가 결국 눈을 감았다.

그 눈을 보는 순간 경원은 설혜와의 마지막 기회를 잃었음을 깨달았다.

언호도, 아이도 모두 잃었다.

경원과 이렇게 살 수도 없다.

눈을 지긋하게 감은 설혜의 얼굴에 절망이 가득했다.

"저도 좀 생각을 해봐야 하니 내일 마저 얘기하도록 하죠. 그만 쉬십시오."

경원이 나갔지만 설혜는 미동도 않은 채 한참을 새벽 첫닭이 울 때까지 멍하니 앉아 있었다. 이제 더 이상 눈물도 메말라 흘러나오지 아니하였다. 여전히 그녀는 두설혜도, 혜도 아닌 뭔가 알 수 없는 그런 존재였다.

돌아갈 식구도, 돌아갈 집도 없었다. 누구에게로 가야 하지? 오라버니에게 이런 몸으로 돌아가도 될까. 그렇다고 소가에서 이렇게 살 수도 없는데, 장가로는 더더욱 갈 수 없는데…….

경원은 그 방에서 쓸쓸히 걸어 나와야 했다. 비틀거리며 사랑채로 돌아가는데 문득 오늘이 보름이라는 것을 깨달았다.

가슴이 답답하여 무작정 신을 신고 정원으로 걸어 나갔다. 담장 너머로 달빛에 고고하게 서 있는 매화나무가 보였다. 그 나무를 볼 적마다 혼자 보던 매화를 올해는 둘이 볼 수 있을지도 모른다 생각하였는데, 여전히 그는 혼자였다.

봄이라 해도 밤공기가 제법 차가웠다. 찬바람이 스쳐 지나가는데 여전히 그는 서서 추운 줄도 모르고 한참을 매화를 바라보았다.

마음이 시린 것인지, 몸이 추운 것인지 알지 못하였다.

이 세상 어느 누구도 알지 못하는 깊은 고독을 씹으며 그냥 서 있는 것 외엔 그의 답답한 가슴을 달래줄 수 있는 것은 아무것도 없었다. 차라리 가슴으로 바람이 지나가면 좋을 것을……. 체기라도 쌓인 듯 무겁게 얹혀오는 감정들로 그는 긴 한숨을 뜨거운 입김과 함께 쏟아내었다.

차가워진 볼로 뜨거운 눈물 두 줄기가 흘러내렸지만, 그것조차 알지 못하였다.

第九章 월만서루(月滿西樓)[16]

경원이 고뿔이 심하게 들려 집 안이 난리가 났다. 설혜도 걱
정되어 문안을 가보았지만 경원이 물렸다. 부인마저도 곁에 못
오게 할 정도로 독한 고뿔인지라, 청지기가 주는 약탕만 먹고
내리 사흘을 누워 있다 하였다.

며칠 만에 사랑채에서 나온 경원이 별채에 있는 설혜의 거처
에 들어섰다. 홀쭉해진 뺨이나 창백한 안색이, 건강이 많이 안
좋아 보였다.

"괜찮으십니까?"

16) 이청조(李淸照)의 시로 난리통에 헤어진 남편의 소식을 궁금해하며 상사의 고통을
노래하고 있다.

그가 고개를 무심하게 끄덕였다.

잠시 가만히 설혜가 따라주는 차를 한 모금 마신 뒤 그가 진중하게 물어왔다.

"어떻게 하고 싶으신지 아가씨의 의사를 들어보고 싶습니다."

설혜와 허공에서 만나는 눈은 이제 많은 걸 내려놓은 듯이 무심해 보였다.

"······절에 들어가고 싶어요."

부모님의 극락왕생과 다음 생을 비는 것 외에 이제 할 수 있는 일이 무엇이 있을까. 이런 몸으로 작은오라버니를 만나는 것조차 무서웠다. 오라버니 역시 어머니는 찾았을지언정 설혜는 찾고 싶지 않았을 것이다. 서로 만나는 게 두려워서. 여자인 누이가 어떻게 되었을지 누가 안단 말인가. 기생이 되어 있을지, 창부가 되어 있을지 아무도 모르는 것. 그게 무서워서 복권이 되었더라도 차마 찾지 못했겠지.

그가 자기를 만나러 올까? 만약 그녀의 신분이 돌아간 걸 알게 되었으면?

그러나 이미 두 남자 사이에서 왔다 갔다 한 설혜에 대해 누가 알게 되기라도 하면 집안 망신은 피할 수 없었다. 그렇기에 지금 경원이야 괜찮지만 언호에게 돌아갈 수는 없는 노릇. 그가 그런 망신을 당하게 둘 수는 없었다.

"그럼 어머니께서 시주하시던 비구승들이 살던 암자가 있으니 그곳에 가시겠습니까?"

"네, 그렇게 하겠습니다."

"아직 날도 궂고 몸도 안 좋으니 날이 좀 좋아지면 그리 가시게 해드리겠습니다."

"고맙습니다, 나리."

"나한테 고마울 게 뭐가 있겠어요."

그저 안쓰럽다는 듯 설혜를 바라보는 그에게 다 괜찮다는 듯 그녀가 고운 웃음을 처음으로 보여주었다. 그러나 그는 마주 웃어주지 않았다. 경원은 며칠 새 몇 년은 늙어 보였다. 지친 듯한 표정으로 그가 힘들게 몸을 일으켰다.

＊

"요즘 별채에 자주 안 드시나 봅니다."

사랑채에서 혼자 술을 마시고 있는 경원에게 숙영이 걱정이 되었는지 건너왔다.

부인의 얼굴을 본 경원은 여전히 묵묵하게 술만 잔에 따를 뿐이었다.

"서방님, 요즘 건강도 안 좋으신데……."

"그 사람은 곧 백련암으로 갈 겁니다."

뜬금없는 경원의 말에 숙영이 눈을 동그랗게 떴다.

"네? 왜요?"

그러나 경원은 여전히 말이 없었다.

"별채의 그분이 왜 백련암으로 가는 건가요? 그분은…… 나리가 은애하는 분이 아니십니까?"

부인이 되어 남편이 다른 여자를 은애한다는 얘기를 숙영이 덤덤하게 꺼내고 있었다.

"그렇게 애타게 찾던 사람을 왜 암자로 보내신다는 건지 저는 서방님 뜻을 잘 모르겠습니다."

경원이 술을 한 모금에 마시고 사발을 큰 소리가 나게 내려놓았다.

"내가 도리에 맞지 않는 일을 저질렀으니까요."

"서방님이요?"

"그 사람은 장가에서 잘 지내고 있었습니다. 내가 생각했던 것 이상으로. 언호가 그이를 꽤 아꼈지요. 당신 핑계를 대면서 팔라고도 해보았지만 거절당했습니다. 그런 걸 내가 언호 어머니와 짜고서 빼냈습니다. 그리고 그녀가 더 이상 노비도 아닌 것도 말하지 못하였습니다. 이미 면천된 지 3년이 지났는데, 난 그런 것조차 얘기하지 않았어요. 내가 혼인한 걸 알면 절대 첩으로 오지 않을 걸 알아서, 내 욕심에 그 사람을 괴롭게 만들었습니다."

숙영이 충격으로 입을 벌렸다.

"그러나…… 이미 서방님과는…… 아이도 가지지 않았습니까. 그런데 왜……."

"그 아이는 내 손으로 유산시켰습니다."

숙영이 충격으로 안색이 파리해졌다.

"내 아이가 아니었으니까요. 그래서 하늘이 내게 벌을 내리는 겁니다."

"그럼 그 뱃속의 태아는 장가의……."

"그녀는 나를 좋은 오라버니 정도로만 생각했지, 나를 남자로 보지 않았습니다."

그 말을 하는 경원의 눈에 눈물이 고였다. 뜨거운 눈물이 얼굴을 타고 흘러내리자 숙영이 경원의 옆에 가서 그를 안아주었다. 숙영의 가슴에 안겨 경원이 소리 없이 눈물을 흘렸다.

한참 동안 안고 등을 쓰다듬으며 달래는 숙영에게 경원이 작은 소리로 물었다.

"난 어찌해야 좋을까요?"

"그녀를 원래대로 돌려보내세요."

원래대로……. 원래 그녀는 그의 여자가 아니었다. 처음부터 언호의 여자였고, 그에게로 고개 한 번 돌리지 아니하였다. 혼자 억지를 부린 것은 경원이었다. 그냥 순리를 따라야 했건만…….

숙영이 부른다 하여 안채에 들른 설혜에게 숙영이 활짝 웃어 주었다. 요즘 들어 병치레가 잦아져 누워 있는 날이 더 많아 집 안의 근심이었다. 방에 밴 약 냄새에 설혜가 살짝 인상을 썼다. 그날 이후 이 냄새만 맡으면 욕지기가 나려 하였다.

"자네, 몸은 좀 어떠한가?"

"마님이 신경 써주신 덕분에 많이 좋아졌습니다."

실제로 먹는 거나 약이나 다 숙영이 신경을 꽤 써주었다. 그래서 숙영에게는 미안한 마음밖에 없었다.

"오늘 간만에 날이 좋으니 장이라도 다녀오지 않겠는가? 산책 삼아서 요 앞 장에 나가서 구경이라도 하고 오게. 집에만 있어서 많이 답답할 터이니. 내가 마침 실이 똑 떨어지지 않았겠나. 서방님 버선을 지어야 하는데 실이 없네. 나가서 명주실 한 타래만 사다 주겠나?"

숙영의 장에 다녀오라는 말에 설혜는 별 의심 없이 하녀와 함께 저잣거리로 나섰다.

대문간에 숙영이 배웅을 나왔다. 설혜는 뭔가 이상하다는 생각을 하였다.

"그럼 잘 다녀오게."

창백한 얼굴로 숙영이 웃어주었다. 뒤를 돌아보는 설혜에게 어서 가라는 듯 손을 휘이 저어주기까지 하였다. 입모양으로 뭔가 말을 하는 듯하였지만 들리지 아니하였다.

지난번에 들렀던 포목점에 별생각 없이 들어갔다. 나와 있는 주인에게 '실 한 타래 주시오'라고 말을 꺼내려는 순간 설혜는 입을 벌렸다.

안쪽에 숨어 있던 언호가 걸려 있던 천 사이에서 조용히 모습을 드러냈기 때문이다.

빙그레 웃는 언호의 표정에 설혜의 눈에 뜨거운 눈물이 고였다.

그가 다가와 멈추어 섰다.

"왜 우십니까?"

설혜가 웃으려 하였다. 뜨거운 눈물이 흘러내리는데도 웃으려 억지로 입가를 실룩거렸다. 눈물 때문에 언호가 보이지 않는게 너무 안타까워 눈물을 마구 닦아내었다.

"울지 마세요. 울면 예쁜 얼굴 흉해지잖습니까."

그가 그 말을 하면서 자기 소매로 설혜의 눈물을 닦아내었다.

"여기는…… 여기는 어쩐 일이십니까?"

"아가씨를 보러 나왔지요."

언호가 아가씨라 하고 경어를 쓰건만 설혜는 그도 눈치채지 못할 정도였다.

"저를 왜요?"

다 알면서도 앙탈을 부리는 듯이, 왜 이제야 데리러 왔냐고 하는 듯이 원망스런 눈으로 보는 설혜를 향해 그가 마냥 웃기만 하였다.

그가 설혜의 손을 쥐었다. 하얗고 매끄럽고 보드라운 손을 그가 신기한 듯 바라보았다. 장가에 있을 때는 계속 일을 해서 굳은살이 잡혀 있던 손이 어느새 보드라워져 있었다.

"여자는 손이 차면 안 된다고 했는데…… 살도 좀 빠진 것 같고…… 좋은 것 좀 드셔야겠네요."

농이라도 하듯 태평한 소리에 설혜가 어이없다는 듯 그를 보앉다.

"가십시다, 기다리는 이가 있으니……."

"누가 기다린다는 것입니까?"

이게 어떻게 된 노릇인지 몰랐다. 그러나 숙영이 대문까지 친히 배웅해 준 것이나, 경원이 지난밤에 잠시 들러 이런저런 얘기를 주고받고 나가면서 '앞으로 행복하게 사세요' 라고 말하고 나간 것이 다 언호와 만나게 하려고 했던 것임을 대충 짐작할 수 있었다.

"일단 가보시면 압니다."

언호가 대문에 사람을 시켜 갖다 놓은 가마를 타고 골목길을 얼마나 갔을까. 가마를 내려놓자, 언호가 부축하여 설혜는 가마에서 내려섰다.

작고 소담하지만 관리가 잘된 오래된 나무 대문 앞이었다.

"들어가십시오."

설혜가 그 말에 조심스레 대문을 밀었다.

문이 열리면서 작은 정원이 눈앞에 보였다.

정원은 작지만 주인의 안목이 좋은지 늦봄 활짝 피기 시작한 꽃들로 아주 고왔다.

햇살이 따뜻하고 녹음이 무성하다. 구름 한 점 없는 하늘 아래 이름 모를 꽃이 활짝 펴 있었고, 안에선 글 읽는 낭랑한 목소리가 들려왔다.

그 소리를 듣는 순간, 설혜의 눈에서 눈물이 주르륵 흘러내렸다.

"작은오라버니."

믿기지 않는다는 듯 작게 속삭이는 그 목소리에 안에서 들리던 소리가 끊기었다.

인기척에 손님이 온 줄 알고 밖으로 나온 남자는 순간 벽에 기대었다.

설혜와 닮은 하얀 얼굴에 충격이 가득하였다.

"작은오라버니!"

"설혜야!"

두 오누이가 서로 신기루인 듯 믿지 못하고 멍하니 서 있다 정신을 차리고 달려가 서로를 안았다. 믿기지 않는다는 듯 얼굴을 쓰다듬는 손에 설혜가 눈을 감았다. 오늘은 많이 울어야 하는 날인가 보다. 다행히 슬픔이 아니라 기쁨과 반가움의 눈물이었지만. 이렇게라면 매일 울어도 좋았다.

서로 울고 웃으면서 안부를 묻는 오누이를 언호가 빙그레 웃으며 바라보고 있었다.

"그동안 어찌 사셨습니까? 고생은 많이 안 하셨습니까?"

생각보다 건강해 보여서 다행이었다.

"나야 여자인 너보다 고생했을까. 너와 어머니 소식이 궁금한데, 내가 아래 지방으로 쫓겨간지라 알아보지 못하던 중에 경원이 서신을 보내어 알려주었다. 너와 어머니가 감옥에서 역병으로 죽었다고. 그렇게 알고 있던 차, 복권되자마자 경원의 도움으로 경원의 고향 마을에서 훈장으로 아이들을 가르치고 있었지."

경원이 알게 모르게 신경을 써주었구나.

실제로 경원의 고향에서 지내던 중 언호가 서신을 보내어 도성으로 불러 올린 뒤에 지낼 곳을 마련해 준 터였다.

희안은 경원의 본가에 자리를 잡고 있긴 했으나, 군식구인지라 눈치가 아니 보인다 할 수는 없었다. 경원의 친척들이 그렇게 좋아하지 않은데다 어린아이들 훈장 같은 거라 실질적으로 자신의 공부를 준비할 시간이 많지 않았다.

"그러다 갑자기 서신을 보내어 네가 있는 곳을 알게 되었다고 하지 않겠니? 내가 바로 올라가 보러 가겠다고 하니, 그렇게 되면 네가 위험해질 수 있다며 자제하라고 하는 서신을 바로 보내왔더구나. 그래서 너에게 보낼 서신 하나만을 경원에게 주고 이제나저제나 새 소식을 기다리고 있었단다. 한데 경원은 그 뒤더 소식을 주려 하지 않고 나도 더 묻기도 뭐하고 해서 마음이 답답해지던 차였다. 그때 이분께서 도와주셔서 이렇게 정착하여 글공부를 하게 되었으니……."

고진감래라고 하더니만 쓰디쓴 일이 가고 나니 이렇게 좋은 일이 오는구나. 살아 있길 정말 잘하였다라고 설혜는 다시 한 번 생각하였다. 오라버니의 큰 손이 이렇게 생생한데 눈을 뜨면 꿈이면 어쩌나 싶어 볼을 꼬집어보고 싶을 정도였다.

웃는지 우는지 모를 두 남매를 단둘이 남겨둔 채 언호는 잠시 자리를 비켜주었다.

겨우 어슴푸레해질 무렵 저녁을 먹는 자리에서 설혜가 언호에게 넌지시 물었다.

"이제 저는 어찌 되는 것입니까?"

경원의 집으로 돌아가야 하는 것일까. 더 이상 노비도 아니고, 호적에서는 죽은 사람이니 자신의 처지가 매우 애매해진 것을 알고 있었다.

"설혜 아가씨, 앞으로 이 집이 아가씨께서 사실 곳입니다."

혜가 난감한 듯 그를 바라보았다.

"경원에게는 제가 설명하겠습니다. 아가씨는 앞으로 이곳에서 사십시오. 그럼 저녁도 얻어먹었으니 이만 전 가보겠습니다."

언호가 설혜를 희안과 둔 채로 가버렸다. 어떻게 돌아가는 건지 설혜는 알 수 없었다.

다음날 소가에서 설혜의 짐을 정리하여 하인을 통하여 보내왔다. 경원은 서간 한 통 정도는 보낼 법한데 그조차도 없었다.

다음날 누군가 집을 찾아왔다. 바로 위 씨였다.

반년 만에 보는 그이를 보고 설혜가 반가워 버선발로 뛰쳐나갔다.

"아주머니! 어떻게…… 여길…….'

"자네가 없으니까 그 집에 내가 왜 더 있나 싶더라고. 이도 저도 다 꼴 보기 싫어 그냥 뛰쳐나왔지."

시원하게 말하는 위 씨가 설혜의 등을 토닥였다.

"자네 가고 난 뒤에 최 부인이 매일같이 성질을 부리고 나리는 집에서 술만 퍼마시다 최 부인과 싸우고 집을 뛰쳐나가 버렸지 뭔가."

"나리가 집을 나가셨다고요?"

언호는 자기가 태어나 자란 그 집을 매우 사랑하였다. 오죽하면 유학 가 있는 동안에도 꿈에서 대문만 보여도 눈물이 났다는 얘길 한 적도 있었다.

"그렇다네. 나리가 최 부인과 싸우다가 그냥 그 길로 짐 하나 안 챙기고 나가 버렸어. 그러고 난 뒤에 최 부인은 너를 두고 남자 잡을 요망한 것이라고 아주 욕을 해대고, 윗물이 맑아야 아랫물도 맑다고 아랫것들도 뭐 똑같지. 옥춘이 년이나 용이네가 뒤에서 자네 흉이나 보고 있지. 다 꼴 보기 싫어서 그냥 때려치워 버렸어. 내가 그 집 아니면 갈 데가 없는 것도 아니고 모아놓은 돈도 좀 있겠다, 이제 집이나 사서 정착을 해볼까 뭐, 이런 생각을 하다 그냥 관두고 나온 거지."

위 씨는 집을 얻어 삯바느질을 하며 살고 있었다. 아무래도 집도 관리해 주고 돌봐줄 이도 필요하고 해서 언호가 사람을 부려 위 씨를 찾아 보내준 것이었다.

"나리가 사람을 보내셨더라고. 자네랑 같이 살지 않겠냐고 하시며. 그래서 내 얼씨구나 했지. 내가 자식복이 없어 늘그막에 자네를 딸이라 생각하고 의지했는데……."

위 씨는 목이 메이는 듯했다.

"저도 아주머니를 돌아가신 어머니 대신이라 생각하였어요."

그 집에서 계속 돌봐준 이도 위 씨였고 의지할 수 있는 것도 위 씨밖에 없었더랬다.

"똥오줌 못 가릴 때까지 자네 옆에서 내가 아주 꼭 붙어 앉아 살려고."

위 씨의 말에 설혜가 어이없다는 듯 하지만 행복한 듯 웃었다.

이렇게 위 씨가 집에 들어오자 이제 좀 사람 사는 집다워졌다.

오랜만에 만난 남매는 사실 서먹서먹한지라 서로 깊은 얘기도 못 꺼내었다. 희안은 희안대로 고생을 많이 해서인지 건강이 좋지 못하였다. 툭하면 고뿔에 걸려 고생하고 몸도 많이 야위어 있었다. 면천된 지 좀 되었고 경원이 돌봐주었다고는 하지만 노총각이 제 몸 건사하기 바쁜지라 장가도 못 갔다.

그런 희안에게 역시 어미 닭처럼 위 씨가 잔소리를 하고 나섰다. 밤에 잠을 제대로 안 잔다고 한 소리, 왜 약을 제대로 안 챙겨 먹냐고 한 소리였다.

언호는 그 뒤 종종 들르기는 하였지만 잠시 앉아 희안과 한담을 나누고 가는 정도였다. 설혜에게는 내외를 하는지 잠시 마루에서 뭐 불편한 건 없나, 필요한 건 없나 묻는 정도였다.

이제 해도 길어지고 제법 더웠다.

언호가 온 때는 해가 제일 뜨거울 때였다. 말을 타고 왔다 해도 뙤약볕 아래를 온 언호가 수건으로 목에 밴 땀을 닦고 있었다. 희안도 간만에 외출하였고 위 씨도 장에 간지라 집에는 설혜밖에 없었다. 설혜가 시원한 오미자 화채를 내밀자 그걸 시원하게 들이켰다.

"어쩐 일이십니까?"

"내 아가씨께 부탁드릴 게 있어 왔습니다."

언호는 희안에게 책을 준다 차를 준다 하는 핑계로 자주 들르곤 하였지만 설혜와는 이제 내외하고 있었다. 그가 왔다 간 것도 나중에 희안이 말해줘서 아는 날도 있었다.

그가 올 때마다 눈치 빠른 희안이 자리를 비켜주면서 단둘이 있게 자리를 만들어주려 했지만 실상 언호가 남녀가 내외해야 한다 주장하여서였다.

"무슨 청을 하시려고 저를 찾으셨는지요?"

"의관을 새로 만들어야 하는데 위 씨도 이곳에 있는지라 이제 더 이상 만들어줄 사람이 없군요."

설혜가 반가운 표정을 지었다. 이렇게 계속 은혜만 받고 있는 게 민망하였다. 그가 무슨 생각을 하는지 통 모르겠다 싶었다. 가끔은 밤에 혼자 누워 그를 원망하기도 하였다.

"옷본이 다 원명부에 있는지라 새로 치수를 재어야 합니다."

설혜가 바구니에서 자를 들어 조심스레 언호의 몸 치수를 재기 시작했다. 수도 없이 옷을 만들어서 눈을 감고서라도 기억이 날 법했지만 정확하게 재고 싶었다.

"나리, 여름 타시나 봅니다. 좀 수척해지신 듯싶어요."

듬직했던 어깨가 전보다 조금 왜소해진 듯하였다. 볼살도 약간 빠져서 수척해 보였다.

설혜가 전보다 허리가 준 듯한 언호에게 안타깝다는 듯 말하자 언호가 너털 웃었다.

"올여름 매우 더워 그런지 입맛이 없긴 합니다."

실제로 하고 싶은 얘기야 다른 얘기지만 괜한 날씨 핑계를 대고 있었다.

치수를 재다 보니 어쩔 수 없이 두 남녀의 몸이 평소보다 더 밀착하였다. 언호는 목덜미에 닿는 설혜의 뜨거운 숨에 순간 자기도 모르게 움찔하였다. 자기 스스로 덫에 걸렸구나, 스스로를 원망하였다. 단전에 모이기 시작한 뜨거운 기운에 머릿속으로 어린 시절 외웠던 『소학』을 몇 구절 외우려 했다. 당연히 잘될 턱이 없었다.

"많이 더우십니까?"

설혜가 귀까지 벌게진 그를 보고 의아한 듯 물었다.

"올여름 많이 덥네요. 허허."

그가 아무렇지 않은 척 말하였지만 이미 성을 내기 시작한 하반신 때문에 미칠 것 같았다.

"다 재셨습니까?"

"네, 거의 끝났어요."

"그럼 전 바빠서 이만…… 나중에 다시 들르겠습니다."

그 말을 하고 인사도 제대로 못하고 엉거주춤 빠른 걸음으로 나가자, 자를 든 설혜가 멍하니 그를 바라보았다.

며칠 뒤, 바느질을 하고 있는 중에 하녀가 와 손님이 왔음을 알렸다. 마음이 급한지 오랜만에 짓는 그의 의관이라 온갖 정성을 다 기울이고 있었다.

"아가씨, 소가에서 손님이 오셨습니다."

언젠가 경원이 올 것이라 생각하던 바라 놀랍지는 아니하였다.

그를 원망하는 마음도 있었지만 그도 많이 사라진 상태였다.

"더우실 텐데 오미자 화채 드셔요."

설혜가 내려놓은 하얀 백자 사발 속의 투명한 붉은 물을 보고 그가 싱긋 웃었다.

"오미자 화채군요. 예전에 어머님도 놀러 가면 이걸 주시곤 하셨지요."

아무렇지 않게 옛날이야기를 꺼내는 그는 이제 모든 걸 다 내려놓은 듯 평온해 보였다.

"오라버니는 출타하고 안 계십니다."

"그냥 아가씨와 잠시 얘기하려고 들른 참입니다. 길게 하지 않고 짧게 하겠습니다. 잘 있다는 소식은 언호에게 들었지만 실제로 얼굴을 보니 안심이 되는군요."

화채를 한 모금 마신 뒤에 그가 마당의 목단을 바라보며 말을 이었다.

"저는 아가씨를 행복하게 해주겠다고, 지키겠다고 생각하였는데 그냥 생각만 했을 뿐 역부족이었습니다."

자신의 실패를 인정하는 경원은 아직도 마음에 남은 미련 때문인지 씁쓸한 표정이었다.

"참, 언호 그 사람은 자주 들릅니까?"

원명부로 끌고 갈 줄 알았는데 이렇게 집을 얻어 희안과 같이 살게 하는 게 무슨 의도인지 경원으로서는 짐작도 가지 않았다.

"거의 오지 않으십니다."

의관을 부탁한 뒤론 바쁜지 거의 들르지 않고 있었다.

"바쁠 터입니다."

"왜요?"

순간 새장가라도 드나 싶어 설혜의 가슴이 덜컥 내려앉았다.

경원이 슬며시 웃었다.

"언호가 안현대군과 함께 성국으로 가겠다고 자원했다 하더군요."

순간 창백하게 질린 설혜의 얼굴을 경원이 바라보았다.

성국에서 현왕의 동생인 안현대군을 볼모로 요구하였고, 그것 때문에 사신단을 꾸린다며 나라가 분주하다고 들었더랬다. 그런데 언호가 그 일에 자원을 해?

"몰랐나 보군요. 제가 괜히 입이 방정이라 아가씨 마음에 또 심려만 끼칩니다."

그 말을 한 경원이 씁쓸한 표정을 지었다.

"이 생이 언제까지일지 모르나, 아마도 아가씨를 뵙는 게 오늘이 마지막이지 않을까 싶습니다."

"네?"

"만약 제가 아가씨에게 그렇게 하지 않았더라면 저는 아가씨에게 좋은 기억으로 남았겠지요. 하지만 이미 일이 그렇게 된 거, 더 이상 지울 수도 없고 저도 아가씨를 보면 괴로울 터. 희안과는 계속 교류를 하겠지만 더 이상 아가씨를 보러 오진 않을 것입니다. 아가씨를 보는 일이 많이 괴롭습니다. 그러니 그게 저로선 최선일 듯합니다."

정말 아무런 미련도 없다는 듯 말하는 경원은 다 내려놓은 듯 보였다.

"오늘은 마지막 인사를 드리러 온 참입니다. 그럼 행복하십시오."

몸을 숙여 인사를 한 경원은 미련 없다는 듯 훌훌 걸어 나가 버렸다.

혼자 마루에 남은 설혜는 빈 사발을 멍하니 바라보았다.

이렇게 경원이 그녀의 인생에서 걸어서 사라져 버렸다.

언호도 이런 날이 올까.

경원이 사라져도 이렇게 슬픈데 언호가 사라지면…… 더 이상 그를 보지 못하게 되면 어떨까…….

언호가 온 것은 이틀 뒤였다. 그 이틀 사이에 설혜는 밤을 꼬박 새어 그의 의관을 만들었다. 마지막으로 만드는 옷이라 생각하면 눈물이 날 것 같았지만 악착같이 만든 뒤에 사람을 보내어, 옷이 완성되었음을 알렸다.

"밤이 늦었지만 실례를 무릅쓰고 찾아뵈었습니다."

"식사는 하셨어요?"

"아직 못하였습니다."

"지금 부엌에 준비하라 하겠습니다."

설혜는 그가 잡기도 전에 밖으로 나가 버렸다.

어떻게든 그를 더 잡아두고 싶었다. 손수 그가 예전에 좋아하던 국수를 준비하는 손이 조급하여 데이기까지 하였다. 그러나 손의 상처 따위 눈에 들어오지 않았다. 그가 기다리고 있는데, 그를 보내고 싶지 않은데 어떡하지…….

설혜가 국수를 소반에 담아 들고 가자, 멍하니 앉아 있던 그가 활짝 웃었다. 웃는 눈가의 익숙한 주름에 눈물이 날 것 같았다.

"간만에 아가씨가 만든 국수를 맛보네요."

그 말을 하면서 그가 후루룩 소리를 내면서 맛있게 먹기 시작했다. 국수의 국물까지 다 마셔 버린 그는 꽤 배가 고팠던 모양이었다. 그제야 허기를 면했다는 듯이 수건으로 이마의 땀을 닦으면서 고개를 숙여 인사했다.

"덕분에 맛있게 먹었습니다."

소반을 정리한 뒤에 설혜가 완성된 옷을 꺼내었다.

"너무 빨리 끝내어 당황하였습니다."

실제로 너무 빨리 완성되어서 조금 실망하였다. 한 번이라도 더 보고 싶었건만, 그럴 기회조차 없구나 싶어서였다. 이런 남자 마음도 몰라주는 그녀가 원망스럽기까지 하였다.

멍하니 완성된 옷을 그가 슬쩍 걸쳐 보고는 설혜를 돌아보고 웃었다.

"역시 아가씨가 지어주시니 몸에 정말 딱 맞는군요."

어느 누구도 이렇게 좋은 옷을 지어준 적도, 맛있는 차를 끓여준 적도, 먹을 갈아준 적도 없었다.

말을 꺼내야 하는데, 그동안 자기가 저지른 일들이 너무 민망하여 차마 말도 꺼내지 못하고 있었다.

심장은 두근 반 세근 반 마구 뛰고 이마에 땀이 배어 나왔다.

오늘은 기필코 말하리라, 다짐을 하였건만. 이 집 대문 앞을 몇 번을 왔다 갔다 했을까. 종원이 아주 두고두고 놀릴 정도로 대문 앞에 왔다 돌아가길 여러 차례. 만나서 무슨 말을 해야 할지도 몰랐다. 예전엔 그렇게 이 얘기 저 얘기 잘도 떠들었는데 왜 지금은 못하겠는 걸까.

얼굴만 봐도, 눈만 마주쳐도 심장이 뛰어서 도무지 견디질 못하겠다. 종원이 '십대도 안 걸리는 상사병에 아주 녹아나네, 녹아나'라고 오죽하면 놀리기까지 했겠는가.

이제 용기를 내야 했다. 그래, 오늘 아니면 앞으로 말할 기회도 없었다. 이제야 겨우 용기를 내는 자신의 비겁함에 치를 떨면서 언호가 떨리는 입을 열었다.

"아마 오늘이…… 마지막일 것 같습니다."

"무엇이요?"

"아가씨를 찾아오는 일이요."

"네?"

설혜의 눈이 동그랗게 떠졌다. 이미 경원이 들러 언질을 주고 간바. 언호의 입으로 직접 듣고 싶지 아니하였다. 벌써부터 눈에 뜨거운 것이 고이려 했다.

"제가 곧 성국으로 떠날 예정입니다. 이번에 나가게 되면 당분간 그곳에서 임무를 맡아 돌아오지 못할 듯합니다."

언호는 지금 인생 최고의 투전판을 벌이는 중이었다.

설혜는 아무 말도 하지 못한 채 그를 올려다보았다.

이렇게 떠나면 다시 못 보는 걸까?

"그래서 제가 아가씨께 청을 하나 드릴까 합니다."

설혜는 이제 거의 울기 직전이었다. 억지로 뜨거운 것이 올라오지 못하게 누르고 있었지만 두려웠다. 다시 못 볼 줄 알았는데 다시 만났고, 이제 또다시 못 보게 될지도 모른다 생각하니 서글펐다. 은애하는 이조차 마음대로 못 보고 사는 생이라니…….

"같이 갑시다. 같이 가면 아가씨는 마음껏 마음대로 사실 수 있습니다. 세간의 시선이 두려우시다 하셨죠? 가면 됩니다. 가서 우리 둘이 살면 누가 뭐라 하겠습니까. 두설혜 이름 아는 사람이 누가 있겠습니까, 그 넓은 성국에."

설혜의 눈에서 뜨거운 눈물이 흘러내렸다.

"정말 저와 함께 가실 거예요?"

"그렇습니다. 당신이랑 같이 가는 거라면 어디든 갈 겁니다, 세상 끝까지라도."

모든 걸 버리고 떠나겠다는, 설혜가 편히 살 수 있는 곳으로 가겠다는 말을 어떻게 믿지 않을 수 있을까. 부모 형제를 모두 버리고 떠나겠다는데.

"같이 가주겠습니까, 설혜 아가씨?"

설혜가 빠르게 고개를 끄덕였다. 뜨거운 울음이 터져 나와 더 이상 말을 할 수가 없었다. 한 번 터진 환희의 눈물은 더 이상 억누를 수가 없었다.

그걸 보는 언호의 눈두덩이도 뜨거워졌다.

순간 언호가 설혜의 가녀린 몸을 그대로 자기 품으로 끌어당겼다.

선향재에서 같이 있을 때를 제외하면 서로 손끝 한 번 스치지도 못하였다. 잊고 있던 몸이 만나자 그동안 쌓여 있던 감정 역시 둑으로 막혀 있던 물줄기가 넘치는 것처럼 터져 나왔다.

자연스레 서로의 입술을 찾게 되었다. 그냥 서로의 몸을 아는 손이 그립다는 말 대신에 더 빨리 움직였다. 그 뜨거운 품을 찾아든 몸속에서 서로의 정념을 발견한다.

바깥에서 출타하였다 돌아온 희안은 언호가 들렀다는 말에 안채로 가려다 장지문에 비친 얽힌 두 남녀의 그림자를 보고 발걸음을 주춤하다 자리를 피하였다.

"자식, 그렇게 애타게 하더니만…… 쯧쯧. 그냥 이리될 걸 무슨 영화 보겠다고 말을 아끼고 사누. 내일 아침에 국수 준비하라고 아주머니한테 일러야겠네."

다음날 아침상을 받은 언호를 보고 희안이 놀려대었다.

"그동안 내가 아주 둘 보고 있으면서 속이 다 탔어. 굼벵이도 그보다는 빨리 기어갈 것 같았지."

언호가 머리를 긁적거리며 부끄러운지 살짝 귀가 벌게졌다.

"잔칫집에 국수가 빠지면 안 될 것 같아서 늦었지만 국수를 준비하라고 했네."

설혜 역시 얼굴이 붉게 달아올랐다.

이미 언호가 희안에게 드나들면서 자연스레 설혜에 대한 감정을 얘기한바. 둘 다 왜들 그리 굼뜬지, 마음이 답답한데 어떻게 얘기를 꺼내는 것도 뭐한지라 그냥 조용히 지켜보고만 있던 차였다. 드디어 언호와 설혜가 마음을 결정하였다 하니 이제 축하해 줄 일만 남아 있었다. 그저 설혜가 그의 마음을 받아들이고 그와 함께 행복하다면 별로 해준 것도 없는 오라비로서 비로소 안심할 수 있을 것 같았다.

"내 이제 부모님께 체면 좀 차린 기분이다, 설혜야."

"저는 아직 못 차린 것 같아요, 오라버니. 오라버니도 어서 장가가셔야죠."

"어허, 사내대장부가 책을 잡았는데 공부가 끝나야 장가를 가

든 출가를 하든 할 거 아니겠니."

희안이 농을 하면서 설혜와 언호를 바라보며 웃었다.

설혜도, 언호도 다 웃었다.

✳

최 부인은 좌불안석이었다. 언호가 집에 들어오지 않고 새집을 얻어 나간 지 한참이건만, 일절 집에 들르질 않으니 어떻게 사나 걱정도 되고 밖에 소문이라도 돌까 두렵기도 하였다. 큰아이를 시켜 사는 집은 찾아놓았으니 언제 찾아가서 얼굴이라도 보고 좀 달래던가 해야 할 터였다.

죽은 며늘아기가 여우를 한 마리 집에 끌고 들어와 이게 무슨 사달인가 싶기도 하였다. 제 분에 못 이겨 이마를 수건으로 둘러싸고 앓아눕기도 여러 번.

언호가 사는 집에 사람을 보내어 염탐을 하니 최근에 근처 다른 집에 드나든다는 소문을 입수하였다.

밖에 소문이라도 날까 두려워 가마를 타고 찾아갔다. 심지어 혼자 가기 뭐하여 언호의 큰누이도 불렀다. 낡은 대문 앞에 서서 최 부인이 안의 사람을 불렀다.

설혜는 종이 와서 최 부인이 찾아왔다는 얘기를 하자, 한숨을 살짝 내쉬었다. 언젠가 올 거라고 예상했던지라 놀랍지는 아니하였다. 언젠가 볼 거라면 차라리 빠르면 빠를수록 좋았다.

"오셨습니까?"

마님을 불러온다고 하면서 종이 안채로 안내할 때 이미 미묘한 기분이 들었던바. 머리를 올린 설혜가 들어오자 얼굴이 창백하게 변하였다.

"네가 여길……."

거의 입을 떡 벌린 최 부인과 언호의 누이가 안색이 변하였다.

보기에도 고운 옷을 입은 설혜를 보고 누가 노비라 생각하겠는가. 단정하게 입은 저고리에 긴 스란치마가 곱기 그지없었다.

"네년이, 여기가 어디라고 감히!"

최 부인이 기함하며 거의 뒤로 넘어가기 직전이었고, 언호의 누이가 손을 들어 설혜를 거의 내려치기 바로 직전이었다. 그때 희안이 안채로 들어섰다.

손님이 왔다는 언질을 받고, 언호의 어머니라니 어떻게든 나와봐야겠단 생각이 든 모양이었다.

"무슨 일이십니까, 이게!"

카랑카랑한 희안의 목소리에 두 여자가 화들짝 놀랐다.

"오라버니."

설혜와 똑 닮은 해사한 청년이 마당에서 두 여자를 보고 있었다. 마냥 선하게 생긴 설혜에 비해 성격 있는 희안인지라 두 여자가 약간 겁먹은 모양이었다.

"무슨 일인데 이리 시끄러운 게냐?"

날이 서 있는 희안의 목소리에 두 여자가 슬금 눈치를 보았다.

"원명부에서 오신 분들입니다."

이미 누가 온 것인지 귀띔은 받았다. 사실 말을 하지 않았더라도 이미 알 터이나, 그네들에게 여기서 함부로 난리 치지 말라는 것을 알려줘야 했다.

"인사가 늦어 죄송합니다, 사부인."

사부인이란 말에 최 부인이 거의 뒷목을 잡을 태세였다.

"댁은 뉘신데 우리 어머니한테 그런 말을 하시오!"

소리를 버럭 지르는 언호 누이에게 희안이 침착하게 말을 하였다.

"저는 두희안이라는 자로 두설혜의 오라버니 되는 사람입니다. 아버지는 전 사관(史官)이셨던 두 자 철 자이시고, 호는 소식이라는 분이십니다. 집안이 화를 입어 난리통에 헤어져 오랫동안 하나밖에 없는 동생 소식이 끊겨 있었습니다. 그동안 설혜를 보살펴 주셨다니 찾아가서 인사를 드려야 했는데 게으름을 피워 인사가 많이 늦었습니다."

희안의 정중한 말에 최 부인이나 딸이 다 꽤 낭패한 기색이었다. 단순히 언호가 무슨 수를 썼는지 혜를 소가에서 빼내 감추어두었구나 싶어 무작정 찾아온 터였다. 그런데 이 집이 여종 혜가 아닌 두희안과 두설혜가 사는 집이라니. 이게 어떻게 돌아가는 일인지 전혀 모를 노릇이었다.

"일단 앉으시지요."

희안이 점잖게 자리에 앉을 것을 권하자 홀린 듯이 두 여자도 앉긴 하였다.

"뭐 하고 있는 게냐? 다과를 아니 챙겨오고?"

설혜를 얼른 부엌으로 쫓아낸 희안이 두 여자를 상대했다.

"듣기로는 언호가 이 집을 샀다 하던데……"

"저희 남매가 세상천지에 친척조차 없어 몸 누일 데 없는 처지인지라, 그 친구의 도움을 받은 것은 사실입니다."

최 부인이 듣고 싶은 이야기는 그게 아닐 터.

"그렇다면 당신 누이와 우리 아들은 어떤 사이인 것이오? 언호가 이 집에서 같이 사는 게 아니란 거요?"

"그건 아드님께 여쭤보셔야죠."

희안이 딱 잘라 말하였다.

"예의 없이 갑자기 쳐들어와서 가만있는 아이를 잡으면 뭘 어쩌시겠다는 겁니까?"

희안 역시 이빨을 드러내었다.

"가만있었다고요? 우리 언호 꼬여내어서 집안 망치려던 여우를 쫓아내니까 또 달라붙어서……."

"남의 누이에 대한 말씀이 좀 망측합니다만."

"그리고 이미 다른 남자 첩으로 보낸 여자를 다시 들이는 게 말이 됩니까?"

"저희 설혜는 다른 남자 첩이었던 적이 없습니다. 멀쩡한 아이를 그렇게 모함하시면 곤란합니다."

"무슨 말도 안 되는 소리를! 내 저년을 소가로 팔았구먼. 무슨 소릴 하는 거야. 노비 주제에……."

"나라에서 면천시켜 준 지 한참 되었습니다. 아버님에 대한 억울한 오해가 풀리고 복권이 되셨습니다."

더 이상 설혜가 노비가 아니라고 말하는 희안의 눈에 불이 활활 타올랐다.

"더 이상 노비도 아니고, 당신네 집에서 일하던 천것도 아닙니다. 말을 함부로 하지 마십시오."

그때 모든 일의 근원인 언호가 퇴청하여 집으로 들어왔다.

사실, 집에 숨겨둔 간자가 전한 어머니와 누이가 자신의 집으로 향했다는 얘기를 듣고 부리나케 온 터였다.

"오셨습니까. 오실 거면 전갈이라도 보내시지 그러셨습니까?"

마음은 혹시 무슨 일이라도 생길까 걱정하였지만 말은 평온하게 나갔다.

"어디까지 불효할 생각인 게냐? 여자에 미쳐 인생 말아먹을 자식 같으니……. 내가 조상님 앞에 무슨 면목이 있겠느냐!"

소리를 지르며 거의 엎어져 울 것 같은 어머니를 언호가 무덤덤하게 바라보았다.

"누님, 어머님을 모시고 어서 가십시오. 그리고 앞으로 이렇게 찾아오지 마십시오. 다시 그 사람을 괴롭히는 건 저도 견디기 힘들 것 같습니다."

"첩으로 들여. 그래, 첩으로 들이는 건 내가 허락하마. 하지만 부인은 아니 된다. 절대로 아니 된다!"

최 부인이 이제 거의 바닥에 철퍼덕 주저앉아 체면이고 뭐고 없이 울며불며 소리를 질러대었다. 그러나 그런 어머니를 내려다보는 언호의 시선은 싸늘하였다. 다리도 뻗을 데 뻗어야지, 언호와 더 이상 충돌해선 안 되겠다 싶었던지 누이가 얼른 어머니를 수습하여 부축하여 나갔다.

최 부인이 왔다 간 뒤에 언호는 굉장히 초조해하였다. 방에서 왔다 갔다 뭔가 우왕좌왕하면서 뭔가 곰곰이 생각하는 듯한 눈치였다.

"자네 정말 괜찮겠는가?"

희안 역시 걱정이 되었는지 물어왔다.

남들이 보기에 흠 있는 누이와 굳이 혼인하겠다고 나서는 건 고마운 일이나, 거의 부모와 척지다시피 하며 벌이는 일이다 보니 계속 재차 물을 수밖에 없었다.

십 년을 여종으로 있던 누이에게 정절을 묻는 것도, 왜 자결하지 않았냐고 하는 것도 말이 안 됨을 희안은 알고 있었다. 그냥 살아 있는 것만으로도 고맙고 반가운데. 경원의 집에 있는 것을 알았을 땐 흠 있는 아이, 경원이 잘 데리고 살아주기만 바랐건만 이건 뭐가 어떻게 된 일인지.

세월은 희안을 단순히 전 양반가의 아들이 아니라 좀 더 융통성 있게 생각하는 사람으로 만들어놓았다. 성리학이 가르치는 게 틀렸다기보다 옳음은 다양할 수 있다는 게 그간 생각한 것이었다.

"형님, 저는 더 이상 견딜 수가 없습니다. 저 사람이랑 다시 헤어지게 된다면 그땐……."

언호가 차마 말을 잇지 못하였다. 빨리 성국으로 가버리든가, 어머니를 설득하든가 둘 중 하나는 반드시 빠른 시일 내에 해야 했다.

"올해가 마침 정묘(丁卯)의 신년이지 않습니까?"

원래 자묘오유의 식년(式年)에는 호적 정리를 할 수 있으니 그대로 신고를 해버리겠다는 생각인 모양이었다. 호구단자(戶口單子)를 작성하여 관에 올려 버리고 싶어도 두설혜는 이미 죽은 사람. 어쩌질 못하고 괴로워하는 언호를 설혜가 달래었다.

"서방님, 꼭 그러지 않으셔도 좋습니다. 그냥 저는 서방님이랑 함께 있는 것만으로도 만족합니다."

"당신이 나 하나 믿고 따라오는 거고 이건 처음부터 내가 결심한 거야. 그러니 그렇게 합시다."

혹시라도 어머니가 설혜를 못 살게 굴까 염려가 되는 건지, 도성 안에 소문이 돌까 두려운 건지 언호는 빨리 성으로 가려고 갖은 애를 쓰고 있었다. 그러나 일이 제대로 진행이 안 되는 모양이었다.

성으로 빨리 건너가기 위해서는 어떻게든 빨리 임명을 받아야 할 터였다. 성에서 인질로 불러들이려는 왕자 일행의 수행원으로 가겠다고 자원하였으나 왕은 윤허하려 하지 않았다. 대신들이 나서서 언호를 만류하나 굳이 언호는 계속 고집을 부려댔다.

"이런 소고집 같은 사람을 보았나. 굳이 거길 왜 따라가겠다는 건가."

"신하 된 도리로, 제가 성에 유학도 하였고 안현대군께서 그곳에서 고생하실 텐데 저라도 있으면 작은 도움이라도 드릴 수 있지 않을까 싶습니다."

계속 같은 얘기를 반복하자, 하나둘 언호의 고집에 떨어져 나갔다.

결국 왕의 귀에까지 들어가는 것은 시간문제. 왕이 언호를 불러 독대를 하게 된바.

"왜 갑자기 안현대군의 일에 자원하는 것인가? 자네 같은 사람이 빠져나가면 승문원에 큰 공백이 생긴다는 걸 알면서?"

무슨 일이 있는 게 분명하다는 것을 왕이 눈치채 버렸다. 그렇지 않고서야 이렇게 고집을 부릴 리가 없지 않은가.

고개도 들지 않고 눈을 아래로 내리깐 채 언호가 조용히 말씀을 올렸다.

"어차피 아시게 될 거 사실대로 말씀드리겠습니다. 제 내자 때문이옵니다."

"내자 때문이라니?"

장언호가 장가를 가? 꽤 오랫동안 홀아비으로 있던 장언호가 말도 없이 장가를 가? 괘씸하게 생각하여 임금이 슬쩍 인상을 썼다.

그런데 왜 내자 때문에 성에 가겠다고 자원을 한단 말인가? 내자를 피해 도망이라도 가는 걸까?

"제 내자는 두철 선생의 소생으로……."

두철이라면 지난 사화에서 참수당한 자가 아니던가. 게다가 그는 임금이 왕자이던 시절 강학 선생이기도 하였다. 가문이 멸문지화를 당하여 열여섯 살이었던 장남은 아비와 같이 참수를 당하였고 부인과 차남, 외동딸은 노비가 되었을 터.

"죽은 내자의 몸종이었습니다."

그 말에 왕의 표정이 싹 변하였다. 두철이 참수당한 뒤에 그 식구들이 관노가 된 것은 그도 아는바. 그러나 처와 딸은 역병으로 사망하였다 하더니만?

"처와 딸은 사망한 줄 알았는데 살아 있었더냐?"

"그게 좀 복잡한 사정이나…… 살아 있었습니다."

"그래서?"

"제 내자가 가고 난 뒤에 그녀가 제 몸종이 되어 아침에 세숫물을 대령하고 밥을 차려주었습니다. 저녁에 집에 가면 옷을 걸어주고, 먹을 갈아주고, 차를 만들어주었습니다. 한데 가랑비에

젖어드는 것처럼, 정신을 차리고 보니 제가 그 이를 은애하고 있었습니다."

"허허허허."

임금 앞에서 은애한다는 말을 덤덤하게 하는 언호를 보면서 허탈해진 왕이 웃어버렸다. 저 매사 무덤덤한 장언호가 누군가를 은애한다고? 장안에서 제일 잘나가는 기생 매영이 그에게 수작을 부려도 수작을 부린 줄도 모르고 지나간다는 소문까지 있는 이가?

"그 두 씨 처자 어디가 그렇게 자네 마음을 흔들었나? 난 자네가 이성적이고 사적인 감정에 흔들릴 사람이 아니라고 보았는데."

왕이 하문하는데 언호는 뭐라 답을 해야 할지 몰라 당황하였다. 언제부터였더라…….

정말 삭막하기만 했던 자신의 일상에 늦겨울 봄을 알려주는 매화처럼 한밤중 매화 향처럼 스며들어 버렸다. 뼛속까지 깊이 밴 그 향에 이렇게 흔들리게 줄은 자신도 미처 몰랐던 것.

잠시 가만히 윤이 반지르르 나는 바닥을 바라보던 언호가 고개를 들어 임금께 말씀드렸다.

"먹을 갈아주는데 딱 제가 원하는 농도로 맞춰주었습니다. 세상에서 다시없을 정도로 맛있는 차를 만들어주었습니다. 학자에게 이 두 가지를 잘 맞춰주는 내자 이상을 더 바랄 수는 없겠지요."

임금이 껄껄 소리를 내며 웃었다.

"두철 그이가 원래 글씨 잘 쓰기로 유명했던 분이지. 내 어릴 때 스승이기도 했고. 아비 옆에서 먹 농도 맞추는 법을 잘 배웠나 보구먼. 또한 그 양반이 차를 좋아하기로 유명하여서 그 부인이 차를 잘 만든다 하더니만……."

왕자 시절 강독으로 그분 밑에서 배웠던지라, 그렇게 사화에 말려 비참하게 죽은 것이 내내 마음에 걸렸더랬다. 그래서 갑자기 왕세자인 형님이 죽고 나서 선왕이 급 서거하자마자 즉위한 터라 이런저런 일로 한동안은 그 일에 신경을 쓰지 못하였다.

왕자이던 시절 두철이 써주었던 시구를 보는 순간 갑자기 그 일을 그렇게 둔 게 신경이 쓰였다. 그래서 마음속의 빚을 청산해야겠단 생각에 진상을 다시 조사하여 복권시켰다. 이제야 끝이 났구나 싶었는데…… 막상 그 자식들에게까지 신경을 제대로 쓰지 못하였나 보다.

만백성의 아비라는 임금이 된 자가 스승의 딸이 그렇게 살고 있던 걸 그냥 내버려 둔 꼴이 되어서 매우 기분이 그러하였다.

"그렇다면 그대 내자는 양민인가 아니면 노비인가?"

"그게 좀 복잡하나이다. 호적에 죽은 자로 되어 있고 노비 문서만 남아 있는지라……."

왕이 고개를 끄덕였다.

"그러나 그대가 더 파헤치지 않았다는 건 모종의 이유가 있어서겠지?"

장인인 모용수나 그 일파를 건드려서 좋을 것은 없었다. 왕에게도, 설혜에게도, 언호 자신에게도 누구 하나 좋을 게 없었다.

"그렇다면 두설혜의 호적을 살리고 노비 혜를 면천하면 끝나는 일인가?"

"예, 그러한 줄 아옵니다."

언호가 충분히 고민할 문제였고, 아마 그런 연유로 성으로 도망갈 생각이었겠지.

"그러면 성으로 아니 갈 텐가?"

"송구한 말씀이오나, 그래도 가야겠습니다."

"왜 굳이?"

"이미 많은 사람들이 제 내자를 아는바 성에 가서 몇 년 지내다 보면 장안의 소문도 사라질 것이고, 그 사람을 아는 사람들도 잊을 테니까요."

"허허허, 신하가 여자 때문에 도망간다는데 이걸 보내줘야 하나 말아야 하나 내 고민 되는군."

"망극하나이다."

실제로 왕이 하는 말이 옳긴 하였다. 하지만 모든 게 다 왕의 손에 달린바.

"좋다, 내 보내주지. 대신!"

"예?"

"대신 반드시 돌아와야 한다."

"제가 안현대군 마마를 무사히 보필하여 같이 돌아오겠나이다."

"약조하였으니 자네를 믿고 보내주겠네."

"그럼 저는 전하만 믿겠나이다."

왕이 웃으면서 고개를 끄덕였고, 언호는 입이 거의 귀에 걸렸다. 이제 이렇게 된 이상 언호의 의지를 꺾을 자는 아무도 없었다.

그리고 다음날 조례가 거의 끝나갈 즈음 왕이 갑작스레 발표를 하여 신하들을 매우 당황케 하였다. 장언호를 안현대군을 보필하는 수행원으로 보내겠노라고 선포한 것이었다.

"장언호는 성국 말에 능숙하고 학식이 풍부하며 실무 경험이 많으니 대군에게도 도움이 될 것이오. 그리고 장언호가 최근에 혼인을 하였다 하니 축하 선물로 비단 100필과 인삼 50뿌리를 내리도록 하라."

왕이 장언호의 혼인을 인정한 이상 장가에서 더 이상 아무 말도 나올 수 없게 되었다. 순식간에 장언호의 혼인 소식이 퍼져나갔고, 최 부인은 머리를 싸매고 누워버렸다. 이렇게 혼인이 공식화된 이상 최 부인이 뭐 할 수 있는 게 있을 리가 없었다.

"네가 어떻게, 내가 어떻게 너를 키웠는데……."

"제가 어머님께 불효 한 번한 적 있습니까? 어머니의 뜻을 거스른 적 있습니까? 왜 한 번은 제 뜻대로 해주실 수 없는 것입니까? 어머님이 진정 저를 아끼신다면 제가 원하는 대로 단 한 번은 들어주실 수 있는 것 아니십니까? 제가 은애하고 평생 같이 할 동반자이자, 앞으로 저의 아이들을 낳아 키울 사람입니다. 그러니 어머니도 그 사람 앞으로 제 부인으로서 대우를 해주셨으면 합니다."

협박이나 다름없었다.

그렇게 언호는 자신의 혼인을 호적에까지 올려 인정받았다. 두 씨 처자의 이름이 장가 족보에까지 오른 것이다.

도성이 시끄러웠다. 성국에 인질로 끌려가는 안현대군 내외분과 함께 장언호가 따라간다는 소문 때문이었다. 처자를 데리고 가기도 어렵고 오가는 사신 일행 접대 등등으로 바쁜 성국으로 간다는 게 다들 믿겨지지 않는 모양이었다.

오가는 것도 삼 개월 이상 걸리는데 가서 언제 돌아올지 모르는 그곳에 가겠다니. 잘못하면 성국에서 고향 땅도 못 밟아보고 작고할 수도 있는 일이었다.

떠나는 언호의 뒤를 따르는 작은 가마가 있는 걸 보고 배웅을 나온 사람들이 고개를 갸웃했다.

"장언호가 장가갔다는 말은 못 들었는데, 저 사람이 말도 없이 장가를 들었나 보구랴."

"뉘 집 딸이래?"

"그 왜 두철이라고, 그 사화에 말려들어 돌아가신 분 계시잖아. 그분 따님이라지, 아마?"

"아, 부인이 미인으로 유명했던 그 양반?"

말 위에 탄 언호는 가끔 뒤를 돌아보며 가마가 잘 따라오고 있나 확인을 하였다. 가끔 남우세스럽게 가마 옆으로 천천히 말을 몰며 말을 걸기도 하였다.

이미 수차례 지나갔던 길.

언호 옆에 역시 수행원으로 따라가는 종원이 있었다. 평소엔 좋아라 하며 가는 사행길에 이번만은 종원이 빠지고 싶었지만 억지로 불려온 탓인지 입이 불퉁 나와 있었다.

바람이 갓끈을 날리며 지나가자, 언호가 슬그머니 뒤를 돌아보며 웃었다.

終 작소곡(鵲巢曲)*17)*

　"내가 그 말을 하였던가?"

　"어떤 말이오?"

　최근 유행하는 소설을 열심히 보고 있던 설혜가 고개도 들지
않고 무심하게 답하였다. 요 며칠 이 소설에 빠져 집안일도 내
팽개치고 책만 보고 있지 않던가. 심지어 잠은 꼭 같이 잤지만
서책을 봐야 한다면서 언호까지 밀어내는 통에 슬슬 불만이 쌓
여가고 있었다.

---

17) 『시경』의 「국풍」편에 실려 있는 소남 지방의 〈작소〉는 남편이 나라와 임금을 위
해 공적을 쌓아 작위를 받고, 부인이 집안을 일으키고 살아서 덕이 있는 것이 뻐꾸기
와 비둘기 같아 가히 서로 짝으로 삼을 만하였다는 내용이다.

"사람이 말을 하면 좀 쳐다봐야 하지 않겠소?"

삐친 듯한 언호의 말에 그제야 설혜가 고개를 돌렸다. 그러나 그 눈에는 평소 같은 다정함보다 짜증이 가득했다. 언호가 설혜에게 바싹 붙어 앉아 억지로 손을 잡으려 들었다.

"아이, 잠시만요. 지금 제일 중요한 장면을 보고 있단 말이어요."

설혜의 앙탈에 언호가 풀이 죽었다.

"당신은 내가 은애한단 고백보다 그 서책의 장면이 더 흥미진진한가 보오?"

"당연……."

이라고 말하려다 말고 설혜가 고개를 번쩍 들었다.

"이 양반이 왜 평생 안 하던 말을 하신대?"

설혜가 새침하게 언호의 고백을 받아넘겼다. 사실 무슨 사고라도 친 거 아닌가 의심하는 마음이 반이었다.

심지어 혼인하자는 말도 같이 성국에 가지 않겠냐고 돌려 말하던 양반이 아닌가. 점잖아도 너무 점잖아서 문제가 있었다. 물론 처음 잠자리는 그렇지 않았지만. 나중에 생각해 보면 언호가 그때 무슨 생각이었는지 설혜는 잘 이해가 가지 않았다. 사실 그건 언호 역시 마찬가지였다. 여우에 홀린 건지 호랑이 간을 먹은 건지 무슨 용기가 있어 그런 짓을 저지른 걸까.

"그 얘기 다시 말해줘요."

설혜가 빤히 바라보자 언호의 귀 끝이 살짝 붉어졌다.

"왜 안 해요? 다시 말해줘요."

"사내가 한 번 말했으면 되었지 뭘 또다시 말한단 말이오."

자기에게 흥미 잃은 부인의 관심을 끌어보기 위해 고백하는 남자의 자존심은 완전히 무너져 내렸다.

"그럼 하지 마요."

라고 말한 부인은 다시 책으로 시선을 돌렸다.

더 삐쳐서 이제 완전 시무룩해져 있는데 바깥에서 왁자지껄한 소리가 들려왔다.

"아이고, 애들 왔나 보네요."

아들들이 서당에서 공부 끝나고 돌아온 모양이었다.

쌍둥이 아들인 치훈과 성훈이 달려 들어왔다. 오빠들 뒤로 네 살인 혜훈이 아장아장 따랐다.

"글공부는 다 끝나고 오는 게냐?"

방해받은 설혜가 잔소리를 하려 하자, 잽싸게 언호가 말을 돌렸다.

"선생이 얼마나 엄한 사람인데 그냥 내보냈겠소."

"지난번에 배앓이를 한다 속이고 탈출하지 않았겠습니까."

무슨 수상한 데는 없나 유심히 보는 어미의 눈을 아들 둘이 또랑또랑한 눈으로 피하지도 않았다.

이제 일곱 살이 된 아들들은 영특한데 둘이다 보니 치는 사고가 남들 배 이상이었다. 장독대가 성할 날이 없다고 설혜가 한

탄할 지경이었다.

멀리서 최 부인이 쌍둥이 손자들이 태어났다는 말에 축하 선물과 서신을 보내주긴 하였다. 이제나저제나 언제 돌아오냐고 매번 서신을 보내지만, 언호는 딱히 답을 주지는 않고 언제나처럼 모두 잘 있다고 가내 사정만 알릴 뿐이었다.

조정에서도 언호에게 이제 돌아올 때가 되지 않았냐고 계속 서신이 오지만 언호가 거부하는 모양이었다. 이제 곧 안현 대군이 본국으로 돌아가는데 그때 같이 갈지, 아니면 남아서 성에서 자리를 잡을지 결정하는 걸 두고 언호는 고민이 많았다.

성 황제도 언호에게 꽤 호감을 갖고 있어서 언호만 원한다면 관직을 내려줄 듯한데 언호는 별 관심을 보이지 아니하였다.

"지난번에 온 서신에는 뭐라고 적혀 있답니까?"

"뭐, 돌아오라는 말밖에 더 있겠소? 하지만 아직 할 일이 있고, 성 황제께서 잡고 있다 답장할 생각이오."

"이제 그만 돌아가도 되지 않을까요?"

그 말에 언호가 약간 의아한 듯 설혜를 바라보았다. 언호야 돌아가도 별일이 없겠지만 같은 사대부 안에서 설혜의 입장이 그다지 좋지 않은지라 그게 염려되었다. 귀국 여부는 설혜의 의사에 달려 있는 것이나 마찬가지였다.

"정말 괜찮겠소?"

설혜가 고개를 끄덕였다.

"아직 아이들이 어리니 지금이라도 돌아가야 하지 않나 하는 생각입니다. 이 나라 사람으로 키울 게 아니라면요."

"정말 괜찮겠소? 돌아가면 당신에 대한 악의적인 소문도 있을 테고, 아이들을 두고 한 소리 하는 사람들도 있을 텐데? 사내자식들이야 괜찮다지만 혜훈이는 여자아이라 나중에 시집보낼 때 문제가 될지도 모르는데?"

"시집 안 보내면 되죠."

설혜의 말에 언호가 빙그레 웃었다.

"그렇군. 우리가 평생 끼고 자기 좋을 거 하고 살라고 하면 되겠지. 그렇겠지?"

"그럼요."

어린 혜훈은 이렇게 자기 인생이 결정되는 줄 모르고, 이제 네 살짜리 여아답지 않게 주판알을 튕기고 있었다. 얼마 전에 아버지에게 주판을 배운 뒤로 혜훈의 취미는 주판이 되었다.

어린 혜훈이 귀여운지 언호가 작은 주판을 따로 사다 주기까지 하였다.

"종원이 서신을 보내왔는데, 경원의 처가 작고한 모양이더군. 몇 년 동안 자리보전을 하다가 결국 그렇게 되었다네. 경원이 충격이 매우 큰지 관직까지 내놓은 모양이더군."

"아……."

이미 설혜가 마지막으로 대문 앞에서 보았을 때만 해도 자리보전하고 있는 날이 많았었는데, 그래도 오래 버텼다 싶었다.

아마도 다른 자리에서 만나게 되었더라면 좋은 친우가 되었을지도 몰랐다. 존경스러운 사람이라고 생각하였는데…… 이렇게 갔다니 안타깝기만 하였다. 그리고 홀로 된 경원 역시 걱정이 되었지만 이미 끝난 인연.

"참, 마음이 고운 분이셨는데……. 그리고 그분은 어떠실지……."

둘이 긴말은 하지 않았지만 언호가 설혜의 손을 꼭 쥐고 토닥였다. 가끔 설혜는 자기만 행복한 게 미안하였다. 경원에게도, 하늘에 계신 부모님에게도, 큰오라버니에게도 모두 미안하였지만, 자기가 행복해야 그 사람들도 안심할 것을 믿어 의심치 않았다. 이제 설혜는 이름을 되찾아 두설혜가 되었고, 희안은 관직에 나갔다. 언호의 도움이 없었다면 공부하기도 힘들었을 텐데 언호가 도와준 덕에, 또 경원이 설혜에게 미안한 마음이 있었는지 역시 지원해 주어서 다행히 잘 풀렸다.

관직에서 승승장구 중인 희안이 있다 보니 두 씨 집안도 과거 정도는 아니지만 어느 정도의 위세는 되찾았다 할 것이다. 장가도 가서 어느새 아이도 태어났다고 하였다.

"돌아가요. 오라버니네 아이들도 궁금하고, 새언니 되는 사람도 궁금하여요."

"그럽시다."

설혜가 빙그레 웃었다.

어디서 살더라도 언호만 있다면 믿고 의지하고 살 수 있었다.

"이제 우리 돌아가는 거여요?"

"그럼 가는 동안에는 글공부 안 해도 괜찮겠지요?"

아들들이 천진하게 물었다. 언호가 고개를 끄덕였다.

"돌아가긴 갈 건데, 가면서 글공부는 안 하면 안 되지."

둘 다 실망했는지 어깨가 축 처졌다. 그러면서 또 신나는지 둘이 마당으로 달려 나갔다.

*

"좀 천천히 가려무나."

배가 살짝 나온 설혜가 혜훈의 손을 잡고 가는데 앞에 치훈과 성훈 둘이 난리가 났다. 도성에 돌아온 지 어느새 일 년이 지났다.

단오라 날도 좋으니 나들이 겸 서책도 좀 사고 비단실도 사야지 하고 애들과 함께 저잣거리에 나온 참이었다. 애들 뒤로 유모가 쫓아가는데 아이들은 구경에 신이 나 있었다. 어린 혜훈은 이리저리 탐색하는 기색이었다.

"어머니, 몸은 좀 어떠셔요?"

혜훈을 낳은 뒤 오랫동안 아이 소식이 없어 걱정하던 차에 돌아온 지 얼마 안 되어 태기가 보였다. 이 땅에서 태어나는 아이는 이 아이가 처음인지라, 마치 첫아이가 생긴 양 최 부인은 신이 났다. 오늘만 해도 어딜 밖에 나가느냐고 난리가 났는데 언호가 나가보라고 하는 말에 입을 꾹 다물어 버렸다.

그렇게 혼인에 반대를 하였고, 아들이 그 때문에 그 먼 곳까지 다녀온 것을 익히 알기에 이제 조금은 조심하는 듯했다. 언호가 설혜를 두둔하여서 무슨 소리 한마디만 나오면 집을 얻어 나가겠다는 소리를 할까 두려운 탓도 컸다.

"아직 아이 나오려면 한참 남았다. 요즘 운동도 통 못하였는데 이참에 걸으니 좋구나."

아이가 생긴 뒤에 언호가 노산이니 뭐니 난리를 부리는 통에 외출도 못하고 집 안 산책 정도가 다였다. 심지어 그것도 자기가 옆에 없으면 큰일이라도 날 것처럼 구니 외출은 쉽지 않은 일이었다.

그때 어디선가 자신을 바라보는 시선을 느끼고 설혜가 고개를 들었다.

길 한쪽 인파 속에서 사내아이 손을 잡고 있는 서 있는 남자가 자기를 바라보고 있었다.

지난 몇 년 동안 마음고생이 심했는지 생각보다 나이가 든, 삶에 지친 표정으로 자신을 바라보고 경원이 서 있었다.

둘의 시선이 많은 인파 속에서 마주쳤다.

희미하게 미소를 띤 얼굴.

먼저 시선을 돌린 것은 경원이었다.

마치, 잘살고 있는 거 봤으니 되었다라는 듯이 목례를 가볍게 하더니 아이 손을 잡고 다른 곳으로 이동하였다.

그런 그의 뒷모습을 바라보고 서 있는데 혜훈이 와서 봉투를
건네었다.

"어머니, 이거 저쪽에 어떤 아저씨가 어머니께 갖다 드리라고
하셨어요. 어머니와 예전에 알던 분이라고 하시면서요."

봉투 안에서 꺼낸 흰 종이를 펼쳐 들었다.

—설혜 아가씨께.

이제 아가씨라 부르면 아니 되는 것은 알지만 아직도 제 마음속
에서는 여전히 아가씨이기 때문에 제 마음대로 아가씨라 부르는
무례를 용서해 주십시오.

아가씨께 하나 청이 있습니다. 제가 곧 고향으로 내려가려고 합
니다. 아마 죽을 때까지 그곳에서 나오는 일은 없을 듯합니다.

도성의 집은 아마도 계속 두겠지만 예전 아가씨의 본가는 아가
씨와 희안에게 돌려 드리는 게 맞는 듯합니다.

별것 아니지만 제 마음이니 받아주십시오.

집문서는 사람 시켜서 장가로 보내겠습니다.

건강하시고, 부디 행복하십시오.

소경원.

눈물이 한 방울 고운 뺨을 타고 흘러내렸다.

"어머니, 어머니?"

옆에서 혜훈이 이상하다는 듯 그런 그녀를 바라보았다. 설혜
는 손수건으로 눈물을 감추었다.

그리곤 옆의 혜훈에게 웃어 보였다.

外 화원(花園)

"으, 먼지."

소상운이 낀 하얀 장갑이 책을 훑자 먼지가 풀썩 피어올랐다. 고개를 돌리고 창문을 있는 대로 활짝 열어젖혔다.

"아버지는 진짜 내가 제일 만만하지?"

상운이 투덜투덜거리며 여행 가시면서 서고 정리를 명한 아버지를 원망하였다.

한문학과 대학원생인 상운을 철저히 부려 먹겠다고 결심이라도 하셨는지 등록금값을 하라고 엄명을 내리고 비행기에 오르신 터였다.

"좋겠다. 나도 쿤밍 가보고 싶었는데……."

결혼 30주년 기념이라고 부부가 둘이 중국 원난성으로 장기 여행을 떠나신 터였다.

아마도 상운이 허튼 생각 하지 말고 일하라고 하신 거겠지만, 전각의 서고 정리를 명하신 탓에 간만에 집에 내려오게 되었다.

몇백 년을 살았다는 집은 수리를 해도 불편하긴 매한가지. 이 서고는 오랫동안 정리를 안 해서 먼지와 거미집으로 난리도 아니었다.

이미 몇 번의 난리를 겪었는데도 운 좋게 살아남았으니 대단한 천운이다 싶었다.

아무거나 한 권 빼서 장갑 낀 손으로 훑었다. 제목조차 적혀 있지 않은 책을 보고 그냥 아무 생각 없이 얇은 종이를 넘겼다.

그 순간, 안에 끼워져 있던 종이 한 장이 툭 하고 바닥에 떨어졌다.

"뭐야?"

혹시 상하기라도 했을까 봐 놀라 허겁지겁 들었다.

어렴풋이 들어오는 빛에 바랜 그림이 모습을 드러내었다.

곱게 빗은 머리에 연분홍색 비단꽃을 꽂은 아가씨가 정원을 산책하는 장면이었다. 늦봄인 듯 꽃이 활짝 피어 있고, 그 꽃 가운데 어린 아가씨가 서 있었다. 그린 이를 쳐다보듯 미소를 지으면서.

몇백 년을 종이 사이에 끼어 있었다지만 어디 하나 상한 데

없이 색만 좀 바랬을 뿐이었다. 그림에는 낙관도 없었고 제목조
차 없었다.

대신 제법 긴 발문이 낭창한 글씨로 적혀 있었다.

坐中花園 膽彼夭葉(좌중화원 담파요엽)

꽃밭에 앉아서 꽃잎을 보네

兮兮 云何來矣(혜혜 운하래의)

고운 빛은 어디에서 왔을까

灼灼其花 何彼矣(작작기화 하피의)

아름다운 꽃이여 그리도 농염한지

斯于吉日 吉日于斯(사우길일 길일우사)

이렇게 좋은 날에 이렇게 좋은 날에

君子之來 云何之樂(군자지래 운하지락)

그 님이 오신다면 얼마나 좋을까

臥彼東山 望其天(와피동산 망기천)

동산에 누워 하늘을 보네

明兮靑兮 云何來矣(명혜청혜 운하래의)

청명한 빛은 어디에서 왔을까

維靑盈昊 何彼藍矣(유청영호 하피람의)

푸른 하늘이여 풀어놓은 쪽빛이네

吉日于斯 斯于吉日(길일우사 사우길일)

이렇게 좋은날에 이렇게 좋은날에

美人之歸 云何之喜(미인지귀 운하지희)

그 님이 오신다면 얼마나 좋을까[18)

　이런 애타는 마음을 미인도와 함께 시로 남긴 이는 누구인 걸까.

　미인도가 떨어진 책을 찬찬히 살펴보았다. 누군가의 문집인지 날짜가 적혀 있는 부분들이 보였다. 익숙한 이름 몇 개에 순간 소상운은 책을 떨어뜨릴 뻔하였다.

　"기가 차서…… 이 양반이 이런 걸 그렸어?"

　교과서에서나 나올 법한 고리타분한 사람인 줄 알았는데 이런 걸 남길 줄이야.

　당시 유명했던 논쟁에도 참여했고, 문집도 많이 남기고 있으며 서원에서 학생을 가르치면서 학자로도 이름을 날렸던 소경원!

　이른 나이에 과거에 합격하여 승정원에서 꽤 높이 올랐을 정도로 잘나갔다. 그러나 부인 복은 없었는지 혼인한 지 십여 년이 넘도록 아이가 없는 채 부인이 결핵으로 사망하였고, 그 뒤 고향으로 내려와 재혼하지 아니하고 서원의 스승으로 학생을 가르쳤다.

---

18)　정훈희의 〈꽃밭에서〉 가사로 알려진 이 시는 최한경(崔漢卿)의 〈반중일기(泮中日記)〉에 실려 있는 것이다. 최한경은 조선 전기의 대사성까지 올랐던 문신으로 이 시는 어릴 적에 혼담이 오가던 옆집 처자를 그리며 지은 것이라고 한다.

후에 소경원은 서인의 정신적 지주로 떠올라 많은 서인 관료를 육성하였다. 그의 양아들 연욱은 당시 명문가 중 하나인 장씨 집안의 처자와 혼인하였는데, 그 처자 이름이 보기 드물게 호적에 남아 있었다.

그 이름은 장혜훈이었다.

『월야관매』 完

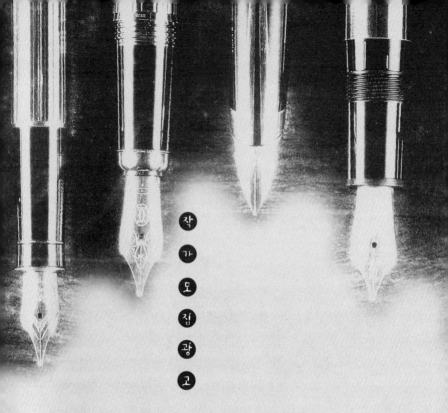

作
가
모
집
광
고

도서출판 청어람의 문은 항상 열려 있습니다.
실력있는 작가 분들의 많은 관심 부탁드립니다.

TEL:032-656-4452 • FAX:032-656-4453
http://www.chungeoram.com
e-mail:chungeorambook@daum.net